MW01608936

ET JE DISPARAÎTRAI DANS LA NUIT

Michelle McNamara (1970-2016) était la fondatrice de True Crime Diary, un blog consacré aux affaires non résolues. Diplômée en littérature et en écriture créative, elle avait notamment écrit des scénarios pour la télévision (ABC, Fox) et le cinéma (Paramount). Passionnée de faits divers, l'affaire du Golden State Killer était devenue une véritable obsession pour elle. Elle est décédée en avril 2016 alors qu'elle était en pleine écriture de *Et je disparaîtrai dans la nuit*, devenu un best-seller aux États-Unis dès sa parution.

MICHELLE McNAMARA

Et je disparaîtrai dans la nuit

La traque obstinée d'une femme à la recherche du Golden State Killer

TRADUIT DE L'ANGLAIS (ÉTATS-UNIS)
PAR ESTELLE ROUDET

KERO

Titre original :

I'LL BE GONE IN THE DARK
Publié par HarperCollins Publishers, New York, 2018.

Pas de majordome, de deuxième femme de chambre,
Ni de sang sur les marches.
Pas de tante excentrique, de jardinier,
ni d'ami de la famille
Souriant parmi le bric-à-brac et la mort.
Seulement une maison de banlieue, porte ouverte
Et un chien qui aboie derrière un écureuil, et les voitures
Qui passent. Le corps bien trépassé. L'épouse en Floride.

Voyez les indices : le presse-purée dans un vase,
La photo déchirée d'une équipe de basket de Wesley,
Éparpillée dans l'entrée, au milieu des talons de chèque ;
La lettre d'admirateur de Shirley Temple, jamais envoyée,
Le badge Hoover sur le revers du décédé,
Et le mot : « Être tué de cette façon
me convient plutôt bien. »

Pas étonnant que l'affaire demeure non résolue,
Ou que le détective, Le Roux, soit à présent
totalement fou,
Enfermé, seul, dans une pièce blanche,
en camisole immaculée,
Hurlant que le monde est malade, que les indices ne
Mènent nulle part, si ce n'est à des murs si hauts
Qu'on n'en voit pas le sommet ;
Hurlant tout le jour à la guerre,
Hurlant que rien ne peut être résolu.

Weldon KEES, « Crime Club »

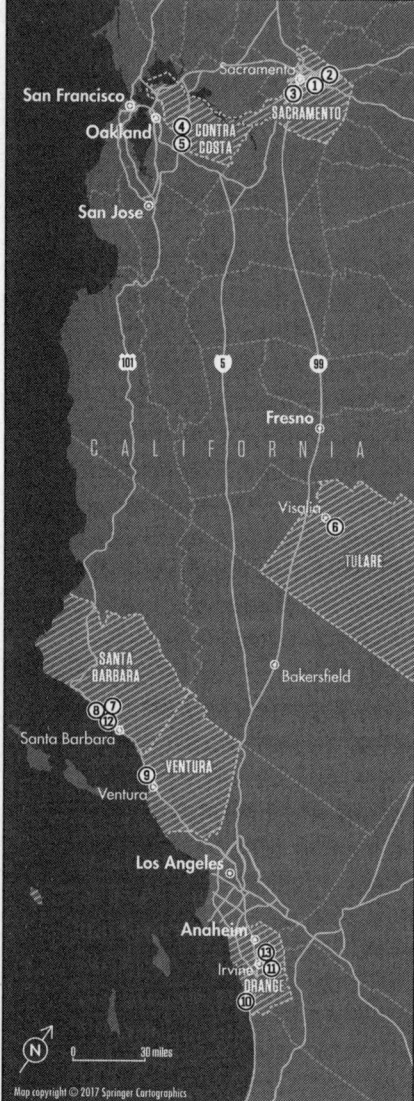

ATTAQUES DU EAST AREA RAPIST, EAR (OU VIOLEUR DE L'EST)

(Juin 1976 à Juillet 1979) Californie du Nord. Agresse 50 femmes dans sept comtés.

① 8 Juin 1976 – Rancho Cordova

Une jeune femme de 23 ans (appelée « Sheila » dans ce livre) est violée dans son lit par un individu masqué. Ce sera la première de dizaines d'agressions commises par un homme que les journaux et la police ont fini par appeler « L'East Area Rapist ».

② 5 Octobre 1976 – Citrus Heights

L'East Area Rapist frappe une cinquième fois, attaquant une femme au foyer de 30 ans, Julie Miller*. Le violeur attend que le mari de la victime soit parti au travail et entre quelques minutes plus tard. Le fils de la victime, âgé de 3 ans, reste dans la chambre durant toute la durée de l'agression.

③ 28 Mai 1977 – Parkway – Sacramento sud

Fiona Williams*, 28 ans, et son mari Phillip, se retrouvent face au EAR lors de sa vingt-deuxième attaque connue – la septième dans laquelle l'homme est présent durant l'incident.

④ 28 Octobre 1978 – San Ramon

Le décompte officiel passe à 40 victimes quand l'EAR cible un nouveau couple ; Kathy* 23 ans, et son mari David*.

⑤ 9 Décembre 1978 – Danville

Esther McDonald*, 32 ans, est réveillée en pleine nuit, ligotée et violée, devenant ainsi la victime n° 43 du EAR.

CAMBRIOLAGES ET FUSILLADES DU VISALIA RANSACKER (OU PILLEUR DE VISALIA)

(Avril 1974 à Décembre 1975)

⑥ Visalia

Lien possible exploré avec plusieurs effractions et le meurtre de Claude Snelling.

SACCAGES DE L'ORIGINAL NIGHT STALKER, ONS (OU TRAQUEUR DE LA NUIT ORIGINAL)

(Octobre 1979 à Mai 1986)

⑦ 1er Octobre 1979 – Goleta

L'ONS attaque un couple durant une effraction ratée ; les deux victimes s'échappent.

⑧ 30 Décembre 1979 – Goleta

L'ONS tue le Dr Robert Offerman et Alexandra Manning.

⑨ 13 Mars 1980 – Ventura

L'ONS tue Charlene et Lyman Smith.

⑩ 19 Août 1980 – Dana Point

L'ONS tue Keith et Patty Harrington.

⑪ 6 Février 1981 – Irvine

L'ONS tue Manuela Witthuhn.

⑫ 27 Juillet 1981 – Goleta

L'ONS tue Cheri Domingo et Gregory Sanchez.

⑬ 5 Mai 1986 – Irvine

L'ONS tue Janelle Cruz.
* Signale un pseudonyme

Schéma 1: Emplacement des attaques

PERSONNAGES

VICTIMES

VICTIMES DE VIOL

Sheila[*][1](Sacramento, 1976)
Jane Carson (Sacramento, 1976)
Fiona Williams[*](Sacramento sud, 1977)
Kathy[*](San Ramon, 1978)
Esther McDonald[*](Danville, 1978)

VICTIMES DE MEURTRE

Claude Snelling (Visalia, 1978)[†]
Katie et Brian Maggiore (Sacramento, 1978)[†]
Debra Alexandria Manning et Robert Offerman (Goleta, 1979)
Charlene et Lyman Smith (Ventura, 1980)
Patty et Keith Harrington (Dana Point, 1980)
Manuela Witthuhn (Irvine, 1981)
Cheri Domingo et Gregory Sanchez (Goleta, 1981)
Janelle Cruz (Irvine, 1986)

---

1. [*] : Pseudonymes
   [†] : Victimes jamais reliées de façon concluante au Golden State Killer

ENQUÊTEURS

Jim Bevins : enquêteur, bureau du shérif du comté de Sacramento

Ken Clark : inspecteur, bureau du shérif de Sacramento

Carol Daly : inspecteur, bureau du shérif du comté de Sacramento

Richard Shelby : inspecteur, bureau du shérif du comté de Sacramento

Larry Crompton : inspecteur, bureau du shérif du comté de Contra Costa

Paul Holes : expert en criminologie, bureau du shérif du comté de Contra Costa

John Murdock : responsable du laboratoire judiciaire du shérif du comté de Contra Costa

Bill McGowen : inspecteur, services de police de Visalia

Mary Hong : expert en criminologie, laboratoire judiciaire du comté d'Orange

Erika Hutchcraft : enquêteur, bureau du procureur de district du comté d'Orange

Larry Pool : enquêteur, Unité de Recherche sur les Affaires Non Résolues, bureau du shérif du comté d'Orange

Jim White : expert en criminologie, bureau du shérif du comté d'Orange

Fred Ray : inspecteur, bureau du shérif du comté de Santa Barbara

INTRODUCTION
par Gillian Flynn, auteure des *Apparences*

Avant le Golden State Killer, le Tueur du Golden State, il y avait eu la fille. Michelle vous en parlera. La fille, traînée dans la ruelle à l'écart de Pleasant Street, assassinée, et abandonnée là, comme un détritus. La fille, une vingtaine d'années environ, avait été tuée dans Oak Park, Illinois, à quelques pâtés de maisons de l'endroit où Michelle avait grandi, au sein d'une famille exubérante de catholiques irlandais.

Michelle, la cadette de six enfants, signait « Michelle, l'Écrivain » dans son journal intime. Selon elle, ce meurtre a été à l'origine de son intérêt pour les faits divers.

Nous aurions formé une bonne (quoique curieuse) équipe. À la même époque, au début de mon adolescence, à Kansas City, Missouri, j'étais moi aussi un écrivain en herbe, même si je me donnais un surnom un tantinet plus noble : Gillian la Magnifique. Tout comme Michelle, j'avais grandi dans une famille nombreuse d'origine irlandaise, j'allais à l'école catholique, et je nourrissais une fascination pour le mystère. À douze ans, j'avais lu *De sang-froid*, de Truman Capote, que j'avais acheté d'occasion, et cette lecture avait déclenché chez moi aussi une obsession durable pour les faits divers.

J'adore lire des récits de crimes basés sur des faits réels, mais j'ai toujours eu conscience, en tant que lectrice, que je choisissais sciemment de me nourrir de la tragédie de quelqu'un d'autre. Alors, comme n'importe quel consommateur responsable, j'essaie de faire preuve de discernement dans mes choix. Je ne lis que les meilleurs : les auteurs obstinés, perspicaces, et humains.

Il était inévitable que je tombe sur Michelle.

J'ai toujours pensé que la qualité la moins reconnue d'un grand écrivain enquêtant sur des crimes est son humanité. Michelle McNamara possédait une capacité troublante à entrer dans la tête, non seulement des tueurs, mais aussi des policiers qui les traquaient, des victimes qu'ils anéantissaient, ainsi que de la kyrielle de parents affligés qui leur survivaient. Une fois adulte, j'ai pris l'habitude d'aller régulièrement sur son remarquable blog, *True Crime Diary*. « Tu devrais lui laisser un mot », me pressait mon mari. Elle venait de Chicago ; je vis à Chicago ; nous étions deux mères de famille qui passions une quantité d'heures anormale à retourner les rochers pour observer la face sombre de l'humanité.

J'ai résisté à l'exhortation de mon mari – je crois que ma tentative d'approche la plus poussée a eu lieu lors d'un salon du livre où je me suis présentée à l'une de ses tantes, qui m'a prêté son téléphone, et j'ai envoyé à Michelle un texto totalement indigne d'un écrivain, du style : « Vous êtes la plus cool !!! »

La vérité, c'est que je n'étais pas certaine de vouloir rencontrer cet auteur – je sentais qu'elle me dépassait. J'invente des personnages ; elle devait se confronter aux faits, aller là où l'histoire l'emmenait. Elle devait gagner la confiance d'enquêteurs las et méfiants, braver les montagnes de paperasse pouvant peut-être receler une information cruciale, et convaincre la famille et les amis, encore dévastés, de rouvrir de vieilles blessures.

Elle faisait tout cela avec une sorte de grâce, écrivant la nuit pendant que sa famille dormait, dans une pièce jonchée de feuilles de papier à dessin appartenant à sa fille, annotant de gribouillages au crayon le code pénal californien.

Je suis une épouvantable collectionneuse de meurtriers, mais j'ignorais l'existence de l'homme que Michelle allait surnommer le Golden State Killer jusqu'à ce qu'elle commence à écrire sur ce monstre, responsable de cinquante agressions sexuelles et d'au moins dix meurtres en Californie, durant les années 70 et 80. L'affaire, non élucidée, remontait à plusieurs dizaines d'années ; les témoins et les victimes avaient déménagé, étaient morts ou passés à autre chose ; le cas englobait de multiples juridictions – à la fois en Californie du Nord et du Sud – et comprenait une multitude de dossiers criminels n'ayant pas bénéficié des avancées sur l'ADN ou d'une analyse en laboratoire judiciaire. Il existe très peu d'écrivains qui relèveraient un tel défi, et encore moins qui le feraient correctement.

L'obstination de Michelle à poursuivre cette affaire était sidérante.

Ainsi, elle avait retrouvé la trace, sur le site web d'un magasin vintage de l'Oregon, d'une paire de menottes ayant été volées sur une scène de crime à Stockton, en 1977. Mais elle ne s'était pas contentée de ça ; elle pouvait aussi vous dire que « les noms de garçons commençant par N étaient relativement rares dans les années 30 et 40, date à laquelle le propriétaire d'origine des menottes était vraisemblablement né, et ils n'apparaissaient qu'une fois dans le top cent des noms les plus donnés à cette époque ». Soit dit en passant, il ne s'agit même pas d'un indice menant au tueur, mais d'un indice menant aux menottes que le tueur avait dérobées. Cette dévotion aux détails était emblématique. « Une fois, écrit Michelle, j'ai passé un après-midi à dénicher toutes les informations imaginables sur un membre de l'équipe de water-polo du lycée Rio Americano, année 1972, parce que sur la photo de classe, il semblait mince, avec de gros mollets – une *possibl*e caractéristique physique du Golden State Killer. »

Nombre d'écrivains ayant sué sang et eau pour rassembler une telle quantité d'informations peuvent se perdre dans les détails – statistiques et indices ont tendance à prendre le pas sur l'humain. Les caractéristiques qui font d'un enquêteur un chercheur appliqué sont souvent en contradiction avec les nuances mêmes de la vie.

Mais tout en étant un magnifique travail de reportage, *Et je disparaîtrai dans la nuit* est également un instantané de l'époque, des lieux et des personnes. Michelle donne vie aux lotissements résidentiels qui commençaient à supplanter les orangeraies, aux projets immobiliers sans âme transformant les victimes en stars de leurs propres thrillers, aux villes vivant à l'ombre de montagnes qui s'animaient une fois l'an de milliers de tarentules détalant à la recherche d'un compagnon avec qui s'accoupler. Et les gens, mon Dieu, les gens – ex-hippies pleins d'espoir, jeunes mariés durs à la peine, une mère et sa fille adolescente se disputant pour des histoires de liberté, de responsabilité et de maillots de bain, sans savoir que ce serait la dernière fois.

J'ai été happée dès le début, et Michelle aussi, apparemment. Ses nombreuses années de traque pour découvrir l'identité du Golden State Killer ont eu sur elle de graves répercussions : « J'ai un cri en permanence coincé dans la gorge à présent. »

Michelle est morte dans son sommeil à l'âge de quarante-six ans, avant d'avoir pu terminer ce remarquable livre. Vous découvrirez les notes écrites par ses collègues sur l'affaire, mais l'identité du Golden State Killer – l'énigme qui l'entoure – demeure non résolue. Son identité ne m'importe pas le moins du monde. Je veux qu'il soit arrêté ; je me fiche de savoir qui il est. Regarder le visage d'un tel homme est décevant ; lui attribuer un nom, plus encore. Nous savons ce qu'il a fait ; toute information supplémentaire paraîtrait inévitablement prosaïque, terne ou stéréotypée : « Ma mère était cruelle. Je hais les femmes. Je n'ai jamais eu de famille… » Et ainsi de suite. Je veux en savoir plus sur des gens vrais, accomplis, pas sur d'infâmes rebuts humains.

Je veux en savoir plus sur Michelle. Alors qu'elle décrivait en détail sa quête de cet homme insaisissable, je me suis retrouvée à chercher des indices me permettant de comprendre cet écrivain que j'admire tant. Qui était la femme en qui j'ai eu suffisamment confiance pour la suivre dans ce cauchemar ? À quoi ressemblait-elle ? Qu'est-ce qui avait fait d'elle ce qu'elle était devenue ? D'où tenait-elle cette grâce ? Un après-midi d'été, au volant de ma voiture, j'ai fait le trajet de vingt minutes séparant ma maison de Chicago d'Oak Park et de la ruelle où « la fille » avait été retrouvée, où Michelle l'Écrivain avait découvert sa vocation. Je n'ai pas compris jusqu'à ce que je sois là-bas *pourquoi* j'y étais. J'y étais parce que je menais ma quête personnelle, traquant cette admirable chasse-resse des ténèbres.

Cet été-là, je traquais le tueur en série la nuit, installée dans la salle de jeux de ma fille. Dans l'ensemble,
je simulais la routine d'une personne normale prête à
se coucher. Dents lavées. Pyjama enfilé. Mais dès que
mon mari et ma fille dormaient, je me repliais dans
mon espace de travail improvisé et allumais mon ordinateur, ce sésame de trente-huit centimètres de large
ouvrant sur d'infinies possibilités. Notre quartier,
au nord-ouest du centre de Los Angeles, est remarquablement silencieux la nuit. Parfois, le seul bruit
audible était le cliquetis du clavier, tandis que, grâce
à Google Street View, je zoomais toujours davantage
sur les allées d'hommes inconnus. Je changeais rarement d'endroit mais sautais des dizaines d'années
en quelques clics. Photos de classe. Certificats de
mariage. Photos d'identité judiciaire. Je parcourais des
milliers de pages de dossiers remontant aux années 70.
J'étudiais longuement les rapports d'autopsie. Que je
fasse cela entourée d'une demi-douzaine d'animaux en
peluche et de bongos miniatures roses ne me paraissait pas particulièrement insolite. J'avais trouvé mon

repaire de chercheuse, aussi intime que le labyrinthe d'un rat. Chaque obsession a besoin d'un lieu bien à elle. Le mien était jonché de papier à dessin sur lequel j'avais griffonné au crayon des extraits du code pénal californien.

Il était environ minuit, le 3 juillet 2012, lorsque j'ouvris un document dans lequel j'avais dressé une liste de tous les objets qu'il avait volés au fil des ans. J'avais déjà rayé un peu plus de la moitié de la liste, ayant abouti à une impasse à chaque fois. L'objet de ma recherche était maintenant une paire de menottes dérobées à Stockton, en septembre 1977. À cette époque, le Golden State Killer, comme j'avais fini par l'appeler, n'avait pas gagné ses galons de tueur. Ce n'était encore qu'un violeur en série, connu sous le nom de East Area Rapist, le Violeur de l'Est, qui s'attaquait aux femmes et aux jeunes filles dans leurs chambres, d'abord à l'est du comté de Sacramento, puis dans des communautés de la Vallée centrale et enfin autour de la zone est de la baie de San Francisco. Il était jeune – entre dix-huit et trente ans – caucasien et athlétique, capable d'escalader de hautes palissades pour ne pas se faire prendre. Les maisons de plain-pied, placées en deuxième position par rapport au coin de la rue, dans les banlieues calmes de classe moyenne, étaient ses cibles de prédilection. Il portait toujours un masque.

Précision et instinct de conservation le caractérisaient. Lorsqu'il avait jeté son dévolu sur une victime, il pénétrait souvent dans la maison quand personne n'était là et étudiait les photos de famille, s'imprégnait de la disposition des lieux. Il désactivait les éclairages des vérandas et déverrouillait les baies vitrées coulissantes. Enlevait les balles des pistolets. Les barrières au préalable fermées de propriétaires insouciants étaient laissées ouvertes ; on remettait en place les photos qu'il avait déplacées, attribuant cela au désordre de la vie quotidienne. Les victimes s'endormaient, tranquilles, jusqu'à ce que l'éclat d'une lampe de poche les force à ouvrir les yeux. Ne rien voir les désorientait. Les esprits endormis s'activaient lentement, puis se mettaient à galoper. Une silhouette qu'ils ne pouvaient distinguer brandissait la lampe, mais qui ? Et pourquoi ? Leur peur trouvait un sens en entendant la voix, brusque et menaçante, décrite comme un murmure guttural à travers une mâchoire serrée, bien que certaines victimes aient remarqué qu'elle s'envolait parfois dans les aigus, assortie d'un chevrotement, d'un bégaiement, comme si l'étranger dans le noir dissimulait non seulement son visage, mais aussi une instabilité brute qu'il n'était pas toujours à même de déguiser.

L'affaire de Stockton, en septembre 1977, au cours de laquelle il avait dérobé les menottes, était sa vingt-troisième attaque, et se produisit après une parenthèse parfaite qui avait duré tout l'été. Des anneaux à rideaux raclant une tringle réveillèrent une jeune femme de vingt-neuf ans. Elle releva la tête de l'oreiller. Les lampes du patio extérieur dessinaient une silhouette dans l'encadrement de la porte. L'image s'évapora tandis qu'une lampe de poche, braquée sur son visage, l'aveuglait. Une force d'énergie pure se précipita vers le lit. Sa dernière agression avait eu lieu pendant le week-end du Memorial Day. Il était 1 h 30, le mardi suivant Labor Day. L'été avait pris fin. Il était de retour.

Il s'attaquait aux couples à présent. La victime féminine avait tenté de décrire l'odeur fétide de son agresseur à l'officier chargé du rapport. Elle avait du mal à l'identifier. Une mauvaise hygiène ne pouvait pas l'expliquer, avait-elle indiqué. Ça ne venait pas de ses aisselles, ni de son haleine. Le mieux qu'avait pu dire la victime, avait noté l'officier de police dans son rapport, c'est que l'odeur s'apparentait à un parfum de nervosité émanant non d'une zone précise de son corps, mais de tous ses pores. L'officier lui avait demandé si elle pouvait préciser. Elle n'en avait pas été capable. Ça ne ressemblait à rien de ce qu'elle avait pu sentir jusqu'à présent.

Comme dans les autres affaires de Stockton, il avait pesté contre son besoin d'argent, mais ignoré le liquide quand il l'avait eu sous le nez. Ce qu'il voulait, c'étaient des objets ayant une valeur sentimentale pour ceux qu'il violait : alliances gravées, permis de conduire, pièces souvenirs. Les menottes, un héritage familial, étaient d'un style inhabituel datant des années 50, et ornées d'un monogramme, *N.R.* L'officier en avait fait un croquis sommaire dans la marge de son rapport. J'étais curieuse de savoir à quel point elles étaient uniques. Après avoir fait une recherche sur Internet, j'appris que les prénoms de garçons commençant par *N* étaient relativement rares durant les années 30 et 40, période à laquelle le propriétaire d'origine des menottes était vraisemblablement né, et qu'ils n'apparaissaient qu'une fois dans le top cent des prénoms donnés à cette époque. Je décrivis ces dernières sur Google et enfonçai la touche entrée de mon ordinateur.

Il faut un orgueil démesuré pour penser qu'on peut réussir à élucider une affaire de meurtres en série complexe, qu'une force opérationnelle représentant cinq juridictions californiennes, qui plus est aidée du FBI, n'a pas été capable de résoudre, en particulier quand votre travail d'enquête est, comme le mien, un travail d'amateur. Mon intérêt pour le crime a des origines personnelles. Le meurtre non résolu d'une voisine lorsque j'avais quatorze ans a déclenché chez moi une fascination pour les affaires non élucidées. L'apparition d'Internet a transformé mon intérêt en recherche active. Une fois les archives publiques mises en ligne, et les moteurs de recherche sophistiqués inventés, je compris comment le contenu d'une tête remplie d'informations criminelles pouvait être recoupé avec une barre de recherche vide, et en 2006, je créai un site web appelé *True Crime Diary*. Quand ma famille va se coucher, je voyage dans le temps et réexamine des témoignages obsolètes à travers le prisme de la technologie du XXIe siècle. Je commence à cliquer, parcourant Internet à la recherche d'indices numériques que les autorités auraient pu négliger, passant au crible les annuaires de téléphone et les photos de classe numérisés, ainsi que les scènes de crime, grâce à Google Earth View : un puits sans fond de pistes potentielles pour l'enquêteur en ligne qui existe à présent dans le monde virtuel. Je partage mes théories avec les habitués fidèles qui lisent mon blog.

J'ai écrit sur des centaines de meurtres non élucidés, depuis les tueurs adeptes du chloroforme jusqu'aux prêtres assassins. C'est le Golden State Killer, cependant, qui m'a le plus rongée. En plus de cinquante agressions sexuelles en Californie du Nord, il est responsable de dix meurtres sadiques en Californie du Sud. Voilà une affaire qui s'est étalée sur une décennie et a fini par faire changer la législation sur l'ADN dans l'État. Ni le Tueur du Zodiaque, qui a terrorisé San Francisco à la fin des années 60 et au début des années 70, ni le Night Stalker, le Traqueur de la Nuit, qui poussait les Californiens du Sud à verrouiller leurs fenêtres dans les années 80, n'ont été aussi actifs. Pourtant, le Golden State Killer n'a jamais vraiment été reconnu. Il ne possédait pas de surnom racoleur, jusqu'à ce que j'en invente un. Il attaquait dans différentes juridictions de Californie qui ne partageaient pas toujours les informations, ou ne communiquaient pas bien entre elles. Quand les tests ADN révélèrent que des crimes dont on avait d'abord cru qu'ils n'avaient aucun lien entre eux, étaient l'œuvre d'un seul et même homme, plus de dix ans s'étaient écoulés depuis son dernier meurtre, et son arrestation n'était pas une priorité. Il a disparu des radars, libre et non identifié.

Mais sans jamais cesser de terroriser ses victimes. En 2001, une femme de Sacramento, qui habitait toujours dans la maison où elle avait été attaquée vingt-quatre ans plus tôt, a répondu au téléphone. « Tu te souviens quand on s'est amusés ? » a murmuré un homme. Elle a immédiatement reconnu la voix. Ses paroles faisaient écho à quelque chose qu'il avait dit à Stockton, lorsque la petite fille du couple, âgée de six ans, s'était levée pour aller aux toilettes et l'avait croisé dans le couloir. Il se trouvait à environ six mètres d'elle, avec un passe-montagne marron et des mitaines noires, sans pantalon. Une sorte de sabre était glissé dans sa ceinture. « Je joue à des trucs avec ton papa et ta maman, avait-il dit. Viens me regarder. »

Si j'ai mordu à l'hameçon, c'est qu'il me semblait possible de résoudre cette affaire. Le champ de décombres semés derrière le tueur était à la fois trop étendu et trop restreint ; il avait laissé dans son sillage énormément de victimes et un très grand nombre d'indices, mais dans des communautés relativement limitées, ce qui simplifiait la recherche de données sur de potentiels suspects. L'affaire m'a très vite submergée. La curiosité a viré à la faim dévorante. J'étais en chasse, absorbée par une fièvre du clic qui conjuguait mes frappes compulsives à un rush de dopamine. Je n'étais pas seule. J'avais découvert un groupe de chercheurs irréductibles qui se retrouvaient sur un forum de discussion en ligne et échangeaient indices et théories sur l'affaire. Mettant de côté les critiques que j'aurais pu avoir, je suivis leurs discussions, les vingt mille et quelques publications. Je triai les types louches aux motifs douteux et me concentrai sur ceux qui poursuivaient une véritable quête. À l'occasion, un indice, à l'instar de l'image d'un autocollant sur un véhicule suspect aperçu près d'une scène de crime, apparaissait sur le forum, information venue d'enquêteurs surmenés qui essayaient encore de résoudre l'affaire en participant au travail collaboratif.

Je ne le considérais pas comme un fantôme. J'avais foi en l'erreur humaine. Je me disais qu'il avait forcément commis une faute quelque part.

La nuit d'été où je recherchais les menottes, cela faisait presque un an que cette affaire m'obsédait. J'ai un faible pour les blocs-notes à feuilles jaunes, en particulier la première dizaine de pages, quand tout semble lisse et prometteur. La salle de jeux de ma fille était jonchée de blocs-notes à demi utilisés, une habitude peu rentable et qui reflétait bien mon état d'esprit. Chaque bloc représentait le début d'une piste dont j'avais tiré le fil, avant de l'abandonner. Je me tournai vers les inspecteurs à la retraite qui avaient travaillé sur l'affaire, afin qu'ils me conseillent. J'en étais venue à considérer un grand nombre d'entre eux comme des amis. Leur orgueil avait fini par s'assécher, ce qui ne les empêchait pas de m'encourager dans cette voie. La traque du Golden State Killer, qui s'étendait sur près de quarante ans, ressemblait moins à une course de relais qu'à un groupe de fanatiques encordés en train de gravir un sommet inatteignable. Les anciens avaient dû s'arrêter, mais ils insistaient pour que je continue. Je me plaignis auprès de l'un d'eux d'avoir l'impression de me raccrocher à une chimère.

— Tu veux un conseil ? me dit-il. Accroche-toi à ce que tu trouves. Tires-en le maximum.

Les objets volés restaient ma dernière chance. Je n'étais pas dans un état d'esprit très optimiste. Ma famille et moi devions nous rendre à Santa Monica pour le week-end du 4 juillet. Je n'avais pas fait les valises. La météo ne prévoyait rien de terrible. C'est là que je la vis, seule image parmi les centaines en train d'apparaître sur l'écran de mon ordinateur, qui montrait des menottes du même style que celles ayant été sommairement dessinées dans le rapport de police, avec les mêmes initiales. Je comparai et comparai encore le dessin rudimentaire du flic à la photo sur l'écran. Elles étaient en vente pour 8 dollars dans un magasin vintage d'une petite ville de l'Oregon. Je les achetai immédiatement et payai 40 dollars pour qu'elles me soient livrées le lendemain. Je me rendis dans ma chambre. Mon mari dormait, allongé sur le côté. Je m'assis au bord du lit et le dévisageai fixement jusqu'à ce qu'il ouvre les yeux.

— Je crois que je l'ai trouvé, dis-je.

Mon mari n'eut pas besoin de demander de qui je parlais.

PREMIÈRE PARTIE

IRVINE, 1981

« Elle est à vous », dit la police à Drew Witthuhn, après avoir passé la maison au peigne fin. Le ruban jaune fut enlevé, la porte d'entrée refermée. La précision impassible des flics au travail l'avait aidé à détourner son attention de la tache. Maintenant, il n'était plus possible de l'ignorer. La chambre de son frère et de sa belle-sœur se trouvait juste à côté de la porte d'entrée, directement en face de la cuisine. Debout devant l'évier, Drew n'avait qu'à tourner la tête vers la gauche pour voir les éclaboussures sombres qui marbraient le mur blanc au-dessus du lit de David et de Manuela.

Drew s'enorgueillissait de ne pas être sensible. À l'Académie de police, on les entraînait à gérer le stress et à ne jamais blêmir. Avoir des nerfs d'acier était un des critères d'obtention du diplôme. Mais jusqu'à ce vendredi soir du 6 février 1981, lorsque le fiancé de sa sœur avait fait son apparition près de sa table au pub Rathskeller, à Huntington Beach, en lui disant d'une voix haletante, « Drew, appelle ta mère », il ne pensait pas avoir un jour à utiliser ces compétences – l'aptitude à garder les lèvres serrées et le regard fixé vers l'avant alors que tous les autres hurlaient, les yeux exorbités – si tôt, ou si près de chez lui.

David et Manuela vivaient au n° 35 Colombus, une maison individuelle de plain-pied à Northwood, un nouveau lotissement d'Irvine. Le quartier était une de ces banlieues tentaculaires qui gagnaient lentement du terrain sur ce qui restait de l'ancien ranch d'Irvine. Les orangeraies dominaient encore à la périphérie, bordant de rangées d'arbres impeccables, d'une conserverie et d'un campement pour les cueilleurs, le ciment et le bitume qui empiétaient peu à peu sur le reste. On pouvait présager du futur paysage d'après les bruits : les déflagrations des camions déversant le béton couvraient le son décroissant des tracteurs.

Une apparence de respectabilité masquait la transformation galopante de Northwood. Les alignements d'eucalyptus imposants, plantés par les fermiers dans les années 40 en guise de protection contre le vent épuisant de Santa Ana, n'étaient pas arrachés, mais réutilisés à d'autres fins. Les promoteurs immobiliers s'en servaient pour diviser les artères principales et camoufler les alentours. Le quartier de David et Manuela, Shady Hollow, était un lotissement de cent trente-sept maisons, avec quatre plans possibles. Ils avaient choisi le plan 6014, « Le Saule », trois chambres, cent quarante et un mètres carrés. Fin 1979, lorsque la maison avait été terminée, ils s'y étaient installés.

La maison impressionnait Drew par son côté sérieux, même si David et Manuela n'avaient que cinq ans de plus que lui. D'abord, elle était flambant neuve.

Les placards de la cuisine brillaient par manque d'utilisation. L'intérieur du réfrigérateur avait une odeur
de plastique. Et elle était spacieuse. Drew et David
avaient grandi dans une maison d'à peu près la même
taille, mais où s'empilaient sept personnes, qui avaient
toutes impatiemment attendu leur tour pour utiliser la
salle de bains et s'étaient cogné les coudes à la table
du dîner. David et Manuela rangeaient les vélos dans
une de leurs trois chambres ; dans l'autre, restée vide,
David stockait sa guitare.

Drew essayait d'ignorer la jalousie qui le titillait,
mais la vérité, c'est qu'il enviait son frère aîné. David
et Manuela, mariés depuis cinq ans, avaient tous
deux des emplois stables. Elle était responsable des
prêts à la California First Bank ; il travaillait dans la
vente, chez House of Imports, une concession Mercedez-Benz. Leurs aspirations classe moyenne les unis-
saient. Ils passaient beaucoup de temps à se demander
s'il fallait ou non paver la cour de devant et quel était
le meilleur endroit où trouver des tapis orientaux de
qualité. La maison du 35 Colombus était une coquille
vide qui ne demandait qu'à être remplie. Sa vacuité
était chargée de promesses. En comparaison, Drew se
sentait immature et pas à la hauteur.

Après la première visite, Drew n'était pratiquement
jamais retourné chez eux. Le problème n'avait pas
atteint le stade de la rancœur, c'était plus de l'ordre
du déplaisir. Manuela, fille unique d'immigrés alle-
mands, était cassante, de manière incompréhensible
parfois. Connue à la banque pour dire aux gens
quand ils devaient se faire couper les cheveux ou leur

signaler quand ils avaient fait quelque chose de mal, elle conservait une liste des erreurs commises par ses collègues de travail et rédigée en allemand. Elle était mince et jolie, avec des pommettes marquées et des implants mammaires ; elle se les était fait poser après son mariage parce qu'elle était menue et que David, avait-elle confié à une collègue en haussant vaguement les épaules d'une façon déplaisante, semblait préférer les grosses poitrines. Elle ne faisait pas étalage de sa nouvelle silhouette. Au contraire, elle privilégiait les cols roulés et gardait les bras croisés contre son corps, comme en prévision d'un combat.

Drew voyait bien que la relation fonctionnait pour son frère, qui pouvait se montrer renfermé et hésitant, et parlait d'une façon plus détournée que directe. Mais trop souvent, en les quittant, Drew se sentait plus bas que terre, la force des griefs que Manuela ressassait en boucle créant une tension dans toutes les pièces où elle mettait les pieds.

Début février 1981, Drew avait appris par sa famille que David ne se sentait pas bien et qu'il était à l'hôpital, mais il n'avait pas vu son frère depuis un moment et n'avait pas prévu d'aller lui rendre visite. Le lundi 2 février, Manuela avait emmené David à l'hôpital Santa Ana-Tustin Community, où il avait été admis pour un sérieux virus gastro-intestinal. Les soirs qui avaient suivi, elle avait conservé le même emploi du temps : dîner chez ses parents, puis direction la chambre 320, pour voir David. Ils se parlaient matin et soir au téléphone. Le vendredi, en fin de matinée, David, qui cherchait Manuela, avait appelé la banque, mais ses collègues lui avaient répondu qu'elle n'était pas venue travailler. Il avait tenté de la joindre à la maison, mais le téléphone sonnait constamment dans le vide, ce qui l'avait plongé dans la perplexité. Le répondeur se déclenchait toujours à la troisième sonnerie ; Manuela ne savait pas se servir de la machine. Il avait alors appelé sa belle-mère, Ruth, qui avait accepté de se rendre chez eux pour voir ce qui se passait. N'ayant pas obtenu de réponse après avoir frappé, elle s'était servie de sa clé pour entrer. Quelques minutes plus tard, Ron Sharpe[1], un ami proche de la famille, avait été alerté par ses cris hystériques.

— J'ai juste regardé à gauche et j'ai vu ses mains ouvertes comme ça, et le sang partout sur le mur, avait déclaré Sharpe aux enquêteurs. Je n'arrivais pas à comprendre comment il avait pu gicler jusqu'à sur le mur, vu l'endroit où elle était allongée.

Il avait jeté un coup d'œil dans la pièce, pour la première et la dernière fois.

Manuela était allongée sur le lit, à plat ventre, à moitié enroulée dans un sac de couchage, dans lequel elle dormait parfois lorsqu'elle avait froid. Elle portait une robe de chambre en velours marron. Des marques rouges lui ceignaient les poignets et les chevilles, preuves de liens qui lui avaient été retirés. Un gros tournevis traînait sur le patio en ciment, à soixante centimètres de la baie vitrée à l'arrière de la maison. Le système de fermeture de la baie avait été forcé.

---

1. Pseudonyme.

Une télévision dix-neuf pouces avait été traînée jusqu'au coin sud-ouest du jardin, près d'une haute palissade en bois qui bâillait légèrement à son extrémité, comme si quelqu'un était tombé dessus ou l'avait franchie un peu trop violemment. Les enquêteurs remarquèrent des empreintes de semelles à petit motif circulaire devant et derrière la maison, ainsi que sur le compteur à gaz, sur la façade est.

Une des premières choses qui les frappa fut que la seule source de lumière dans la chambre provenait de la salle de bains. Ils interrogèrent David à ce sujet. Il se trouvait chez les parents de Manuela, où des membres de la famille et des amis s'étaient réunis après avoir appris la nouvelle pour pleurer la mort de la jeune femme. Les enquêteurs notèrent que David paraissait sous le choc et hébété, l'esprit comme égaré par le chagrin. Ses réponses devenaient inaudibles. Il changeait brutalement de sujet. La question sur la lumière le perturba.

— Où est la lampe ? demanda-t-il.

Une lampe avec un pied carré et un abat-jour de métal chromé en forme de boulet de canon posée sur le haut-parleur à gauche du lit avait disparu. Son absence fournit à la police une bonne indication sur la taille de l'objet qui avait été utilisé pour frapper Manuela à mort.

On demanda à David s'il savait pourquoi la bande du répondeur téléphonique avait été enlevée. L'air abasourdi, il fit non de la tête. La seule explication possible, répondit-il, était que le meurtrier de Manuela, quel qu'il soit, avait dû laisser sa voix sur l'appareil.

La scène était profondément dérangeante. Elle était tout particulièrement dérangeante pour Irvine, qui possédait un faible taux de criminalité. Mais elle l'était aussi aux yeux des policiers de la ville ; pour certains d'entre eux, ça sentait le coup monté. Il manquait bien quelques bijoux, et la télévision avait été traînée dans le jardin. Mais quel cambrioleur laisserait son tournevis derrière lui ? Ils se demandèrent si Manuela connaissait le tueur. Son mari passe la nuit à l'hôpital. Elle invite un ami. La soirée tourne mal, et il s'empare de la bande sur le répondeur, sachant que sa voix s'y trouve, entreprend de forcer la baie vitrée puis, touche finale à sa mise en scène, laisse le tournevis dans le patio.

Mais certains doutaient de cette théorie. La police d'Irvine interrogea David dans ses locaux le lendemain de la découverte du corps. On lui demanda s'ils avaient déjà eu des problèmes avec des rôdeurs par le passé. Après avoir réfléchi, il répondit que trois ou quatre mois auparavant, en octobre ou novembre 1980, il avait trouvé des empreintes de pieds qu'il n'avait pas pu s'expliquer. Ils étudièrent les chaussures de David, qui ressemblaient à des tennis, et parcoururent la maison d'un bout à l'autre, jusque dans le jardin. Puis les enquêteurs firent glisser une feuille de papier sur la table et demandèrent à David de dessiner l'empreinte du mieux qu'il se rappelait. Préoccupé et épuisé, il en fit un rapide croquis. Il ignorait que la police avait en sa possession un moulage en plâtre de l'empreinte de pied du meurtrier de Manuela, empreinte qu'il avait laissée tandis qu'il arpentait la maison la nuit du meurtre. David repoussa la feuille sur laquelle il avait dessiné la semelle d'une chaussure de tennis droite couverte de petits cercles.

Il fut remercié et autorisé à rentrer. La police apposa son dessin à côté du moulage en plâtre. Ça collait.

La plupart des criminels violents sont impulsifs, désorganisés, et se font prendre facilement. La grande majorité des homicides sont commis par des personnes connues de la victime et, malgré leurs audacieuses tentatives pour semer la police, ces délinquants sont en général identifiés et arrêtés. C'est une infime minorité de criminels, peut-être cinq pour cent, qui représente le plus gros défi – ceux dont les crimes révèlent la préméditation et une fureur dépourvue de remords. Le meurtre de Manuela présentait toutes les caractéristiques de cette dernière catégorie. Il y avait les liens, qu'on avait enlevés. La barbarie des coups portés à la tête. L'intervalle de plusieurs mois entre les apparitions de la semelle aux petits ronds suggérait une approche sournoise, une personne d'une vigilance inflexible, dont seuls étaient connus la brutalité et les plans.

Le samedi 7 février, à midi, après avoir passé au crible les indices pendant vingt-quatre heures, la police effectua une dernière inspection avant d'autoriser David à réintégrer son domicile. À l'époque, les entreprises de nettoyage de scènes de crime n'existaient pas encore. Les poignées de porte étaient maculées de poudre fuligineuse servant à relever les empreintes. Le matelas de David et Manuela avait été évidé par endroits, les experts de la police scientifique ayant prélevé des échantillons pour les emporter comme preuves. Le lit et le mur au-dessus étaient toujours maculés de sang. En tant que flic en formation, Drew savait que le boulot de nettoyage lui revenait naturellement, et il se porta volontaire pour l'effectuer. Il avait aussi le sentiment de le devoir à son frère.

Dix ans plus tôt, leur père, Max Witthuhn, s'était enfermé dans une des pièces de la maison familiale après une bagarre avec sa femme. Drew était en quatrième à l'époque et assistait à un spectacle de danse de son collège. David, l'aîné de la famille, avait dix-huit ans, et ce fut lui qui enfonça la porte après que la déflagration de fusil avait ébranlé la maisonnée. Il protégea la famille de la vision qui s'offrait à lui et fut le seul à s'imprégner de l'image de la cervelle éparpillée de son père. Max Witthuhn s'était suicidé deux semaines avant Noël. L'expérience sembla déposséder David de toute certitude. Par la suite, il parut constamment suspendu dans l'irrésolution. Sa bouche souriait à l'occasion mais ses yeux, jamais.

Puis il rencontra Manuela. De nouveau, il était sur la terre ferme.

Le voile de mariée de cette dernière était accroché derrière la porte de leur chambre. La police, pensant que cela pouvait être un indice, interrogea David. Il leur expliqua qu'elle le gardait toujours là, preuve de sentimentalité rare chez elle. Le voile donnait un aperçu du côté tendre de Manuela, côté que peu avaient connu – et que plus personne dorénavant ne connaîtrait.

La fiancée de Drew faisait des études d'infirmière. Elle lui proposa de l'aider à nettoyer la scène de crime. Ils auraient deux fils par la suite et resteraient mariés vingt-huit ans avant de divorcer. Même aux pires moments de leur relation, Drew pouvait s'arrêter net au souvenir de cette journée où elle l'avait aidé ; c'était un geste de bonté indéfectible qu'il n'avait jamais oublié.

Ils sortirent des bouteilles de javel et des seaux d'eau. Enfilèrent des gants en caoutchouc jaune. Le boulot était immonde, mais Drew garda les yeux secs et le visage inexpressif. Il essaya de considérer cette expérience comme une occasion d'apprendre. Le travail de policier exigeait que l'on soit froidement clinique. Il fallait se montrer inflexible, même quand on était en train de récurer le sang de sa belle-sœur pour le faire disparaître d'une tête de lit en laiton. En un peu moins de trois heures, ils débarrassèrent la maison de toute trace de violence et la remirent en état pour le retour de David.

Quand ils eurent fini, Drew rangea le reste du matériel de nettoyage dans son coffre de voiture et s'installa au volant. Il glissa la clé dans le contact puis s'immobilisa, incapable de bouger, comme sur le point d'éternuer. Une sensation étrange, incontrôlable, se frayait un chemin en lui. Peut-être était-ce l'épuisement.

Il n'allait pas se mettre à pleurer. Il ne s'agissait pas de ça. Impossible de se rappeler la dernière fois où il avait pleuré. Ça ne lui ressemblait pas.

Il observa fixement le 35 Colombus. En un éclair, il revit la première fois où il était venu dans cette maison. Ce qu'il avait pensé, assis dans sa voiture, tandis qu'il se préparait à entrer, lui revint alors en mémoire.

Mon frère a vraiment gagné le gros lot.

Le sanglot réprimé lui échappa, la bataille pour le contenir était terminée. Drew appuya son front sur le volant et se mit à pleurer.

Non pas des larmes avec la gorge serrée, mais une déferlante de chagrin violent. Inconscient. Libérateur. Sa voiture sentait l'ammoniaque. Le sang sous ses ongles ne partirait pas avant des jours.

Finalement, il s'obligea à reprendre ses esprits. Il avait en sa possession un petit objet qu'il lui fallait donner aux techniciens de la police scientifique. Quelque chose qu'il avait trouvé sous le lit. Quelque chose qu'ils avaient manqué.

Un morceau du crâne de Manuela.

Le samedi soir, les enquêteurs des services de police d'Irvine, Ron Veach et Paul Jessup, sonnèrent chez les parents de Manuela dans Loma Street, banlieue de Greentree, afin d'en apprendre davantage sur elle. Horst Rohrbeck, son père, les accueillit. La veille, peu de temps après que l'accès à la maison, déclarée scène de crime, avait été interdit, Horst et sa femme, Ruth, avaient été emmenés au poste de police et interrogés séparément par des officiers subalternes. C'était la première fois que Jessup et Veach, qui étaient chargés de l'affaire, rencontraient les Rohrbeck. Vingt ans aux États-Unis n'avaient pas adouci les manières germaniques de Horst. Il était copropriétaire d'un garage, et on racontait qu'il pouvait démonter une Mercedez-Benz avec une simple clé en croix.

Manuela était la fille unique des Rohrbeck. Elle dînait avec eux tous les soirs. Il n'y avait que deux annotations dans son agenda en janvier, un rappel des dates d'anniversaire de ses parents. *Mama. Papa.*

— Quelqu'un l'a tuée, avait déclaré Horst lors de son premier interrogatoire. Et moi, je vais tuer ce type.

Horst se tenait à la porte, un verre de cognac à la main. Veach et Jessup entrèrent. Une demi-douzaine d'amis et de membres de la famille, tous affligés, étaient rassemblés dans le salon. Lorsque les inspecteurs déclinèrent leur identité, l'expression glaciale de Horst céda le pas à une explosion de colère. Il n'était pas grand mais semblait avoir doublé de volume sous le coup de la fureur. Il se mit à hurler dans un anglais empreint d'un fort accent que les services de police l'écœuraient, qu'ils n'en faisaient pas assez. Au bout d'environ cinq minutes de diatribe, Veach et Jessup avaient compris que leur présence ne servait à rien. Horst avait le cœur brisé et ne cherchait que le conflit. Sa fureur était un projectile qui volait en éclats en temps réel. Il n'y avait rien d'autre à faire que laisser une carte de visite sur la table de l'entrée et disparaître de sa vue.

À la détresse de Horst venait aussi s'ajouter un regret précis. Les Rohrbeck possédaient un énorme berger allemand ayant reçu un entraînement militaire, et appelé Possum. Horst avait suggéré à Manuela de le prendre chez elle pour la protéger pendant que David se trouvait à l'hôpital, mais elle avait refusé. Il était impossible de ne pas se rejouer la scène et d'imaginer le chien, gueule béante, salive lui dégoulinant des incisives, en train de bondir sur l'intrus qui s'attaquait au verrou et de le mettre en fuite sous le coup de la panique.

Les funérailles de Manuela eurent lieu le mercredi 11 février, à l'église Saddleback, à Tustin. Drew repéra des officiers de police de l'autre côté de la rue en train de prendre des photos. Ensuite, il raccompagna David au 35 Colombus. Les frères restèrent assis dans le salon à discuter jusque tard dans la nuit. David buvait énormément.

— Ils croient que je l'ai tuée, lâcha-t-il brusquement en parlant des policiers.

Son visage affichait une expression indéchiffrable. Drew se prépara à entendre des aveux. Il ne croyait pas David capable de tuer Manuela, physiquement parlant ; mais aurait-il pu embaucher quelqu'un pour le faire à sa place ? Drew sentit ses réflexes de policier se mettre en branle. L'image de son frère assis en face de lui se réduisit à une tête d'épingle. Il se dit qu'il avait une chance.

— Et c'est le cas ? demanda-t-il.

La personnalité de David, toujours un peu réservée, était devenue, de façon compréhensible plus fragile encore. La culpabilité du survivant lui pesait. Il était né avec un trou dans le cœur ; si quelqu'un devait mourir, ça aurait dû être lui. Le chagrin des parents de Manuela tournait en rond, cherchant un bouc émissaire. Leur regard lui faisait l'effet grandissant d'un coup de poing. Mais à cet instant précis, en réponse à la question de Drew, David débordait de certitude.

— Non, répondit-il. Je n'ai pas tué ma femme.

Drew respira pour la première fois, lui sembla-t-il, depuis qu'il avait appris la mort de Manuela. Il avait eu besoin d'entendre David prononcer ces mots. Plongeant son regard dans les yeux de son frère, meurtris, mais brillants d'assurance, Drew sut qu'il disait vrai.

Il n'était pas le seul à considérer que David était innocent. Jim White, l'expert en criminalistique du bureau du shérif du comté d'Orange, avait aidé à traiter la scène de crime. Les bons experts en criminologie sont des scanners humains. Ils pénètrent dans des pièces en désordre et inconnues d'eux, isolent les indices importants en excluant tout le reste. Ils travaillent sous pression. Une scène de crime doit être étudiée rapidement et elle est toujours à deux doigts de se détériorer. La moindre personne qui y pénètre est susceptible de la contaminer. Les criminologues arrivent chargés de matériel pour recueillir et préserver les indices – sachets de prélèvement en papier, scellés, mètre ruban, cotons-tiges, papier reliure, plâtre de modelage. Sur la scène de crime, White avait travaillé en collaboration avec l'enquêteur Veach, qui l'informait de ce qu'il devait prélever. Il avait ramassé des morceaux de boue écrasée près du lit. Effectué un prélèvement sur une tache de sang diluée sur la cuvette des WC. Il se tenait à côté de Veach quand le corps de Manuela avait été retourné. Ils avaient noté l'énorme blessure à la tête, les traces de liens et les ecchymoses sur sa main droite. Elle avait une marque sur la fesse gauche, et le légiste en avait conclu par la suite qu'elle avait été faite par un coup de poing.

La seconde partie du travail d'expert en criminalistique se passe au labo, à analyser les indices qui ont été prélevés. White avait comparé la peinture marron sur le tournevis du tueur à celle des marques les plus répandues et en avait déduit que la plus approchante était un Oxford Brown, fabriqué par Behr. En général, le boulot s'arrête au labo. Les experts ne sont pas des enquêteurs. Ils ne conduisent pas d'interrogatoires ou ne courent pas derrière de possibles pistes. Cependant, White se trouvait dans une position unique. Les différents services de police du comté d'Orange enquêtaient sur les crimes dans leurs propres juridictions, mais la plupart d'entre eux utilisaient le laboratoire judiciaire du bureau du shérif. Donc, ceux qui enquêtaient sur l'affaire Witthuhn ne connaissaient que les affaires concernant Irvine, tandis que White, lui, avait travaillé sur des scènes de crime à travers tout le pays, de Santa Ana à San Clemente.

Pour la police d'Irvine, le meurtre de Manuela Witthuhn était une exception.

Pour Jim White, il avait un air de déjà-vu.

DANA POINT, 1980

Roger Harrington lut le mot écrit à la main qui avait été collé sous la sonnette. Il était daté du 20 août 1980, la veille.

Patty et Keith,
On est passés à 7 h et il n'y avait personne.
Appelez-nous si les plans ont changé.

Il était signé « Merideth et Jay », des prénoms que Roger reconnut comme étant ceux d'amis de sa belle-fille. Il essaya la porte d'entrée et fut surpris de la trouver verrouillée. Keith et Patty fermaient rarement à clé quand ils étaient à la maison, en particulier quand ils l'attendaient pour dîner. Quand Roger s'était garé dans l'allée, il avait actionné la porte du garage et avait vu les véhicules de Keith et de Patty, sa MG à lui et sa Volkswagen à elle. S'ils n'étaient pas à la maison, ils devaient être en train de faire leur jogging. Il avait attrapé une clé cachée au-dessus du treillage du patio et était entré en prenant au passage le courrier, une douzaine de lettres, ce qui lui avait paru inhabituellement volumineux.

La maison, située au 33381, Cockleshell Drive, est l'une des neuf cent cinquante habitations que compte approximativement Niguel Shores, un lotissement sécurisé de Dana Point, une ville de bord de mer au sud du comté d'Orange. Roger était propriétaire de la maison, bien que sa résidence principale fût un appartement en copropriété à Lakewood, plus près de son bureau de Long Beach. Son fils de vingt-quatre ans, Keith, étudiant en troisième année de médecine à UCI, l'université de Californie à Irvine, et sa nouvelle épouse, Patty, infirmière diplômée, vivaient dans la maison pour le moment, un état de fait qui rendait Roger heureux. Il appréciait d'avoir sa famille près de lui.

La maison était décorée dans le style fin des années 70. Espadon au mur. Lustre Tiffany. Suspensions en macramé. Roger se prépara un verre dans la cuisine. Même si le crépuscule n'était pas encore tombé, le calme régnait dans la demeure assombrie. La seule chose mouvante était l'océan qui scintillait, azuré, à travers les fenêtres et les baies vitrées coulissantes, orientées au sud. Un sac de courses de chez Alpha Beta contenant deux boîtes de conserve se trouvait dans l'évier. Un paquet de pain de mie était sorti, et trois tranches, apparemment rassises, se trouvaient empilées à côté. Roger sentit la peur l'envahir peu à peu.

Il s'engagea dans le couloir recouvert de moquette ocre qui menait aux chambres. La porte de la chambre d'amis, où dormaient Keith et Patty, était ouverte. Les volets fermés empêchaient d'y voir clair. Le lit était fait, l'édredon remonté jusqu'à la tête de lit en bois foncé. Une bosse insolite attira l'attention de Roger au moment où il allait refermer la porte. Il s'approcha, appuya dessus, et sentit quelque chose de dur. Il souleva l'édredon.

Le contraste entre le couvre-lit impeccable et ce qui se trouvait dessous était difficile à intégrer. Keith et Patty reposaient sur le ventre, bras bizarrement pliés, paumes vers le haut. Ils paraissaient brisés, au sens propre du terme. S'il n'y avait pas eu le plafond, on aurait pu croire qu'ils étaient tombés d'une grande hauteur, tant le sang s'était étalé sous eux.

Keith était le plus jeune des quatre fils de Roger. Étudiant brillant. Meilleur bloqueur au baseball durant le lycée. Avant Patty, il était sorti longtemps avec une étudiante en année préparatoire de médecine. Tout le monde pensait qu'il l'épouserait jusqu'à ce que, de manière incompréhensible pour Roger, elle choisisse de s'inscrire dans une autre école de médecine. Le couple s'était séparé. Keith avait rencontré Patty peu après au centre médical universitaire, et il l'avait épousée dans l'année. Dans un coin de sa tête, Roger avait eu peur que Keith ne soit passé trop vite à autre chose, mais Patty était chaleureuse et honnête, comme Keith – elle avait rompu avec son précédent compagnon parce qu'il fumait de la marijuana –, et ils semblaient très attachés l'un à l'autre. Roger avait récemment passé pas mal de temps avec « les gamins », comme il les appelait. Il les avait aidés à installer un nouveau système d'arrosage intégré dans le jardin. Le samedi précédent, ils avaient consacré la journée à nettoyer ensemble les broussailles. Plus tard dans la soirée, ils avaient organisé un barbecue pour l'anniversaire du père de Patty.

Dans les films, les gens qui découvrent un cadavre secouent le corps, sans parvenir à y croire. Roger n'en fit rien. N'en eut pas besoin. Même dans la pénombre, il voyait que la peau claire de son fils était devenue violacée.

Il n'y avait aucun signe de lutte, rien qui prouvait qu'on avait forcé l'entrée, bien qu'une des portes coulissantes ait sans doute été laissée ouverte. Patty avait fait ses courses à 21 h 48 le mardi soir, d'après le reçu du magasin. Sa sœur, Sue, l'avait ensuite appelée à 23 heures. Keith avait répondu d'une voix endormie et passé le téléphone à Patty. Ils étaient couchés, avait-elle dit à Sue ; elle attendait un coup de fil matinal le lendemain du bureau des infirmières. Un fragment métallique semblable à du laiton avait été découvert dans la blessure à la tête de Patty. Ce qui suggérait qu'entre le moment où elle avait raccroché et le lendemain matin, le mercredi, où elle ne s'était pas présentée à son travail, quelqu'un avait ramassé une des têtes de gicleur récemment installées dans le jardin et s'était introduit discrètement dans la maison. Dans un lotissement avec une barrière surveillée par un gardien. Et personne n'avait rien entendu.

En réexaminant les preuves de l'affaire Witthuhn six mois plus tard, Jim White, l'expert en criminalistique du bureau du shérif, eut l'intuition que le cas était lié aux meurtres des Harrington. Les deux affaires partageaient des similarités plus ou moins flagrantes. Elles impliquaient des victimes de classe moyenne ayant été frappées à mort dans leur lit à l'aide d'objets pris dans la maison. Dans les deux cas, le meurtrier avait emporté l'arme du crime avec lui. Dans les deux cas, les victimes féminines avaient été violées. Les corps de Keith et Patty Harrington portaient des traces de liens ; des bouts de ficelle en macramé avaient été découverts dans et autour de leur lit. Dans l'affaire Witthuhn, six mois plus tard, des traces de liens étaient aussi visibles sur le corps, mais le matériau ayant servi à attacher la victime avait disparu de la scène de crime. La différence prouvait à l'évidence que le tueur s'améliorait.

Les affaires avaient aussi en commun un curieux lien médical. Keith Harrington était étudiant en médecine à UCI, et Patty travaillait parfois en équipe au Mercy Hospital de Santa Ana. David Witthuhn, le mari de Manuela, se faisait soigner à l'hôpital Santa Ana-Tustin Community, lorsque sa femme avait été assassinée.

On découvrit une allumette en bois à peine consumée par terre, dans la cuisine des Harrington. Aucun d'eux ne fumant, les enquêteurs en conclurent qu'elle appartenait au tueur.

Quatre allumettes en bois furent aussi ramassées dans les jardinières au long de la maison des Witthuhn.

L'affaire Witthuhn relevait du département de la police d'Irvine ; Harrington, du bureau du shérif du comté d'Orange. Les enquêteurs des deux côtés débattirent d'une possible connexion. S'attaquer à deux personnes, comme l'avait fait le meurtrier des Harrington, leur semblait plutôt inhabituel. Cela représentait un gros risque et suggérait que c'était en faisant monter les enchères que le tueur trouvait en partie son plaisir. Le même tueur aurait-il ciblé une victime isolée, six mois plus tard, comme l'avait fait le meurtrier de Manuela Witthuhn ? Le contre-argument étant que le séjour de David à l'hôpital avait été un coup de chance. Le tueur avait-il été surpris de trouver Manuela seule ce soir-là ?

Vol (les bijoux de Manuela), pas de vol. Effraction, pas d'effraction. Ils n'avaient pas d'empreintes à comparer ; les analyses ADN n'étaient encore que de la science-fiction. Le tueur n'avait pas laissé d'as de pique sur les scènes de crime comme signature. Mais de petits détails subsistaient. Lorsque Keith Harrington avait été frappé à mort, le bois de la tête de lit avait été entaillé. Après avoir trouvé un copeau entre les jambes de Patty, les enquêteurs en conclurent que Keith avait été tué en premier et qu'ensuite, Patty avait été violée. La chronologie avait été pensée pour lui faire subir le maximum de souffrance. Le tueur de Manuela avait passé suffisamment de temps avec elle pour la stresser au point de lui donner la nausée ; on avait retrouvé son vomi sur le lit.

« Surpuissance » est un terme courant mais parfois employé à mauvais escient dans les enquêtes et les histoires criminelles. Même les inspecteurs chevronnés enquêtant sur des homicides interprètent parfois mal le comportement d'un délinquant lorsqu'il fait preuve d'une grande violence. Il est commun de présumer qu'un meurtre avec surpuissance signifie qu'il existait une relation entre le criminel et la victime, qu'il s'agit d'un déchaînement de fureur refoulée né d'une connaissance intime. « C'était personnel », le cliché typique[1].

Mais cette supposition échoue à prendre en compte les causes extérieures d'un tel comportement. La force utilisée peut dépendre de la résistance d'une victime. Des blessures épouvantables paraissant découler d'une relation personnelle qui aurait affreusement mal tourné peuvent être le résultat d'une lutte prolongée entre deux étrangers.

La plupart des criminels violents traversent la vie en écrasant tout sur leur passage, comme un marteau de forgeron. Ils ont des poings en guise de mains, et sont incapables de planifier au-delà de ce qu'ils ont sous les yeux. Ils se font facilement pincer. Ils parlent trop. Ils retournent sur la scène de crime, aussi visibles que des boîtes de conserve attachées à un pare-chocs. Mais parfois, un phénomène rare, à l'instar de la lune bleue, apparaît. Un léopard des neiges ondule furtivement devant nous.

---

1. La compréhension qu'avait Michelle du recours à la surpuissance dans ces affaires avait quelque peu changé après qu'elle avait écrit cela. Elle en avait depuis conclu que le GSK n'avait pas utilisé plus de force que nécessaire pour tuer durant ses meurtres. Cette information avait été glanée lors de discussions avec des enquêteurs en activité, dont Paul Holes (qui s'était dit « peu impressionné » par la férocité des coups comparée à celle d'autres scènes de crime qu'il avait analysées). La mise en scène dramatique/désordonnée d'une tuerie à la matraque a pu être interprétée au départ comme de la surpuissance, ce qui est vraisemblablement arrivé dans certaines affaires du GSK.

50

Parfois, les enquêteurs tombent sur un meurtre plus bizarre que les autres, où une surenchère de violence s'est déchaînée contre des victimes qui n'offraient aucune résistance.

Si l'on considère que Manuela et Patty étaient attachées, et donc, par définition, soumises, la force utilisée pour les frapper révèle un niveau d'acharnement extrême dirigé contre les femmes. Il était inhabituel de voir un tel niveau de rage frénétique couplé à une organisation planifiée. Il n'existait pas de correspondance médico-légale entre les deux affaires, mais demeurait une impression, le sentiment qu'un seul et même cerveau était à l'œuvre, quelqu'un qui ne laissait pas beaucoup d'indices, ne parlait pas et ne montrait pas son visage, quelqu'un qui déambulait dans la masse de la classe moyenne sans qu'on le remarque, un homme ordinaire avec un trouble du rythme cardiaque.

Le possible lien entre Harrington et Witthuhn n'a jamais été totalement écarté, juste mis de côté tandis que les affaires étaient classées.

En août 1981, plusieurs articles de journaux se demandèrent si l'affaire Harrington était ou non liée à d'autres doubles homicides récents en Californie du Sud. Un article du *Los Angeles Times* commençait par ces mots : « Un "Night Stalker" psychopathe assassine-t-il des couples dans leur lit en Californie du Sud ? »

Le bureau du shérif de Santa Barbara avait été le premier à évoquer la possibilité d'un lien. Ils avaient eu deux doubles homicides et une attaque au couteau à laquelle le couple avait réchappé. Mais les autres

51

comtés avec lesquels les affaires auraient pu être liées, Ventura et Orange, minimisèrent l'idée. On rapporta que les officiels de Ventura, encore piqués au vif après une audience préliminaire largement médiatisée durant laquelle l'accusation contre leur suspect de double homicide était tombée à l'eau, avaient déclaré que selon eux, Santa Barbara avait agi prématurément. Même scepticisme du côté du comté d'Orange. « Nous n'avons pas cette impression », déclara l'enquêteur Darryl Coder.

Et ce fut tout. Cinq années s'écoulèrent. Dix années. Le téléphone ne sonnait jamais avec le bon tuyau. Les dossiers, remis à jour périodiquement, ne divulguaient jamais les informations nécessaires. Roger Harrington, hanté par les détails, tentait de trouver un sens aux meurtres de Keith et de Patty. Il avait embauché un détective privé. Avait offert une grosse récompense. Amis et collègues avaient de nouveau été interrogés. Rien n'en était sorti. En désespoir de cause, Roger, un homme d'affaires coriace qui s'était fait seul, sombra dans une dépression et consulta une voyante. La médium fut incapable de lever le voile sur l'affaire. Roger réexamina chaque moment qu'il avait passé en compagnie de Keith et de Patty avant leur mort. Leurs meurtres se résumaient à un ensemble de détails fragmentaires en circuit fermé qui n'avaient jamais la moindre cohérence et ne cessaient jamais de lui tourner dans la tête.

HOLLYWOOD, 2009

Les paparazzi jouaient des coudes sur quatre rangées le long du tapis rouge. Mon mari, Patton, gri-
maçait à l'intention des caméras dans son élégant
costume bleu à rayures. Il y avait un déluge de flashs.
Une dizaine de mains tendaient des micros par-dessus
la barrière métallique. Adam Sandler apparut. L'attention se déplaça. Les clameurs augmentèrent. Puis ce
furent Judd Apatow. Jonah Hill. Chris Rock. On était
le lundi 20 juillet 2009, peu après 18 heures. Nous
nous trouvions à l'ArcLight Cinema, à Hollywood,
pour la première du film *Funny People*. Il existe
probablement quelque part un cliché d'une célébrité
avec, en arrière-plan, une femme en robe droite noire
et chaussures confortables. J'ai l'air ahurie et ravie
en fixant mon iPhone, parce qu'à ce moment précis,
tandis que certaines des plus grandes stars mondiales
passent à côté de moi, je viens d'apprendre qu'un
fugitif que j'ai traqué et qui n'a cessé de m'obséder,
un double meurtrier en fuite dans l'Ouest et le Nord-
Ouest depuis trente-sept ans, a été retrouvé.

Je me planquai derrière une colonne en ciment et appelai LA personne dont je savais qu'elle se sentirait concernée par la nouvelle autant que moi, Pete King, journaliste de longue date au *Los Angeles Times,* qui travaillait à présent dans les relations avec les médias pour l'université de Californie. Il décrocha immédiatement.

— Pete, tu es au courant ? lançai-je.

J'arrivais à peine à articuler.

— Au courant de quoi ?

— Je viens de recevoir un e-mail avec un lien qui renvoie à un reportage. Il y a eu une fusillade dans des montagnes paumées du Nouveau-Mexique. Deux personnes ont été tuées. L'adjoint d'un shérif. Et le type qu'ils poursuivaient. Un genre de mystérieux montagnard qui volait dans les chalets.

— Non, dit Pete.

— Si. Ils ont relevé ses empreintes.

J'admets avoir marqué une pause à cet endroit pour obtenir le maximum d'effet dramatique.

— Joseph Henry Burgess, dis-je enfin. Pete, on avait raison. Il était là-bas tout ce temps.

Notre silence abasourdi ne dura qu'un instant. Je savais que Pete allait vouloir trouver un ordinateur. Les organisateurs de la première rassemblaient les gens à l'intérieur. Je voyais Patton me chercher du regard.

— Trouves-en plus, dis-je à Pete. Moi, je ne peux pas. Je suis à un truc.

Le truc en question n'était pas ma tasse de thé. Je me rends compte que se sentir mal à l'aise à une première de film n'est pas le complexe auquel on s'identifie le plus et qu'il tombe nécessairement dans la catégorie « Ça doit être sympa » prononcé d'un ton exaspéré. Je comprends. Soyez indulgents avec moi. Je ne fais pas preuve de fausse humilité quand je dis que je n'ai pas encore assisté à un événement hollywoodien sans que quelqu'un rentre une étiquette sur un de mes vêtements, ajuste un de mes boutons, ou me dise que j'ai du rouge à lèvres sur les dents. Une fois, un coordinateur d'événements m'a tapé sur les doigts pour m'obliger à m'arrêter de me ronger les ongles. La meilleure description de mon attitude sur le tapis rouge serait « tête rentrée, à demi ramassée ». Mais mon mari est acteur. Je l'aime et j'admire son travail, ainsi que celui de nos amis, et assister de temps en temps à ce genre d'événements fait partie du marché. Alors on se met sur son trente et un et parfois, on se fait maquiller par un professionnel. Un chauffeur en limousine passe vous prendre, ce qui déclenche un sentiment d'embarras et une envie de se répandre en excuses. Une chargée de relations publiques enjouée et inconnue vous guide jusqu'à un tapis rouge au bord duquel des centaines d'étrangers munis de flashs vous crient « Regardez par ici ! » ou encore « Par là ! ». Et ensuite, après ces brefs moments de glamour fabriqués de toutes pièces, on se retrouve assis dans un vieux fauteuil de cinéma ordinaire et grinçant, en train de siroter un Coca light dans un gobelet en plastique suintant tout en se mettant du sel plein les doigts à cause du popcorn chaud. Les lumières diminuent. L'enthousiasme forcé commence.

Quand nous arrivâmes au gala qui suivait la projection, Patton fut présenté aux réalisateurs de *Hyper Tension*, un film d'action qu'il adore, avec Jason Statham. Il commença à les divertir avec ses scènes préférées. « Je suis dingue de Statham », leur avoua-t-il. Après avoir pris congé des réalisateurs, nous nous arrêtâmes pour considérer la foule qui commençait à s'entasser dans la salle de bal du Hollywood & Highland Center. Boissons, mini-cheeseburgers gastronomiques et peut-être même Garry Shandling, une des idoles de Patton, nous attendaient. Patton lut dans mes pensées.

— Aucun problème, dit-il.

Une amie nous intercepta alors que nous allions sortir.

— On va retrouver bébé ? lança-t-elle avec un sourire chaleureux.

Notre fille, Alice, avait trois mois.

— Tu sais ce que c'est, répondis-je.

La vérité, bien entendu, était autrement plus tordue. Je renonçais à une soirée hollywoodienne chic pour retrouver, non mon bébé endormi, mais mon ordinateur, afin de passer ma nuit à fouiller pour dégotter des informations sur un homme que je n'avais jamais rencontré et qui avait assassiné des gens que je ne connaissais pas.

Les inconnus violents m'ont occupé l'esprit toute ma vie d'adulte – bien avant 2007, quand j'appris pour la première fois l'existence de celui que je finirais par surnommer le Golden State Killer. Cette partie du cerveau habituellement réservée aux statistiques sportives, aux recettes de desserts ou aux citations de

Shakespeare, est, pour moi, une galerie d'implications poignantes : le BMX d'un jeune garçon, la roue encore en train de tourner, abandonné dans un fossé le long d'une route de campagne ; une touffe de fibres vertes microscopiques prélevées au creux des reins d'une fille morte.

Dire que j'aimerais arrêter de revenir sans cesse sur les mêmes choses est hors de propos. Bien sûr, j'aimerais nettoyer la pourriture. J'envie, par exemple, les personnes qui sont obnubilées par la guerre de Sécession, qui fourmille de détails, mais reste dans un cadre maîtrisé. Dans mon cas, les monstres s'éloignent, mais ne disparaissent jamais. Ils sont morts depuis longtemps et renaissent au fur et à mesure que j'écris.

Le premier, sans visage et jamais pris, m'a marquée quand j'avais quatorze ans et depuis, j'ai tourné le dos aux bons moments et n'ai cessé de chercher des réponses.

OAK PARK

J'entends Terry Keating avant de le voir. Il travaille comme batteur et professeur de musique, et sa voix tonitruante est probablement le résultat soit d'une perte d'audition, soit de l'habitude qu'il a de hurler sur ses étudiants pour se faire entendre. « C'est Terry ! » braille-t-il. Debout en train de l'attendre, je quitte mon téléphone des yeux et découvre un Blanc de taille moyenne, avec une tignasse de cheveux marron et un gobelet de chez Starbucks à la main. Il porte un Levi's et un T-shirt vert sur lequel on peut lire SHAMROCK FOOTBALL. Mais ce n'est pas à moi qu'il parle. Il est en train de traverser la rue en direction du 143, South Wesley Avenue, la maison en briques qui fait le coin, à Oak Park, Illinois, où nous avons prévu de nous retrouver. Il hèle un homme d'une cinquantaine d'années, penché sur une voiture dans l'allée. L'homme est grand, dégingandé, légèrement voûté, avec des cheveux autrefois bruns devenus grisonnants. Il possède ce qu'on appelle parfois de façon désobligeante un visage taillé à la serpe. Il n'y a rien de chaleureux chez lui.

Mais il y a quelque chose de familier. Une forte ressemblance avec les gens qui vivaient dans la maison lorsque j'étais gamine ; certains des enfants avaient presque le même âge que moi et je les connaissais de vue. Ce doit être un frère plus âgé, me dis-je, et soit il a acheté, soit il a hérité de la maison par ses parents.

L'homme regarde Terry sans le reconnaître. Celui-ci n'a pas l'air désarçonné et le malaise s'empare de moi. Mon instinct maternel me pousse à établir le dialogue, à réorienter et à apaiser les choses. Mais je vois que Terry veut se singulariser dans la mémoire du type. Ils sont d'anciens voisins, après tout.

— Je suis un des gamins qui ont découvert le corps ! crie Terry.

L'homme le regarde fixement. Il ne dit rien. Son absence d'expression est catégoriquement hostile. Je détourne le regard et le reporte sur une minuscule statue de la Vierge Marie, dressée dans le coin nord-ouest de la pelouse devant la maison.

On est samedi après-midi, le 29 juin 2013, et la journée est inhabituellement froide et venteuse pour Chicago en milieu d'été. Dans le ciel, un pâté de maisons à l'ouest, j'aperçois la flèche de l'église catholique de St Edmund, celle de ma famille, où je suis allée à l'école élémentaire.

L'homme se remet à bricoler sa voiture. Terry s'écarte vers la droite. Il me repère, une trentaine de mètres plus loin sur le trottoir. Je m'anime à ce contact visuel et me mets à agiter furieusement la main à son intention, pour compenser ce qui vient de se passer.

Terry était une année au-dessus de moi à St Edmund. La dernière fois que je me souviens de l'avoir vu remonte à trente-cinq ans. Je sais peu de choses à son sujet, hormis la découverte récente qu'une même nuit d'août 1984 a changé nos vies à tous les deux.

— Michelle ! hurle-t-il en s'avançant vers moi. C'est comment, Hollywood ?

Nous nous étreignons maladroitement. Ses manières me ramènent immédiatement dans l'Oak Park de mon enfance. La prononciation typique des voyelles dans son accent épais de Chicago. La façon dont il annonce plus tard qu'il doit « se bouger le cul ». Il a une mèche sur le front, des joues rose vif et un manque total d'artifice. Aucune arrière-pensée ne fait filtre entre ce qu'il pense et ce qu'il dit. Il attaque aussi sec.

— Alors ouais, ce qui s'est passé, c'est… commence-t-il en m'entraînant de nouveau vers la maison.

J'hésite. Peut-être par peur de la réaction du propriétaire, déjà contrarié. Peut-être parce que j'ai l'impression que marcher vers la maison risque de nous ramener à cette nuit chaude et poisseuse, à l'époque où nous faisions encore du vélo mais avions déjà goûté notre première gorgée de bière.

Je regarde vers le sud de la ruelle.

— Et si on refaisait le chemin que vous avez pris ce soir-là ?

Oak Park se trouve en bordure du West Side de Chicago. Ernest Hemingway, qui y a grandi, en parlait comme d'une ville « aux pelouses immenses et aux esprits étriqués », mais ce n'est pas l'expérience que j'ai eue de cet endroit. Nous vivions dans une maison victorienne pleine de courants d'air au n° 300, South Scoville Avenue, un cul-de-sac du centre-ville. Au nord de chez nous se trouvaient la maison et le studio Frank Lloyd Wright, ainsi qu'un quartier aisé peuplé de Prairie Houses, ces pavillons dessinés par Wright, et de professions libérales déterminées à se maintenir à la page. Mon amie Cameron habitait une de ces maisons. Son beau-père était avocat des droits civiques et sa mère, potière, je crois. Ils me firent découvrir le sel végétarien et le mot « kabuki ». Je revois son beau-père nous recommander, à Cameron et moi, qui avions toutes les deux un penchant pour les blouses noires et les versets religieux, de nous amuser un peu en allant voir le concert filmé des Talking Heads, *Stop Making Sense*.

Au sud, vivaient essentiellement des familles ouvrières catholiques d'origine irlandaise. Les maisons étaient toujours trop froides de quelques degrés, et il n'y avait pas de tête de lit dans les chambres. De temps à autre, un père disparaissait avec une jeunette de vingt et un ans, et on ne le revoyait plus, mais il n'était pas question de divorce. Une amie d'université, qui passait les vacances de printemps chez nous, avait été convaincue que mon père jouait la comédie lorsqu'il avait entrepris de me mettre au courant des potins locaux. Les noms de famille, disait-elle, sonnaient si exclusivement irlandais, qu'on en aurait dit une provocation. Connelly. Flannery. O'Leary. Et ainsi de suite. Un jour, j'avais entendu sans le vouloir une mère catholique d'Oak Park épuisée répondre à une question concernant ma famille.

— Combien d'enfants y a-t-il chez les McNamara ? lui avait-on demandé.

— Six seulement, avait-elle répondu.

Elle-même en avait onze.

Ma famille était à cheval sur les deux côtés d'Oak Park. Mes parents étaient natifs du quartier, ils faisaient partie d'une tribu qu'on désignait communément sous le terme d'Irlandais du West Side. Ils s'étaient connus pendant le lycée. Mon père avait les dents espacées et il était jovial. Il aimait rire. Ma mère était la fille aînée de deux fêtards invétérés et ne buvait pas une goutte d'alcool. Elle aimait Judy Garland, et Hollywood la fascinait depuis toujours. « Les gens me disaient souvent que je ressemblais à Gene Tierney », m'avait-elle timidement avoué une fois. Je ne savais pas qui c'était. Lorsque je vis *Laura*, des années plus tard, je fus hypnotisée par le mystérieux personnage central qui partageait avec ma mère une même cascade de cheveux bruns mouchetés d'or et des pommettes délicatement ciselées.

L'histoire raconte que mes parents se sont rencontrés lorsque mon père vint frapper à la porte de ma mère, soi-disant parce qu'il cherchait un ami à lui. Je le crois. L'approche indirecte des affaires de cœur leur allait bien. Ils avaient tous deux des yeux immenses, bleus pour mon père, verts pour ma mère, qui exprimaient avec beaucoup de sentiment ce qu'ils ne pouvaient habituellement pas se dire.

Mon père envisagea brièvement d'entrer au séminaire pendant qu'il était à Notre-Dame. On l'appelait frère Léo. Ma mère réfléchit à d'autres prétendants en griffonnant des noms de remplacement pour son futur état-civil. Mais frère Léo décida que les séminaristes ne buvaient pas assez. Leur ami, le révérend Malachy Dooley, célébra leur mariage le lendemain de Noël 1955. Ma sœur aînée, Margo, naquit en septembre suivant. Quand on taquinait ma mère, le sourcil levé, sur les dates, elle en avait les joues en feu. Au lycée, on la surnommait la sainte-nitouche.

Après l'école de droit de Northwestern, mon père fut embauché par le cabinet Jenner & Block, en centre-ville. Il y est resté trente-huit ans. Il démarrait la plupart de ses journées dans un fauteuil sur notre véranda fermée, le *Chicago Tribune* dans une main, une tasse de thé dans l'autre, et les terminait par un martini Beefeater on the rocks très sec, avec une rondelle de citron. Quand il décida d'arrêter de boire, en 1990, il annonça la nouvelle d'une façon fantasque, comme à son habitude. Chaque enfant reçut une lettre tapée à la machine. Elle commençait par : « À mon enfant préféré. J'ai décidé de rejoindre la génération Pepsi. » Plus tard, il affirma que seuls deux d'entre nous avaient cru sa déclaration. J'en faisais partie.

Mes frère et sœurs se succédèrent rapidement, quatre filles et un garçon ; j'étais la dernière, née après une interruption de six ans. La sœur la plus proche de moi en âge, Mary Rita, était quand même trop vieille pour être une véritable camarade de jeux. À présent, quand je regarde en arrière, j'ai l'impression d'être née dans un groupe sur le déclin. Quand j'arrivai, mes parents possédaient des fauteuils LA-Z-Boy assortis. Notre porte d'entrée était en partie vitrée et de là, on pouvait apercevoir le dossier du fauteuil beige maternel dans le salon. Quand un des copains sonnait à la porte, elle levait la main et lui indiquait d'un geste circulaire de contourner la maison jusqu'à la porte de derrière qui restait ouverte, en criant : « Fais le tour. »

Les familles de notre quartier étaient unies, mais les enfants avaient tous le même âge que mes frères et sœurs. Ils se déplaçaient en bande et rentraient à la maison au crépuscule. Je garde un souvenir vif de ce que cela signifiait d'être adolescent dans les années 70, parce que je passais beaucoup de temps avec eux. Ma sœur Kathleen, de dix ans mon aînée, était, et est toujours, la plus extravertie de notre famille, et elle me trimballait partout comme un jouet adoré. Je me revois en équilibre précaire sur sa selle tandis qu'elle pédalait jusqu'à l'épicerie Jewel, dans Madison Street. Tout le monde semblait la connaître. « Hé, Beanie ! » criaient-ils en l'appelant par son surnom.

Durant le lycée, Beanie avait développé un béguin enflammé pour Anton, un garçon blond et calme qui faisait de l'athlétisme. Elle m'emmena un jour avec elle à l'une de ses compétitions. Nous nous plan-quâmes en haut des gradins pour l'observer furtive-ment. Je me souviens du visage transi d'amour de ma sœur tandis que nous le regardions jaillir de la ligne de départ et bondir en avant. Je n'avais pas réalisé à l'époque, mais les complexités de la vie de lycéen étaient en train de me l'enlever. Très vite, je m'étais retrouvée seule, assise en haut des marches de derrière qui permettaient d'aller de notre cuisine au premier étage, observant des adolescents au visage encadré de favoris en train de s'enfiler des bières dans notre coin petit déjeuner tandis que « The Joker », du Steve Miller Band, beuglait dans la pièce.

Tout le monde dans la famille parle avec une révérence moqueuse du jour de 1974 où les sœurs Van – Lisa, mon âge et Kris, un an de plus – s'installèrent de l'autre côté de la rue.

— Dieu merci, dirent-ils en me taquinant. Qu'est-ce qu'on aurait fait de toi ?

Nombre d'amis de mes parents remontaient à l'école primaire et au lycée. Qu'ils aient réussi à maintenir des liens aussi étroits dans un monde de plus en plus changeant et à la dérive était un sujet de fierté à leurs yeux, comme il se doit, mais cela avait aussi l'effet, je crois, de les isoler. Dès qu'on les sortait de leur zone de confort, ils se sentaient un peu mal à l'aise. Je pense qu'un courant sous-jacent de timidité les traversait tous les deux. Ils gravitaient vers des personnalités qui en imposaient plus. Ils se servaient de l'humour, parfois cinglant, pour désamorcer la tension. Ma mère, en particulier, semblait toujours prête à réprimer – les émotions, les attentes. Elle avait de petites mains pleines de taches de rousseur et l'habitude de tirer sur ses doigts quand les choses devenaient désagréables.

Je ne veux pas donner une fausse impression d'eux. C'étaient des gens intelligents, curieux, qui avaient voyagé à travers le monde dès qu'ils avaient pu se le permettre. Mon père avait plaidé, et perdu, une affaire devant la Cour suprême en 1971, qui est toujours étudiée dans les cours de droit constitutionnel. Ils étaient abonnés au *New Yorker*. Ils ont toujours éprouvé un intérêt pour la culture populaire, et ce qui était considéré comme bien, ou cool. Ma mère avait accepté qu'on l'emmène voir *Boogie Nights*. (« Je vais regarder *La Mélodie du bonheur* vingt fois de suite pour oublier ça », avait-elle commenté.) Ils étaient démocrates et soutenaient Kennedy. « Politiquement progressistes », aimait à dire ma mère, « mais socialement conservateurs ». Mon père avait emmené mes sœurs aînées, âgées respectivement de dix et huit ans, voir Martin Luther King parler en centre-ville. Ils ont voté Mondale en 1984. Mais lorsque j'avais dix-neuf ans, ma mère m'avait une fois réveillée à l'aube, complètement paniquée, agitant une poignée de cachets inconnus (d'elle). Elle ne pouvait se résoudre à prononcer le mot.

— Tu prends la… avait-elle dit.

— Fiber, avais-je répondu, avant de me tourner pour me rendormir.

Notre relation a toujours été tendue. Ma sœur Maureen se souvient d'être rentrée à la maison quand j'avais environ deux ans et avoir trouvé notre mère en train d'arpenter la véranda. « Je ne sais pas si je suis folle, avait-elle dit en refoulant ses larmes, ou si c'est Michelle. » Ma mère avait quarante ans à l'époque. Elle avait enduré des parents alcooliques et la mort d'un fils nouveau-né. Elle élevait six enfants sans aide. Je suis sûre que c'est moi qui étais cinglée. Toute sa vie, elle m'avait surnommée la Petite Sorcière, en riant à moitié seulement.

Toute notre existence, nous n'avons cessé de nous pousser à bout. Elle faisait de l'obstruction. Je lui lançais des regards noirs. Elle griffonnait des mots sur des enveloppes qu'elle glissait sous la porte de ma chambre. « Tu es futile, inconsidérée et grossière, disait l'un d'eux, tristement fameux, avant de conclure, mais tu es ma fille et bien entendu, je t'aime beaucoup. » Nous possédions un chalet d'été sur le lac Michigan, et je me souviens d'un après-midi, gamine, où je jouais dans les vagues pendant qu'elle lisait, allongée dans un transat sur la plage. Je m'étais rendu compte que les vagues étaient juste assez hautes pour que je puisse rester sous l'eau et me relever ensuite pour respirer rapidement au moment où la vague atteignait son point culminant, me dérobant ainsi à la vue. Je laissai ma mère se redresser et balayer la surface des yeux. Je la laissai poser son livre. Je la laissai se lever. Je la laissai courir vers l'eau en se préparant à hurler. Seulement alors, je me redressai nonchalamment.

Je regrette maintenant de ne pas avoir été plus gentille avec elle. Je la taquinais régulièrement parce qu'elle était incapable de regarder certaines scènes de films ou de shows télévisés. Elle ne supportait pas les passages où quelqu'un organisait une soirée à laquelle personne ne venait. Elle évitait les films sur des représentants de commerce ayant la poisse. C'était cette spécificité que je trouvais bizarre et amusante ; à présent, je la vois comme la marque d'une profonde sensibilité. Son père avait été représentant à une époque, et sa carrière florissante s'était cassé la figure. Elle avait été témoin des problèmes d'alcool de ses parents, ainsi que de leurs tentatives appuyées pour faire semblant de s'amuser qui n'avaient que trop duré. Maintenant, je comprends ses vulnérabilités. Ses parents attachaient de la valeur à la réussite sociale et avaient rejeté toutes les manifestations de l'esprit vif et enthousiaste de ma mère. Elle s'était sentie frustrée. Ses remarques pouvaient être déstabilisantes et cassantes, mais mon moi plus âgé voit à présent cela comme un reflet de l'image dévalorisée qu'elle avait d'elle-même.

Nous remontons le courant ou nous nous laissons entraîner au fond par nos manques dans la vie, et elle avait mis un point d'honneur à m'encourager comme elle ne l'avait jamais été. Je me souviens qu'elle m'avait dissuadée de postuler comme pom-pom girl. « Tu ne veux pas être celle qu'on acclame ? » avait-elle dit. Elle se délectait de tous mes succès académiques ou littéraires. Quand j'étais au lycée, je suis tombée sur une lettre qu'elle avait commencée à écrire des années auparavant et adressée à ma tante Maryline, la sœur de mon père, qui enseignait la théologie et était une archéologue accomplie. Ma mère lui demandait conseil sur la façon de m'épauler au mieux dans ma jeune carrière d'écrivain. « Comment je peux être sûre qu'elle ne finira pas sa vie en écrivant des cartes de vœux ? » avait-elle marqué. J'ai souvent repensé à sa question les années qui ont suivi, durant les nombreuses périodes où j'aurais été en extase si on m'avait payée pour écrire des cartes de vœux pour Hallmark.

Mais je ressentais ses attentes, les espoirs qu'elle reportait sur ma personne, et cela me hérissait. J'aspirais à son approbation et en même temps, je trouvais son surinvestissement envers moi étouffant. Elle était à la fois fière d'avoir élevé une fille aux idées bien arrêtées, et contrariée de mes opinions tranchées. Pour ne rien arranger, ma génération faisait grand cas de l'analyse et de la déconstruction, alors que la sienne, non. Ma mère ne se regardait pas, ou ne se serait jamais regardé, le nombril de cette manière. Je me souviens d'une discussion avec ma sœur Maureen à propos des cheveux que nous portions tous extrêmement courts quand nous étions gamins.

— Tu n'as pas l'impression que maman essayait de nous désexualiser ? avais-je demandé.

Maureen, mère de trois enfants, avait réprimé un rire mêlé d'agacement.

— Attends d'avoir des mômes, Michelle, avait-elle répondu. Les coupes de cheveux courtes ne sont pas de la désexualisation. Elles sont pratiques.

La veille de mon mariage, ma mère et moi connûmes notre plus grosse crise. J'étais au chômage et à la dérive, je n'écrivais pas et je ne faisais pas grand-chose d'autre. J'avais passé beaucoup de temps – trop, probablement – aux préparatifs du mariage. Au dîner de répétition, j'avais placé ensemble de petits groupes de gens qui ne se connaissaient pas ; la seule chose, leur avais-je dit, c'est qu'ils avaient tous un point commun et devaient découvrir lequel. À une table, tout le monde avait vécu un temps dans le Minnesota. À une autre, il n'y avait que des cuisiniers passionnés.

Au cours du dîner, ma mère s'approcha de moi tandis que je me dirigeais vers les toilettes. Je l'avais évitée jusque-là, parce qu'une amie avait commis l'erreur de me dire qu'un peu plus tôt dans la soirée, elle lui avait fait remarquer que j'étais le meilleur écrivain de sa connaissance, à son avis. « Oh, je sais, avait répondu ma mère. C'est aussi ce que je pense. Mais vous ne croyez pas qu'il est trop tard pour elle ? » Ses paroles m'avaient vexée et je les avais retournées dans ma tête.

Du coin de l'œil, je la vis s'avancer vers moi. Rétrospectivement, elle souriait. Tout lui plaisait, je le voyais. Elle n'avait jamais été douée pour faire des compliments directs. Je suis certaine qu'elle pensait être drôle. Elle fit un geste vers les tables.

— Tu as trop de temps libre, lança-t-elle.

Je me tournai et lui fis face, avec sur le visage, j'en suis sûre, un masque de pure rage.

— Écarte-toi de moi, crachai-je. (Elle fut choquée et tenta de s'expliquer, mais je lui coupai la parole :) Éloigne-toi. Tout de suite.

J'entrai dans les toilettes, m'enfermai dans une des cabines et m'autorisai à pleurer cinq minutes avant de ressortir en faisant comme si tout allait bien.

Elle fut, de l'avis général, dévastée par ma réaction. Nous n'en parlâmes jamais, mais peu de temps après le mariage, elle m'écrivit une longue lettre dans laquelle elle détaillait toutes les choses dont elle était fière chez moi. Par la suite, nous reconstruisîmes lentement notre relation. Fin janvier 2007, mes parents décidèrent de partir en croisière au Costa Rica. Le bateau devait lever l'ancre depuis un port au sud de Los Angeles. Tous les quatre – mon mari, Patton, mes parents et moi – dînâmes ensemble la veille de leur départ. Nous rîmes beaucoup et je les conduisis au quai d'embarquement le lendemain matin. Ma mère et moi nous serrâmes fort dans les bras pour nous dire au revoir.

Quelques jours plus tard, le téléphone de la cuisine sonna à 4 heures du matin. Je restai au lit. Puis la sonnerie retentit à nouveau, mais cessa avant que j'aie eu le temps de décrocher. J'écoutai le message. C'était mon père. Il avait une voix étranglée et presque inintelligible.

— Michelle, dit-il. Appelle tes frère et sœurs. *Click.*
J'appelai ma sœur Maureen.

— Tu ne sais pas ? demanda-t-elle.

— Quoi ?

— Oh, Michelle, répondit-elle. Maman est morte.

Ma mère, diabétique, était tombée malade sur le bateau, à cause de complications dues à sa maladie. Ils l'avaient transportée par hélicoptère à San José, mais il était trop tard. Elle avait soixante-quatorze ans.

Deux ans plus tard, j'eus ma fille, Alice. Je fus inconsolable les deux premières semaines. « Dépression post-partum », expliqua mon mari à nos amis. Mais il ne s'agissait pas du baby-blues. Il s'agissait du blues maternel. Tenant mon nouveau-né dans mes bras, je compris. Je compris l'amour qui vous prend aux tripes, le sens de la responsabilité qui réduit le monde à deux yeux en demande d'affection. À trente-neuf ans, je comprenais pour la première fois l'amour que ma mère avait ressenti pour moi. Sanglotant comme une hystérique, pratiquement incapable de parler, j'ordonnai à mon mari de descendre dans notre cave humide afin de retrouver la lettre que ma mère m'avait écrite après le mariage. Il passa des heures en bas. Retourna le moindre carton. Le sol était jonché de papiers. Il ne put remettre la main dessus.

Peu de temps après le décès de ma mère, mon père, mes sœurs, mon frère et moi nous rendîmes à l'appartement de mes parents, à Deerfield Beach, pour trier ses affaires. Nous reniflâmes ses vêtements, qui sentaient encore le Happy Perfume, de Clinique. Nous nous émerveillâmes de sa collection infinie de sacs, une obsession qui ne l'avait pas quittée de toute sa vie. Chacun de nous prit quelque chose d'elle. J'emportai une paire de sandales rose et blanc. Elles sont encore dans mon placard.

Puis, nous nous rendîmes tous les sept au Sea Watch, un restaurant tout proche avec vue sur l'océan, pour y dîner. On aime bien rire, dans ma famille, et nous nous racontâmes des anecdotes à propos de ma mère qui déclenchèrent l'hilarité. Sept personnes en train de s'esclaffer bruyamment se font forcément remarquer.

Une femme plus âgée, avec un sourire ébahi, s'approcha de notre table au moment de partir.

— Quel est le secret ? demanda-t-elle.

72

— Je vous demande pardon ? répondit mon frère Bob.

— D'une famille aussi heureuse ?

Nous restâmes bouche bée un instant. Personne n'eut le cœur de lui dire ce que nous pensions tous : *nous venons de trier les affaires de notre mère décédée*. Nous nous noyâmes de plus belle dans de nouveaux rires suraigus.

Ma mère a été, et restera, la relation la plus compliquée de toute ma vie.

En écrivant cela à l'heure qu'il est, je suis frappée par deux vérités inconciliables qui me chagrinent. Personne n'aurait éprouvé plus de joie à la lecture de ce livre que ma mère. Et je ne me serais probablement pas senti la liberté de l'écrire de son vivant.

Tous les jours, j'effectuais le même trajet de huit cents mètres pour me rendre à St Edmond : gauche dans Randolph, droite dans Euclid et de nouveau gauche dans Pleasant. Les filles portaient des pulls écossais et des jupes blanches ; les garçons, une chemise couleur moutarde et un pantalon. Ms. Ray, mon institutrice de CP, à la taille de guêpe et à l'épaisse crinière de cheveux couleur caramel, était toujours enjouée. On aurait dit Suzanne Somers dirigeant un troupeau de gamins de six ans. Mais pourtant, ce n'est pas mon souvenir le plus frappant de St Edmund. Non plus, assez curieusement, que l'enseignement catholique ou le temps passé à l'église, bien qu'il y eût beaucoup des deux. Non, St Edmond sera toujours lié dans mon esprit à une image, celle d'un garçon silencieux et bien élevé aux cheveux châtains et aux oreilles légèrement décollées : Danny Olis.

Mes béguins d'écolière variaient radicalement en termes de physique et de personnalité, mais je peux affirmer avec certitude qu'ils avaient tous une chose en commun – ils étaient assis devant moi dans la classe. Les autres sont capables de développer des sentiments pour des personnes assises à côté ou derrière eux, mais pas moi. Cela demande d'entrer en relation trop directe avec quelqu'un, parfois même de tendre le cou pour établir un contact visuel. Trop réel. Je n'aimais rien tant que la nuque d'un garçon. Je pouvais me projeter indéfiniment sur l'ardoise vierge qu'était le dos avachi d'un élève. Il était assis là, à bayer aux corneilles ou en train de se curer le nez, et je ne le saurais jamais.

Pour une projectionniste rêveuse de ma trempe, Danny Olis était parfait. Je ne me souviens pas d'avoir pensé qu'il était malheureux, mais je ne revois pas non plus son sourire. Il était très maître de lui pour un petit garçon, et un peu solennel, comme s'il savait quelque chose que le reste d'entre nous, adeptes de contes de fées aux dents écartées, finirions par découvrir. Il était le Sam Shepard de notre classe. On m'avait offert un singe Curious George à ma naissance, et quelque chose dans le visage d'elfe potelé aux grandes oreilles de Danny me faisait penser à lui. Je m'endormais en le serrant de toutes mes forces contre ma joue chaque soir. Mon amour pour Danny était une grande nouvelle dans la maisonnée. Une fois, en fouillant dans mes vieilles affaires lors d'un déménagement, je suis tombée sur une carte que Beanie m'avait envoyée durant sa deuxième année à l'université de l'Iowa. « Chère Mish, tu me manques. Comment va Danny Olis ? »

Je suis entrée à l'école publique du coin, William Beye, l'avant-dernière année d'élémentaire. Mes meilleures amies, les sœurs Van, qui m'avaient sauvée de la solitude en venant s'installer de l'autre côté de la rue, y allaient. Je voulais être avec elles. Je voulais porter ce qui me plaisait. Au bout d'un certain temps, j'avais pratiquement oublié Danny Olis. Mon Curious George disparut, ainsi que les autres objets de mon enfance.

Un soir, quand j'étais en première, une amie vint m'aider à préparer une grosse fête que j'avais organisée en l'absence de mes parents. Les mois précédents, elle avait traîné avec plusieurs garçons de Fenwick, le lycée catholique non mixte du quartier, et me demanda si quelques-uns d'entre eux pouvaient venir à la soirée. Bien sûr, répondis-je. En fait, m'avoua-t-elle en hésitant, elle sortait plus ou moins avec l'un d'eux.

— Juste un peu, ajouta-t-elle.

— C'est super ! Il s'appelle comment ?

— Danny Olis.

J'écarquillai les yeux et émis un son entre le rire bruyant et le cri perçant. Après m'être calmée, j'inspirai un grand coup, comme on le fait quand on s'apprête à partager un grand secret.

— Tu ne vas pas le croire, mais j'avais un béguin d'enfer pour Danny à l'école primaire.

Mon amie hocha la tête.

— Ça a commencé en cours de musique, parce que le professeur vous avait demandé de vous tenir les mains, dit-elle. Il me l'a raconté, s'empressa-t-elle d'ajouter en voyant mon expression embarrassée.

Je ne me rappelais pas avoir tenu des mains en cours de musique. Et il *savait* ? Dans mes souvenirs, j'étais la fille silencieuse assise au fond, qui l'observait fidèlement, mais discrètement, à chaque fois qu'il tournait ou baissait la tête. Maintenant, il semblait que ma fixation ait été aussi subtile qu'une telenovela. Je me sentis mortifiée.

— Eh bien, il est très mystérieux, lui dis-je, un peu agacée.

— Pas pour moi, répondit-elle en haussant les épaules.

Ce soir-là, des adolescents avec des gobelets jetables se répandirent sur ma pelouse et dans la rue. Je bus trop de gin, esquivai et me mêlai à la foule des personnes inconnues qui peuplaient ma maison. Des garçons avec qui j'étais sortie étaient là, et d'autres, avec qui je sortirais. Quelqu'un passait en boucle « Suspicious Minds », des Five Young Cannibals.

Toute la soirée, je fus profondément consciente de la présence d'un garçon silencieux aux cheveux châtain-roux dans un coin de la cuisine, près du frigo. Ses cheveux lui couvraient à présent les oreilles. Son visage avait perdu de ses rondeurs et était plus fermé, mais en lui jetant de rapides coups d'œil, je m'aperçus que son expression indéchiffrable et posée était toujours là. Toute la soirée, je l'évitai. Je ne le regardai pas une seule fois dans les yeux. Malgré le gin,

76

j'étais toujours la gamine au fond de la classe, qui observait avec attention, mais qu'on ne remarquait jamais.

Vingt-six ans plus tard, un après-midi de mai, je me préparais à refermer mon ordinateur quand le tintement familier annonça un nouvel e-mail. J'ouvris ma boîte de réception. Je suis une correspondante inconséquente lorsqu'il s'agit de mails et parfois, j'ai un peu honte de l'admettre, cela me prend plusieurs jours, voire plus, pour répondre. Il me fallut un moment pour intégrer le nom qui s'affichait : Dan Olis. Je cliquai sur le message avec hésitation.

Dan, qui était devenu ingénieur et vivait à Denver, expliquait qu'on lui avait fait suivre un portrait de moi, paru dans le journal des anciens élèves de Notre-Dame. L'article, « Détective », rapportait que j'avais créé un site web, *True Crime Diary*, qui tentait de résoudre les affaires criminelles non résolues. Le journaliste m'interrogeait sur mon obsession pour les crimes non élucidés et citait ma réponse : « Tout cela a commencé quand j'avais quatorze ans. Une de mes voisines a été sauvagement assassinée. Une très étrange affaire. Elle faisait son jogging, près de chez elle. (La police) n'a jamais résolu l'affaire. Tous les gens du quartier ont été saisis de terreur puis sont passés à autre chose. Mais je n'ai jamais pu. Je devais comprendre comment c'était arrivé. »

Il s'agissait de la version expurgée. Une autre version est celle qui suit. Le soir du 1er août 1984, je me prélasse dans la chambre rénovée du grenier, au

77

troisième étage de notre maison, où je jouis d'une liberté hermétiquement confinée. Tous les enfants de ma famille ont passé une partie de leur adolescence là-haut. C'est mon tour. Mon père détestait le grenier parce que c'était une souricière, mais pour moi, tsunami d'émotions de quatorze ans qui signait son journal « Michelle, l'Écrivain », c'est une glorieuse échappatoire. La moquette orange est à poils longs, les plafonds inclinés. Il y a une bibliothèque encastrée dans le mur qui s'ouvre sur une alcôve de rangement secrète. Ce que je préfère, c'est l'énorme bureau en bois qui prend la moitié de la pièce. J'ai un tourne-disque, une machine à écrire et une petite fenêtre qui donne sur le toit en tuiles de mon voisin. J'ai un endroit où rêver. Dans quelques semaines, je commence le lycée.

Au même moment, à cinq cents mètres de là, Kathleen Lombardo, vingt-quatre ans, fait son jogging dans Pleasant Street, son Walkman sur les oreilles. C'est une chaude soirée. Les voisins, sur leur véranda, la regardent passer à environ 21 h 45. Elle n'a plus que quelques minutes à vivre.

Je me souviens d'avoir entendu monter l'escalier jusqu'au deuxième étage – ma sœur Maureen, je pense – puis une conversation chuchotée, quelqu'un qui inspire un grand coup et ensuite, les pas de ma mère qui se dirige rapidement vers la fenêtre. On connaissait les Lombardo par St Edmond. La nouvelle s'était très vite répandue. Son meurtrier l'avait traînée à l'entrée de la ruelle, entre Euclid et Wesley. Il lui avait tranché la gorge.

78

Je n'éprouvais aucune attirance particulière pour le crime, mis à part les quelques romans policiers de la série Nancy Drew que j'avais lus à l'occasion en grandissant. Pourtant, deux jours après le meurtre, je me rendis à l'endroit où Kathleen avait été attaquée, sans le dire à personne. Sur le sol, je découvris des morceaux de son Walkman. Je les ramassai. Je ne ressentais aucune peur, juste une curiosité qui m'électrisait, un déferlement de fièvre enquêtrice tellement inattendue, que je me souviens de chaque détail de cet instant – l'odeur de l'herbe tout juste coupée, la peinture marron écaillée sur la porte du garage. Ce qui me passionna, ce fut ce fantôme, ce point d'interrogation à la place du visage du tueur. Le vide béant de son identité me paraissait d'une redoutable violence.

Les meurtres non résolus devinrent une obsession. J'accumulai les détails inquiétants et incompréhensibles. Je développai une réponse pavlovienne au mot « mystère ». Mes emprunts à la bibliothèque dessinent une bibliographie du macabre et du vrai. Quand je rencontre des gens et que j'apprends d'où ils sont originaires, je les oriente dans mon esprit en fonction du meurtre non résolu le plus proche. Si vous me dites que vous êtes allé à l'université de Miami, Ohio, chaque fois que je vous verrai, je penserai à Ron Tammen, le lutteur et bassiste du groupe de jazz de l'université, sorti de sa chambre d'étudiant le 19 avril 1953 – en laissant sa radio et sa lampe allumées, son livre de psycho ouvert sur le bureau – et qui a disparu, pour ne plus jamais réapparaître. Si vous mentionnez que vous venez de Yorktown, Virginie, vous serez indéfectiblement lié dans mon esprit au Colonial Parkway, la route sinueuse qui longe la York River, sur laquelle quatre couples disparurent ou furent assassinés entre 1986 et 1989.

Vers vingt-cinq ans, je finis par accepter cette fascination et, grâce à la naissance des technologies liées au Web, mon site de détective amateur, *True Crime Diary*, vit le jour.

— Pourquoi êtes-vous autant intéressée par les crimes ? me demandent les gens, et je reviens sans cesse à ce moment précis où je me suis trouvée dans la ruelle, les débris du Walkman cassé d'une jeune femme morte entre les mains.

J'ai besoin de voir son visage.

Il perd de son pouvoir si on voit son visage.

Le meurtre de Kathleen Lombardo ne fut jamais résolu.

De temps en temps, il m'arrivait d'écrire sur cette affaire et d'en parler lors d'interviews. J'ai même appelé la police d'Oak Park pour vérifier certains faits. La seule véritable piste réside dans la déclaration de témoins affirmant avoir vu un Afro-Américain avec un débardeur jaune et un bandeau, qui observait Kathleen avec beaucoup d'attention pendant qu'elle courait. La police avait démenti une rumeur prétendant que des témoins avaient vu le tueur sortir du métro aérien et se mettre à suivre Kathleen. L'objectif de la rumeur en question était évident : le meurtrier s'était glissé parmi nous, mais il venait d'ailleurs.

80

Les flics d'Oak Park me donnèrent la nette impression que l'affaire était une impasse. Et c'est ainsi que je la considérai, jusqu'au jour où le nom de Dan Olis fit son apparition dans mes e-mails. Dan avait mis en copie une autre personne : Terry Keating. Le nom m'évoquait vaguement celui d'un garçon qui se trouvait dans la classe au-dessus de nous à St Edmund. Il s'avère que Dan et Terry étaient cousins au premier degré. Ils avaient pris contact avec moi parce qu'eux aussi étaient hantés par le meurtre de Kathleen Lombardo, mais pour des raisons différentes, et autrement plus personnelles. Dans son mail, Dan disait « Salut, comment vas-tu ? » avant d'aller droit au but.

« Est-ce que tu savais que ce sont de gentils gamins de St Edmund qui ont découvert Kathleen ? » écrivait-il.

L'expérience s'était avérée horrible et avait secoué les enfants. Ils en parlaient souvent, écrivait Dan, surtout parce qu'ils éprouvaient de la colère – la théorie communément acceptée de ce qui était arrivé à Kathleen ce soir-là étant fausse, d'après eux. Ils avaient l'impression de connaître l'identité du tueur.

En fait, ce soir-là, ils l'avaient rencontré.

Terry et Dan ne sont pas seulement cousins ; ils ont partagé une maison en grandissant. La famille de Dan vivait au rez-de-chaussée ; celle de Terry, au premier ; et leur grand-mère, au second. Terry et moi étudions l'arrière de leur ancienne maison depuis la ruelle.

— Il y avait combien de personnes ? dis-je à Terry. La maison mesure deux cent quatre-vingts mètres carrés tout au plus.

— Onze enfants, cinq adultes, répond-il.

Avec un an de différence seulement, Dan et Terry étaient, et sont toujours, proches.

— Cet été a représenté une vraie période de transition pour nous, continue Terry. Parfois, on volait des bières et on se soûlait. D'autres fois, on faisait des conneries comme quand on était gamins.

D'un geste, il désigne la dalle de ciment contiguë au garage à l'arrière.

— Je me souviens qu'on jouait au hockey, ou peut-être au basket, ce soir-là.

Le groupe comprenait Terry, Danny, le frère cadet de Danny, Tom, et deux copains de l'école primaire, Mike et Darren. Il était presque 22 heures. Quelqu'un avait suggéré d'aller au White Hen, une petite épicerie située dans Euclid, à un pâté et demi de maisons de là, en passant par la ruelle. Ils y allaient constamment, parfois trois ou quatre fois par jour, pour acheter un Kit Kat ou un Coca.

Terry et moi nous dirigeons vers le nord. Il a passé tellement de temps dans cette ruelle quand il était gamin qu'il peut repérer tous les petits changements survenus.

— Il y faisait plus noir la nuit, à l'époque, dit-il. Presque comme dans un four. Les branches dépassaient plus et pendaient davantage.

Un arbre inhabituel dans le jardin d'un voisin attire son attention.

— Des bambous, dit-il. Tu y crois ?

À environ quinze mètres de l'endroit où la ruelle croise Pleasant Street, Terry marque une pause. Une bande de préadolescents et d'adolescents en train de raconter des conneries, comme ils le faisaient, peut être bruyante. Ils s'amusaient en faisant des pitreries. Cet endroit le hante. Quand on regarde droit devant, on peut apercevoir l'entrée de la ruelle de l'autre côté de la rue.

— Si on avait fait attention, dit-il, on aurait pu la voir passer en courant. On aurait pu le voir quand il l'a attrapée.

Nous traversons la rue en direction de la tonnelle située derrière le 143, South Wesley Avenue. Les cinq garçons marchaient en ligne. Danny était à sa droite, se rappelle Dan. Il pose une main sur la barrière près du garage et la secoue.

— Je crois que c'est la même barrière, dit-il, mais elle était rouge à l'époque.

Il avait cru apercevoir un tapis roulé près des poubelles. Les jambes de Kathleen étaient très pâles, et dans le noir, Terry les avait prises pour un tapis de couleur claire. Puis Danny, qui se trouvait le plus près, avait crié :

— Il y a un corps !

Terry et moi regardons fixement l'endroit où Kathleen reposait, le long du garage. Il avait été clair immédiatement qu'on lui avait tranché la gorge. Une mare de sang s'étalait à ses pieds. L'odeur était abominable. Probablement les gaz intestinaux, se dit à présent Terry. Darren, un « gamin délicat », d'après la description qu'il en fait, avait lentement reculé jusqu'au garage d'en face, mains sur la tête, prêt à déguerpir. Tom s'était précipité vers la porte la plus proche en appelant au secours.

La suite correspond au moment où le récit du meurtre de Kathleen Lombardo généralement admis diverge par rapport aux souvenirs de Terry et de Dan. Ils se rappellent que Kathleen présentait encore des signes de vie, mais qu'elle mourut en quelques minutes, entre le moment où ils l'avaient découverte et l'arrivée d'une escouade de policiers. D'après les enquêteurs, ils avaient dû prendre le type par surprise.

Ils revoient un homme émerger de la ruelle pratiquement au moment où ils découvraient le corps. Il était grand, d'origine indienne apparemment, et portait une chemise en lin ouverte jusqu'au nombril, un short et des sandales.

— Qu'est-ce qui se passe ici ? avait-il demandé.

D'après Terry, pas une fois l'homme n'avait regardé vers le corps.

— Quelqu'un est blessé. Il faut appeler la police, avait alors hurlé Mike.

L'homme avait fait non de la tête.

— Je n'ai pas le téléphone, avait-il répondu.

Le chaos qui s'ensuivit occulte la suite des événements. Terry revoit le véhicule de police qui se gare, conduit par un flic moustachu et sceptique qui leur avait demandé d'un ton sarcastique où se trouvait le corps. Il se souvient du changement de ton et de l'appel urgent envoyé par radio quand le flic avait vu Kathleen. Il se rappelle son coéquipier, un type plus jeune, peut-être un stagiaire, appuyé sur le flanc de la voiture, en train de vomir.

Il se remémore Darren, contre le garage, mains toujours sur la tête, qui se balance d'avant en arrière. Puis le quartier en état de siège, avec gyrophares et sirènes, comme Terry n'en avait jamais vu avant, et n'en reverrait jamais par la suite.

Sept ans plus tard, il fit par hasard du covoiturage pour se rendre à un concert avec un gars du nom de Tom McBride, qui habitait à quelques maisons de l'endroit où le meurtre avait eu lieu. Terry et Tom étaient ennemis dans leur enfance, comme on peut l'être quand on ne se connaît pas et qu'on ne fréquente pas les mêmes écoles. Tom était un « de la publique », comme les appelaient les gamins catholiques. Mais Terry avait découvert que Tom était en fait un type vraiment super. Ils avaient bavardé toute la soirée.

— Tu ne faisais pas partie des gamins qui ont découvert ce corps ? avait demandé Tom.

— Si, avait répondu Terry.

Tom avait froncé les sourcils.

— J'ai toujours pensé que c'était quelqu'un du voisinage qui avait fait le coup.

Une image était alors revenue à Terry, celle de l'homme à la chemise en lin, et la façon étrange qu'il avait eue de ne pas regarder le corps. Cette manière, aussi, de leur demander ce qui se passait, alors que clairement, c'était quelque chose d'horrible.

Terry avait senti son estomac se serrer.

— Il ressemblait à quoi ? avait-il demandé.

Tom le lui avait décrit. Grand. Indien. Un sale type, vraiment.

— Il était là quand on l'a découverte ! s'était exclamé Terry.

La couleur s'était retirée du visage de Tom. Il ne pouvait pas y croire. Il se souvenait clairement qu'au milieu des cris qui avaient suivi la découverte du corps, le voisin, tout juste sorti de la douche, semblait-il, et portant un peignoir, s'était pointé sur le pas de la porte de derrière pour observer les voitures de police et s'était tourné vers Tom et sa famille, dehors sur la véranda.

— Est-ce qu'il a dit quelque chose ? avait demandé Terry.

Tom avait fait oui de la tête : « Qu'est-ce qui se passe ici ? »

Ils n'ont jamais attrapé son meurtrier. Et ces débris de Walkman que j'ai ramassés sur la scène de crime cliquètent dans ma tête avec un bruit de ferraille trente ans plus tard, tandis que je m'engage dans Capitol Avenue, à Sacramento, avec ma voiture de location. Je la remonte vers l'est, en direction de la sortie de la ville, jusqu'à l'embranchement avec Folsom Boulevard. Je reste sur Folsom, dépasse l'université Sac State et l'hôpital psychiatrique Sutter, les parcelles vides envahies de broussailles et de chênes épars. À ma droite, en parallèle, court la Gold Line, un système léger sur rail qui assure la liaison entre le centre et Folsom, à quarante kilomètres de là. La route est historique. Les rails ont servi, à une époque, pour le chemin de fer de la vallée de Sacramento, construit en 1856, le premier chemin de fer à vapeur qui reliait la ville aux campements miniers dans les Sierras. En traversant Bradshaw Road, je repère des panneaux annonçant PAWN et 6 POCKET SPORTS BAR. De l'autre côté de la route, j'aperçois des cuves de stockage de produits pétroliers derrière une clôture en fil de fer rouillée. Je suis arrivée à destination. Là où tout a commencé : la ville de Rancho Cordova.

Dans les années 70, les gamins qui vivaient ailleurs la surnommaient Rancho Cambodia. L'American River coupe en deux la partie est du comté de Sacramento, et Rancho Cordova, sur la rive sud, est isolée des banlieues plus verdoyantes et respectables. Au départ, le Mexique avait cédé dans cette région deux mille cinq cents hectares de terres destinées à l'agriculture. En 1848, après que James W. Marshall avait entraperçu, soixante kilomètres en amont sur la rivière, des paillettes de métal scintillant dans les canalisations d'une roue à eau, et déclaré « Je l'ai trouvé », les dragues destinées à extraire l'or envahirent Rancho Cordova, laissant d'énormes montagnes de rochers arrachés à la rivière derrière elles. Pendant un temps, la région devint un vignoble. Puis la base de l'Air Force, Mather, ouvrit en 1918. Mais ce fut la guerre froide qui transforma réellement Rancho Cordova. En 1953, Aerojet, le constructeur de fusées et de systèmes de propulsion pour missiles, y installa son siège principal, ce qui déclencha un boom de la construction résidentielle, afin de loger les employés. Les rues tortueuses de la ville (Zinfandel Drive, Riesling Way) furent soudain goudronnées et bordées de modestes pavillons bien alignés. Chaque famille semblait avoir un lien avec l'armée ou Aerojet.

La ville dissimulait aussi un aspect moins policé. Un homme qui avait grandi dans la Gloria Way, au milieu des années 70, se souvient du jour où le vendeur de glaces qui travaillait aux environs de l'école primaire Cordova Meadows avait disparu. Il s'avère que le gars aux cheveux longs et à la barbe fournie qui arborait des lunettes d'aviateur aux verres réfléchissants et vendait des esquimaux aux gamins, vendait aussi du LSD et de la cocaïne à un autre genre de clientèle, et qu'il avait été embarqué par les flics. Les histoires d'enfance à Sacramento dans ces années-là ne sont souvent que des leurres du même genre, un mélange de douceur et d'angoisse, des instantanés de carte postale provinciaux annotés de mauvais pressentiments.

Les jours d'été brûlants, se souvient une femme, on pataugeait dans l'American River ; puis un autre souvenir arrive, celui du jour où ils avaient couru le long de la voie ferrée et étaient tombés sur un campement de sans-abri dans les broussailles épaisses. Certaines parties de la rivière, disait-on, étaient hantées. Un groupe d'adolescentes traînaient à Land Park et regardaient les garçons qui faisaient briller la carrosserie de leurs voitures, torse nu ; elles allaient au Days on the Green, à Oakland, le Lollapalooza de l'époque, pour voir les Eagles, Peter Frampton ou encore Jethro Tull ; roulaient jusqu'à la digue de Sutterville Road et buvaient de la bière. Elles se trouvaient sur cette même digue en train de boire, cette soirée du 14 avril 1978, quand un convoi de véhicules de police, sirènes beuglantes, passa à toute allure sur la route au-dessous d'elles. Le convoi était interminable. « Jamais vu un truc pareil de toute ma vie », avait déclaré une des ados, à présent âgée de cinquante-deux ans. L'East Area Rapist, ou Violeur de l'Est – l'homme que j'en viendrais à surnommer le Golden State Killer – avait de nouveau frappé.

De Folsom, je tournai à gauche dans Paseo Drive et pénétrai au cœur de la zone résidentielle de Rancho Cordova. Cet endroit signifiait quelque chose pour lui. C'est là qu'il avait attaqué la première fois, et il ne cessait d'y revenir. En novembre 1976, on avait attribué neuf agressions en six mois à l'EAR dans le comté de Sacramento. Quatre d'entre elles s'étaient produites à Rancho Cordova. En mars 1979, alors qu'il n'avait pas attaqué de toute une année et semblait avoir quitté la région pour de bon, il était revenu une dernière fois. Était-il originaire de là ? Certains enquêteurs, en particulier ceux qui ont travaillé sur l'affaire au début, le pensent.

Je me garai devant le lieu de sa première agression, une simple maison en L de plain-pied d'environ quatre-vingt-dix mètres carrés, avec une souche d'arbre proprement coupée au milieu de la cour. C'est de là que vint le premier coup de fil, le 18 juin 1976, à 5 heures du matin, passé par une jeune femme de vingt-trois ans qui parlait comme elle le pouvait dans le combiné, allongée au sol, les mains liées dans le dos tellement serré qu'elle en avait la circulation coupée. Sheila[1] avait réussi à reculer jusqu'au téléphone posé sur la table de nuit de son père, l'avait fait tomber par terre et avait cherché le 0 du bout des doigts. Elle appelait pour signaler un viol avec effraction.

Elle voulait leur faire comprendre que le masque était étrange. Blanc, et fait d'une matière grossière et comme tricotée, avec des trous pour les yeux et une couture au milieu, mais très collant contre le visage. Lorsque Sheila se réveilla et le vit dans l'encadrement de porte de sa chambre, elle crut rêver. Qui porte un passe-montagne à Sacramento en juin ? Elle cligna des yeux et l'image se précisa. Il mesurait environ un mètre quatre-vingts, moyennement musclé, portait un T-shirt bleu foncé à manches courtes et des gants gris en toile. Autre détail, tellement anormal qu'il devait être sorti de son subconscient – deux jambes pâles aux poils noirs. Les parties intimes étaient solidaires et formaient un tout. L'homme n'avait pas de pantalon. Il était en érection. Sa poitrine montait et descendait, des exhalaisons bien réelles.

Il bondit sur le lit de Sheila et lui colla une lame de couteau de dix centimètres contre la tempe droite. Elle tira les couvertures sur sa tête comme si cela allait le faire disparaître par magie. Il les rabattit d'un coup sec. « Si tu fais un mouvement ou un bruit, je te crève », murmura-t-il.

Il lui attacha les poignets dans le dos avec de la ficelle qu'il avait apportée, puis les lia une fois encore

---

1. Pseudonyme.

avec une ceinture en tissu rouge et blanc trouvée dans l'armoire de Sheila. Il lui fourra une de ses combinaisons en nylon blanc dans la bouche en guise de bâillon. On pouvait déjà observer certains indices du comportement qui allait devenir si reconnaissable. Il enduisit son pénis de lotion pour bébé avant de la violer. Il fouilla et mit la maison à sac ; elle entendait claquer les poignées en forme de heurtoir des dessertes du salon tandis qu'il ouvrait les tiroirs. Il murmurait d'une voix basse et gutturale, les mâchoires serrées. Une coupure de quelques centimètres près du sourcil droit de Sheila saignait, là où il avait appuyé la lame en lui ordonnant de ne pas faire un bruit.

Le bon sens, et n'importe quel flic, vous diront que le violeur sans pantalon est un voyeur peu âgé et peu raffiné, qui vient de franchir le pas entre le simple délit et le crime sommairement conçu. Le sale vaurien qui effectue sa danse les fesses à l'air contrôle mal ses impulsions et se fait rapidement pincer. Son regard insistant lui a sans aucun doute conféré un statut de voyou dans le voisinage. Les flics le réveilleront en un rien de temps à coups de pied dans la maison de sa mère en pleine ébullition. Mais cette crapule sans pantalon ne s'était pas fait prendre.

Il existe quelque chose que je considère comme le paradoxe du violeur intelligent. Roy Hazelwood, un ancien profiler du FBI spécialisé dans les prédateurs sexuels en parle dans le livre, *The Evil That Men Do*[1], coécrit par Stephen G. Michaud : « La plupart des

___
1. Le mal que font les hommes.

gens n'ont aucun problème à associer l'intelligence à un cambriolage raffiné. Mais la torture que représente le viol est un acte dépravé, auquel ils ne peuvent pas s'identifier, même de loin. Et ils ont donc du mal à créditer ces délinquants sexuels d'une quelconque intelligence. Cela est également vrai pour les officiers de police. »

Si on regarde de plus près les méthodes utilisées par le violeur de Sheila, on découvre un esprit calculateur à l'œuvre. Il a fait attention à ne jamais enlever ses gants. Sheila avait reçu des appels où l'on raccrochait sans rien dire durant les semaines précédant son agression, comme si quelqu'un surveillait ses horaires. En avril, elle avait eu l'impression qu'on la suivait. Elle ne cessait de voir une voiture noire de taille moyenne et de marque américaine. Mais curieusement – bien qu'elle soit sûre qu'il s'agisse du même véhicule, elle n'arrivait jamais vraiment à apercevoir le visage du conducteur.

Le soir de l'agression, une vasque à oiseaux avait été déplacée jusque sous la ligne téléphonique, dans le jardin, à l'évidence pour grimper dessus. Mais la ligne n'avait été que partiellement coupée, marque d'hésitation symptomatique de l'apprenti, comme le clou planté de travers par le charpentier stagiaire.

Quatre mois plus tard, Richard Shelby se trouvait sur un trottoir de Shadowbrook Way, à Citrus Heights.

Si l'on en croit les règles en cours au sein du bureau du shérif de Sacramento, Shelby n'aurait pas dû être affecté à cette affaire, ni à aucune autre. Il n'aurait même pas dû porter l'uniforme. Shelby connaissait les règles – pour intégrer le bureau du shérif de Sacramento en 1966, il fallait avoir ses dix doigts dans leur intégralité – mais il avait réussi à ses examens écrits et physiques, et s'était dit qu'il allait tenter sa chance. La chance lui avait souri jusque-là ; même le fait qu'il lui manque une bonne partie de son annulaire gauche était un coup de bol. Il aurait dû être coupé en deux par la balle perdue tirée par un chasseur. Il s'en était fallu de peu qu'il perde la main entière, lui avaient dit les médecins.

Quand l'examinateur avait repéré le doigt de Shelby, il avait immédiatement interrompu l'entretien. Shelby avait été sèchement congédié. Il n'entrerait pas au bureau du shérif de Sacramento finalement. Le rejet lui avait fait mal. Toute sa vie, Shelby avait entendu parler avec respect d'un oncle, shérif dans l'Oklahoma. C'était peut-être un signe. De toute façon, il voulait travailler dans un comté moins peuplé. Yolo ou Placer. Les espaces ouverts de la Vallée centrale étaient le paysage de sa jeunesse. L'été, il travaillait dans les ranchs et les fermes de l'est du comté de Merced. Se baignait nu dans les canaux. Chassait le lapin et la caille sur les contreforts de la Sierra Nevada. La lettre de refus du bureau du shérif arriva une semaine plus tard. Et puis, le lendemain, en arriva une autre. Celle-ci lui indiquait où et quand se présenter au travail.

Shelby avait réclamé des explications. Le Vietnam faisait de plus en plus parler de lui. En février 1965, on incorporait trois mille soldats par mois ; en octobre, leur nombre était passé à trente-trois mille. Les manifestations avaient démarré à travers tout le pays et

94

devenaient progressivement de plus en plus tapageuses. Les jeunes hommes disponibles se faisaient rares. Le bureau du shérif de Sacramento voyait en Shelby un phénomène *nouveau* et relativement peu courant. Il avait rejoint l'Air Force plus de dix ans auparavant, treize jours après son dix-septième anniversaire, et avait fait son service militaire. Il possédait un diplôme universitaire en justice pénale. Il était marié. Et en dépit de son handicap, il tapait plus vite que le secrétaire du shérif. Ils changèrent les règles sur la longueur des doigts. Shelby se présenta à son travail le premier août 1966. Il y resta vingt-sept ans.

Le bureau du shérif de Sacramento était loin d'être reluisant à l'époque. Tout le monde se battait pour pouvoir utiliser l'unique voiture de police avec lampe à col de cygne et porte-bloc fixés au tableau de bord. L'armurerie comprenait encore des mitraillettes remontant aux années 20. Les sirènes étaient situées juste au-dessus du chauffeur, sur le toit de la voiture ; les flics qui les conduisaient portent aujourd'hui des prothèses auditives. Les unités spécialisées dans les crimes sexuels n'existaient pas. Si vous décrochiez le téléphone et étiez appelé sur une scène de viol, vous deveniez l'expert avec une connaissance du terrain. C'est comme ça que Shelby s'était retrouvé sur le trottoir de Shadowbrook Way, le 5 octobre 1976 au matin.

Un chien policier qui suivait une piste l'avait mené jusque-là. La piste démarrait à la fenêtre d'une chambre d'enfant, continuait par-dessus une barrière, traversait un champ de mauvaises herbes et s'arrêtait au trottoir. Shelby frappa à la porte la plus proche et observa la maison de la victime, située à environ une soixantaine de mètres, de l'autre côté du champ. Il aurait aimé ne pas ressentir une telle impression de malaise.

Une heure et demie plus tôt, peu après 6 h 30, Jane Carson se trouvait au lit en train de faire un câlin avec son fils de trois ans quand elle avait entendu l'aller-retour d'un interrupteur puis quelqu'un qui courait dans le couloir. Son mari était parti travailler un peu avant.

— Jack, c'est toi ? Tu as oublié quelque chose ?

Un homme portant un passe-montagne marron-gris avait passé la porte.

— Tais-toi, je veux ton fric, je ne te ferai pas de mal, avait-il dit.

Shelby trouva la précision du timing intéressante. L'homme s'était introduit dans la maison en passant par la fenêtre de la chambre du garçonnet, quelques instants seulement après le départ du mari de Jane. Deux semaines avant, ils avaient été victimes d'un cambriolage inhabituel, au cours duquel le voleur avait dérobé une dizaine de bagues et laissé derrière lui des bijoux volés à des voisins. Là aussi, il était entré et sorti par la fenêtre du fils. Même type, se dit Shelby. Méthodique et patient.

Le viol de Jane s'avèrerait être la cinquième agression attribuée à l'EAR mais c'était la première affaire suivie par Shelby et Carol Daly, deux enquêteurs qui allaient devenir inextricablement mêlés à la série qui suivrait. En tant que femme enquêtrice avec de l'expérience en matière de crimes sexuels, Daly était naturellement destinée à mener les entretiens avec les victimes. Ses qualités relationnelles allaient finir par très vite la propulser au poste de shérif adjoint. Shelby, quant à lui, avait un don pour casser les pieds aux gens. Il faisait appel à des collègues afin qu'ils mènent des interrogatoires de suspects, alors que les siens avaient tendance à sombrer dans le chaos. Il était constamment en train de s'opposer au « quatrième étage », les huiles. Ses problèmes venaient moins de son arrogance que de son franc-parler. Il manquait de subtilité. Une enfance passée à vagabonder dans un paysage sans relief et dépourvu d'habitants peut empêcher des individus de développer certains talents de communication. « J'ai toujours été incapable de faire preuve de tact », reconnaît-il.

Il y eut trois autres agressions à intervalles rapprochés durant ce mois d'octobre. Au début, nombre de ses collègues pensèrent qu'un violeur en série non identifié surnommé l'Early Bird, le Lève-Tôt, en était le responsable, mais Shelby savait qu'ils avaient affaire à un homme plus intelligent et plus tordu que l'Early Bird. À l'époque, le profilage criminel n'existait pas, des termes comme « signature » ou « comportement rituel » n'étaient pas encore devenus courants. Les enquêteurs pouvaient alors parler de « présence », de « personnalité », ou du « ressenti ». Ils voulaient dire par là l'agencement précis et particulier des détails, aussi perceptible qu'une odeur – l'expérience de déjà-vu sur une scène de crime. Bien sûr, il y avait une description physique cohérente. Il était blanc, en fin d'adolescence ou début de vingtaine, mesurait dans les un mètre quatre-vingts, avec une carrure moyennement athlétique. Il portait toujours une sorte de masque. Se forçait à murmurer d'une voix coléreuse. Les mâchoires crispées. Une fois contrarié, sa voix grimpait dans les aigus. Petit pénis. Il y avait aussi cet étrange comportement – une voix souvent pressée, contrairement à ses manières. Il pouvait ouvrir un tiroir et rester debout à le contempler plusieurs minutes en silence. Les signalements de rôdeurs aperçus dans le voisinage aux environs de l'heure d'une agression rapportaient souvent que celui-ci, une fois conscient d'avoir été repéré, quittait la zone sans se presser. « Complètement tranquille », avait dit un des témoins.

Ses besoins psychosexuels étaient spécifiques. Il ligotait les mains de ses victimes dans le dos, puis les rattachait souvent plusieurs fois avec un matériau différent. Il leur ordonnait de le masturber avec leurs mains entravées. Ne les caressait jamais. Quand il commença à agresser des couples, il emmenait les femmes dans le salon et recouvrait la télévision d'une serviette ; l'éclairage semblait important. Il prenait son pied en posant des questions sexuelles. « Qu'est-ce que je suis en train de faire ? » avait-il demandé à une victime aux yeux bandés tandis qu'il se masturbait avec une lotion pour les mains trouvée dans la maison. « Il est comme celui du capitaine ? » avait-il demandé à Jane, dont le mari était dans l'Air Force. Il lui avait ordonné au moins cinquante fois de « la boucler », avait déclaré Jane, mais pendant qu'il la violait, il avait d'autres exigences, lui donnant des instructions d'un ton brusque, comme un metteur en scène à son actrice.

« Mets de l'émotion là-dedans, lui avait-il ordonne,
je vais me servir de mon couteau. »

Il était arrogant. Par deux fois, il était entré dans
des maisons, poursuivant ce qu'il avait commencé
sans se laisser abattre, alors même qu'il savait que ses
victimes l'avaient repéré et qu'elles étaient désespérément en train de composer le numéro de la police. Les
enfants ne le dérangeaient pas. Il ne leur faisait jamais
de mal physiquement, mais ligotait les plus âgés et les
emmenait dans une autre pièce. Il avait posé le bambin
de Jane sur le sol de la chambre pendant son agression. Le garçonnet s'était endormi. À son réveil, il
avait jeté un coup d'œil par-dessus le lit. L'EAR avait
disparu. Sa mère était ligotée parmi des lambeaux de
serviettes déchirées, et bâillonnée avec un gant de toi-
lette. Il avait pris les liens pour des bandages.

— Est-ce que le docteur est parti ? avait-il murmuré.

Shelby, habitué aux manières brutales des pervers
masqués, était déstabilisé par le soin que celui-ci portait aux opérations de reconnaissance. C'était insolite.
Les coups de fil raccrochés. Les rondes de repérage.
Les cambriolages. L'EAR savait comment couper
l'éclairage extérieur, même quand il fonctionnait sur
minuteur. Il savait où trouver un ouvre-porte de garage
bien planqué. Les entretiens que mena Shelby suggéraient que le suspect n'avait pas seulement surveillé
Jane mais aussi ses voisins, et qu'il savait où garer
sa voiture, à quelle heure les voisins sortaient leurs
poubelles ou partaient au travail.

Carol Daly, la collègue de Shelby ce jour-là, citée un an plus tard dans le *Sacramento Bee*, déclarerait : « Le violeur typique n'a pas de plans aussi élaborés. » C'est ce que se disait Shelby, debout sur le trottoir avec le chien policier, en observant la maison de Jane de l'autre côté du champ. Un autre détail le troublait. L'homme avait enfoncé la lame du couteau à éplucher dans l'épaule gauche de Jane. D'après celle-ci, il n'avait pas eu l'intention de la blesser, l'entaille était un accident. Shelby n'en était pas aussi sûr. Selon lui, le type réprimait un besoin impérieux d'infliger plus de souffrance ; jusqu'à ce qu'on l'attrape, ce besoin ne cesserait d'augmenter.

Ce fut le cas. Le suspect commença à faire cliqueter des ciseaux près des oreilles de ses victimes aux yeux bandés, les menaçant de leur couper un orteil chaque fois qu'ils bougeraient. Il poignardait le lit tout près de l'endroit où ils étaient allongés. Faire souffrir psychologiquement entretenait le feu. « Tu ne me connais pas, n'est-ce pas ? murmura-t-il à une de ses victimes en l'appelant par son prénom. C'était il y a trop longtemps, hein ? Ça fait longtemps. Mais moi, je te connais. » Il leur faisait toujours croire qu'il avait quitté leur maison, et puis, juste au moment où leur corps commençait à se relâcher, leurs doigts gourds à avancer imperceptiblement vers leurs liens, il leur faisait peur avec un bruit ou un mouvement soudain.

Après l'agression de Jane Carson, en octobre, des rumeurs circulèrent dans la communauté sur un violeur en série qui se baladait en liberté, mais le bureau du shérif demanda à la presse locale de ne pas médiatiser les crimes, craignant que la notoriété ne pousse le suspect à quitter l'Est, où ils espéraient le coincer afin de l'attraper. Shelby, Daly et leurs collègues continuèrent discrètement à suivre des pistes. Ils se renseignèrent auprès des agents de probation ou de liberté conditionnelle, surveillèrent les livreurs, les crémiers, les concierges et les poseurs de moquette. Ils laissèrent leurs cartes de visite sur les portes des environs et vérifièrent les tuyaux qui leur arrivaient, en général au sujet d'hommes jeunes qui regardaient avec trop d'insistance ou restaient dehors trop tard, ou étaient simplement « cinglés », comme avait dit un des informateurs en parlant de son frère cadet. Ils bandèrent les yeux de Jane et lui firent écouter les enregistrements des voix de deux suspects. Elle était allongée sur son lit, les bras tremblants. « Pas lui », dit-elle. Ils passèrent au crible les monts-de-piété pour retrouver les objets volés et se rendirent au House of Eight, un sex-shop de Del Paso Boulevard pour les interroger sur leurs clients adeptes du bondage. Ils suivirent un tuyau qui les mena au service des cartes grises et à un homme qui payait pour obtenir les numéros de plaques minéralogiques des femmes puis les filait ensuite en voiture. En l'interrogeant devant chez lui, ils notèrent qu'il restait dans le caniveau, trop perturbé pour remarquer l'eau qui faisait des remous autour de ses chaussures en cuir habillées. Il n'était pas l'EAR, mais ils obtinrent du fichier national des immatriculations qu'ils interdisent l'achat de données privées. Ils virent des gens qui rougissaient, clignaient des yeux, croisaient les bras et répétaient les questions, à l'évidence pour gagner du temps. Rien de tout cela ne les mena au suspect.

Pendant ce temps, devant le manque de parole officielle, les rumeurs dans la communauté avaient évolué. La police ne parlait pas des viols, racontait-on, parce que les détails étaient trop horribles pour pouvoir être répétés. Il mutilait les poitrines des femmes. Les commérages étaient faux, bien entendu, mais la censure imposée à la presse signifiait qu'il n'y avait personne pour les réfuter. La tension atteignit son maximum le 18 octobre, lorsque l'EAR attaqua deux fois en vingt-quatre heures. L'une des victimes, une mère au foyer de trente-deux ans avec deux enfants, habitait dans Kipling Drive, à Carmichael, une des banlieues les plus aisées de la rive est. Certains émirent l'hypothèse que l'EAR, lassé qu'on ne parle pas de lui dans les journaux, poussait jusque dans les banlieues résidentielles pour s'assurer sa publicité. Ce qui fonctionna. Cinq cents personnes assistèrent à une réunion sur la prévention du crime, organisée par la mairie à l'école primaire Del Dayo, le 3 novembre. Shelby et Daly prirent chacun leur tour la parole au micro et tentèrent maladroitement de répondre aux questions pressantes et paniquées qu'on leur posait.

Le lendemain matin, le *Sacramento Bee* publia un article du chroniqueur judiciaire Warren Holloway : L'HOMME SOUPÇONNÉ DE 8 VIOLS RECHER-CHÉ. La censure de la presse était terminée.

Il s'agissait peut-être d'une coïncidence, mais dans la soirée du 10 novembre, le jour même où le *Sacramento Bee* publiait une suite à son article (VIOLEUR DE

L'EST... LA PEUR S'EMPARE DES BANLIEUES PAISIBLES), un homme en cagoule de cuir pénétra par la fenêtre dans une maison de Citrus Heights et s'approcha sans bruit d'une jeune fille de seize ans qui regardait la télévision, seule dans la pièce. Braquant un couteau dans sa direction, il lui lança un avertissement effrayant : « Si tu fais un seul geste, je te fais taire pour toujours. Et je disparaîtrai dans la nuit. »

Cette fois, l'EAR emmena sa victime à l'extérieur, lui fit descendre un remblai jusqu'à un fossé d'écoulement cimenté d'environ six mètres de large et trois mètres de profondeur, dans lequel ils parcoururent environ huit cents mètres vers l'ouest pour atteindre un vieux saule pleureur. La fille refit plus tard le chemin en compagnie de Shelby et d'autres enquêteurs ; lacets coupés, Levi's en lambeaux et slip vert étaient posés en tas dans les mauvaises herbes près de l'arbre. La fille affirma qu'elle n'avait pas été violée. Obtenir des informations après une agression violente est délicat, en particulier quand on est, comme Shelby, un mâle plus âgé d'un mètre quatre-vingt-dix aux manières brusques et que la victime est une adolescente émotionnellement à deux doigts de sombrer. On la regarde dans les yeux et on lui pose l'épineuse question. On peut croire ou non la réponse. Plus tard, on reformule la demande, de façon moins insistante, au cours d'une conversation sur un autre sujet peut-être. Elle répète sa réponse précédente. On ne peut pas faire plus.

L'EAR l'a peut-être prise pour quelqu'un d'autre. « Tu ne vas pas à l'American River College ? » lui avait-il demandé. Lorsqu'elle lui répondit par la négative, il appuya le couteau sur sa gorge et reposa la question. Elle lui dit non, à nouveau. La fille déclara aux enquêteurs qu'elle ressemblait à une voisine qui avait été à l'ARC, un institut universitaire du coin. Mais là encore, la précision du timing était étrange. Elle ne se trouvait seule à la maison que pour une courte durée. Ses parents étaient partis voir son frère à l'hôpital, et elle avait rendez-vous avec son petit ami plus tard dans la soirée. Avant de l'emmener jusqu'au fossé d'écoulement, l'EAR avait pris soin de remettre en place la moustiquaire sur la fenêtre par laquelle il était entré et d'éteindre la télévision et les lumières de la maison, comme s'il savait que les habitants allaient bientôt revenir et qu'il ne voulait pas donner l'alarme.

La fille avait ajouté de nouveaux détails brièvement entraperçus dans l'obscurité à travers un bandeau desserré à la liste sans cesse plus conséquente. Chaussures noires à bout carré. Minuscule lampe de poche, assez petite pour disparaître dans sa main gauche. Pantalon de treillis militaire. Pendant qu'elle était ligotée, il n'avait cessé de grimper péniblement le côté ouest du remblai, cherchant quelque chose des yeux, avait-elle ajouté. Des allers-retours nerveux. Shelby avait à son tour gravi le talus. Comme à chaque fois, ils avaient des minutes ou des heures de retard sur lui. On avait beau mettre ses pas dans ceux de l'individu, en ne sachant pas ce qui l'avait attiré à cet endroit précis, on se retrouvait comme un imbécile en train de passer stupidement l'horizon en revue, à l'affût d'un indice. Foisonnement de broussailles touffues. Barrières. Jardins. Trop. Pas assez. Retour à la case départ.

La cagoule en cuir décrite par la fille descendait jusque sous la chemise de l'agresseur et elle était fendue au niveau des yeux et de la bouche ; elle évoqua à Shelby le genre de protection que portent les soudeurs sous leurs casques. Il appela les entreprises qui fournissaient du matériel de soudure pour obtenir les noms de leurs clients. Rien n'en sortit. Pendant ce temps, les téléphones ne cessaient de sonner au bureau du shérif, qui croulait sous un déluge de noms. Les enquêteurs essayèrent de voir tout le monde. On élimina les suspects aux grands pieds, aux poitrines creuses, avec une bedaine, une barbe, un œil gauche qui battait la campagne, une claudication, des semelles, ou une femme qui avait confié s'être baignée un jour avec le frère cadet de son mari et avoir remarqué qu'il avait un grand pénis.

L'EAR attaqua une autre adolescente, à Fair Oaks, celle-ci, le 18 décembre. Il y eut encore deux victimes en janvier. LE VIOLEUR FRAPPE À NOUVEAU. 14e FOIS EN QUINZE MOIS, put-on lire en gros titre de l'édition du 24 janvier dans le *Sacramento Bee*. Le commentaire d'un enquêteur anonyme appartenant au bureau du shérif donne une bonne idée de la lassitude tendue qui commençait à s'installer : « Ça s'est passé exactement comme les autres fois. »

Au matin du 2 février 1977, une femme de trente ans habitant Carmichael, se trouvait ligotée et bâillonnée sur son lit, les yeux bandés. Après avoir tendu l'oreille un long moment sans rien percevoir, elle réussit à retirer son bâillon et appela sa fille de sept ans, dont elle sentait la présence dans la pièce. « Tu vas bien ? » demanda-t-elle. Sa fille lui intima de se taire. « Maman, ne dis rien. » Quelqu'un appuya alors brutalement sur son lit avant de relâcher la pression, comme pour lui faire savoir qu'il était encore là. Durant quelques minutes, elle resta ainsi, les yeux grands ouverts sous son bandeau orange et blanc en tissu-éponge, écoutant sa respiration, toute proche.

Les hypnotiseurs firent remonter des détails sur des images ambiguës. Les enquêteurs cherchèrent une moto noir et blanc aux sacoches en fibre de verre. Une voiture noire, ayant possiblement appartenu à la police de la route de Californie, et dotée d'un pot d'échappement bruyant. Un van blanc sans fenêtres latérales. Un motard du nom de Don, arborant des favoris et une grosse moustache. Une femme appela au sujet d'un type qui travaillait dans une épicerie locale. Le pénis du gars, déclara-t-elle d'un air entendu, « est très rugueux, comme s'il avait été utilisé à mort ».

Désespérant de trouver des empreintes, les enquêteurs eurent recours à une méthode par fumigation de vapeurs d'iode, qui permet de relever les dépôts gras d'empreintes digitales latentes ; Carol Daly se vit confier la tâche de recouvrir d'une fine poudre soufflée à travers un tube le corps dénudé des victimes. Rien. Il y eut de petites victoires. En février, une femme de Carmichael se battit avec l'EAR pour lui prendre son arme. Il la frappa à la tête. Lorsque Shelby et Daly examinèrent la blessure de la victime, ils remarquèrent une éclaboussure de sang sur ses cheveux, à six centimètres de la plaie. Daly coupa les cheveux ensanglantés et envoya la mèche au labo judiciaire afin de la faire analyser. Le sang de la victime était du groupe B. Celui-ci, dont on avait conclu qu'il appartenait au suspect, était du groupe A, rhésus positif.

NOTE DE L'ÉDITEUR : La partie qui suit a été reconstituée à partir des notes de Michelle.

Il était environ 22 h 30, le 16 février 1977. La famille Moore[1] se trouvait à la maison, dans Ripon Court, une rue située dans la banlieue de College-Glen, à Sacramento. Douglas, âgé de dix-huit ans, se coupait un morceau de gâteau dans la cuisine pendant que sa sœur Priscilla, quinze ans, regardait la télévision dans le salon. Soudain, un bruit inattendu bouscula la normalité d'un soir de semaine – un craquement qui venait du jardin derrière la maison. Quelqu'un venait de sauter par-dessus la clôture et s'était cogné dans le fumoir électrique de la famille.

Mavis Moore alluma la lampe du patio et scruta l'obscurité à travers les rideaux. Elle eut juste le temps d'entrapercevoir une silhouette qui détalait à travers le jardin. Sans réfléchir, Douglas se lança à sa poursuite et son père, Dale, attrapa une lampe de poche et le suivit à son tour par la porte latérale.

À la traîne, Dale vit son fils pourchasser le type blond qui rôdait dans leur jardin – ils traversèrent Ripon Court et s'engagèrent entre deux maisons voi-

---

1. Tous les prénoms de la famille Moore sont des pseudonymes.

sines, où le type disparut par-dessus la palissade. Douglas fit de même, et au moment il arrivait en haut, un pop bruyant se fit entendre. Dale regarda son fils retomber en arrière dans l'herbe.

— J'ai été touché, cria Douglas tandis que son père s'occupait de lui.

Une autre détonation retentit, sans conséquence. Dale tira Douglas à l'écart de la ligne de tir.

Une ambulance arriva et Douglas fut transporté en urgence à l'hôpital. La balle lui avait perforé l'estomac, causant de multiples blessures à l'intestin, à la vessie et au rectum.

Au fur et à mesure de l'enquête de proximité, les calepins commencèrent à se remplir de détails sinistrement similaires aux descriptions qu'on ferait aux enquêteurs après chaque agression de l'EAR. Les voisins avaient entendu du bruit dans leur jardin, comme si on venait d'escalader leur palissade ; une voisine avait entendu marcher sur son toit ; on découvrit des lattes de la palissade enfoncées à coups de pied et des portillons latéraux ouverts. Un déferlement d'aboiements semblait indiquer la direction prise par un rôdeur fantôme.

Les habitants du secteur signalèrent des incidents impliquant des rôdeurs, ainsi que des cambriolages, dans les semaines qui avaient précédé la fusillade chez les Moore.

Et tous les comptes rendus de témoins, celui de Doug Moore compris, relataient un ensemble de points connus : homme blanc entre vingt-cinq et trente ans, un mètre quatre-vingts à quatre-vingt-cinq, jambes massives et cheveux châtain-roux lui tombant dans le cou, casquette de marin, coupe-vent, Levi's en velours côtelé et tennis.

Parmi les indices récoltés, on trouvait l'habituel détail qui ne collait pas, une piste potentielle intrigante, n'ayant peut-être aucun lien avec l'incident qui s'était soldé par les coups de feu contre Doug Moore – et quand bien même elle en aurait eu, elle semblait avoir peu à offrir en matière d'information concrète : un gardien qui avait fini son service à l'école Thomas Jefferson avait croisé le chemin de deux types en train de flâner devant un bâtiment du campus. L'un d'eux lui avait demandé l'heure au moment où il passait, tandis que l'autre semblait cacher quelque chose – peut-être un poste de radio – sous son manteau.

Les deux individus devaient avoir dans les dix-huit, dix-neuf ans, et mesurer environ un mètre quatre-vingts. L'un était apparemment un Mexicain aux cheveux noirs qui lui arrivaient aux épaules, vêtu d'un coupe-vent et d'un Levi's et l'autre, un Blanc, habillé de la même façon.

Le gardien travaillait à l'école depuis sept ans et connaissait bien ceux qui traînaient régulièrement dans le campus après les heures de cours. Il n'avait jamais vu aucun des deux hommes.

L'EAR frappa de nouveau aux petites heures du jour le 8 mars, à Arden-Arcade. Le *Sacramento Bee* publia un article (L'ATTAQUE EST PEUT-ÊTRE LIÉE AUX VIOLS EN SÉRIE) à propos de l'agression. Selon le journaliste, « la victime était séparée de son mari et avait un enfant en bas âge qui dormait ailleurs lundi soir. L'EAR n'a jamais attaqué pendant qu'il y avait un homme à la maison, même si, à l'occasion, il y a eu des enfants ». S'il s'était déjà posé la question de l'intérêt que l'EAR portait à ses articles, celle-ci fut enterrée après cette dernière publication. La victime suivante se trouva être une adolescente, mais par la suite, l'EAR cibla toujours des couples hétérosexuels, onze d'affilée, et à partir de là, les couples demeurèrent l'objet principal de ses attaques.

Le 18 mars, le bureau du shérif reçut trois appels téléphoniques entre 4 h 15 et 5 heures du matin. « Je suis le Violeur de l'Est », déclara un homme en riant avant de raccrocher. Le second appel fut une redite du premier. Puis vint le troisième : « Je suis le Violeur de l'Est. J'ai repéré ma prochaine victime et vous ne pourrez pas m'arrêter. »

Ce soir-là, à Rancho Cordova, une fille de seize ans qui rentrait chez elle après avoir terminé son travail à mi-temps au KFC, laissa tomber son sac sur le plan de travail de la cuisine et attrapa le téléphone pour appeler une amie. Ses parents n'étaient pas en ville, et elle avait l'intention de dormir chez cette dernière. Le téléphone avait sonné une fois et demie quand un homme portant un passe-montagne vert sortit de la chambre de ses parents en brandissant une hachette au-dessus de sa tête.

Cette fois, la victime eut l'occasion d'un peu mieux voir le visage de son agresseur, puisqu'il portait un passe-montagne découpé en son centre. Poussés par l'intuition que l'EAR était un jeune de Rancho Cordova, Shelby et Daly apportèrent une pile d'albums de classe des lycées environnants et observèrent la victime tandis qu'elle les feuilletait. Elle s'arrêta à une page précise de l'album du lycée de Folsom, année 1974. Le tendant à Shelby, elle lui montra du doigt la photo d'un garçon. « C'est celui qui lui ressemble le plus. » Ils parcoururent les antécédents du gamin. Instabilité, gagné. Bizarrerie, oui. Il travaillait dans une station-essence d'Auburn Boulevard. Ils planquèrent la victime à l'arrière d'une voiture banalisée d'où elle put l'observer attentivement, à un mètre de distance, pendant qu'il leur faisait le plein. Elle fut incapable de l'identifier formellement.

Les maisons n'avaient pas toutes le même agencement. Certaines victimes étaient de jeunes adolescentes qui serraient des oreillers sur leur estomac et, désorientées et le visage tordu de douleur, faisaient non de la tête quand on leur demandait si elles savaient ce qu'était un « orgasme ». D'autres, dans les trente-cinq ans, avaient récemment divorcé de leur second mari, suivaient des cours d'esthétique, et étaient actives au sein de clubs de célibataires. Mais pour les enquêteurs tirés du lit à l'aube, les scènes se répétaient d'un dossier à l'autre avec une similarité pétrifiante. Lacets coupés sur un tapis à poils longs. Profondes marques rouges autour des poignets. Traces de surveillance sur les châssis de fenêtres. Placards de cuisine ouverts. Cannettes de bière et paquets de crackers éparpillés sur les patios arrière. Il y avait aussi le bruit récurrent d'une espèce de sac papier que l'on froisse ou de fermeture Éclair que l'on ouvre, quand il dérobait des bijoux gravés, des permis de conduire, des photos, des pièces, de l'argent à l'occasion, bien que le vol ne fût clairement pas sa motivation première, puisqu'il laissait de côté d'autres objets de valeur et qu'on retrouvait souvent ce qu'il avait subtilisé, comme une précieuse alliance violemment arrachée à un doigt enflé par exemple, balancé dans un coin.

Le 2 avril, il ajouta à sa méthode une perversion qu'il continuerait à employer par la suite. Le premier couple qu'il avait ciblé se réveilla avec la lumière aveuglante d'une lampe de poche de forme carrée en pleine figure. Il murmura d'une voix bourrue qu'il était armé (« un 45 à quatorze coups ») et jeta de la ficelle à la femme en lui ordonnant de ligoter son petit ami. Lorsque ce fut fait, l'EAR posa une tasse et une soucoupe sur le dos de ce dernier. « Si j'entends la tasse cliqueter ou un bruit de ressorts, je descends tout le monde », murmura-t-il. « J'ai été dans l'armée et j'ai beaucoup baisé pendant que j'y étais », ajouta-t-il à un moment donné, à l'intention de la jeune femme.

Que l'EAR puisse avoir un lien quelconque avec l'armée était l'objet de discussions fréquentes. Il existait cinq établissements militaires à une heure de route de Sacramento ; la base de l'Air Force, Mather, voisine de Rancho Cordova, comptait approximative-ment huit mille hommes à elle seule. Il y avait aussi son penchant pour le vert kaki et la description occa-sionnelle de brodequins à lacets noirs style armée. Quelques personnes qui l'avaient approché, y compris ceux avec un passé militaire, trouvaient que son attitude autoritaire et ses manières rigides faisaient penser à un individu ayant appartenu aux forces armées. « Le truc de la soucoupe », comme en vint à être surnommé son système d'alarme, en frappa certains comme une technique de guérilla tout droit sortie des combats dans la jungle.

S'ajoutait à cela le fait irritant qu'il se montrait plus habile qu'eux. Il était toujours libre. Le bureau du shérif avait emprunté au ministère des Forêts des caméras montées sur mât télescopique, normalement utilisées pour débusquer les pyromanes. Ils avaient épuisé leur crédit en heures supplémentaires pour envoyer des policiers en civil patrouiller dans les banlieues que fréquentait l'EAR. Ils s'étaient fait prêter des lunettes à vision nocturne et des détecteurs de mouvement utilisés par l'armée au Vietnam. Et pourtant, l'homme était toujours dehors, se fondant dans la masse, un individu à qui sa banalité servait de protection.

Le bureau du shérif fit venir un colonel formé aux techniques des forces spéciales, afin qu'il les aide à comprendre les tactiques du suspect. « Le point majeur de l'entraînement est la patience, leur déclara-t-il. La personne spécialement entraînée peut et va rester dans la même position pendant des heures, si nécessaire, et ce, sans bouger. » La sensibilité au bruit de l'EAR – il coupait souvent l'air conditionné et les appareils de chauffage afin de mieux entendre – était une aptitude peaufinée au sein du personnel des forces spéciales. De même que l'utilisation des couteaux, des nœuds, et le fait de planifier plusieurs itinéraires de secours. « Il peut, et va, se servir de n'importe quelle planque », avait ajouté le colonel. Cherchez-le « dans les endroits les plus improbables pour un humain, comme par exemple, la cuve des toilettes extérieures ou au milieu d'un buisson de mûres ». N'oubliez pas la patience, avait-il répété. Il est persuadé d'avoir plus d'endurance que n'importe qui d'autre, et pense que ceux qui sont à sa recherche abandonneront là où lui, il continuera.

Shelby se demandait s'ils ne le rataient pas pour une autre raison. Il avait remarqué que quand ils postaient des patrouilles en civil dans une banlieue qu'il avait l'habitude de fréquenter, cette nuit-là, l'EAR attaquait ailleurs. Il semblait plus au fait des procédures de police que le citoyen lambda. Il portait toujours des gants et se garait en dehors du périmètre policier standard. « On ne bouge plus ! » avait-il un jour crié à une femme qui tentait de lui échapper. Shelby n'était pas le seul à soulever la question. L'idée avait aussi traversé d'autres têtes dans le bureau du shérif. Était-il l'un d'eux ?

Une nuit, on signala un rôdeur à Shelby. La femme qui avait appelé parut surprise quand il frappa à la porte d'entrée et déclina son identité. Elle pensait qu'un officier de police se trouvait déjà là, lui dit-elle. Elle aurait juré avoir entendu le son d'une radio de police devant chez elle quelques minutes avant.

« Il laissera les personnes qui le recherchent approcher à quelques centimètres de lui sans bouger d'un pouce », avait prévenu le colonel.

Fin avril, le nombre de victimes avait atteint dix-sept. L'EAR en comptabilisait en moyenne deux par mois. Si on y faisait attention, ce qui était le cas de la plupart des gens, il y avait de quoi s'inquiéter.

Puis mai arriva.

Le bureau du shérif accepta l'offre d'une voyante qui prétendait pouvoir l'identifier. Elle psalmodiait et mangeait des steaks hachés crus. Ils envisagèrent de faire faire la « courbe de biorythme » de l'EAR, mais on leur répondit que ça ne marcherait pas sans sa date de naissance. Aux environs de minuit, le 2 mai, alors qu'un peu plus de deux semaines s'étaient écoulées depuis la dernière attaque, une femme de trente ans habitant La Riviera Drive entendit un bruit sourd à l'extérieur, similaire à celui que ses jeunes fils faisaient quand ils sautaient la palissade depuis la digue pour atterrir dans le jardin. Elle s'approcha de la fenêtre, mais ne vit rien. L'éclat aveuglant et brutal d'une lampe de poche, premier signe de danger, les réveilla en sursaut, elle et son mari, un major de l'Air Force, vers 3 heures du matin.

Deux jours plus tard, un homme portant un passe-montagne beige et une veste bleu foncé, qui ressemblait à une veste de la marine américaine, sortit brusquement de l'obscurité et bondit sur une jeune femme et son collègue alors qu'ils se dirigeaient vers la voiture de cette dernière, garée dans l'allée de chez lui, à Orangevale. Les deux cas rappelaient des choses connues. Les coups de fil raccrochés avant l'attaque. Le truc de la soucoupe.

Le couplage troublant, lors d'une agression, d'un viol brutal suivi d'une pause pour manger des crackers Ritz dans la cuisine. Les deux couples avaient déclaré aux enquêteurs que l'EAR donnait l'impression de faire des efforts pour paraître dur, tel un mauvais acteur inspirant de grandes goulées d'air pour tenter de simuler la colère et la folie. La femme d'Orangevale dit qu'il s'était rendu dans la salle de bains quelques minutes ; elle avait eu la sensation qu'il était en pleine hyperventilation.

LE VIOLEUR DE L'EST ATTAQUE UNE VINGTIÈME VICTIME À ORANGEVALE, annonça la une du *Bee*, le lendemain.

La pression s'intensifiait au bureau du shérif. Des chefs habituellement adeptes de la non-intervention mirent fébrilement la main à la pâte. On n'était qu'en mai et leur budget d'heures supplémentaires était pratiquement épuisé pour l'année. Ils se retrouvaient submergés par un afflux de coups de fil sans suite au sujet d'ex-petits amis et d'employés des Travaux Publics qui vérifiaient l'éclairage urbain. Le topo quotidien, auquel on assistait avachi dans son fauteuil en sirotant tranquillement son café dans un gobelet en polystyrène, cessa d'avoir cours et fut remplacé par des jambes qui arpentaient les couloirs d'un pas nerveux. Les enquêteurs scrutaient les plans et tentaient de prévoir sa prochaine attaque. Ils avaient le sentiment qu'il allait frapper du côté de Sunrise Mall, à Citrus Heights ; des rôdeurs avaient été vus dans le coin, et il y avait eu des cambriolages.

Aux environs de 00 h 45, le 13 mai, une famille de Merlindale Drive, non loin de Sunrise Mall, entendit quelqu'un marcher sur son toit. Les chiens se mirent à aboyer dans les jardins contigus. Un voisin appela la famille vers 1 heure, pour dire qu'eux aussi avaient entendu quelqu'un ramper au-dessus de leur tête. Des patrouilles de police arrivèrent en quelques minutes ; le rôdeur s'était envolé.

Le lendemain, un pâté de maisons plus loin, une jeune serveuse et son mari, gérant de restaurant, furent les victimes suivantes.

L'incrédulité s'installa. Un corridor d'à peu près seize kilomètres suivant le cours de l'American River vers l'est jusqu'au comté de Sacramento non incorporé se retrouva en état de siège. Plus personne n'avait besoin de contexte. On ne disait plus : « Vous êtes au courant ? » On était au courant. « Il y a ce type » fut remplacé par « Il ». Les professeurs de l'université de Sacramento cessèrent d'enseigner et des cours entiers furent dédiés aux discussions sur l'EAR, chaque étudiant avec de nouvelles informations étant harcelé pour fournir des détails.

Les relations des gens avec la nature se transformèrent. Le crachin d'hiver et l'épais brouillard typique de la région, climat de l'effroi, avaient cédé la place à une douce chaleur, à des paysages verdoyants et fraîchement nettoyés, parsemés de pétales de camélias rouges et roses. Mais l'abondance d'arbres si précieuse à Sacramento, tous ces frênes d'Oregon et ces chênes bleus qui bordaient la rivière ne jouaient plus le même rôle à leurs yeux ; ce qui était autrefois une

117

voûte arborée luxuriante devenait à présent un affût pour la chasse. Un besoin pressant de tailler s'empara des habitants. Ceux qui vivaient à l'est élaguèrent les branches et déracinèrent les arbustes autour de leur maison. Renforcer les baies vitrées coulissantes avec des goujons ne suffisait pas. Cela l'empêcherait peut-être d'entrer mais ils voulaient plus ; ils voulaient le dépouiller complètement de toute possibilité de se cacher.

Au 16 mai, un afflux de projecteurs fraîchement installés illuminait la rive est de la rivière comme un sapin de Noël. Dans une maison, on accrocha des tambourins à chaque porte et à chaque fenêtre. Des marteaux furent dissimulés sous les oreillers. Près de trois mille pistolets furent vendus dans le comté de Sacramento entre janvier et mai. De nombreuses personnes refusaient de dormir entre 1 heure et 4 heures du matin. Certains couples dormaient par roulement, l'un des deux restant toujours dans le salon, un fusil pointé sur la fenêtre.

Seul un fou frapperait à nouveau.

Le 17 mai fut le jour où tout le monde retint son souffle et attendit de voir qui allait mourir. Ils s'étaient réveillés le matin même pour apprendre aux informations que l'EAR avait frappé pour la quatrième fois ce mois-ci, vingt et unième attaque qu'il se voyait attribuée en moins d'un an ; les dernières victimes, un couple du quartier de Del Dayo, déclarèrent à la police qu'il avait menacé de tuer deux personnes cette nuit-là. Sur la seule période de vingt-quatre heures, entre le 17 et le 18 mai, le bureau du shérif de Sacramento reçut 6 169 appels, presque tous au sujet du Violeur de l'Est.

Les officiers de police répondirent à l'appel à 3 h 55 du matin, le 17 mai. La victime, un homme de trente et un ans, se trouvait devant chez elle en pyjama bleu léger, un lacet blanc lui pendant au poignet gauche. Il parlait d'une voix chargée de colère, dans un mélange d'anglais et d'italien. « Qu'est-ce qui presse ? lança-t-il aux officiers. Il est parti. Entrez donc ! » Quand Shelby se gara devant la scène de crime, il le reconnut immédiatement. En novembre, lorsque Daly et lui avaient mené une discussion organisée par la mairie dans une école bourrée à craquer, l'homme s'était levé et avait critiqué l'enquête. Shelby et lui avaient eu un échange plutôt vif. L'incident remontait à six mois et peut-être était-ce une coïncidence, mais le lien entre les deux affaires contribuait à donner l'impression que l'EAR était assez intrépide pour assister à des événements dédiés à sa propre capture, qu'il se mélangeait à la foule, observait, mémorisait, et excellait à pratiquer une sorte de patience malveillante.

L'attaque, juste à la sortie d'American River Drive, à Del Dayo, près d'une usine de traitement des eaux, rappelait les précédentes, bien que cette fois, l'humeur de l'EAR fût, comme celle de la communauté tout entière, particulièrement agitée. Il bégayait, et cela ne semblait pas feint. Et il avait un message à faire passer, un message qu'il avait pratiquement craché au visage de sa victime féminine, avec une fureur surexcitée. « Ces enfoirés, ces porcs – tu m'entends ? Je n'ai jamais tué avant mais maintenant, je vais tuer. Je veux que tu dises à ces enfoirés, à ces porcs, que je vais rentrer chez moi dans mon appartement. J'ai un tas de télévisions. Je vais écouter la radio et regarder la télé et si j'entends parler de ce qui s'est passé, je sors demain soir et je tue deux personnes. Des gens vont mourir. »

Mais il avait confié au mari, ligoté dans une autre pièce, un message légèrement différent. « Tu dis à ces putains d'enfoirés que j'aurais pu tuer deux personnes ce soir. Si je ne vois pas ça dans tous les journaux et à la télévision, je tue deux personnes demain soir. »

Il avait dévoré des crackers Cheez-it et la moitié d'une pastèque avant de s'en aller.

La ville s'éveilla avec un gros titre traumatisant dans le *Sacramento Bee* : 23e ATTAQUE DE L'EAST AREA RAPIST, MORT DES PROCHAINES VICTIMES CE SOIR ? L'article rapportait que le bureau du shérif, après avoir consulté un aréopage de psychiatres locaux, en avait conclu que l'EAR était un « probable schizophrène paranoïaque » et vraisemblablement dans un « état de panique homosexuelle dû au fait qu'il était insuffisamment doté (physiquement parlant) ». Le détail sur l'insuffisance physique revenait plusieurs fois dans l'article. Que ce soit ou non le genre de publicité que recherchait l'EAR, ou qu'il ait réellement voulu qu'on parle de lui dans les journaux, était laissé à l'appréciation de chacun, tout comme la question de savoir s'il allait tenir sa promesse de tuer.

120

Mai 1977 fut le mois où les barreaux en fer forgé firent leur apparition et où les veillées nocturnes commencèrent, tandis qu'un groupe de trois cents hommes du voisinage sillonnaient l'est du comté de Sacramento, dans des pick-up équipés de radios CB. Des panneaux en résine acrylique résistante furent boulonnés derrière les fenêtres et les portes. Les verrous étaient en rupture de stock. Ceux qui relevaient les compteurs tenaient leur carte d'identité bien en évidence devant eux et s'annonçaient plusieurs fois et à voix haute lorsqu'ils entraient dans les jardins. Les commandes de projecteurs passèrent de dix par mois à six cents. Une lettre au *Sacramento Union,* représentative de l'époque : « Nous avions l'habitude de laisser nos fenêtres ouvertes la nuit pour faire entrer l'air frais. Plus maintenant. Nous sortions promener le chien le soir. Plus maintenant. Mes fils se sentaient à l'abri et en sécurité dans leur maison. Plus maintenant. Nous dormions tous sans nous réveiller au moindre bruit familier. Plus maintenant. »

À peu près à cette époque, Shelby se trouva au sud de Sacramento dans une voiture banalisée en compagnie d'un autre inspecteur, pour une opération de surveillance rapprochée durant la journée. Ils faisaient face à l'est, et à leur gauche il y avait une courte rue au milieu de laquelle se déroulait une partie de football américain. Une voiture qui se dirigeait dans la même direction les dépassa en roulant très lentement. La vitesse du véhicule était inhabituelle, mais ce qui retint vraiment l'attention de Shelby fut l'extrême concentration avec laquelle le conducteur suivait le jeu. Shelby observa les joueurs de plus près ; c'étaient tous des garçons, hormis le quarterback, une jeune femme aux cheveux longs d'une vingtaine d'années. Quelques minutes plus tard, la même voiture revint, avançant à la vitesse de l'escargot, et une fois encore, le conducteur contempla intensément les joueurs. Shelby nota la marque et le modèle du véhicule. Lorsqu'il refit un troisième tour, il nota aussi le numéro d'immatriculation et demanda une identification par radio.

« S'il repasse encore un coup, dit-il à son partenaire, on l'oblige à se garer. » Mais ce fut la dernière fois que le chauffeur, un type blond maigrichon d'un peu plus de vingt ans, se montra. Sa concentration intense est restée gravée dans la mémoire de Shelby. Ça, et le fait que quelques jours plus tard, l'EAR ait attaqué au sud de Sacramento pour la première fois, à environ un kilomètre cinq cents de là ; cette scène de crime serait la dernière sur laquelle Shelby travaillerait avant d'être retiré de l'affaire et réaffecté.

La plaque minéralogique n'était dans aucun fichier.

Il existe une sorte de qualité chez les habitants historiques de Sacramento, que j'en suis venue à reconnaître, une espèce d'autosuffisance sans prétention dont ils sont fiers. Une fois, j'avais organisé une interview à l'heure du petit déjeuner dans l'hôtel où j'étais descendue. Le mari de la femme que je devais interviewer, un ébéniste, était présent. J'avais déjà commandé mon petit déjeuner, un parfait au yaourt revisité servi dans un petit bocal en verre avec une

cuillère en argent tout droit sortie de chez un anti-
quaire. J'encourageai mes invités à prendre quelque
chose, mais quand la serveuse se tourna vers le mari,
il secoua poliment la tête en souriant. « Je me suis fait
mon petit déjeuner tout seul ce matin. » J'avais littéralement une cuillère en argent dans la bouche quand
il prononça ces paroles.

Si je raconte cette anecdote, c'est uniquement pour
aider à comprendre certaines choses. Par exemple,
deux jours après l'attaque du 17 mai, un dentiste des
environs fit publiquement savoir qu'il contribuait
pour 10 000 dollars à la récompense (qui atteignit
ainsi 25 000 dollars) et qu'avec un autre homme d'affaires, ils avaient créé la MPSVE, (Milice Populaire
de Surveillance du Violeur de l'Est), composée d'individus lambda. Des centaines de types du coin se ras-
semblèrent et, équipés de radios CB, commencèrent
à patrouiller sur la rive est toute la nuit dans leurs
véhicules. Le shérif adjoint fit connaître sa consterna-
tion devant cette initiative dans un article du *Bee* paru
le 20 mai ; la teneur générale de son message était :
s'il vous plaît, ne faites pas ça. La traque citoyenne
se poursuivit comme si de rien n'était, accompagnée
du bruit et de l'éclat des projecteurs d'un hélicoptère
de surveillance prêté par la police de la route cali-
fornienne, qui tournait sans cesse au-dessus de leurs
têtes.

Autre exemple : un article du *Sacramento Union* du
22 mai, intitulé « Deux victimes évoquent l'East Area
Rapist », citait Jane, qui témoignait sous un pseudonyme. Mais il y avait suffisamment de détails permet-

tant de l'identifier pour que l'EAR, en lisant l'article, puisse comprendre de qui il s'agissait, ce qui rend ses déclarations d'autant plus admirables.

« Je me sentirais lésée si quelqu'un lui faisait sauter la cervelle. Je leur demande de viser plus bas, si possible », écrivait-elle.

En cette matinée du 27 mai, début du week-end du Memorial Day, Fiona Williams[1] s'adonna à quelques tâches ménagères puis emmena son fils de trois ans, Justin, avec elle chez Jumbo Market dans Florin Road, pour faire des emplettes. Elle le laissa ensuite chez la baby-sitter et se rendit à un rendez-vous chez l'ophtalmologiste. Puis elle alla chercher son chèque de salaire à la bibliothèque où elle travaillait à mi-temps, le déposa à la banque et fit encore un peu de shopping chez Penney. Enfin, elle récupéra Justin et ils se rendirent au Mel's Coffee Shop pour y dîner. En rentrant, ils nagèrent un moment dans la piscine. Quand le crépuscule arriva, elle arrosa la pelouse de devant, toujours en maillot de bain, pendant que Justin gambadait.

Fiona était au courant de ce qui se passait, bien entendu ; les informations locales beuglaient d'une hystérie nouvelle tous les soirs. Mais elle n'était pas nécessairement en alerte maximale. On l'appelait l'East Area Rapist, le Violeur de l'Est, après tout. Il n'avait jamais frappé dans Sacramento sud, la banlieue où Fiona vivait dans une maison neuve avec son

---

1. Tous les noms de la famille Williams sont des pseudonymes.

mari, Philip, et Justin. Mais l'EAR leur trottait dans un coin de la tête. Phillip travaillait comme superviseur dans une usine de traitement des eaux à Del Dayo. Les dernières victimes, le couple attaqué le 17 mai, habitaient à quelques mètres de l'usine. Philip travaillait en équipe, alors quand il était arrivé, ses collègues lui avaient expliqué pourquoi tous ces policiers grouillaient de l'autre côté de la route. L'EAR avait braqué un pistolet sur la tête du mari. « Tais-toi, avait-il dit, si tu dis un mot de plus, je tue, pigé ? »

Philip ne connaissait pas le couple ; c'étaient des étrangers confinés derrière des voitures de police, objets de commérages murmurés sur le lieu de travail. Mais il allait bientôt être amené à les rencontrer.

Lorsque Philip rentra chez lui après son travail, aux environs de 00 h 30, Fiona et Justin dormaient. Il but une bière, regarda un peu la télévision, puis se mit au lit et s'assoupit. Vingt minutes plus tard à peu près, Fiona et lui s'éveillèrent au même moment et commencèrent à batifoler. Quelques minutes après, un grincement dans la chambre les fit sursauter. La baie vitrée coulissante qui donnait sur le patio s'ouvrit, et un homme portant un passe-montagne rouge entra dans la pièce. Qu'ils aient immédiatement compris de qui il s'agissait n'atténua pas le choc. La sensation était surréaliste, comme si le personnage d'un film plus vrai que nature, quelqu'un qu'on venait de voir à la télé, était sorti de derrière les rideaux et avait commencé à leur parler. Dans la main gauche, il tenait une lampe de poche à deux piles. Dans la droite, il avait ce qui ressemblait à un pistolet 45 mm, qu'il avançait dans le faisceau de la lampe pour le leur montrer.

— Vous ne bougez pas d'un centimètre ou je tue tout le monde, dit-il. Je te tue. Je la tue. Je tue votre petit garçon.

Il jeta un morceau de ficelle à Fiona en lui ordonnant d'attacher Philip. Puis l'EAR la ligota à son tour. Il fouilla et menaça, balafrant l'obscurité de la chambre du faisceau de la lampe avec des mouvements convulsifs. Il empila des assiettes sur le dos de Philip, puis emmena Fiona dans le salon.

— Pourquoi vous faites ça ? lui demanda-t-elle.

— Boucle-la ! siffla-t-il.

— Je suis désolée, dit-elle sans réfléchir, parce qu'il lui avait crié dessus.

— Boucle-la !

Il la poussa sur le sol du salon, où il avait déjà disposé des serviettes. Après l'avoir violée plusieurs fois, il lui lança : « Tu vas transmettre un message à ces enfoirés de porcs. Ils se sont mélangé les pédales la dernière fois. J'ai dit que j'allais tuer deux personnes. Je ne vais pas te tuer. Si on parle de ce qui s'est passé à la télé ou dans les journaux demain, alors, je tuerai deux personnes. Tu m'écoutes ? Tu m'entends ? J'ai des télés dans mon appartement et je vais les regarder. Si on parle de ce qui s'est passé à la télé, je tuerai deux personnes. »

Lorsqu'il mentionna les télés dans son appartement, Fiona revit en un éclair Lyndon B. Johnson dans le bureau ovale, en train de regarder le trio d'écrans qui l'entourait, un clip qu'on voyait souvent aux informations dans les années 60. L'EAR bégayait, butant de façon notable sur les mots en m, en particulier, « m'écoutes ». Sa respiration était saccadée – il inspirait bruyamment, avec un bruit de succion. Elle espérait presque qu'il fasse semblant, car si cela n'était pas le cas, il devait être sacrément dérangé.

— Ça fait peur à ma maman quand ça passe aux informations, dit-il entre deux goulées d'air.

Il était un peu plus de 4 heures quand le premier officier de police ouvrit la porte du patio à l'arrière de la maison et se dirigea avec hésitation vers la femme qui l'appelait en criant. Elle était allongée sur le sol du salon, nue, poignets et chevilles entravés avec des lacets. Un étranger portant un passe-montagne venait de passer une heure trente à terroriser Fiona et son mari. Il l'avait brutalement violée. Fiona mesurait un mètre soixante et pesait cinquante-cinq kilos – un petit brin de femme. Elle aussi était native de Sacramento, et elle possédait des manières abruptes et terre à terre, ainsi qu'une capacité de résilience et une perspicacité qui allaient à l'encontre de sa petite taille.

— Eh bien, j'imagine que le Violeur de l'Est est devenu le Violeur du Sud à présent, commenta-t-elle[1].

---

1. Ce fut la seule attaque de l'EAR dans la zone sud. Le dentiste qui avait cofondé la patrouille de surveillance et offert les 10 000 dollars de récompense – dont on avait beaucoup parlé durant la semaine précédant l'attaque – possédait un cabinet à moins de huit cents mètres, ce qui peut avoir été, ou non, une pure coïncidence.

Shelby arriva à la maison jaune aux finitions marron à 5 heures. Un technicien de scène de crime avait recouvert de sacs en plastique le sol où s'était déroulé le viol afin de sauvegarder les indices. Une bouteille de vin et deux paquets de saucisses étaient éparpillés sur le patio, à environ quatre mètres cinquante de la porte. Shelby accompagna le chien policier et son maître tandis que l'animal suivait une piste et traversait le jardin jusqu'à un parterre de fleurs, dans le coin nord-est, où l'on découvrit des empreintes de pieds.

L'autoroute 99 passait au long de la maison, et à l'endroit où le chien perdit la trace, un point précis sur le bas-côté des voies remontant vers le nord, on trouva des marques de pneus qui semblaient provenir d'une petite voiture étrangère, une coccinelle Volkswagen peut-être. Un technicien sortit un mètre mesureur. Il y avait presque un mètre et vingt-huit centimètres du milieu d'un pneu à l'autre.

Juste après l'agression, lorsque les enquêteurs armés de leurs calepins demandèrent à Fiona de fouiller sa mémoire, la seule chose lui ayant paru un peu bizarre ce soir-là qui lui revint en mémoire fut la porte du garage. Elle avait fait plusieurs allers-retours entre la maison et le garage pour la lessive, et elle était certaine que la porte latérale menant à l'auvent pour voitures avait été fermée. Mais lorsqu'elle était revenue une dernière fois, la porte était ouverte. Le vent, avait-elle pensé. Elle avait refermé et verrouillé derrière elle. Ils ne vivaient dans la maison que depuis trois semaines et n'étaient pas encore habitués à ses contours et ses particularités. Il s'agissait d'une maison d'angle, qui s'enorgueillissait de quatre chambres et d'une piscine enterrée. L'image qui ne cesserait de tourmenter Fiona était celle d'un homme se tenant à côté d'elle tandis qu'ils observaient conjointement la piscine par la fenêtre, lors de la journée portes ouvertes organisée par l'agent immobilier. Elle ignorait pourquoi elle n'arrivait pas à se débarrasser de la sensation qu'elle avait alors éprouvée. S'était-il tenu trop près d'elle ? Ou attardé un tantinet trop longtemps ? Elle avait essayé, en vain, de reconstituer un visage, mais il était comme une page blanche. Un homme, rien de plus.

La maison était séparée de l'autoroute 99 par une bande de terre de quatre-vingt-dix mètres et une rangée de grands conifères ; directement derrière eux, de l'autre côté d'une anecdotique clôture grillagée, se trouvait un terrain vague. Fiona en viendrait par la suite à considérer différemment l'espace ouvert qui les entourait ; ce qui lui avait paru au départ une étendue agréable à regarder était devenu un point d'entrée vulnérable. Cela ne faisait pas partie de leurs projets, mais après ce qui leur était arrivé ce week-end du Memorial Day, Philip et elle dépensèrent 3 000 dollars qu'ils ne pouvaient se permettre, pour faire construire un mur de briques autour de leur nouvelle demeure.

Shelby remarqua le panneau « Vendu » sur la véranda. Une des pistes de recherche significatives dans l'enquête consistait à essayer de trouver des points communs parmi les victimes. Les enquêteurs leur distribuèrent des questionnaires détaillés et examinèrent soigneusement leurs réponses. Les centres d'intérêt, ou les profils qui semblaient surreprésentés incluaient les étudiants et le milieu éducatif, les professionnels de santé, et l'armée. Plusieurs personnes avaient fréquenté la même pizzeria. Mais le schéma récurrent, et de loin, était celui des agences immobilières. Chez Jane, la première agression sur laquelle Shelby avait enquêté, en octobre 1976, il avait remarqué un panonceau Century 21 sur une pelouse juste en face, de l'autre côté de la rue. Plusieurs victimes venaient d'emménager, étaient en train de déménager, ou habitaient à côté de parcelles à vendre. Alors qu'une décennie cédait la place à la suivante et que l'affaire devenait de plus en plus complexe, le facteur agence immobilière ressurgissait sans cesse, bien que sa signification – si tant est qu'il y en eût une – demeurât obscure, jusqu'au moment où un agent immobilier, après avoir nonchalamment retiré une clé d'un coffre tomba sur la dernière victime connue de l'EAR, une fille magnifique, méconnaissable dans la mort.

Après l'agression de Philip et de Fiona, l'EAR disparut de Sacramento durant l'été. Il n'y reviendrait pas avant octobre. À ce moment-là, Shelby avait été retiré de l'affaire et réaffecté aux patrouilles. Ses escarmouches avec ses supérieurs avaient commencé à éclater plus ouvertement. Les affaires hautement sensibles attirent les jeux de pouvoir au sein de la hiérarchie, et Shelby n'avait jamais vraiment pu s'y conformer. Quand il était devenu inspecteur pour la première fois, en 1972, son patron, le lieutenant Ray Root, avait une philosophie proactive et peu rigoureuse. Sors et trouve-toi des informateurs, lui avait-il recommandé, et mets au jour des crimes qui pourraient ne jamais être signalés ; suis tes propres affaires au lieu d'attendre qu'on t'en attribue une. Cette philosophie convenait au tempérament de Shelby. Montrer un intérêt poli pour les idées de ses supérieurs, non. Sa mutation ne l'avait pas bouleversé. Il était fatigué de la chasse à l'homme. Épuisé par les conflits internes. Travailler sur une affaire sensible comme celle de l'EAR impliquait une surveillance minutieuse et constante, et la surveillance hérissait Shelby ; en lui vivait encore le souvenir de ce fier jeune homme, debout plein d'espoir devant la liste du bureau du shérif et rejeté parce qu'il avait été décidé qu'il lui manquait les parties *ad hoc*.

Au cours des jours qui suivirent son agression, Fiona se mit à bégayer comme l'avait fait l'EAR. Carol Daly organisa une réunion avec les victimes féminines dans la maison de l'une d'elles. Fiona se souvient de beaucoup d'échanges murmurés – « Vous vous en sortez tellement bien » et « Je n'ai pas quitté la maison pendant cinq jours ». Daly leur passa deux enregistrements de voix d'hommes, mais Fiona ne se souvient pas qu'aucune des victimes les ait reconnues. Durant un certain temps par la suite, elle fut incapable de se montrer rationnelle quant à sa sécurité personnelle. La nuit, elle refusait de se rendre à l'arrière de la maison, où se trouvait la chambre, tant que Philip n'était pas rentré. Elle gardait parfois un pistolet chargé sous le siège conducteur de sa voiture.

Elle découvrit qu'elle débordait d'énergie nerveuse et un soir qu'elle la dépensait en passant l'aspirateur comme une furie, elle fit sauter un fusible et la maison se retrouva entièrement plongée dans l'obscurité. Elle devint hystérique. Ses voisins, un couple de gens âgés très gentils qui savaient ce qui lui était arrivé, se précipitèrent et réparèrent le fusible.

Lors d'une pause au travail, peu de temps après l'agression, Philip se rendit chez l'autre couple de victimes et se présenta. Il n'en parla à Fiona que des années plus tard, mais le mari et lui se retrouvaient parfois aux petites heures du jour pour sillonner les rues en voiture, scrutant les jardins et les parcelles vides. Accélérant. Ralentissant. Cherchant les contours d'une silhouette se glissant furtivement le long des haies. Le lien entre eux deux ne fut jamais évoqué. Peu d'hommes ont expérimenté ce qu'ils ont connu et seraient à même de comprendre la rage écrasante qu'il y a à se retrouver ligoté et bâillonné sur un lit, le nez dans les draps, tandis que votre femme gémit dans une autre pièce. Ils traquaient un homme dont ils ne connaissaient pas le visage. Peu importe. Le fait d'aller de l'avant, les mains libres, de faire physiquement quelque chose, était tout ce qui comptait.

Un extrait d'article publié le 28 février 1979, par la chaîne d'hebdomadaires de banlieue à présent disparue et connue localement sous le nom de *Green Sheet*, pourrait aider à comprendre à quoi ressemblait Sacramento dans les années 70. PROCÈS POUR TROIS VIOLS IMMINENT, titre le journal, avec en sous-titre

« Questions de médiatisation ». Premier paragraphe : « Le bureau des avocats commis d'office va tenter de prouver que la publicité faite autour de l'East Area Rapist rend impossible pour trois hommes accusés de viols multiples d'être jugés de façon équitable dans le comté de Sacramento. »

En février 1979, l'EAR n'avait pas attaqué dans le comté de Sacramento depuis dix mois. Des signes indiquaient qu'il avait bougé et rôdait maintenant autour de l'East Bay. Pourtant, l'article décrit comment le bureau des avocats faisait des sondages auprès des habitants de Sacramento, pour essayer de déterminer « jusqu'à quel point il existe une aura de peur dans cette communauté, à cause de l'East Area Rapist ». Le bureau des avocats commis d'office s'inquiétait de ce que l'infamie de l'EAR, bien supérieure aux autres, empoisonne le jury, incitant les jurés à condamner leurs clients – le Woolly, le Violeur de Midday et celui du City College – en une tentative peu judicieuse de punir le délinquant non identifié, dont le surnom causait encore une telle frayeur que nombre des sondés potentiels, en entendant la question de leur correspondant, n'avaient pas dépassé les trois mots – East Area Rapist – avant de raccrocher.

Le fait de savoir que dans un article sur trois violeurs en série éclipsés par un quatrième, un autre multirécidiviste en fuite n'est même pas mentionné pourrait donner une idée de ce qu'était Sacramento dans les années 70. Ce dernier, surnommé l'Early Bird, le Lève-Tôt, fut actif à Sacramento entre 1972 et début 1976, moment où il semble avoir disparu des radars.

Quatre ans d'effractions et d'agressions sexuelles, et approximativement quarante victimes et pourtant, une recherche sur Google ne fait référence à lui qu'en lien avec l'EAR.

Une femme m'a écrit un mail pour me raconter qu'elle pensait avoir croisé l'EAR lorsqu'elle était adolescente. Une amie et elle avaient pris un raccourci menant à leur lycée d'Arden-Arcade, une banlieue située à l'est du comté de Sacramento. Elle se souvient que la matinée était froide et pense qu'il s'agissait soit de l'automne soit de l'hiver 1976 ou 1977. Elles avaient décidé de suivre une allée cimentée qui courait au long d'une petite rivière et avaient débouché sur un cul-de-sac, un jardin clôturé par une grille. Quand elles firent demi-tour, un homme se tenait à six mètres d'elles. Il portait un passe-montagne noir qui lui couvrait tout le visage, sauf les yeux. Il s'avança vers elles, une main dans sa poche. La jeune femme, qui réfléchissait rapidement, tâtonna pour trouver un loquet sur la grille. La barrière s'ouvrit et les deux amies se précipitèrent en hurlant dans le jardin. Les propriétaires, alertés par le raffut, sortirent de la maison et les entraînèrent à l'intérieur. Elle se souvient d'avoir été interrogée par les enquêteurs à l'époque. Elle m'écrivait pour me signaler que l'homme masqué semblait bâti différemment de ce que j'avais décrit dans l'article d'un magazine où je parlais de l'EAR. L'homme qu'elle avait vu était extrêmement musclé, disait cette femme. « Démesurément, même. »

Je fis suivre le mail à Shelby, à présent à la retraite.
« Elle a probablement bien vu l'EAR, répondit-il.
Même si la description physique correspond en tous
points à Richard Kisling. »

Richard Kisling ? Je cherchai son nom sur le Net
– encore un autre violeur en série qui écumait à une
époque le comté de Sacramento, et qui, tout comme
l'EAR, portait un passe-montagne et attachait les
maris pendant qu'il violait leurs femmes.

Sacramento n'était pas un problème isolé. Le taux
de crimes violents aux États-Unis montre une aug-
mentation régulière au cours des années 60 et 70,
qui atteint son point culminant en 1980. *Taxi Driver*
sortit en février 76 ; le film, sombre et violent, fut
salué comme un résumé de son époque, sans que
personne en soit surpris. De nombreux flics à qui
j'ai l'occasion de parler, de Sacramento mais aussi
d'ailleurs, se rappellent de manière uniforme les
années 68 à 80 comme une époque particulièrement
sinistre. Et contrairement à d'autres endroits, Sacramento, ville bâtie par des pionniers qui avaient passé
les rivières à gué et franchi des chaînes de montagnes enneigées, est connue pour son implacable
instinct de survie.

Mon intention n'est pas de dénoncer un fléau mais
de souligner un élément frappant : dans une ville habitée par des autochtones qui sont de vrais durs à cuire,
vachards avec les criminels violents, un prédateur se
détachait.

Savoir qu'à chaque fois qu'un natif de la ville m'interroge sur ce que j'écris et que je réponds qu'il s'agit

d'un violeur en série de Sacramento, personne n'a jamais demandé lequel, pourrait donner une idée de ce qu'était cette ville dans les années 70 et apporter un éclairage sur l'EAR.

VISALIA

NOTE DE L'ÉDITEUR : Le chapitre qui suit a été compilé à partir des notes de Michelle et des premières ébauches de « Dans les pas d'un tueur », un article que Michelle avait écrit pour le Los Angeles Magazine, *publié à l'origine en février 2013 et plus tard complété en ligne.*

Un vendredi matin de février 1977, Richard Shelby se trouvait à son poste du bureau du shérif de Sacramento quand son téléphone sonna. À l'autre bout du fil, un certain sergent Vaughan, des services de police de Visalia. Vaughan pensait avoir des informations potentiellement utiles pour leur enquête sur l'EAR.

D'avril 1974 à décembre de l'année suivante, Visalia avait subi une flambée de cambriolages bizarres, commis par un jeune délinquant qu'ils surnommaient le Ransacker, le Pilleur. Le Ransacker avait frappé jusqu'à cent trente fois sur une période de moins de deux ans, mais il n'y avait rien eu à signaler depuis décembre 1975 ; et les agressions en série de l'EAR avaient démarré à Sacramento exactement six mois plus tard. De plus, il semblait y avoir une foule de similitudes entre les deux criminels. Ça valait peut-être la peine d'explorer cet angle-là.

Le Ransacker était aussi prolifique qu'il était bizarre. Il s'attaquait souvent à plusieurs maisons en une nuit – quatre, parfois cinq, une fois même il était allé jusqu'à douze. Il ne cessait de viser les quatre mêmes banlieues résidentielles. Préférait les objets personnels, comme les photos ou les alliances, et laissait derrière lui des choses de plus grande valeur. Les enquêteurs avaient remarqué qu'il semblait avoir un faible pour la lotion pour les mains.

Mais c'était un détraqué avec un fond méchant, et il semblait apparemment avoir un compte à régler avec la cellule familiale. S'il y avait des photos de famille dans une pièce, il les déchirait ou les cachait, brisant parfois les cadres ou volant carrément les photos. Il répandait du jus d'orange trouvé au frigo sur les vêtements de l'armoire, comme un sale môme qui aurait eu mauvais caractère. Il saccageait méthodiquement les lieux. Cela semblait être un objectif qui comptait plus que le vol. Pour faire bonne mesure, il sortait l'argent liquide des endroits où il était planqué et le laissait sur le lit. Il s'en tenait au vol de babioles et de bijoux personnalisés, de tirelires et de timbres remboursables Blue Chips. Il débranchait les appareils électro-ménagers et les radios-réveils. Il aimait prendre une unique boucle d'oreille dans une paire. Le Ransacker était très fort niveau malveillance.

L'élément sexuel de ses cambriolages se voyait de façon évidente dans son penchant à farfouiller dans les sous-vêtements féminins, qu'il laissait souvent éparpillés à droite à gauche ou présentés d'une façon ostentatoire. Une fois, il les avait empilés dans un berceau d'enfant. Une autre, il avait soigneusement étalé les sous-vêtements masculins en une ligne tout au long du couloir, allant de la chambre à la salle de bains. Il avait un talent pour deviner où trouver dans la maison tout ce qui pouvait servir de lubrifiant – avec une affinité toute particulière pour la lotion Vaseline intensive care pour les mains. Il était rusé, aussi ; il laissait presque toujours plus d'un point de sortie ouvert, de sorte que, si les propriétaires revenaient avant qu'il en ait terminé, il ait de multiples possibilités de fuite. Il bricolait un système d'alarme de fortune, en plaçant des flacons de parfums ou des aérosols sur les poignées de porte.

Aux premières heures du 11 septembre 1975, le parcours criminel du Ransacker prit un tour effrayant.

Il était environ 2 heures. La fille de Claude Snelling, un professeur de journalisme à l'université des Séquoias, âgée de seize ans, se réveilla pour trouver un homme à cheval sur elle, sa main gantée fermement appliquée sur sa bouche. Il tenait un couteau contre son cou. « Tu viens avec moi, ne crie pas, ou je te frappe », lui murmura l'intrus masqué d'une voix rauque. Quand elle commença à résister, il sortit un pistolet : « Ne crie pas ou je te descends. » Il l'entraîna par la porte de derrière.

Snelling, alerté par le bruit, sortit en courant sur le patio.

— Eh, cria-t-il, qu'est-ce que vous fabriquez, où est-ce que vous emmenez ma fille ?

L'intrus visa et tira une balle qui atteignit Snelling dans la partie droite de la poitrine, le faisant pivoter sur lui-même. Un autre coup partit, et la balle toucha cette fois Snelling du côté gauche, lui traversant le bras avant de lui perforer le cœur et les deux poumons. Il tituba jusque dans la maison et mourut en quelques minutes. L'assaillant frappa sa victime par trois fois au visage avant de s'enfuir. C'était un homme blanc, d'environ un mètre quatre-vingts, avec des « yeux en colère », déclara celle qui aurait dû être la victime aux enquêteurs.

Les tests balistiques révélèrent que le pistolet utilisé pour tuer le professeur était un Miroku .38 ayant été volé lors d'un cambriolage attribué au Ransacker, dix jours plus tôt. Les enquêteurs apprirent aussi qu'en février de la même année, en rentrant du travail, Claude Snelling avait découvert un voyeur accroupi sous la fenêtre de sa fille. Il avait poursuivi le type mais l'avait perdu dans le noir.

Les preuves désignaient fortement le Ransacker. On augmenta la présence policière de nuit, et des équipes de surveillance furent affectées à des planques nocturnes. Une maison de West Kaweah Avenue, zone où il s'était montré très actif, avait été visée trois fois déjà et présentait un intérêt tout particulier. Le 10 décembre, l'inspecteur Bill McGowen, surprit le

140

Ransacker à l'extérieur de celle-ci ; le suspect sauta la haie et une poursuite s'ensuivit. Quand McGowen tira un coup de semonce en l'air, le suspect leva les mains en signe de capitulation.

— Oh, mon Dieu, ne me faites pas de mal, couinat-t-il d'une voix étrangement maniérée et haut perchée. Vous voyez ? J'ai les mains en l'air !

L'homme au visage de poupon se tourna légèrement, sournoisement, sortit un pistolet de la poche de son manteau et tira prestement sur McGowen. Ce dernier tomba en arrière et le monde s'obscurcit soudain. La balle avait touché la lampe de poche.

Le 9 janvier 1976, les inspecteurs de police de Visalia, Bill McGowen et John Vaughan, se levèrent tôt et roulèrent vers le sud durant trois heures, pour se rendre à Parker Center, le quartier général de la police de Los Angeles, dans le centre-ville. McGowen s'était récemment trouvé face à un criminel dont l'habileté à échapper aux autorités défiait les lois de la logique et dont la capture, on ne peut le nier, absorbait toute la police de Visalia. Son face-à-face avec le Ransacker était considéré comme une avancée importante dans l'affaire et une séance d'hypnose avec une unité d'enquête spécialisée du LAPD[1] fut donc organisée, dans l'espoir que cela permettrait à McGowen de faire ressurgir de nouveaux détails.

Les deux inspecteurs de Visalia rencontrèrent le capitaine Richard Sandstrom, directeur de l'unité spé-

---

1. Services de police de Los Angeles.

cialisée en hypnose du LAPD. Ils le mirent au courant des détails. McGowen dessina un schéma de la banlieue résidentielle où avait eu lieu sa confrontation avec l'EAR. Un dessinateur de la police fit un portrait-robot basé sur les informations apportées par McGowen. Le groupe se réunit ensuite dans le bureau 309. Schéma et portrait-robot furent posés sur la table devant lui. À 11 h 10, la séance d'hypnose débuta.

Sandstrom encouragea calmement McGowen à se détendre. Jambes décroisées, mains ouvertes, respiration profonde. Il ramena l'inspecteur au mois précédent, à la soirée du 10 décembre 1975. Ce soir-là, une demi-douzaine d'officiers de police avaient été déployés dans le voisinage du lycée Mt Whitney, certains cachés dans des lieux fixes, d'autres à pied, un dernier encore dans un véhicule banalisé. Le but de cette planque coordonnée était de « repérer et d'appréhender » leur plus grand adversaire, le Pilleur de Visalia.

La veille, McGowen avait reçu un coup de fil particulièrement intéressant. Sa correspondante s'était présentée comme étant Mme Hanley[1], de West Kaweah Avenue. Elle appelait pour lui parler d'empreintes de pieds. Se souvenait-il de ce qu'il lui avait dit sur le fait de vérifier les traces de pieds autour de la maison ? Il s'en souvenait.

En juillet, la fille des Hanley, Donna[2], âgée de dix-neuf ans, était tombée sur un intrus masqué dans leur

---

1. Pseudonyme.
2. *Idem.*

jardin. Lorsqu'elle avait rapporté l'incident, McGowen lui avait conseillé de vérifier régulièrement les lieux afin d'y repérer d'éventuelle traces, et de l'alerter si elle en découvrait. Eh bien, ils en avaient découvert.

Sur la base de cette information, McGowen avait été assigné à la surveillance de la maison le lendemain soir.

Dans son fauteuil du Parker Center, guidé par l'hypnothérapeute, l'esprit de McGowen revint doucement à ce soir-là.

Il avait choisi de se positionner à l'intérieur d'un garage donnant sur la rue, au 1505 West Kaweah Avenue. Il avait le sentiment que le Ransacker pourrait bien revenir chez les Hanley, où on avait observé la trace de ses tennis sous la fenêtre de chambre de Donna.

À 19 heures, McGowen mit en place une opération de surveillance toute simple. Il laissa la porte du garage entrouverte. Éteignit toutes les lumières. Assis dans le noir, il observa la maison des voisins par une fenêtre latérale, tout en gardant un œil sur quiconque aurait pu passer devant le garage. Une heure s'écoula. Rien ne bougeait. Une autre demi-heure fila.

Et puis, aux environs de 21 h 30, une silhouette ramassée s'approcha en rampant de la fenêtre. McGowen attendit. La silhouette apparut dans l'entrebâillement de la porte du garage et regarda autour d'elle. Différentes possibilités traversèrent l'esprit du policier. Le propriétaire ? Un collègue ? Mais ses yeux s'étaient accoutumés à l'obscurité, et il voyait que la silhouette était vêtue de noir et portait une casquette de marin.

McGowen observa la silhouette qui longeait le garage jusqu'à l'arrière de la structure. L'individu avait une carcasse imposante et dégingandée, bizarrement proportionnée. Sortant du garage, McGowen le suivit et lui braqua la lampe dans les yeux tandis qu'il triturait une grille sur le côté.

Vaughan, son collègue, prenait des notes, pendant que McGowen, sous hypnose, racontait ce qui s'était ensuite passé. La confrontation surprise. La course poursuite dans le jardin. Le cri, semblable à celui d'une femme.

« Oh, mon Dieu ! Ne me faites pas de mal ! »

— S'agissait-il d'une femme ? demanda Sandstrom.

— Non.

McGowen avait gardé sa lampe de poche Kel-Lite braquée sur la silhouette qui détalait tout en lui répétant de s'arrêter. Le Ransacker semblait hystérique et hurlait, « Oh, mon Dieu ! Ne me faites pas de mal, ne me faites pas de mal ! » encore et encore, fonçant ici ou là pour finalement plonger par-dessus un muret bas en ardoises et atterrir dans un jardin voisin. McGowen avait alors sorti son pistolet de service de son étui et tiré un coup de semonce dans le sol. Le Ransacker s'était immobilisé et avait fait volte-face. Il avait levé la main droite en signe de capitulation.

— J'abandonne, avait-il lancé d'une voix chevrotante. Vous voyez ? Vous voyez, j'ai les mains en l'air.

Se remémorer le moment sous hypnose plongea McGowen dans une transe plus profonde encore. Il se focalisa sur le visage éclairé par le faisceau de sa lampe de poche.

« Poupon. Rond. L'air doux comme un bébé. »

« Ne se rase même pas. »

« Une peau très claire. Douce. Visage rond. Un visage de poupon. »

« Un poupon. »

Debout devant la clôture, McGowen avait dû se sentir transporté de joie. L'éprouvante chasse à l'homme de dix-huit mois arrivait à son terme. Il était à quelques secondes d'appréhender un criminel demeuré si habilement invisible que plus d'un officier de police s'était demandé s'ils ne poursuivaient pas un fantôme. Mais le Pilleur de Visalia était bien réel. Et mauvais. Pourtant, à voir en chair et en os, leur adversaire malfaisant n'intimidait guère. Un gros lard qui se déplaçait lourdement en suppliant McGowen d'une voix haut perchée de ne pas lui faire de mal. McGowen n'avait aucune intention de le blesser. C'était un homme religieux, un flic de la vieille école, qui respectait les règles. L'excitation résidait dans le fait de savoir que le cauchemar touchait à sa fin. Le salaud était cuit. McGowen avait fait un pas vers la clôture pour l'arrêter.

Mais le Ransacker n'avait levé que la main droite. De la gauche, il avait sorti un pistolet en acier oxydé de la poche de son manteau et avait tiré en visant McGowen à la poitrine, sans la moindre ambigüité. Heureusement, ce dernier tenait sa lampe de poche à bout de bras devant lui – une mémoire du corps due aux entraînements de police plus qu'autre chose. La balle avait frappé la lentille. La force du choc avait fait basculer McGowen en arrière. Son partenaire, alerté par la détonation, s'était précipité dans le jardin et l'avait vu immobile sur le sol. Pensant qu'il avait été touché, il avait couru vers l'endroit où il pensait que le Ransacker s'était enfui, tout en passant un appel à l'aide avec sa radio. Soudain, il avait entendu un mouvement derrière lui et fait volte-face brusquement. Il s'agissait de son collègue. Des brûlures de poudre lui barraient le visage. Son œil droit était rouge. Mis à part ça, il allait bien.

— Le voilà parti, avait conclu McGowen.

Soixante-dix officiers de trois services différents avaient bouclé une zone de six pâtés de maisons. Sans succès. L'homme-enfant bizarrement fichu s'était enfui et évaporé dans la nuit – tel une phalène avalée par l'obscurité – laissant derrière lui une chaussette remplie de pièces de collection et de bijoux, et deux carnets de timbres Blue Chip.

Le récit qu'avait fait McGowen de l'apparence singulière du Ransacker et de ses étranges manières, collait avec les comptes rendus des Visaliens qui s'étaient précédemment retrouvés nez à nez avec le voyeur.

On décida qu'il ne devait jamais sortir durant les heures de jour tant il était pâle. Le peu de gens qui l'avaient entraperçu avaient fait des remarques sur son teint. Il est difficile de garder une couleur de peau semblable au ventre d'un poisson à Visalia, ville agricole de la Californie centrale où les températures dépassent les trente-huit degrés en été. Pour comprendre pourquoi sa pâleur en faisait quelqu'un d'inhabituel, il faut savoir que Visalia est en grande partie peuplée de descendants des réfugiés du Dust Bowl[1]. Les Visaliens d'origine suivent une horloge interne basée sur la nature. Ils se souviennent des inondations épiques. Anticipent les sécheresses. S'appuient contre leurs pick-up pour regarder tomber les cendres provenant des incendies de broussailles qui embrasent la végétation et les arbres à soixante-cinq kilomètres de là. Le plein air n'est pas un concept mais une réalité indiscutable. Les méfaits du soleil sont un raccourci qui dit l'expérience et la confiance. Ils signifient : je comprends ce que veut dire protéger un citronnier, je sais que « couper le coton » signifie arracher les mauvaises herbes qui prolifèrent autour des plants avec une binette ; j'ai descendu la St John's River en me laissant dériver sur une chambre à air, la poussière blanche de mes pieds se dissolvant dans l'eau couleur de café léger.

Sa pâleur n'évoquait aucun caractère familier et local. Elle était peu commune et de ce fait, louche. Elle suggérait une vie cloîtrée passée à comploter. Les services de police de Visalia à sa poursuite ignoraient qui il était et où il s'enfermait. Ils savaient simplement qu'il se déplaçait la nuit. Et avaient une bonne idée de ce qui l'attirait à l'extérieur.

---

1. Région des Grandes Plaines qui a souffert de la Grande Dépression dans les années 30, poussant de nombreux paysans à émigrer.

Pour les adolescentes qui tiraient les rideaux de leur chambre, il n'était qu'une brève lueur dans l'obscurité. Un vacillement de lumière parasite qui leur faisait arrêter leur geste. Mais il était difficile d'y voir clairement dans le noir. Durant l'hiver 1974, Glenda[1], une jeune fille de seize ans qui vivait à West Feemster, baissa les yeux alors qu'elle fermait les rideaux de sa chambre et remarqua un objet marbré en forme de lune dans les buissons. Curieuse, elle souleva la fenêtre pour y regarder de plus près. L'objet à face de lune lui retourna son regard, étreignant un tournevis dans sa main gauche.

Il disparut tout d'un coup. Là où s'étaient trouvés de petits yeux noirs au regard dur ne restaient que les ténèbres. On entendit des bruits de reptation, comme ceux d'une créature dotée d'une queue musclée qui ondulerait pour fuir la lumière. Des fourrés bruissèrent. Des palissades vibrèrent sourdement. Les bruits d'escalade s'atténuèrent, mais ça n'avait aucune importance. Un cri d'angoisse submergea tout le reste. À l'époque, en 1974, les commerces de Visalia fermaient à 21 heures, et les problèmes se limitaient essentiellement aux hommes réunis autour des fossés d'irrigation qui se querellaient pour des histoires de droits relatifs à l'eau. Mais impossible de se tromper sur la nature du cri en l'entendant. Les films ne rendent pas l'effet que produit un tel son. Il est impossible de le reproduire en studio. Les conversations cessent. Les têtes s'inclinent. Les tympans vibrent d'effroi, car

_____

1. Pseudonyme.

148

rien n'exprime mieux la terreur que le cri déchaîné et incontrôlable d'une adolescente dans la nuit.

Le visage pâle de l'étranger n'était pas sa seule caractéristique troublante. Une semaine après l'incident, le petit ami de Glenda, Carl[1], l'attendait devant chez elle. C'était une soirée d'automne précoce, encore chaude, mais déjà sombre. La maison de Glenda était semblable aux autres dans ce quartier de classe moyenne situé près du lycée Mt Whitney, au sud-ouest de Visalia : de plain-pied, la construction solide datait des années 50 et mesurait environ cent quarante mètres carrés, pas particulièrement grande. Carl était assis sur la pelouse, et sa présence se noyait dans les ténèbres, en contraste avec la lumière incandescente qui s'échappait de la baie vitrée à l'avant de la maison. Depuis son poste à couvert dans le jardin, il vit un homme émerger d'un sentier bordant le canal de l'autre côté de la rue. L'homme marchait d'un pas tranquille, mais s'immobilisa net quand ses yeux tombèrent sur quelque chose. Carl suivit son regard concentré jusqu'à la fenêtre, où Glenda, en dos-nu et short, était en train de discuter avec sa mère dans le salon. L'homme se laissa tomber à quatre pattes.

Carl se trouvait chez Glenda quand elle avait repéré le rôdeur à l'extérieur de sa chambre, et il l'avait poursuivi jusque dans le jardin d'un voisin avant de le perdre dans le noir. Il était sûr d'avoir affaire au même homme. Même cette certitude ne pouvait pas le préparer à ce qui allait suivre. Toujours à quatre

---

1. Pseudonyme.

pattes, comme aimanté par ce qu'il voyait à travers la fenêtre, l'homme se mit à ramper dans un style militaire vers la maison de Glenda.

Carl demeura silencieux et dissimulé dans l'ombre. Il laissa le type zigzaguer jusqu'aux haies de devant. Ce dernier n'avait clairement aucune idée de sa présence. Pour obtenir l'effet de choc maximum, il lui fallait choisir le moment précis où parler. Carl attendit que l'homme se soit légèrement relevé pour jeter un coup d'œil furtif par-dessus les haies.

— Qu'est-ce que vous fabriquez ici ? cria-t-il.

L'homme recula, choqué. Il hurla quelque chose d'inintelligible et, paniqué, s'enfuit en courant d'une façon digne d'un vaudeville. Glenda avait décrit son rôdeur comme potelé. Il était enrobé, confirma Carl, avec des épaules tombantes et de grosses jambes. Il courait maladroitement et pas particulièrement vite. La traque se termina abruptement quand l'homme coupa vers la gauche et plongea sous la tonnelle d'un voisin, fermée d'un côté. Carl se planta devant, lui bloquant le passage. L'homme était coincé. L'éclairage urbain permit à Carl d'observer de près le rôdeur qui harcelait sa petite amie. Il mesurait dans les un mètre quatre-vingts, devait peser entre quatre-vingt-dix et quatre-vingt-quinze kilos, et avait de grosses jambes et des bras boudinés. Ses cheveux blonds, filasse, étaient plaqués sur son crâne. Il avait un petit nez, des oreilles courtes et charnues, et des yeux qui louchaient. Sa lèvre inférieure saillait légèrement. Son visage était rond et inexpressif.

150

— Qu'est-ce que vous faisiez à regarder par la fenêtre de ma petite amie ? demanda Carl.

L'homme détourna le regard.

— Eh bien, Ben, lança-t-il tout fort sur un ton énervé, comme s'il s'adressait à un complice se tenant sur le côté, on dirait bien que le gars nous a eus !

Il n'y avait personne.

— Qui êtes-vous ? Qu'est-ce que vous fichez là ? demanda Carl une fois encore.

N'obtenant aucune réponse, il se rapprocha.

— Laissez-moi tranquille, lui lança le type. Allez-vous-en.

Il parlait lentement et d'une voix sourde à présent, avec une pointe d'accent de l'Oklahoma rural.

Carl fit un pas de plus. L'homme répondit en enfonçant sa main dans sa poche. Il portait une veste en coton marron aux poignets tissés ; un style populaire des années auparavant, mais passé de mode depuis.

— Laissez-moi tranquille, répéta-t-il d'un ton monocorde. Allez-vous-en.

Carl remarqua une bosse dans la poche où l'homme avait plongé la main. Il lui fallut à peine une seconde pour intégrer ce détail ; lorsque ce fut fait, son instinct lui ordonna de reculer. Ce fut une sensation des plus bizarres, des plus dérangeantes, que d'entrapercevoir un instant les obscurs circuits neuronaux à l'œuvre derrière le masque aux yeux éteints. Le simplet au visage rond avec ses vêtements démodés et sa voix monocorde d'un péquenaud de l'Oklahoma était, comme le prouvait à l'évidence le geste qu'il avait esquissé vers ce qui devait certainement être un pistolet, une tout autre personne, en fin de compte. Carl s'écarta. Quand l'homme passa devant lui, il remarqua son visage pâle et inhabituellement lisse. Carl était sûr qu'il avait au minimum vingt-cinq ans, mais bizarrement, pour quelqu'un ayant, comme on disait à Visalia « atteint sa majorité », il ne semblait même pas avoir besoin de se raser.

Carl regarda l'homme remonter Sowell Street vers le nord. Ce dernier ne cessait de se retourner, pour s'assurer qu'il ne le suivait pas. Et même là, alors que son langage corporel nerveux dénotait la peur et le soupçon, le visage rond et pâle demeurait inerte, lisse et aussi inexpressif que la surface d'un œuf.

Si l'on remonte plus tôt encore, en septembre 1973, Fran Cleary[1] avait fait une étrange rencontre devant chez elle, dans West Kaweah Avenue. Au moment où elle montait en voiture, elle avait entendu un bruit, levé la tête, et repéré un homme aux cheveux blond clair et au visage rond et lisse qui sortait de son jardin. Tandis qu'il trottinait dans la rue, il avait remarqué Cleary et fait volte-face, en beuglant : « Je te retrouve plus tard, Sandy ! » avant de se remettre à courir vers le nord sur une route perpendiculaire et de disparaître. Elle avait raconté l'incident à sa fille de quinze ans, Shari[2], qui lui avait à son tour révélé qu'elle avait vu quelqu'un correspondant à sa description en train de la mater par la fenêtre de sa chambre une semaine plus tôt. Le rôdeur continuerait à les harceler pendant

---

1. Pseudonyme.
2. *Idem.*

deux mois, visitant la maison une dernière fois en octobre.

De 1973 jusqu'au début 1976, de nombreuses autres adolescentes, ainsi que des jeunes femmes adultes du voisinage, eurent maille à partir avec un voyeur qui regardait par les fenêtres, et correspondait au même signalement.

Mais une fois que le portrait-robot basé sur la description que Bill McGowen avait faite du Ransacker fut publié dans la presse locale, à la mi-décembre 1976, il cessa de s'attaquer à Visalia.

Et pourtant, l'enquête à son sujet progressait à toute allure. Pour qu'une affaire de récidiviste non résolue avance, il faut revenir en arrière. Les comptes rendus anciens sont longuement étudiés, on brandit le recul comme loupe. Victimes et témoins oculaires sont recontactés. Des souvenirs émoussés sont parfois ravivés. À l'occasion, un indice oublié se détache. Quelqu'un se rappelle un incident qui n'avait pas nécessairement été signalé officiellement. Ils ont un nom, mais pas de numéro. On passe des coups de fil.

Les inspecteurs de Visalia en contact avec les autorités de Sacramento en 1977 notèrent au moins une douzaine de similitudes entre les deux délinquants. Parmi elles : les deux mettaient les maisons à sac. Les deux volaient des colifichets et des bijoux personnalisés mais laissaient derrière eux des objets de plus grande valeur. Les deux utilisaient une technique d'approche similaire, chevauchant leurs victimes endormies et leur posant une main sur la bouche. Les deux se servaient d'objets de la maison pour fabriquer un système d'alarme de fortune. Les deux avaient la même méthode d'effraction, utilisant un pied-de-biche pour déchiqueter le montant de porte et contourner la plaque de butée. Les deux sautaient par-dessus les palissades, mesuraient dans les un mètre quatre-vingts, emportaient les sacs à main et en renversaient le contenu sur le sol à l'extérieur de la maison. La liste était convaincante. Les enquêteurs de Visalia étaient persuadés de tenir quelque chose.

Les employés du bureau du shérif de Sacramento comparèrent quant à eux les deux séries et y virent des différences insurmontables. Pour commencer, six des neuf critères du mode opératoire ne collaient pas. Les empreintes de pieds différaient. Même les tailles n'étaient pas les mêmes. L'EAR ne dérobait pas les timbres Blue Chips. Et les descriptions physiques étaient fondamentalement divergentes. Après tout, les descriptions du Ransacker mettaient en avant une apparence particulièrement caractéristique : un poupon surdimensionné aux membres et aux doigts boudinés avec un teint pâle et lisse. L'EAR, lui, était décrit comme un homme de taille moyenne, voire frêle, une des victimes ayant même été jusqu'à le qualifier de « chétif ». Durant les mois d'été, il semblait bronzé. Même si le Ransacker avait perdu du poids, il paraissait peu probable qu'il fût un métamorphe.

Visalia n'était pas d'accord et en fit part dans la presse. En juillet 1978, le *Sacramento Union* publia un article dans lequel l'éventualité d'un lien était mise en avant et le bureau du shérif de Sacramento critiqué pour son manque d'ouverture d'esprit. Le lendemain, celui-ci répliqua par voie de presse interposée, dénonçant l'irresponsabilité de l'*Union* en termes de journalisme, et accusant les services de police de Visalia de chercher à se faire de la publicité et d'exploiter le désespoir.

Les services de police de la ville de Sacramento, cependant, restaient ouverts à l'éventualité d'un lien. Richard Shelby avait lui aussi examiné cette possibilité. Le bureau du shérif de Sacramento avait demandé à des entreprises de services publics du coin leur liste d'employés ayant été mutés de la région de Visalia entre décembre 1975 et avril 1976. Ils en avaient trouvé deux. Qui avaient ultérieurement été éliminés.

Quarante ans plus tard, l'opinion officielle est toujours divisée, bien que de manière moins conflictuelle. Ken Clark, l'enquêteur en chef actuel de Sacramento, pense que les deux séries de délits sont l'œuvre du même homme. Le FBI est d'accord. L'inspecteur en chef de Contra Costa, Paul Holes, ne l'est pas. Un endomorphe, est-il prompt à faire remarquer, ne se transforme pas par magie en ectomorphe.

COMTÉ D'ORANGE, 1996

Roger Harrington avait une conviction, qu'il maintenait sans varier, en dépit des implications gênantes
qu'elle entraînait. Il avait été cité en octobre 1988
dans un article du magazine *Orange Coast*, huit ans
après le meurtre de son fils et de sa belle-fille, affirmant avec certitude que le mobile se trouvait dans les
antécédents de Patty, et non dans ceux de Keith. Ils
n'étaient mariés que depuis quelques mois. Patty semblait inattaquable, mais que savaient-ils vraiment de
son passé ? Un détail lui faisait dire sans hésiter que
le couple devait connaître l'assassin : le dessus-de-lit.
Le tueur avait pris le temps de le remonter sur leurs
visages.

— Quelle que soit la personne qui a fait ça, elle les
connaissait, et elle était désolée d'avoir fait une chose
pareille, avait déclaré Roger au magazine.

Dans le temps, les affaires non résolues l'étaient
par le coup de fil inattendu – sonnerie suraiguë d'un
téléphone à cadran annonçant des aveux sur un lit de
mort ou informateur apportant des faits vérifiables.
Mais le téléphone ne sonna jamais pour Keith et Patty

Harrington, ou pour Manuela Witthuhn. À la place, l'avancée se produisit sous la forme de trois tubes en verre rangés dans des enveloppes en papier kraft qui n'avaient pas bougé depuis quinze ans.

Peu de gens auraient salué la nouvelle d'une avancée avec plus d'enthousiasme que Roger Harrington. Le visage vierge du meurtrier de son fils emplissait d'immenses étendues vides de sa carte mentale. Le récit que le magazine *Orange Coast* avait fait de sa quête pour retrouver l'assassin de Keith et de Patty se termine sur une déclaration sinistre et sans équivoque.

« C'est pour cette raison que je reste en vie : je ne veux pas partir jusqu'à ce que j'aie trouvé. »

Les trois tubes qui rapprochèrent le mystère d'une réponse furent ouverts et testés en octobre et novembre 1996. En décembre, résultats en main, les enquêteurs du comté d'Orange étaient prêts à téléphoner aux familles. Mais Roger Harrington n'apprit jamais la nouvelle. Il mourut un an et demi avant, le 8 mars 1995.

S'il avait vécu, il en aurait découvert plus sur les antécédents du tueur ; il aurait su qu'il s'était trompé quant à la raison pour laquelle on avait recouvert les visages de son fils et de sa belle-fille avec le couvre-lit. Ce n'était pas en signe de remords. La dernière fois que le tueur avait matraqué un couple à mort, il en avait mis partout ; il ne voulait pas avoir le sang de Keith et de Patty sur lui.

Un dimanche matin de 1962, un jeune vendeur de journaux britannique découvrit un chat mort sur le bas-côté de la route. Le gamin de douze ans mit le chat

157

dans son sac et le rapporta à la maison. Cela se passait à Luton, une ville située à une cinquantaine de kilomètres au nord de Londres. Ayant un peu de temps libre avant le déjeuner, le garçon posa le chat sur la table de la salle à manger et entreprit de le disséquer avec un kit fait maison, qui incluait un scalpel façonné à partir d'une épingle aplatie. Une odeur épouvantable se répandit dans la demeure, au grand déplaisir de la famille. Si le chat avait été en vie au moment de son éviscération, cette anecdote aurait pu appartenir au récit de vie de Ted Bundy. Mais il se trouve que le garçon en question, un scientifique en herbe, allait devenir le plus grand adversaire des tueurs en série, le créateur de leur kryptonite. Son nom est Alec Jeffreys. En septembre 1984, Jeffreys découvrit l'empreinte génétique ; ce faisant, il a transformé la science médico-légale et la justice criminelle pour toujours.

La différence entre la première génération de technologie génétique et la technique actuelle est similaire à celle d'un ordinateur Commodore 64 comparé à un smartphone. Lorsque le laboratoire de police criminelle du comté d'Orange commença à utiliser les tests ADN au début des années 90, il fallait quatre semaines à un expert en criminalistique pour traiter une affaire. L'échantillon biologique à tester devait être assez important – une tache de sang de la taille d'une pièce de 25 cents, par exemple – et en bon état. Maintenant, quelques cellules de peau suffisent à révéler une empreinte génétique en seulement quelques heures.

La loi DNA Identification Act de 1994 conféra au FBI le droit d'entretenir une base de données nationale, et le CODIS (Combined DNA Index System) était né. La meilleure façon d'expliquer comment fonctionne le CODIS aujourd'hui, est de l'imaginer comme le sommet d'une énorme pyramide, que serait la science médico-légale. À la base de la pyramide, on trouve des centaines de laboratoires judiciaires locaux à travers tout le pays. Les labos prélèvent des échantillons d'ADN inconnu sur les scènes de crime, ainsi que certains autres échantillons suspects, et ils les entrent dans leurs banques de données d'État. En Californie, les échantillons entrés sont automatiquement téléchargés tous les mardis. L'État est aussi responsable des prélèvements à effectuer dans les prisons et dans les tribunaux. Les banques de données de l'État concerné rassemblent ensuite les échantillons prélevés et leur font subir un processus de vérification et un comparatif dans l'État même. Puis, les échantillons sont propulsés au niveau national, jusqu'au CODIS.

Rapide. Efficace. Complet. Ce qui n'était pas le cas au milieu des années 1990, lorsque l'on commença à créer les banques de données. Les laboratoires médico-légaux comptaient à l'époque sur le système PLFR, pour Polymorphisme de Longueur des Fragments de Restriction, un procédé laborieux qui a fini par connaître le même sort que le beeper. Mais le laboratoire du comté d'Orange a toujours eu la réputation d'être en avance sur le peloton. Un article du 20 décembre 1995 dans le *Orange County Register* titrait « Cible des procureurs : Les fantômes des meurtres passés » et expliquait que les procureurs locaux, en lien avec les enquêteurs et les experts en criminalistique, allaient pour la première fois soumettre des preuves ADN concernant de vieilles affaires non résolues au nouveau laboratoire du Département de la justice de Californie, à Berkeley, où quatre mille profils de criminels violents connus, dont beaucoup de délinquants sexuels, étaient stockés. La base de données ADN de la Californie en était aux balbutiements, et le comté d'Orange l'aidait à se développer.

Six mois plus tard, en juin 1996, le comté d'Orange obtint sa première « touche », une correspondance entre des indices ADN prélevés sur une scène de crime et l'ADN d'un criminel connu qui se trouvait dans la base de données. La première correspondance fut extraordinaire ; elle permit d'identifier un détenu nommé Gerald Parker, comme étant le meurtrier de cinq femmes. Une sixième victime de Parker, enceinte, avait survécu à l'agression, mais pas son fœtus, arrivé à terme. Le mari, dont les blessures avaient provoqué une sévère perte de mémoire, avait passé seize ans en prison pour l'agression de sa femme. Il fut immédiatement innocenté. Parker, quant à lui, était à un mois de sa libération quand la correspondance fut découverte.

Le bureau du shérif du comté d'Orange et les membres du laboratoire judiciaire furent abasourdis. Première fois qu'ils soumettent des indices ADN à la base de données balbutiante et ils résolvent six meurtres ! On aurait dit que l'atmosphère de la salle des scellés, toujours d'un gris oppressant, s'était allégée, et que la lumière dardait ses rayons sur la monotonie des boîtes en carton. Des preuves anciennes avaient croupi dans cet endroit pendant des décennies, sans qu'on y touche. Chaque carton était une capsule temporelle. Une bourse à franges. Une tunique brodée. Des objets symbolisant des vies ayant été définies par une mort violente. La section affaires non résolues d'une salle des scellés est viciée par la déception. C'est la liste de choses à faire qui ne sont jamais faites.

À présent, tout le monde se délectait des possibilités à venir. C'était une sensation enivrante, l'idée qu'on puisse identifier un individu à partir d'une tache sur un calicot en patchwork datant de 1978, qu'on puisse inverser le cours des choses et reprendre le pouvoir. Quand on commet un meurtre et qu'on disparaît, on ne laisse pas seulement de la douleur derrière soi, mais aussi de l'absence, un vide absolu qui triomphe de tout le reste. Le meurtrier non identifié est toujours en train de tourner une poignée derrière une porte qui ne s'ouvre jamais. Mais son pouvoir s'envole dès l'instant où on l'identifie. On découvre ses secrets ordinaires. On l'observe, alors qu'on l'amène, enchaîné et en sueur, dans un tribunal brillamment éclairé et que quelqu'un, assis plusieurs dizaines de centimètres au-dessus de lui, le toise du regard, le visage fermé, puis frappe un marteau et épèle, enfin, toutes les syllabes de son nom de naissance.

Des noms. Le bureau du shérif avait besoin de noms. Les cartons abandonnés de la salle des scellés étaient bourrés de preuves. Cotons-tiges préservés dans des tubes. Sous-vêtements. Draps blancs bon marché. Le moindre petit bout de matériau et millimètre de coton recelait une promesse. Il existait d'autres possibilités en dehors des arrestations immédiates. Les profils

ADN extraits à partir des preuves pouvaient ne pas correspondre à un criminel connu se trouvant dans la base de données, mais les profils de différentes affaires pouvaient correspondre entre eux, permettant ainsi de débusquer un tueur en série. Cette information avait le pouvoir de recentrer une enquête. De lui redonner un nouvel allant. Ils devaient se mettre au travail.

Le laboratoire judiciaire s'attela à la tâche. Entre 1972 et 1994, le comté d'Orange enquêta sur 2 479 affaires d'homicides et en résolut 1 591, laissant près de 900 cas non éclaircis. On mit au point une stratégie pour réexaminer les affaires classées. Les homicides incluant des agressions sexuelles seraient étudiés en priorité, ces tueurs ayant tendance à être des récidivistes qui laissent derrière eux le genre de matériel génétique se prêtant aux analyses ADN.

Mary Hong était un des experts en criminalistique à qui on avait confié la tâche de se concentrer sur les affaires classées. Jim White la prit à part. Quinze ans plus tard, il n'avait pas oublié ses vieux soupçons.

— Harrington, dit-il. Witthuhn.

Les noms ne disaient rien à Hong, qui ne travaillait pas au labo à l'époque des meurtres. White l'encouragea à se pencher en priorité sur ces deux affaires. « J'ai toujours été persuadé qu'il s'agissait du même gars », lui dit-il.

Une brève explication non technique de l'identification génétique peut se révéler utile. L'ADN, ou acide désoxyribonucléique, est la séquence moléculaire qui définit chaque être humain comme unique.

Chaque cellule de notre corps (excepté celles des globules rouges) contient un noyau porteur de notre ADN. Un scientifique de médecine légale qui travaille à développer un profil génétique va d'abord extraire l'ADN disponible d'un échantillon biologique – semence, sang, cheveux – puis l'isoler, l'amplifier et enfin l'analyser. L'ADN consiste en quatre séquences qui se répètent, et c'est le séquençage précis de ces éléments qui nous différencie les uns des autres. On peut le voir comme une sorte de code-barres humain. Les chiffres sur le code-barres représentent les marqueurs génétiques. Au tout début de l'identification génétique, seuls quelques marqueurs avaient pu être développés et analysés. Aujourd'hui, il existe treize marqueurs standards dans le CODIS. La probabilité que deux individus (à l'exception des jumeaux monozygotes) possèdent le même code-barres humain est, *grosso modo*, de un sur un milliard.

Fin 1996, lorsque Mary Hong alla retirer les kits de viols des affaires Harrington et Witthuhn de la salle des scellés, l'identification génétique était en train de connaître des changements excitants. Le procédé traditionnel, le PLFR, était encore utilisé par la base de données, mais il nécessitait une grande quantité d'ADN qui ne devait en aucun cas avoir été dégradé. Ce n'était pas idéal pour les affaires classées. Mais le laboratoire du comté d'Orange avait récemment adopté une nouvelle méthode, le PCR-SCRT, ou réaction en chaîne par polymérase, couplée à la technique des séquences courtes répétées en tandem, beaucoup plus rapide que le PLFR, et qui est, de nos jours la colonne vertébrale des tests médico-légaux. La différence entre le PLFR et le PCR-SCRT, revient à mettre en parallèle le fait de copier des nombres à la main ou de les photocopier avec une machine ultrarapide Xerox. Le PCR-SCRT fonctionnait particulièrement bien pour les affaires classées, dans lesquelles les échantillons d'ADN peuvent être minuscules ou dégradés par les années.

Un des premiers exemples de science médico-légale ayant permis de résoudre un meurtre apparaît dans un livre appelé, *The Washing Away of Wrongs,* publié en 1247 par Song Ci, un officier judiciaire et enquêteur chinois. L'auteur y relate l'histoire d'un paysan qu'on retrouve sauvagement mis en pièces à l'aide d'une faucille. Le magistrat local, incapable de progresser dans l'enquête, demande à tous les hommes du village de se rassembler à l'extérieur avec leurs faucilles ; on leur ordonne de poser leurs outils sur le sol et de reculer de quelques pas. Le soleil, brûlant, cogne. On entend un bourdonnement. Des mouches vertes s'abattent en un grouillement chaotique et soudain, comme si elles avaient toutes été alertées, elles se posent sur une faucille et la recouvrent entièrement, dédaignant les autres. Le magistrat savait que le sang et les traces de tissu humain attirent les mouches à viande. Le propriétaire de la faucille recouverte d'insectes ne put que baisser la tête de honte. L'affaire était résolue.

Les méthodes ne sont plus aussi rudimentaires. La centrifugeuse et le microscope ont remplacé les insectes. L'ADN masculin non identifié extrait des kits de viols des affaires Harrington et Witthuhn fut soumis aux outils les plus sensibles du laboratoire d'analyse médico-légale : enzymes de restriction, colorations fluorescentes, thermocycleurs. Mais les progrès de la science médico-légale ne consistent en réalité qu'à trouver le moyen d'attirer une mouche à viande sur une faucille sanguinolente. Le but est le même que celui ayant cours dans la Chine rurale du XIIIe siècle : établir la culpabilité grâce à la certitude cellulaire.

Hong apparut dans l'encadrement de la porte du bureau de Jim White. Il était en train de travailler.

— Harrington, dit-elle. Witthuhn.

Il leva les yeux, plein d'espoir. Les experts en criminalistique comme Hong et White sont des personnes méthodiques. Ils doivent l'être. Leur travail est sans cesse critiqué par les avocats de la défense devant le tribunal. Ils ne donnent souvent que des conclusions générales (objet contondant) ce qui peut créer des tensions avec les flics, qui les accusent de se montrer trop prudents. Les flics et les criminologues ont besoin les uns des autres, mais sont dotés d'un tempérament très différent. Les flics prospèrent dans l'action. Ils ne tiennent pas en place et ont des bureaux noyés sous la paperasse qu'ils essaient d'éviter. Ils veulent être sur le terrain. Ils possèdent une mémoire corporelle des comportements de mauvais garçons. S'ils approchent un type qui se tourne brusquement sur la droite, par exemple, c'est qu'il est probablement armé. Ils savent quelle drogue laisse des marques marron au bout des doigts (le crack), et combien de temps environ on peut survivre sans pouls (quatre minutes). Ils avancent comme ils peuvent au milieu du chaos, immunisés contre les conneries et la misère. Le boulot inflige de grandes souffrances morales. En contrepartie, le flic en inflige à son tour. Au pire de l'affliction, lorsque les ténèbres ont pénétré en lui comme la teinture se fond dans l'eau, on l'appelle pour réconforter les parents d'une jeune fille morte. Pour certains flics, la bascule du chaos au réconfort devient de plus en plus difficile à effectuer et ils finissent par laisser tomber la compassion.

Les criminologues, eux, se distancient du chaos, à l'abri d'une enveloppe de caoutchouc, et tournent en orbite autour de lui. Le laboratoire judiciaire est aride et rigoureusement tenu. On ne fait pas de blagues douteuses. Les flics luttent au corps à corps avec l'anarchie de la vie réelle ; les criminologues, eux, la quantifient. Mais ce sont aussi des êtres humains. Les détails de certaines affaires ne les quittent pas. La couverture de bébé de Patty Harrington, par exemple. Même adulte, elle dormait avec la petite couverture blanche tous les soirs, caressant ses bords soyeux pour se sentir en sécurité. On avait retrouvé la couverture de bébé entre Keith et elle.

— Même type, dit Hong.

Jim White s'autorisa un sourire avant de se remettre au travail.

Quelques semaines plus tard, alors que 1996 touchait à sa fin, Hong était à son bureau, en train d'étudier un tableau Excel sur son ordinateur. Le tableau consistait en une compilation des vingt et quelques affaires non résolues, pour lesquelles des profils ADN avaient été réalisés avec succès. Le graphique croisait les numéros des affaires et les noms des victimes avec les profils ADN, consistant en cinq loci PCR, ou marqueurs, alors en vigueur pour l'identification ADN. Par exemple, sous le marqueur « THO1 », on pouvait voir le résultat « 8,7 », et ainsi de suite. Hong savait que les profils Harrington et Witthuhn correspondaient. Mais tandis qu'elle parcourait des yeux le tableau, un autre profil l'arrêta net. Elle relut plusieurs fois la séquence et la compara à celle d'Harrington et de Witthuhn pour être sûre. Son imagination ne lui jouait pas de tours. La séquence était identique.

La victime, une jeune fille de dix-huit ans nommée Janelle Cruz, avait été découverte dans la maison familiale, à Irvine, le 5 mai 1986. Personne n'avait jamais suggéré que Cruz puisse avoir un lien avec Harrington ou Witthuhn, même si elle vivait à Northwood, le même lotissement que Witthuhn, et que leurs maisons n'étaient distantes que de trois kilomètres environ. La période de plus de cinq ans séparant les deux meurtres n'expliquait pas tout. Ni le fait que Janelle ait eu dix ans de moins que Patty Harrington ou Manuela Witthuhn. Non, elle était différente.

NOTE DE L'ÉDITEUR : Le chapitre qui suit a été compilé à partir des notes de Michelle.

La brève existence de Janelle Cruz ne fut pas moins tragique que sa mort. Son père biologique avait disparu depuis longtemps du tableau. Elle avait subi une kyrielle de beaux-pères et de supplétifs, dont la plupart avaient abusé d'elle de différentes manières. Sa mère mettait plus de cœur à faire la fête et à se droguer qu'à l'élever – ou du moins était-ce comme ça que Janelle le voyait.

Elle avait beaucoup bougé : du New Jersey à Tustin, Lake Arrowhead, Newport Beach, et finalement Irvine.

Lorsqu'elle avait quinze ans, elle avait été droguée et violée par le père de sa meilleure amie alors qu'elle passait la nuit chez eux. Janelle l'avait dit à sa famille qui était allée défier le type, un militaire travaillant à la base de la marine toute proche. Il avait nié. La famille de Janelle insistant, il avait poussé des amis soldats à les intimider afin qu'ils laissent tomber. Le crime n'avait jamais été signalé.

Dans les années qui avaient suivi, Janelle avait commencé à se rebeller. Elle s'habillait en noir. S'isolait. S'était mise à se scarifier. Elle prenait de la coke – moins pour des raisons euphorisantes que pour maigrir. Sa mère l'avait envoyée dans diverses institutions, un centre des YMCA[1], puis un camp Job Corps[2], en Utah, et enfin un hôpital psychiatrique pour séjours de courte durée.

Elle avait passé son diplôme d'études secondaires chez les Job Corps et était revenue à Irvine, où elle avait suivi des cours à l'université locale tout en entretenant une batterie tournante de partenaires sexuels, pour la plupart des hommes de quelques années plus âgés. Elle avait commencé à travailler comme hôtesse au Bullwinkle, un restaurant familial de la chaîne Chuck E. Cheese, ainsi nommé à cause de la souris éponyme dans *Rocky and Bullwinkle and Friends*.

Pour blaguer, on dit que la devise d'Irvine est « seize codes postaux, six plans de sol », ou encore « Irvine : nous avons soixante-deux mots pour décrire le beige ». Janelle tournait en rond à l'intérieur de sa maison individuelle monochrome, dans une sorte de quête hébétée et fiévreuse.

Le sursaut qu'elle attendait, l'amour, ne vint jamais.

Le 3 mai 1986, sa mère et son beau-père partirent en vacances à Cancún.

---

1. Mouvement de jeunesse chrétien.
2. Programme américain destiné à aider les jeunes en difficulté par une formation professionnelle et académique. (NdT)

Le lendemain soir, un collègue du Bullwinkle vint traîner chez Janelle qui lui avait dit qu'elle se sentait seule sans ses parents. Assis par terre dans sa chambre, elle lui lut quelques-uns de ses poèmes. L'intérêt romantique et teinté d'espoir qu'il lui portait le poussa à rester tandis qu'elle lui faisait écouter l'enregistrement de quarante-cinq minutes d'une session avec un psy, où elle s'en prenait à sa famille déglinguée. Un bruit à l'extérieur, comme une barrière ou une porte que l'on ferme, les fit sursauter. Janelle jeta un coup d'œil par la fenêtre et ferma les volets. « Ça doit simplement être les chats », dit-elle en scrutant l'obscurité. Un moment plus tard, le bruit reprit, cette fois du côté du garage.

Là encore, Janelle n'en tint pas compte.

Son jeune collègue de travail, se souvenant qu'il avait cours le lendemain, partit peu de temps après. Janelle le serra chaleureusement dans ses bras en guise d'au revoir.

Linda Sheen[1] quitta son bureau de l'agence immobilière Tarbell dans le courant de l'après-midi du 5 mai pour aller visiter une maison à Irvine, en vue d'un achat potentiel. La propriété, située au 13 Encina, une maison de plain-pied avec trois chambres et deux salles de bain, était sur le marché depuis plusieurs mois. Elle était encore habitée par sa propriétaire et ses quatre enfants – dont deux filles adultes – ainsi que son mari. Rien ne la distinguait pratiquement de tant

---

1. Pseudonyme.

d'autres habitations de la communauté de Northwood, y compris le 35 Colombus, à un kilomètre et demi de là, où une femme au foyer de vingt-neuf ans avait été frappée à mort dans son lit cinq ans plus tôt, un crime non résolu très vite oublié.

La maison du 13 Encina donnait à l'arrière sur un parc et occupait l'avant-dernier emplacement au bout du cul-de-sac. Retranchée derrière une haie de séparation qui s'interrompait au milieu, elle donnait sur des parcelles non exploitées marquant la fin de la civilisation : des kilomètres d'orangeraies et d'espaces ouverts isolaient Northwood de Tustin et de Santa Ana. Dix ans plus tôt seulement, ces mêmes orangeraies avaient recouvert le terrain sur lequel le 13 Encina et le quartier environnant se dressaient à présent. Deux décennies plus tard, les orangeraies restantes cédaient presque totalement le pas à un centre commercial éléphantesque et à des lotissements uniformes qui s'étendaient jusqu'aux autres villes.

Linda arriva au 13 Encina et sonna. Bien qu'il y ait eu une Chevette beige garée dans l'allée, rien ne bougea dans la maison. Elle sonna à nouveau. Silence, une fois encore, comme plus tôt dans l'après-midi, lorsqu'elle avait appelé et qu'on ne lui avait pas répondu. Elle se dirigea vers le boîtier de sécurité, prit la clé et entra.

Regardant autour d'elle, elle remarqua la lumière dans la salle à manger. Une brique de lait était posée sur la table de la cuisine, à côté d'un journal ouvert à la rubrique « Emploi ». Elle laissa sa carte de visite sur la table de la salle à manger et se dirigea vers le salon familial, jetant un coup d'œil au passage à travers la porte vitrée qui donnait sur le jardin à l'arrière. Plusieurs chaises s'y trouvaient, ainsi qu'un bain de soleil sur lequel on avait drapé une serviette. Elle gagna la chambre des parents et tourna la poignée. Fermée à clé. La deuxième chambre ressemblait à celle d'un enfant, et quand Linda pénétra dans la dernière au bout du couloir, elle vit le corps d'une jeune femme allongé dans le lit, immobile, une couverture sur la tête.

Un sursaut de frayeur la traversa brusquement. Elle avait le sentiment qu'elle n'était peut-être pas seule dans la maison. Peut-être se trouvait-elle au mauvais endroit au mauvais moment, et assistait-elle à quelque chose qu'elle n'aurait pas dû voir. La jeune femme ne semblait pas endormie, mais plutôt inconsciente – une overdose ? – ou morte. Sheen s'enfuit à toute vitesse du 13 Encina et regagna son bureau, où elle raconta à son patron, Norm Prato[1], ce qu'elle venait de découvrir. Il lui dit d'appeler à nouveau la maison. Ce qu'elle fit – deux fois. Personne ne répondit.

Linda et Norm déléguèrent le problème à leurs collègues de Century 21, Arthur Hogue[2] et Carol Nosler[3], qui s'occupaient de la vente de la maison. Le couple, sceptique, fit un crochet par le 13 Encina où ils trouvèrent effectivement le corps d'une jeune femme, morte, sans le moindre doute. Hogue appela la police et leur expliqua qu'il avait trouvé une jeune femme avec le crâne enfoncé.

---

1. Pseudonyme.
2. *Idem.*
3. *Idem.*

L'officier de police d'Irvine, Barry Aninag, fut le premier à répondre à l'appel et à se rendre sur les lieux. Lorsqu'il entra dans la maison, Arthur Hogue sortit de la cuisine et fonça vers lui en déclarant d'un ton pressant : « Il y a un cadavre dans la chambre. Il y a un cadavre dans la chambre. »

Il répéta encore plusieurs fois ces mots tandis qu'Aninag se dirigeait vers la dernière chambre au bout du couloir. Il découvrit sur le lit le corps dénudé d'une jeune femme qu'on identifierait plus tard comme étant Janelle Cruz. Elle était glacée et n'avait pas de pouls. Le corps reposait sur le dos, et la poitrine et le visage étaient recouverts d'une couverture sur laquelle s'étalait une grande tache sombre, sans doute à l'endroit de la tête. Aninag retira lentement la couverture qui persistait à adhérer au visage de la victime, révélant une importante blessure au front, des ecchymoses sur le nez et un véritable masque sanguinolent.

On lui avait cassé trois dents. Deux furent retrouvées dans ses cheveux. On recueillit entre ses jambes des paillettes de fluide séché, dont les analyses en laboratoire révélèrent qu'il s'agissait de sperme. Des touffes de fibres bleues furent trouvées sur son corps, suggérant qu'une étoffe avait été déchirée par quelqu'un qui se tenait au-dessus d'elle.

Des empreintes de chaussures de tennis furent découvertes sur le côté est de la maison. Il n'y avait aucun lien ni aucune arme sur la scène de crime. Une lourde clé à pipe rouge qui se trouvait dans le jardin avait disparu, détermina-t-on après coup.

L'enquête de proximité ne permit pas de glaner grand-chose en termes de pistes utiles. Un démarcheur qui faisait du porte-à-porte pour une entreprise de nettoyage de vitres était passé distribuer des prospectus jaunes la veille du meurtre. Un gamin du quartier ayant entendu dire que la fille du 13 Encina avait été battue à mort, attira l'attention des flics sur une batte de baseball cassée qu'il avait repérée dans un champ avoisinant. Ils le suivirent sur les lieux. Un escargot glissait lentement à la surface de la batte, en grande partie intacte. De l'herbe y poussait. Clairement, elle croupissait là depuis un moment.

Un voisin avait entendu la Chevette de Janelle, reconnaissable au bruit caractéristique et peu discret de son silencieux, se garer dans l'allée aux environs de 23 h 15 – à peu près une demi-heure après le départ supposé de son collègue. Il avait entendu le moteur s'arrêter et une des portières claquer.

À 4 heures et 5 h 30 ce matin-là, deux voisins différents avaient respectivement observé « de la lumière d'une intensité disproportionnée » émanant de la maison.

La sœur de Janelle, Michelle, était en vacances à Mammoth quand elle avait reçu l'appel : « Janelle a été assassinée. »

La connexion n'était pas impeccable. Michelle avait répété ce qu'elle croyait avoir entendu avec une incrédulité totale : « Janelle s'est *mariée* ?! »

Les mots avaient été plus clairs la seconde fois.

L'inspecteur en chef, Larry Montgomery, et ses collègues commencèrent à examiner de près les activités

174

de Janelle et découvrirent qu'une kyrielle de jeunes gens avaient défilé dans sa vie au cours des jours précédant son meurtre. Il y avait Randy Gil[1], des YMCA, qui avait couché avec Janelle et lui avait téléphoné le soir où elle avait été tuée. Il était connu pour avoir un problème de boisson. Janelle avait rompu avec lui deux semaines avant son meurtre. Il y avait aussi Martin Gomez, un ex-taulard qui avait rencontré Janelle sur un de ses précédents lieux de travail et s'était progressivement lancé dans une relation purement sexuelle avec elle, à laquelle elle avait fini par mettre un terme après qu'il était devenu obsessionnel et dominateur. Et Philip Michaels, un surveillant de baignade que Janelle avait tout juste commencé à fréquenter et qui avait traîné avec elle la veille de sa mort. Lui aussi couchait avec Janelle, bien qu'il ait commencé par le nier.

Et ensuite, il y avait les David. David Decker, qui avait rencontré Janelle au camp des YMCA où il travaillait en tant que conseiller alors qu'elle y campait, et l'avait vue pour la dernière fois deux jours avant sa mort ; David Thompson (ne pas confondre avec Ron Thomsen – le dernier garçon à l'avoir vue en vie), qui travaillait aussi avec elle au Bullwinkle ; et David Kowalski, un autre petit ami, qui avait rendu visite à Janelle chez elle le jour de sa mort pour lui dire qu'il l'aimait. Il lui avait offert une montre Seiko comme gage de ses sentiments. La montre avait été retrouvée près du corps.

---

1. Tous les noms de cette page sont des pseudonymes, excepté Janelle.

Il y avait aussi les tordus et les cas particuliers, comme Bruce Wendt[1], un excentrique qui se trouvait chez Janelle peu de temps avant le meurtre. Devant son nom dans le carnet d'adresses de cette dernière, on trouvait une annotation manuscrite : « Taré, connard, trouduc, tantouze. »

Et enfin, il y avait celui qui était passé aux aveux.

Tom Hickel rentrait du cinéma dans son van avec son ami Mike Martinez[2]. À mi-chemin du trajet, Martinez s'était soudain tourné vers lui en disant :

— Il faut que je t'avoue ce que j'ai sur le cœur.

Hickel ne s'était pas assez préparé à ce qui allait suivre.

— Je l'ai tuée. (Martinez parlait comme s'il se débarrassait d'un poids.) J'ai tué Janelle.

Il paraissait tout ce qu'il y a de plus sérieux.

— Tu sais, ce truc en acier que je possède ?

— Je ne sais pas de quel « truc » en acier tu parles, répondit Hickel.

— Peu importe, continua Martinez. Je voulais juste voir si j'avais le cran de tuer. Ça a commencé dans la salle de bains et je me suis battu avec elle d'abord. Je l'ai frappée avec ce truc en acier.

Hickel lui demanda ce que ça faisait.

— Rien de spécial, répondit Martinez. Normal.

Hickel tenta de dissimuler la chair de poule qui l'envahissait.

---

1. Pseudonyme.
2. *Idem.*

— Je voulais juste voir si j'avais le cran de tuer Jennifer, expliqua Martinez. (Jennifer était sa petite amie.) Je m'en fous d'aller en prison pendant vingt-cinq ans. La peine de mort n'est pas en vigueur ici. J'ai tué Janelle, et je vais payer pour ça.

Martinez raconta à Hickel qu'il s'était rendu chez elle la semaine précédant sa mort. Il avait rencontré ses parents et appris qu'ils allaient partir et que Janelle resterait seule à la maison.

— J'ai acheté un fusil à un coup chez Big Five, lui confia Martinez. Je vais m'en servir pour me débarrasser de Jenny, parce qu'elle mérite de mourir.

Hickel faisait toujours son possible pour ne pas réagir.

— Et je me rendrai aux flics quand ce sera fait, promit-il. Samedi.

Martinez ne précisa pas quel samedi.

Avant qu'ils se séparent, il avoua à Hickel qu'il blaguait simplement à propos de Janelle.

— Je voulais juste voir ce que tu allais faire.

Ce que fit Hickel, ce fut de se rendre au poste de police – pour qui Martinez était tout, sauf un inconnu. Il avait déjà été arrêté pour tentative d'achat de marijuana, cambriolages de locaux commerciaux et résidentiels, agression et voies de fait, plus deux tentatives de suicide – dont l'une en buvant du Destop. L'accusation de cambriolage résidentiel ainsi que l'une des deux accusations d'agression et voies de fait résultaient d'un incident avec Jenny, la petite amie que Martinez avait l'intention de tuer.

Et il s'avère que Martinez avait réitéré sa série de délits – la nuit précédant l'assassinat de Janelle. À 1 heure, Martinez, ivre, s'introduisit dans l'appartement de Jennifer par la baie vitrée et l'affronta, exigeant de savoir pourquoi elle l'avait ignoré lorsqu'ils s'étaient croisés chez Carl Jr, une semaine avant. Les yeux vitreux et la démarche chancelante, Martinez déclara son amour à la jeune fille tout en l'attaquant sur ses convictions religieuses. Elle l'implora de partir. Il l'ignora. Rien dans son visage inexpressif ne trahissait le fait qu'il l'ait même entendue.

— Pourquoi tu ne m'as pas appelé ? ne cessait-il de demander.

Puis il quitta la pièce. Croyant qu'il était parti, Jennifer descendit prudemment au rez-de-chaussée et tomba sur Martinez dans la cuisine. Un couteau à la main, il débitait un torchon en lanières. Persuadée qu'il allait la ligoter, elle se mit à hurler. Il l'attrapa et lui plaqua la main sur la bouche, puis la traîna jusque dans la chambre où il la jeta sur le lit. Elle cria et se débattit jusqu'à ce qu'il quitte l'appartement. Mais pas pour longtemps.

Lorsqu'il revint chercher ses clés, Jennifer se remit à hurler de plus belle et lui ordonna de s'en aller. Il l'envoya valdinguer contre le canapé et lui décocha deux coups de poing sur la bouche et un dans la tête. Finalement, il disparut pour de bon.

Le 21 juin, Mike Martinez fut arrêté près de chez lui, à Garden Grove.

Dans la voiture de police qui l'emmenait au poste, Martinez insista :

— Je me serais rendu. Tom m'a piégé. Ce n'est pas moi qui l'ai fait. Ce n'est pas juste ! Pourquoi moi ?

Puis il se mit à fulminer.

— Vous avez assez de preuves, là, maintenant, pour me coller à l'ombre ou quoi ? Je crois pas, parce que j'ai pas… J'ai pas vu Janelle depuis trois ans. Mais vous avez largement assez de preuves, continua-t-il. Je suis mexicain. J'ai pas d'argent. J'peux pas me payer un avocat. On va m'en filer un commis d'office. Il va me dire d'accepter quinze ou vingt-cinq ans. Je vais sûrement être condamné pour meurtre au premier degré avec préméditation. Je vais avoir droit aux vingt-cinq ans. Vous allez m'accuser de quoi, de toute façon ? Premier ou second degré ? C'est pas juste. Pourquoi vous m'avez épinglé ?

Un enregistreur tournait. Les flics le laissèrent gloser. Il allait finir par creuser sa propre tombe.

— OK, je suis dans cette situation, c'est quelque chose ça, ça ressemble carrément à du premier degré prémédité, non ? Un tas de gens innocents, des nègres ou des Mexicains comme moi, vont porter le chapeau. Vous devriez au moins prélever du sang. Voir que je suis innocent, et peut-être même choper le type qui l'a vraiment fait. Si je suis innocent, je peux déposer une plainte contre Tom ? J'crois pas que je vais m'en sortir de toute façon. J'crois que Montgomery va se servir de ce qu'il a et que ça s'arrêtera là.

Une fois au poste, un technicien des laboratoires Gold Coast fit une prise de sang à Martinez. Un officier de scène de crime l'aida en prélevant des échantillons de cheveux.

Début juillet, les résultats de l'échantillon sanguin de Michael Martinez furent envoyés à Montgomery. Martinez fut éliminé de la liste des suspects.

De même que le collègue de Janelle. L'analyse génétique n'en était encore qu'à un an de sa première apparition dans le paysage médico-légal, mais les avancées en sérologie – l'étude du sérum et autres fluides corporels – fournirent néanmoins aux enquêteurs quelques renseignements.

Le meurtrier de Janelle possédait un caractère génétique rare. C'était un individu non sécréteur, une de ces personnes qui ne sécrète pas d'antigènes de groupe sanguin dans les autres fluides corporels, comme la salive, la semence etc. Les non-sécréteurs comptent pour environ vingt pour cent de la population. Sa PGM (phosphoglycérate mutase), une enzyme protéique, était aussi d'un type inhabituel. Un des experts médico-légaux du laboratoire judiciaire du comté d'Orange informa un enquêteur de l'affaire Cruz que l'association non-sécréteur et type de PGM présent chez le meurtrier ne se trouve approximativement que dans un pour cent de la population.

Cela n'influait en rien sur son apparence physique. De même que cela n'affectait ni sa santé, ni son comportement. Simplement, il possédait des marqueurs rares.

Les enquêteurs apprécièrent les résultats de la médecine légale mais ils avaient besoin d'un visage et d'un nom. Ils étaient sûrs que la réponse se trouvait dans l'orbite immédiate de Janelle. On persistait à penser que le responsable était un des jeunes hommes de sa vie.

Dix ans plus tard, Martinez et tous les autres petits copains et amis masculins qui avaient évolué dans le cercle intime de Janelle furent définitivement éliminés lorsqu'on mit au point le profil ADN de son meurtrier. Il ne correspondait à aucun profil des suspects d'origine. Mais par contre, il concordait avec celui d'un tueur, responsable de trois autres meurtres.

Mary Hong possède une impartialité de scientifique et n'est pas facilement choquée. Mais la correspondance Harrington/Whitthuhn/Cruz entama son calme. Elle fixait le diagramme, les yeux écarquillés.

— C'est incroyable, dit-elle enfin à son ordinateur.

VENTURA, 1980

Le bureau du shérif avait formé une unité spécialement dédiée aux affaires non résolues pour traiter l'afflux soudain de nouvelles pistes. Les membres de l'Unité de Recherches sur les Affaires Non Résolues du comté, l'URANR, commencèrent à creuser dans les anciens dossiers en janvier 1997. Pendant ce temps, Mary Hong avait faxé le profil ADN Harrington/Witthuhn/Cruz à des centaines de laboratoires criminels à travers le pays. Aucune réponse ne lui parvint.

L'enquêteur Larry Pool fut transféré de l'Unité contre les crimes sexuels à l'URANR en février 1998. Pool est un vétéran de l'Air Force, avec un maintien guindé. Son idée de la morale ne connaît pas le gris. Il aime Dieu et abhorre les jurons. Quand on demande aux flics ce qu'ils préfèrent dans le boulot, la plupart évoquent les occasions qu'ils ont eues de travailler sous couverture, l'adrénaline qui monte quand on lâche la bride à son nouveau double sans la moindre idée de ce qui vous attend au tournant. Pool n'avait jamais travaillé sous couverture. Difficile d'imaginer qu'il ait jamais pu. Un jour, dans un autre État, il avait interrogé un tueur en série qui se trouvait dans le couloir de la mort à cause d'une femme disparue en Californie du Sud, que la police le soupçonnait d'avoir tuée. Pool avait suggéré au tueur de lui révéler où se trouvait le cadavre. C'était la chose à faire. Pour sa conscience. Pour la famille de cette femme. Le tueur commença à négocier gentiment, en lui faisant remarquer que les conditions de détention étaient meilleures dans les prisons californiennes. Peut-être qu'un transfert pourrait être envisageable contre des informations ?

Pool avait rassemblé ses paperasses et s'était levé.

— Vous mourrez ici, lui avait-il lancé en sortant.

Les affaires non résolues lui convenaient. C'étaient des pages blanches que les flics plus nerveux, ceux que démangeait l'envie de balancer un coup de pied dans une porte, pourraient ne jamais remplir. Pool, lui, le pouvait. C'était un insomniaque qui aimait « lancer un ordre » dans son cerveau, ruminer un défi d'investigation dans un coin de sa tête jusqu'à ce que, plus tard, en se brossant les dents ou en montant en voiture, une réponse lui arrive. Les flics aguerris à la rue pouvaient s'asseoir en compagnie d'un père qui venait d'immoler toute sa famille et discuter avec lui comme des potes partageant des bières devant un match de baseball ; ils acceptaient un certain degré d'ambiguïté morale, ou du moins faisaient-ils semblant. Pour quelqu'un comme Pool, incapable de feindre, les affaires classées étaient parfaites. Il avait douze ans d'expérience au bureau du shérif mais était relativement novice dans le domaine des enquêtes pour homicides. Une boîte en carton contenant trois affaires (Harrington, Witthuhn et Cruz) représentait sa nouvelle mission. À l'intérieur se trouvaient quatre vies volées. Un monstre anonyme. Pool se dit qu'il allait lancer des ordres jusqu'à ce qu'il lui mette la main dessus.

Remarquant un numéro de dossier en provenance des services de police de Ventura griffonné dans la marge d'un des comptes rendus sur l'affaire Harrington, il appela pour avoir des renseignements. Il s'agissait des meurtres Lyman et Charlene Smith, lui répondit-on. Une affaire célèbre à Ventura. Lyman, un avocat connu, était à deux doigts d'accéder au poste de juge à la Cour supérieure de justice. Il avait épousé en secondes noces Charlene, son ancienne secrétaire, une fille canon. Le 16 mars 1980, Gary Smith, le fils de douze ans que Lyman avait eu de son premier mariage, se rendit à vélo chez son père pour y tondre la pelouse. La porte d'entrée n'était pas fermée à clé. Un réveil qui sonnait l'attira jusqu'à la chambre principale, où il se rendit en hésitant. Des fragments d'écorce éparpillés jonchaient le tapis doré. Une bûche étroite traînait au pied du lit. Les deux formes sous les couvertures étaient le corps de son père et de sa belle-mère.

Les enquêteurs se retrouvèrent noyés sous les pistes. La demeure des Smith, située au sommet d'une colline et dominant la baie de Ventura, n'était qu'un vernis lisse et rutilant qui dissimulait instabilité et drames. Liaisons amoureuses. Transactions commerciales pas très nettes. Ils se focalisèrent très vite sur un ami et ancien associé en affaires de Lyman, nommé Joe Alsip. Alsip avait rendu visite aux Smith la veille du meurtre ; son empreinte se trouvait sur un verre de vin. Pire, son pasteur déclara à la police qu'Alsip lui avait pratiquement fait des aveux. Il fut arrêté. La police et l'accusation se présentèrent à l'audience préliminaire en vociférant de concert. Ils furent tout spécialement ravis de constater que l'avocat d'Alsip était Richard Hanawalt. Hanawalt était connu pour défendre avec succès les conducteurs accusés de conduite en état d'ivresse. Il avait un faible pour les métaphores osées et les sophismes.

« Pendant le déjeuner, je me suis brièvement demandé quelle était la définition du mot "fort" », annonça-t-il un jour en salle d'audience. À propos des versions contradictoires ayant cours dans l'affaire, il déclara : « Petit à petit, les choses commencent à se déployer, comme un long tapis devant un hôtel. »

Ils étaient convaincus que les bouffonneries mal-habiles de Hanawalt dissimulaient une bombe. Des informateurs anonymes l'avaient encouragé à fouiller dans le passé du pasteur. Il découvrit que depuis des dizaines d'années, de l'Indiana à Washington, ce dernier n'avait cessé, bizarrement, de rechercher la protection de la police et d'essayer de s'immiscer dans les enquêtes. Le sergent Gary Adkinson, un des enquêteurs en chef sur l'affaire Smith, avait anticipé en silence les révélations au sujet du pasteur et il rentra sous terre lorsque Hanawalt commença joyeusement à démolir son histoire. Le sergent avait prêté au pasteur une radio de la police après que celui-ci avait insisté en disant avoir reçu des menaces de mort, suite à sa dénonciation d'Alsip. Un après-midi, la voix terrifiée du pasteur leur parvint, haletante, dans la radio. « Il est là ! hurlait-il. Il arrive vers moi ! » Adkinson se trouvait par hasard au carrefour de Telegraph et de Victoria, à un pâté de maisons seulement du logement de ce dernier, et il s'y était précipité. Le pasteur se tenait derrière la porte d'entrée, serrant bêtement la radio contre sa poitrine, l'air anéanti de voir Adkinson arriver aussi vite.

— Il est parti, avait-il dit calmement.

Dans son réquisitoire final, Hanawalt avait aussi réussi à dépeindre la scène de crime comme un tableau effrayant, plus proche du travail d'un étranger psychopathe que d'une personne connue des Smith.

Il y avait les liens faits avec les cordons de rideaux, les coups de bûche dévastateurs à la tête, l'absence de lumière dans la maison, suggérant que la confrontation violente avait peut-être eu lieu dans l'obscurité totale. Et la fenêtre de la salle de bains. Quelqu'un se tenant debout devant elle avait une vue dégagée de la chambre. À quelques mètres de la fenêtre se trouvait le tas de bois pour la cheminée, où le tueur avait pris la bûche d'une vingtaine de centimètres.

Après l'audience préliminaire, le procureur du district de Ventura relâcha Joe Alsip pour manque de preuves. L'équipe d'enquêteurs revint à la case départ. Ils étaient divisés. La moitié pensait que le tueur connaissait les Smith ; l'autre moitié était persuadée qu'il s'agissait d'un meurtre opportuniste, dont le mobile était le sexe. Pendant des années, le dossier Smith resta sur une étagère dans la salle de repos des enquêteurs ; au bout de dix ans, il fut relégué dans la chambre forte où l'on gardait les preuves.

Larry Pool expliqua aux services de police de Ventura que le bureau du shérif du comté d'Orange suivait une affaire non résolue, incluant quatre victimes d'homicides qui présentaient des similarités avec les Smith. Il leur demanda d'envoyer toutes les preuves médico-légales qu'ils détenaient encore sur les Smith au laboratoire criminel du comté d'Orange. Mary Hong ouvrit le paquet en provenance du poste de police de Ventura ; à l'intérieur se trouvaient deux lames en verre. Son cœur se serra. Les cotons-tiges faisant habituellement partie d'un kit de viol sont frottés sur des lames de verre, car ces dernières permettent de chercher plus facilement du sperme au microscope. Mais normalement, les cotons-tiges sont aussi inclus dans le kit. Un expert en criminalistique essaie toujours de travailler avec le plus de matériel biologique possible.

Le 17 février 1998, Pool reçut les conclusions de Hong. Elle avait réussi à déterminer un profil ADN à partir du sperme trouvé sur les lames. Lyman Smith pouvait être écarté.

Par contre, le profil ADN correspondait à ceux des affaires Harrington, Witthuhn, et Cruz.

Certains membres de la vieille garde des services de police de Ventura refusèrent de le croire. L'inspecteur Russ Hayes, un des leaders dans l'affaire Smith, fut interviewé pour un épisode de *Cold Case Files*, diffusé des années plus tard.

— J'en suis resté baba, se souvenait-il à propos de la correspondance ADN.

La méfiance que l'ancien éprouvait vis-à-vis de la technologie lui faisait secouer la tête.

— Je ne pouvais pas y croire, avait-il ajouté. Je n'y ai pas cru.

Hayes avait évoqué sa théorie selon laquelle le tueur, embusqué à l'extérieur de la fenêtre de la salle de bains, sur la façade nord de la maison, ouverture par laquelle il pouvait observer la chambre de Lyman et Charlene, serait devenu enragé en voyant ce qui se passait – un acte intime, certainement.

— J'ai cru qu'il s'agissait de quelqu'un qui était proche d'eux. J'ai cru qu'il s'agissait de quelqu'un qui avait vu quelque chose en regardant dans la chambre par cette fenêtre. Et que cela l'avait mis en rage et poussé à entrer pour faire ce qu'il avait fait.

Hayes avait probablement raison en ce qui concerne la fenêtre. Et la rage. Mais pas pour les liens supposés entre le tueur et ses victimes. Charlene Smith n'était que la dernière incarnation malheureuse des femmes lascives qui ricanaient avec mépris – mère, lycéenne, ex-femme – et formaient un cercle désapprobateur autour du tueur dans ses rêves éveillés, leur cacophonie dédaigneuse le forçant, toujours, à mettre un genou à terre. L'acte de saisir la bûche correspondait à une excitation sexuelle transformée en haine, une punition violente imposée par un unique juge : son cerveau altéré.

Le compte des victimes s'élevait à six. Près de vingt ans trop tard, ils commençaient à connaître ses méthodes. Son adaptabilité. Sa mobilité. L'idée de dresser la carte des crimes s'empara des enquêteurs comme une fièvre, une quête de la victime initiale. Où se trouvait-il avant Ventura ? Quelqu'un ressortit les vieux articles de journaux, ceux dans lesquels on se demandait si non seulement Ventura et Orange étaient liés, mais Santa Barbara aussi. DOUBLES MEURTRES PEUT-ÊTRE LIÉS, SELON LA POLICE, titrait l'édition du *Santa Ana Register*, le 30 juillet 1981. Près de vingt ans plus tard, les trois comtés comparèrent à nouveau leurs informations. Il y avait quelques dissemblances – deux des victimes masculines de Santa Barbara avaient été tuées par balles alors qu'elles tentaient de se défendre, semblait-il – mais il existait néanmoins de trop nombreux parallèles pour écarter un lien possible. Le fait de rôder et le voyeurisme. Les attaques nocturnes sur des victimes de classe moyenne assoupies. Le matraquage. Les liens pré-coupés apportés sur la scène de crime. Les empreintes de baskets. De nombreux aspects qu'on avait retrouvés dans deux doubles meurtres perpétrés dans une ville quarante kilomètres au nord.

NOTE DE L'ÉDITEUR : L'enquête de Ventura fut sans conteste la plus labyrinthique de toutes. Michelle avait prévu de la couvrir de façon extensive, mais Ventura n'est que peu représentée dans le livre à cause de sa quête prolongée pour récupérer le dossier largement insaisissable.

En 2014, Michelle versa 1 400 dollars au tribunal du comté de Ventura pour obtenir les copies papier des transcriptions de l'audience préliminaire de Joe Alsip. La totalité des deux mille huit cent six pages devaient être imprimées à partir d'un microfilm. Michelle se souvint plus tard de la greffière qui l'observait avec un mélange de perplexité et de dérision en lui tendant la masse énorme de documents d'archives tout juste imprimés.

Lire les transcriptions, truffées d'allusions à des corpus documentés de façon plus complète dans les rapports officiels, fut une vraie torture pour Michelle, qui n'en convoita que davantage le dossier Ventura. En janvier 2016, elle finit par lui mettre la main dessus lorsqu'elle emprunta trois douzaines de cartons contenant des documents liés au GSK au bureau du shérif du comté d'Orange. Elle avait lu une grande partie du dossier – qui se concentrait en priorité sur la fausse piste que constituait Joe Alsip – au moment de sa mort, mais elle n'a pas eu le temps de l'intégrer à son récit.

Pour avoir un compte rendu plus complet de l'enquête sur les Smith et le procès de Joe Alsip, la série de Colleen Carson, « The Silent Witness[1] » ; publiée dans le Ventura County Star, *en novembre 2002, est une excellente référence.*

---

1. Soit « Le témoin silencieux ».

GOLETA, 1979

NOTE DE L'ÉDITEUR : Des parties du chapitre qui suit ont été rassemblées à partir des différentes ébauches de « Dans les pas d'un tueur ».

L'homme approcha Linda[1] alors qu'elle partait au travail. « Mon chien a été blessé dans votre jardin hier soir », lui dit-il. L'homme était jeune, la petite vingtaine, avec une allure d'elfe, et une légère hyper-activité. Il lui montra la passerelle qui enjambait la petite rivière, à environ trente mètres de l'endroit où ils se trouvaient, dans Berkeley Road, à Goleta. Son chien, Kimo, et lui arrivaient de là, expliqua-t-il. Il lui avait enlevé sa laisse et marchait distraitement en arrière. La ville de Goleta est une cité-dortoir qui a la réputation d'être sûre, ennuyeuse même, mais peu de gens s'aventureraient dans la San Jose Creek seuls, la nuit. La gorge étroite serpente depuis les montagnes couvertes de broussailles et traverse la partie est de la ville, ensevelie sous de gigantesques arbres aux

---

1. Pseudonyme.

191

branches retombant en drapé – sycomores, aulnes et eucalyptus, avec leur écorce craquelée à la texture de papier, qu'on dirait couverte de griffures. Il n'y a pas d'éclairage et les seuls bruits qu'on entend sont ceux des pas et des bruissements d'animaux invisibles en train de chercher de la nourriture.

Mais Kimo était un gros chien protecteur, un mélange de berger allemand et de malamute pesant soixante kilos. Que quelque chose puisse arriver au chien n'était jamais venu à l'esprit de l'homme en question. Lorsqu'il quitta la passerelle pour entrer dans la banlieue résidentielle, il vit Kimo foncer entre la maison de Linda et celle de son voisin. Quelque chose avait dû attirer son attention là-bas. Kimo aimait fouiner. De l'endroit en hauteur où se trouvait le type, le pâté de maisons 5400 de Berkeley Road paraissait calme. Jusque dans les années 60, Goleta était une mer de noyers et de vergers remplis de citronniers, et dans certaines poches, en particulier lorsqu'on se trouvait près de la gorge, on pouvait encore ressentir ce que l'endroit avait dû être à l'époque, pas de moteurs en train de hurler, pas d'électronique en train de bourdonner. Régnaient simplement une obscurité silencieuse qui recouvrait tout, et les lumières éparses des ranchs. Seule une planche de surf sur le toit d'un combi Volkwagen garé dans l'allée d'une maison rappelait qu'on se trouvait dans une banlieue de Californie du Sud au début de l'automne 1979.

Un jappement aigu avait brisé le silence. Un instant après, Kimo était réapparu. Le chien avait marché en chancelant jusqu'au trottoir et s'était effondré aux pieds de son maître. L'homme l'avait retourné. Du sang suintait d'une longue estafilade sur son abdomen.

Kimo avait survécu. Après avoir frappé à plusieurs portes comme un fou, l'homme avait finalement pu trouver un téléphone et appeler à l'aide. Un vétérinaire d'urgence avait refermé la blessure avec soixante-dix points de suture, qui avaient laissé une cicatrice allant du sternum de l'animal à l'extrémité de son abdomen. Mais l'homme demeurait perplexe quant à l'origine de la blessure. Linda comprenait. Le travail pouvait attendre. Elle réquisitionna son voisin et tous trois parcoururent avec soin les jardins, à l'affût d'objets effilés, comme une lame de tondeuse à gazon ou un morceau de palissade arraché, qui auraient pu blesser le chien. Ils revinrent bredouilles. C'était bizarre. Tout comme la pelouse inondée de Linda devant la maison. À peu près au moment où Kimo avait été blessé, quelqu'un avait apparemment ouvert son tuyau et l'avait laissé couler.

Linda ne sut jamais le nom du propriétaire du chien. Il la remercia poliment et prit congé. Elle avait presque oublié l'incident jusqu'à ce jour de juillet 1981 où un autre homme l'approcha devant chez elle pour lui poser une question. Beaucoup de choses avaient changé durant l'année et demie qui s'était écoulée depuis que Kimo avait été blessé. On avait vu trois fois de la rubalise jaune dans le quartier, chose inhabituelle pour une zone aussi petite – moins de cinq kilomètres carrés – et tellement conviviale que les adjoints surnommaient avec affection les ados qu'ils chassaient régulièrement des plantations d'avocats où ils fumaient de l'herbe, « le gang aux yeux rouges ».

C'était ça, le comté de Santa Barbara, qui abritait le ranch de trois cent quarante-quatre hectares où le président Reagan venait passer ses vacances. C'était aussi une retraite appréciée par les dilettantes argentés ayant un penchant hippie, où l'on pouvait porter des tongs toute la journée ou jouer la comédie dans une mise en scène de rodéo, où l'on pouvait apprécier l'architecture espagnole historiquement préservée, sans qu'elle soit souillée par des panneaux d'affichage criards (une interdiction gagnée après une campagne de plusieurs années menée par des leaders esthètes de la société civile). De 1950 à 1991, les seuls arrêts de la route 101, en dehors d'un tronçon de près de sept cents kilomètres dégagé entre Los Angeles et San Francisco, consistaient en quatre feux de circulation à Santa Barbara ; selon la version choisie, c'était parce que les autochtones avaient peur qu'une autoroute ne leur bloque la vue de l'océan, parce qu'ils voulaient que les touristes fréquentent les commerces locaux, ou parce qu'ils sentaient que les gens devaient être encouragés à s'arrêter et à contempler la vie, et quel meilleur endroit pour ce faire que Santa Barbara, la riviera de l'Amérique, nichée entre une chaîne de montagnes déchiquetée et l'océan Pacifique ? Qui n'aurait pas eu envie de paresser à un feu de circulation au paradis ? La réponse, finalement, était personne. Les accidents étaient légion, la circulation le week-end virait aux embouteillages, et la pollution des véhicules tournant au ralenti avait énormément augmenté.

Les enquêteurs avaient le sentiment de connaître le moment où il avait compris qu'il lui fallait se montrer prudent. Ils savaient quelle nuit l'avait transformé. Celle du premier crime auquel ils avaient pu le relier, là où ils avaient cessé de rembobiner : 1er octobre 1979. Moins d'une semaine après que Kimo avait été blessé. La nuit où un couple de Goleta habitant dans Queen Ann Lane se réveilla à la lumière aveuglante d'une lampe de poche, en face d'un jeune homme qui parlait en murmurant, la mâchoire contractée. Il ordonna à la jeune femme de ligoter son petit ami. Puis l'intrus la ligota à son tour. Il mit la maison à sac, ouvrant et refermant des tiroirs en les claquant. Jurant. Menaçant. Demandant de l'argent, sans toutefois s'appesantir sur la question. Il emmena la femme dans le salon et la fit s'allonger face contre terre, jetant un short de tennis sur son visage en guise de bandeau. Elle l'entendit entrer dans la cuisine. Elle l'entendit chantonner pour lui-même.

— J'vais les tuer, j'vais les tuer, j'vais les tuer.

Une montée d'adrénaline permit à la jeune femme de se débarrasser de ses liens et de s'enfuir par la porte d'entrée en hurlant. Son petit ami, ligoté dans la chambre, réussit à sautiller jusque dans le jardin. Quand il entendit l'intrus arriver, il se laissa tomber au sol et roula derrière un oranger, évitant de peu le faisceau inquisiteur de la lampe de poche.

Le voisin d'à côté était un agent du FBI. Alerté par les cris de la jeune femme, il sortit juste à temps pour apercevoir un type qui passait devant la maison en pédalant furieusement sur un Nishiki dix vitesses volé couleur argent. Chemise Pendleton à carreaux. Jean. Fourreau pour arme blanche. Chaussures de tennis. Chevelure marron indistincte. L'agent le prit en chasse avec sa voiture, ses phares croisèrent la trajectoire du cycliste quelques pâtés de maisons plus loin, dans San Patricio Drive. Pris dans le faisceau lumineux, le suspect laissa tomber le vélo et sauta la palissade qui séparait deux maisons.

Le couple ne put fournir qu'une description générale. Mâle blanc. Cheveux noirs au-dessus du col. Un mètre soixante-quinze ou quatre-vingts. Dans les vingt-cinq ans, selon eux.

Par la suite, aucune de ses victimes ne survécut jamais pour pouvoir à nouveau le décrire.

Les corps étaient dans la chambre.

Au matin du 30 décembre 1979, les adjoints du shérif du comté de Santa Barbara répondirent à un appel provenant du 767, Avenida Pequena, l'appartement en copropriété d'un chirurgien ostéopathe, le Dr Robert Offerman. Des amis proches d'Offerman, Peter et Marlene Brady[1], qui avaient convenu de faire une partie de tennis avec sa nouvelle petite amie, Alexandria Manning, et lui, trouvèrent une porte vitrée coulissante ouverte dans l'appartement. Ils entrèrent et appelèrent Offerman, sans réponse. Peter traversa le salon et jeta un coup d'œil dans le couloir en direction de la chambre.

---

1. Pseudonymes.

Il y a une fille « nue allongée sur le lit », rapporta-t-il à sa femme.

— Allons-y, répondit Marlene, ne voulant pas déranger.

Ils se préparèrent à partir.

Mais au bout de quelques pas, Peter s'arrêta. Un truc ne collait pas. N'avait-il pas appelé Offerman d'une voix forte ? Il fit demi-tour et regagna la chambre pour y regarder de plus près.

Quand les adjoints du shérif arrivèrent, Marlene Brady était dehors et pleurait.

— Il y a deux personnes mortes à l'intérieur, leur dit-elle.

Debra Alexandria Manning était allongée sur le côté droit du matelas d'eau, la tête tournée vers la gauche, les poignets attachés dans le dos avec de la ficelle nylon blanche. Offerman, à genoux au pied du lit, serrait dans sa main un morceau de ficelle identique. Des marques d'effraction indiquaient que le tueur s'était servi d'un tournevis pour entrer dans la maison, probablement en pleine nuit, quand le couple dormait. Exhibant un pistolet, il leur avait peut-être suggéré qu'il était là pour les dévaliser : on trouva deux bagues appartenant à Manning cachées entre le matelas et le cadre de lit.

L'agresseur avait probablement lancé la ficelle à Manning en lui ordonnant de ligoter Offerman, ce qu'elle avait fait, mais sans trop serrer. Les enquêteurs pensaient qu'à un moment donné, peut-être après que le criminel avait terminé à son tour d'attacher les poignets de Manning, Offerman avait réussi à se libérer de ses liens et tenté de résister.

Les voisins rapportèrent avoir entendu une série de détonations aux environs de 3 heures du matin, suivie d'une pause, puis d'un autre tir. Offerman avait reçu trois balles dans le dos et la poitrine. L'unique blessure de Manning elle, se situait en haut de son crâne, à l'arrière.

Your Perfect Right : A Guide to Assertive Behaviour, de Robert E. Alberti, était posé sur la table de chevet d'Offerman. C'étaient les vacances. Une couronne verte décorée de fleurs rouges était accrochée sur la porte d'entrée. Il y avait un sapin dans un seau dans le vestibule. Pendant que les autorités préservaient la scène de crime, ils contournèrent une carcasse de dinde enveloppée dans de la cellophane qui avait été balancée sur le patio. Ils en conclurent qu'à un moment donné, le tueur avait ouvert le frigo et s'était servi dans les restes du dîner de Noël du Dr Offerman.

Qui que l'assassin ait pu être, il s'était livré à une traque fiévreuse cette nuit-là. Les enquêteurs purent suivre les empreintes en étoile laissées par ses chaussures de course Adidas tout autour de l'appartement. Ils notèrent le parterre de fleurs piétinées au 769 Avenida Pequena, l'appartement vide juste à côté. À l'intérieur, ils découvrirent des preuves de présence, plus particulièrement dans la salle de bains, où ils trouvèrent un bout de ficelle abandonné.

On leur signala des effractions et des pillages dans le voisinage durant les heures précédant les meurtres. Lorsqu'un couple qui habitait Windsor Court, à environ huit cents mètres de l'appartement d'Offerman, s'était garé devant chez lui vers 22 h 15, ils avaient vu un type traverser leur salon en courant vers la porte de derrière. En entrant, ils l'avaient entendu sauter par-dessus la palissade. Un Blanc avec une casquette de marin noire et une veste sombre fut tout ce qu'ils purent décrire avec certitude. Il avait brutalement frappé leur caniche dans l'œil.

Dans les jours qui suivirent les meurtres, les enquêteurs continuèrent à trouver des bouts de ficelle en nylon un peu partout : sur un sentier longeant la San Jose Creek, sur une pelouse dans Queen Ann Lane. Par contre, ils ne pouvaient pas certifier le moment où la ficelle avait été laissée dans Queen Ann Lane ; quelques maisons plus loin, vivait le couple qui avait échappé de peu au sort réservé à Offerman et Manning, tout juste deux mois avant. Tout était noté dans les comptes rendus de la police. La ficelle en nylon. Les traces d'effraction. Les empreintes d'Adidas.

Ce dont Debbi Domingo se souvient le plus à propos de sa dernière conversation avec sa mère, Cheri,
c'est qu'elles n'avaient pas discuté. Elles avaient
hurlé. C'était le 26 juillet 1981, le plein été à Santa
Barbara. Le brouillard côtier, avec son odeur d'eucalyptus détrempé, avait disparu. L'océan Pacifique
était en train de se réchauffer, des vagues blanches
moutonnantes et attrayantes déferlaient vers le sable
mou et un alignement sans fin de palmiers de trente
mètres de haut. Des golden boys adolescents aux cheveux filasse et aux muscles souples se dirigeaient vers
l'eau avec leurs planches, d'une démarche que les
autochtones appelaient le rebond du surfeur. C'était
la période magique à Santa Barbara, et lorsqu'elle ne
travaillait pas à mi-temps au Granada Theater, Debbi
comptait bien en profiter. Elle adorait l'énergie d'East
Beach, en particulier vers le terrain de beach-volley.
Mais il y avait un hic, et c'est pourquoi Debbi avait
serré les freins de son vélo dix-vitesses devant une
cabine téléphonique de State Street cet après-midi-là.
Elle avait sorti des pièces de la poche de son jean

coupé. Sa mère avait décroché. Debbi était allée droit au but.

— J'ai besoin de venir récupérer mon maillot de bain, avait-elle dit.

— Non, avait répondu Cheri.

Debbi avait vu rouge. Elle avait agrippé le combiné et n'avait pas lâché prise. Mère et fille en étaient revenues au point de départ.

C'était quatre jours plus tôt. Au coin de la rue, au 1311 Anacapa Street, dans une modeste petite maison, se trouvaient les locaux du centre d'accueil Klein Bottle, une organisation destinée aux adolescents perturbés. Debbi s'était pointée là-bas mi-juillet, fugueuse à vélo avec un sac fait à la va-vite et une habitude bien rodée pour détecter les règles et les contourner. Mais Klein Bottle était tout sauf un centre d'hébergement sévère. L'abondance de fougères dans les suspensions en macramé suffisait à le prouver. Le livre d'Alice Miller, *The Drama of the Gifted Child*[1], un livre qui entendait révéler la mauvaise éducation parentale cachée même dans les familles les plus fonctionnelles en apparence, avait alors le vent en poupe. Miller incitait ses lecteurs à « trouver leur propre vérité » sur de possibles abus durant l'enfance ; ce faisant, elle avait contribué à lancer la mode de la thérapie par le dialogue. Les conseillers de Klein Bottle buvaient du thé dans des mugs en poterie et assuraient à des adolescents au discours inintelligible qu'aucun sentiment n'était trop banal ou trop honteux pour être partagé.

---

1. Le drame de l'enfant doué.

En plus des tâches ménagères obligatoires, il y avait une règle dans la maison : les jeunes pouvaient aller et venir à leur guise, mais ils devaient signer un contrat où ils s'engageaient à participer aux séances de thérapie. L'équipe s'était arrangée pour que Cheri et Debbi rencontrent un conseiller, afin de tenter de résoudre leurs problèmes.

Les Domingo avaient dû leur paraître un cas idéal pour une médiation. Aucune des deux n'était une toxico au regard éteint présentant tous les signes de ravage du stress et de la négligence. Bien au contraire. Mère et fille étaient deux beautés à la silhouette délicate. Elles portaient les mêmes vêtements décontractés. Maquillage léger, sandales huaraches, hauts imprimés et jean. À l'occasion, Debbi ornait ses cheveux d'une natte ou d'une barrette sur le côté. Cheri avait trente-cinq ans, une allure de brindille à la Nathalie Wood, et des manières agréables et pragmatiques, qu'elle avait acquises en travaillant comme directrice administrative. Debbi possédait des courbes plus voluptueuses ; ses grands yeux bleus étaient plus accoutumés, comme ceux de la plupart des adolescents, au moment présent qu'au long terme. Toutes deux dégageaient une image de bonne santé et de confiance en soi tranquille.

Le moment de la réunion arriva. On échangea des plaisanteries sans importance tandis que chacun prenait un siège. À peine Debbi et Cheri se furent-elles posées sur le canapé, tels des oiseaux sur un fil, qu'elles explosèrent. À ce moment-là, leurs querelles viraient à la fureur dès qu'elles se voyaient, lamentable pas de deux en mode bloqué où seuls s'inversaient les

202

rôles, entre celle qui jouait à l'incrédule et celle qui se sentait lésée. Pas la peine de les enjôler. De parler limites. Règles. Petits amis. Manque de respect. Debbi ne peut même pas se rappeler si le conseiller était un homme ou une femme. Elle se souvient seulement de ses cris et d'une vague troisième présence dans la pièce ; quelqu'un qui avait vraisemblablement assisté à toute la scène mais exsudait une inefficacité muette. Pour finir, Debbi s'était brusquement enfuie, comme elle l'avait déjà fait, tornade de fille aux cheveux noirs sur son vélo, ses affaires entassées dans un sac. D'ici deux semaines, elle aurait seize ans.

Cheri avait regardé la ville avaler sa fille, inquiète. Santa Barbara charmait. Trompait. La promesse du romanesque régnait dans la cité, masquant les dangers potentiels. Après qu'un tremblement de terre de dix-neuf secondes avait fait voler en éclats une grande partie du centre en 1925, la ville avait été reconstruite dans un style colonial espagnol unifié – murs d'enduit blanc, toits en pente douce recouverts de tuiles rouges, fer forgé. Les leaders civiques attentifs à la préservation continuaient à se battre pour garder les toits bas et les panneaux publicitaires à la périphérie. L'endroit dégageait une atmosphère bonhomme de petite ville. Tous les jours depuis trente-deux ans, un immigré grec, « l'homme au pop-corn », vendait des moulins à vent et du pop-corn dans son break au pied du Stearns Wharf. L'odeur du jasmin nocturne en train de fleurir pénétrait dans les maisons par les fenêtres ouvertes durant les chaudes soirées. Les habitants s'endormaient, bercés par le grondement de l'océan.

Mais l'instabilité rôdait. Un courant de délabrement bouillonnait sous la surface. La récession était venue à bout de nombreux commerces du centre-ville. L'« Open Container Law[1] » n'était pas encore en vigueur dans Lower State Street ; la nuit, des ivrognes titubants s'apostrophaient les uns les autres entre deux pauses pour aller pisser et vomir. Les clubs de musique étaient en train de changer. Folk et disco avaient disparu, remplacés par un punk plus rageur. Les journaux locaux racontaient qu'un interlocuteur anonyme annonçait aux enfants entre onze et quinze ans répondant au téléphone qu'ils allaient mourir. Un autre, peut-être le même, disait aux femmes qu'il allait faire du mal à leurs maris s'ils ne se soumettaient pas à ses exigences. Les flics du coin avaient surnommé le saligaud anonyme « Le souffleur ».

Il y avait un feu de circulation au carrefour de State Street et de la Highway 101, une des routes principales traversant la Californie du nord au sud, et pendant plus d'une décennie, un défilé de hippies bariolés avait fait du stop à cet endroit, brandissant des pancartes pour San Diego ou Eureka. C'était une telle tradition à Santa Barbara que la station-essence Texaco gardait toujours des feutres marqueurs en réserve pour que les auto-stoppeurs puissent écrire leurs pancartes.

Mais depuis quelque temps, il était devenu difficile de ne pas remarquer qu'en dépit de leurs robes et de leurs tambourins Summer of Love, les hippies

1. Interdiction de détenir un contenant d'alcool ouvert en public.

n'étaient plus très jeunes. De près, on voyait qu'ils n'avaient pas seulement résisté aux assauts du vent et du soleil, mais aussi à toute une série d'échecs qui avaient fini par chasser tout éclat de leur regard. Il y avait moins de pancartes. Certains passaient toute la journée à tourner en rond.

Les bougainvilliers magenta de Santa Barbara pouvaient vous distraire de ses fêlures. Cheri espérait que rien de mal n'arriverait à Debbi. Le cerveau de n'importe quelle mère passe en revue la litanie de choses terribles qui pourraient arriver à son enfant. L'inverse est plus rare. Et pourquoi devrait-il en être autrement ? En particulier chez les adolescents, qui, entre le moment où ils voient leurs parents comme des dieux puis comme des humains, les considèrent un temps comme un obstacle, une porte particulièrement encombrante qui refuse de céder.

Non, c'était Debbi, qui, selon le jargon de Klein Bottle, était « à risque ». L'histoire se finit rarement bien pour la jolie fugueuse adolescente. Cette fois, ce fut le cas.

Avoir fui la maison sauva la vie de Debbi Domingo.

Cheri savait que ses difficultés avec Debbi n'étaient qu'une mauvaise passe, un incident de parcours, et qu'elles allaient finir par recoller les morceaux. Elles en riraient lorsque Debbi aurait elle-même une adolescente à la maison. Mais en attendant, elle devait trouver des solutions. À son travail, tout le monde la décrivait comme une « mère poule », mais apparemment, elle ne pouvait ni gérer ni materner sa propre fille.

— Comment tu fais ? avait-elle demandé à sa meilleure amie, Ellen[1], pendant qu'elles étaient assises dans le jacuzzi de cette dernière, un verre de vin à la main.

Ellen avait trois filles adoptives, toutes adolescentes, qui vivaient avec son mari et elle. Des filles nées accros à la drogue. Abandonnées sur des pas de porte. Cheri s'émerveillait de voir combien elles étaient bien élevées.

— La discipline, avait répondu Ellen.

Selon elle, les tentatives de Cheri pour discipliner Debbi étaient venues trop tard. Elle avait été trop permissive. Ellen tenait à savoir en permanence où se trouvaient ses filles. Ces dernières n'ignoraient pas que si elles séchaient les cours, Ellen ou son mari, Hank, se pointeraient au lycée avec une affiche clamant qu'ils servaient de baby-sitter aux lycéennes faisant l'école buissonnière. Le risque de mortification sociale les maintenait dans le droit chemin.

Cheri, quant à elle, avait laissé du champ à Debbi. Elle se montrait patiente quand celle-ci dépassait les horaires autorisés ou ne rentrait pas. Cheri était par nature une personne optimiste, équilibrée ; elle pensait que Debbi commençait à faire preuve d'un comportement typiquement adolescent et rechignait à taper du poing. Ça allait passer, disait-elle. Cheri n'avait que dix-neuf ans quand Debbi était née, et à une période plus heureuse, lorsque mère et fille essayaient ensemble des vêtements au centre commercial ou déjeunaient dans leur restaurant préféré, Pancho Villa,

---

1. Pseudonyme.

elles étaient ravies que des inconnus les prennent pour des sœurs. L'idée les faisait glousser. Les inconnus comprenaient alors leur erreur. Évidemment qu'il ne s'agissait pas de sœurs. Il s'agissait d'amies.

Voilà pourquoi, durant les mois où la tension n'avait cessé de monter, quand Debbi hurlait : « Je me fous de tes règles ! Tu me pourris la vie ! », la réponse de Cheri, bien que vraie, avait une teneur amène et peu affirmée : « Mais je suis ta mère. »

Le signal de départ qui allait mener droit à la collision avait été le divorce. Cheryl Grace Smith avait rencontré Roger Dean Domingo, un technicien en électronique de la garde côtière et de deux ans son aîné lorsqu'elle était au lycée. Ils s'étaient mariés peu après les dix-huit ans de Cheri, le 19 septembre 1964, à San Diego. Debbi avait vu le jour en août suivant. Presque exactement un an après, un fils, David, arrivait. Roger avait quitté les gardes-côtes pour devenir pasteur méthodiste, puis professeur en collège. En 1975, la famille s'était installée à Santa Barbara.

Debbi revoit les douze premières années de sa vie à travers le prisme d'une chaude lumière ambrée. Cheri en train de distribuer des biscuits au sucre faits maison. Des pique-niques au Nojoqui Falls Park. Elle adorait avoir de jeunes parents, qui ne se contentent pas de vous regarder assis sur le banc mais vous hissent dans la cage à écureuil et escaladent les rochers derrière vous sur la plage. Cheri et Roger étaient deux personnes en forme physiquement et élevées au soleil, et leur façon d'être le prouvait.

— J'ignorais ce qu'était le cynisme jusqu'à ce que j'entre au lycée, dit Debbi.

La discorde avait fini par s'installer entre Cheri et Roger. Il existe un rapport de mille cent cinquante-sept pages au bureau du shérif du comté de Santa Barbara, dont une grande partie est dédiée aux détails de la vie de Cheri ; à la page 130, on interroge Roger sur leur mariage, en particulier sur leur vie sociale à Santa Barbara. Il évoque les pique-niques. Ils aimaient visiter Solvang, dit-il, un pittoresque village à thème danois, tout près de chez eux. Au milieu de l'interrogatoire, les pronoms changent, il passe de « nous » à « elle ». Cheri aimait danser. Elle aimait « faire la fête ». Difficile de savoir si les citations viennent de Roger ou de celui qui mène l'interrogatoire. Mais elles sont là, accusatrices. Cheri n'était ni une droguée ni une grosse buveuse ; l'expression « faire la fête » révèle vraisemblablement plutôt un penchant. Roger se satisfaisait d'un panier en osier et d'une couverture sur l'herbe ; à un moment donné, Cheri en a voulu plus. Ils se séparèrent en décembre 1976.

Roger revint à San Diego, et Debbi et David partagèrent leur temps entre les deux villes. Debbi comprit qu'elle pouvait tirer parti de l'éclatement de la famille. Elle commença à monter ses deux parents l'un contre l'autre. Elle testa les limites. Ignora les règles familiales. À la moindre velléité de contrainte, elle faisait son sac et annonçait qu'elle allait partir vivre avec son autre parent. Elle se livra à ce jeu de ping-pong pendant plusieurs années, faisant la navette entre San Diego et Santa Barbara, changea d'école au moins

208

une demi-douzaine de fois, parfois au beau milieu de l'année. En juillet 1981, ses résultats, autrefois bons, avaient fait le plongeon. Elle était devenue accro à un petit ami plus âgé à San Diego, à propos duquel Cheri et Roger, que tout opposait en général, s'accordèrent à dire que c'était une mauvaise nouvelle.

Une adolescente provocante en pleine phase de rébellion peut ébranler la plus stable des familles, alors que la vie de Cheri soit elle aussi en plein changement à ce moment-là et sous tension n'arrangeait rien. En juin, avec l'économie qui s'effondrait, Ellen et elle avaient été licenciées de chez Trimm Industries, une petite entreprise fabriquant des meubles d'ordinateurs. Cheri avait mené leurs nouvelles recherches d'emploi en louant une machine à écrire IBM Selectric et en améliorant leurs CV. Puis, en plus du reste, elle décida de déménager.

Pendant quelques années, Cheri et les enfants, quand ils n'étaient pas à San Diego avec leur père, avaient loué une maison d'hôtes à Montecito. Mais en mai, la cousine du père de Cheri, connue dans la famille comme tante Barbara, avait appelé pour dire qu'elle mettait en vente sa maison de Goleta pour aller s'installer à Fresno. Tante Barbara ne voulait pas que la maison reste vide en attendant d'être vendue. Cheri et les enfants aimeraient-ils la garder ?

Tante Barbara habitait Toltec Way, un cul-de-sac dans un coin tranquille et verdoyant du nord-est de Goleta, près de la San Jose Creek. La maison, de style Cape Cod avec bardage en bois, possédait une extension au-dessus du garage et des volets aux fenêtres.

Les voisins l'avaient surnommée « la grande remise rouge ». Le fait que, par pure coïncidence, Ellen habite à la diagonale sur Toltec Drive, acheva de convaincre Cheri.

Début juin, Cheri et les enfants apportèrent leurs affaires au 449, Toltec Way, avec l'aide d'un déménageur. Les eucalyptus s'étalaient largement autour de la maison. Le silence donnait moins l'impression d'être apaisant qu'imposé par la nature, mais la tranquillité n'avait pas calmé Debbi. L'action se passait dans le quartier Mesa, à Santa Barbara, ou auprès de ses amis, à Montecito. Tout semblait provisoire. Temporaire. Un agent immobilier allait organiser des visites. Un panneau sur leur pelouse annonçait SANTANA IMMOBILIER/À VENDRE. Le petit ami de San Diego et sa mauvaise influence manquaient à Debbi, et elle totalisait des notes de téléphone énormes en l'appelant constamment. Quelques semaines après avoir emménagé, suite à une querelle explosive avec Cheri, elle fourra ce qu'elle pouvait dans un sac, sauta sur son vélo, et quitta la maison.

Presque tous les soirs, Cheri traversait la rue pour se rendre chez Ellen, et les deux amies ouvraient une bouteille de vin puis sautaient dans le jacuzzi. Elles parlaient de la bataille pour la pension alimentaire qui opposait Cheri à Roger. Évoquaient leurs recherches d'emploi. Leurs amours. Cheri s'était lancée dans les petites annonces et les agences de rencontres professionnelles. Il y avait eu quelques rendez-vous guindés dans des restaurants du centre-ville. Un homme avait appelé au bureau en se présentant sous le pseudo mystérieux de « Marco Polo » et avait demandé à parler à Cheri. Elle avait ri en recevant le message mais n'avait rien laissé paraître. Ellen savait que Cheri voulait se remarier, que son amie, de façon un peu surprenante pour une divorcée, était une romantique à l'ancienne, qui aspirait à l'image de carte postale nébuleuse de l'amour – celle d'un couple rayonnant en train d'arpenter la plage main dans la main sur fond de coucher de soleil.

Cheri se montrait discrète à propos du seul homme qui avait été au plus près de gagner son cœur depuis le divorce. Ellen ne l'avait jamais rencontré, car la relation empiétait sur l'amitié que les deux femmes entretenaient, mais elle l'avait espionné une fois, alors qu'il se glissait discrètement dans le bureau de Cheri. Il était beaucoup plus jeune qu'elle, magnifique, grand, et impeccablement bien mis, avec d'épais cheveux noirs. Tout ce qu'Ellen savait, c'est qu'ils avaient eu une relation intermittente pendant des années, mais que Cheri avait récemment décidé d'y mettre un terme. Il était temps d'aller de l'avant.

En général, les deux femmes parlaient surtout des problèmes que Cheri rencontrait avec Debbi. L'amour vache, disait Ellen. Les conséquences.

— Fais preuve d'autorité, lui avait-elle conseillé.

Ce que fit précisément Cheri quand Debbi l'appela quatre jours après leur clash à Klein Bottle. Debbi avait une chose en tête, et ce n'étaient ni des excuses ni un rameau d'olivier, mais son maillot de bain. Elle l'avait laissé dans la maison de Toltec.

— J'ai besoin de venir récupérer mon maillot.

— Non.

— Quoi ?

— J'ai dit non, répéta Cheri.

— Mais c'est mon maillot !

— Et c'est ma maison !

Debbi se mit à hurler dans le combiné. Cheri hurla en retour. Les passants dans State Street ralentirent, sentant qu'il se passait quelque chose. Debbi se moquait de ce que pouvaient penser les badauds. Son corps tremblait de rage. La pire horreur à laquelle elle puisse penser lui jaillit des lèvres avec une force incontrôlable.

— Pourquoi tu ne sors pas de ma vie une fois pour toutes, bordel ? hurla-t-elle.

Et elle raccrocha violemment.

Le lendemain, aux environs de 14 h 30, Debbi reçut un coup de fil chez l'amie où elle squattait. L'interlocuteur était un de ses collègues du Granada Theater. L'amie de sa mère, Ellen, avait essayé de la joindre au théâtre, et laissé un message disant que Debbi devait la rappeler tout de suite. Debbi se prépara mentalement à l'inévitable culpabilité qu'Ellen allait déclencher en elle en lui parlant de la façon dont elle traitait sa mère. Les premiers mots d'Ellen ne la surprirent absolument pas. Elle l'imaginait, plantée devant elle, mains sur les hanches, lèvres pincées, en train de la juger.

— Il faut que tu rentres à la maison, dit Ellen.

— Je ne rentre pas, répondit Debbi. Hors de question.

Les souvenirs d'Ellen et de Debbi varient quant à la teneur exacte de ce qu'elles se dirent ensuite, mais toutes deux affirment d'un commun accord que Debbi comprit très vite qu'il lui fallait venir au plus vite. Que c'était urgent. Assise dans la Volkswagen de son amie, elle passa le trajet à retourner toutes les possibilités dans sa tête. Ce dont elle se souvient le plus à leur arrivée dans Toltec Way, c'était de la rubalise jaune, de la façon dont elle délimitait non seulement la rue elle-même, mais aussi la deuxième maison du côté ouest. La grande remise rouge. La maison de tante Barbara.

C'était tellement bizarre de voir des dizaines de personnes grouiller dans le cul-de-sac habituellement vide. Officiers en uniformes. Inspecteurs en costumes. Journalistes. Le vacarme avait un goût de stress et de confusion. Des gens se déplaçaient à toute vitesse, se rassemblaient avant de faire volte-face, à l'affût d'informations, l'air tendu. Dieu sait comment, on fit passer Debbi sous le ruban. Elle traversa les cris dans une sorte de bouillard.

Pourquoi tu ne sors pas de ma vie une fois pour toutes, bordel !

Son cœur fit un bond quand elle aperçut la voiture de sa mère, une Datsun 280ZX marron, garée dans l'allée.

Puis elle reconnut un autre véhicule, une Camaro blanche avec deux bandes noires, garée, elle, devant la maison.

— Où est Greg ? demanda Debbi à la ronde.

Elle regarda autour d'elle en le cherchant des yeux.

— Je veux parler à Greg ! répéta-t-elle d'une voix plus forte.

213

L'essaim d'individus qui se trouvaient dans le cul-de-sac cessa brusquement de s'agiter et se tourna vers Debbi comme un seul homme, forêt de sourcils levés. Ils répétèrent deux mots en refermant le cercle autour d'elle – en un chœur étrange et horripilant qui contribuait encore davantage à la transe irréelle dans laquelle flottait Debbi tandis qu'elle se frayait un chemin vers l'endroit où, elle l'espérait, sa mère devait se trouver. « Greg qui ? Greg qui ? Greg qui ? »

NOTE DE L'ÉDITEUR : La section qui suit a été reconstituée à partir des notes de Michelle et d'un passage publié dans l'édition en ligne du Los Angeles Magazine *comme complément à l'article « Dans les pas d'un tueur ».*

Greg, de son vrai nom Gregory Sanchez, était un programmeur informatique de vingt-sept ans qui avait rencontré Cheri Domingo à la fin des années 1970, quand ils travaillaient tous les deux chez Burroughs Corporation. Ils étaient sortis ensemble épisodiquement de 1977 à 1981, et ils avaient cassé puis repris et cassé à nouveau tant de fois que quand ils avaient enfin mis un terme définitif à leur relation, Debbi avait cru qu'il s'agissait simplement d'une autre de leurs ruptures.

Greg avait huit ans de moins que Cheri et parfois, cela se voyait. C'était un homme, un vrai, et il voulait qu'on le sache. Il faisait de la moto. Conduisait une Camaro avec des bandes noires. Était entraîneur pour la Little League de baseball ainsi que pour le programme de football Pop Warner, et il avait équipé la chambre libre dans son appartement de tous les appareils stéréo haut de gamme qu'on puisse imaginer. Greg était en forme et s'habillait toujours bien. Comme Cheri, il prenait soin de lui. Ils partageaient une certaine méticulosité. Aucun des deux n'avait grandi dans l'abondance et ils faisaient très attention à ce qu'ils avaient. Pendant quatre ans, leur relation avait suivi un tracé résolument circulaire. Elle attendait qu'il grandisse. Il attendait qu'elle se calme. Pour finir, ils en avaient eu marre et avaient commencé à fréquenter d'autres personnes.

En juin 1981, la compagnie Burroughs avait annoncé la fermeture de sa branche de Santa Barbara. Sanchez avait planifié un voyage sur la côte Est pour explorer les possibilités de travail dans leur branche de Floride. Le mois suivant, pendant que Debbi avait trouvé refuge au centre Klein Bottle, Greg l'avait contactée et invitée à déjeuner.

Greg et Debbi avaient été proches. Elle le considérait comme un membre de la famille. Pas tout à fait une figure paternelle, vu son âge qui se situait quelque part entre celui de Cheri et celui de Debbi, plutôt un frère aîné. Il était drôle et la traitait bien. Il aimait l'appeler Debra D.

— Greg, je ne m'appelle pas Debra, lui rappelait-elle.

— Pas de souci, Debra D, répondait-il pour la taquiner. Ne t'inquiète pas.

Devant leurs hamburgers, cet après-midi de mi-juillet, Greg annonça à Debbi qu'il déménageait pour la

Floride. Il voulait qu'elle l'apprenne de sa bouche, lui expliqua-t-il, et non après coup – ce qui, il le savait, l'aurait démolie. Elle ne fut guère moins abattue de l'apprendre directement à la source.

— J'ai proposé à ta mère tellement souvent, dit-il d'un ton résigné. Elle ne m'épousera jamais.

Cheri se trouvait trop vieille pour Greg, une justification que Debbi jugeait ridicule pour sa part.

Ce qu'elle ignorait, c'est que Greg sortait déjà avec quelqu'un d'autre.

Il avait rencontré Tabitha Silver[1] en mai. Tous deux habitaient le même immeuble, et Greg était sorti avec son amie proche, Cynthia[2]. Cynthia était restée en bons termes avec Greg et l'avait finalement présenté à Tabitha. Ils avaient entamé une relation, qui s'était rapidement approfondie. Moins de trois semaines plus tard, Greg s'émerveillait – non sans une pointe d'inquiétude – de la vitesse à laquelle les choses avaient pris une tournure sérieuse.

Mais le timing ne collait pas. Ils étaient tous deux à un tournant de leur vie. Tabitha commençait l'école dentaire à UCLA à l'automne et dans l'intervalle, elle avait quitté Santa Barbara et était rentrée chez elle, à San Diego, pour l'été. La situation professionnelle de Greg était dans les limbes et il envisageait de partir s'installer en Floride.

— Ce n'est pas le meilleur moment de ma vie pour que je m'engage, lui avait dit Greg.

---

1. Pseudonyme.
2. *Idem.*

216

— Et ce sera quand, le moment ? lui avait rétorqué Tabitha. Quand tu seras six pieds sous terre ?

Greg était rentré de Floride le 23 juillet et avait l'immédiatement appelée. Finalement, il allait rester en Californie, avait-il décidé. La Floride était trop loin de ses amis et de sa famille. L'anniversaire de Tabitha n'étant qu'à quelques jours de là, il l'avait invitée à Santa Barbara pour le week-end.

Elle le rejoignit en voiture ce samedi-là et ils passèrent la journée ensemble. Il fit quelques allusions à une demande en mariage. Le lendemain soir, quand elle apparut sur le seuil de son appartement, il la surprit avec un changement de plan de dernière minute : il allait passer la soirée avec une amie à la place.

Cette amie était Cheri Domingo.

Un voisin de Cheri Domingo entendit une détonation, suivie d'une voix en pleine nuit – une voix de femme qui parlait à quelqu'un de façon contenue, en se dominant, et disait quelque chose du style « Calmez-vous ». Ce furent probablement les dernières paroles que prononça Domingo.

Les enquêteurs émirent plus tard l'hypothèse que c'était le frottement de la porte de la chambre contre la moquette qui avait attiré l'attention de Sanchez, l'alertant de la présence d'un intrus dans la maison. Apparemment, il s'était battu avec le tueur.

Un inspecteur qui connaissait bien l'affaire se souvint de la voix de femme, ferme et apaisante, qui avait été entendue par le voisin.

— Elle l'a foutu en rogne, dit-il.

Cette fois, le tueur avait emporté les liens avec lui. Il s'adaptait, éliminait les preuves.

Le lundi matin, un agent immobilier arriva au 449 Toltec Way, pour montrer la propriété à un acheteur potentiel et à sa famille. Il entra dans la maison et, en pénétrant dans la chambre principale, découvrit les cadavres d'un homme et d'une femme. Il fit immédiatement sortir ses clients et appela la police.

Les deux victimes étaient nues. Le corps de Sanchez se trouvait à moitié dans l'armoire, prostré. Le tueur lui avait couvert la tête avec une pile de vêtements qu'il avait pris sur l'étagère au-dessus. Il y avait une lampe de poche près du corps – les piles portaient les empreintes de Sanchez, prouvant qu'elle venait de la maison.

Sanchez avait reçu une balle dans la joue, probablement pendant qu'il se battait avec le criminel ou lui résistait. La blessure n'était pas fatale. Les vingt-quatre autres coups, par contre, brutalement infligés avec un objet non identifié, l'étaient. Domingo, sur le ventre, était allongée sur le lit dans une mare de sang. Elle avait été frappée à mort avec le même instrument. On avait remonté un dessus-de-lit assorti au papier peint sur son corps. Ses mains étaient croisées dans son dos, comme si elles avaient été attachées. Les marques de liens sur ses poignets allaient dans ce sens.

Les enquêteurs découvrirent une petite fenêtre ouverte dans la salle de bains du rez-de-chaussée réservée aux invités. La moustiquaire avait été enlevée et cachée dans les buissons derrière un genévrier. Bien que la fenêtre fût trop petite pour qu'un adulte mâle ait pu s'y glisser, ils en déduisirent que le criminel avait réussi à passer la main par la fenêtre et à ouvrir la porte extérieure de la salle de bains.

Les officiers qui traitaient la scène de crime remarquèrent les contours de deux outils ayant été récemment enlevés d'une étagère de jardin poussiéreuse dans le vestibule. L'un correspondait clairement à une clé à pipe. L'autre outil manquant fut plus tard identifié par l'ex-mari de Cheri comme étant probablement un carotteur de jardin. Ni le carotteur ni la clé ne furent jamais retrouvés.

La police fit du porte à porte et se livra à une enquête de proximité. Le voisin d'à côté rapporta avoir été réveillé à environ 2 h 15 par des chiens qui aboyaient. Sa femme et lui avaient regardé par la fenêtre. Ne voyant rien d'inquiétant, ils étaient retournés se coucher.

Deux garçons de treize ans déclarèrent à la police qu'ils se baladaient dans le quartier vers 21 h 45 quand ils avaient vu quelqu'un derrière un gros arbre, à un pâté de maisons de la scène de crime. D'après eux, il s'agissait d'un homme, mais ils ne pouvaient l'affirmer avec certitude ; dans l'obscurité, ce n'était qu'une silhouette indistincte.

Len et Carol Goldschein[1] déclarèrent qu'ils étaient sortis se promener ce soir-là et avaient fait une étrange rencontre. À environ 22 h 30, tandis qu'ils se dirigeaient vers l'ouest sur University Drive, ils avaient

---

1. Pseudonymes.

remarqué qu'un homme qui ne leur était pas familier semblait les suivre et gagnait peu à peu du terrain. Quand ils avaient tourné dans Berkeley Road, l'individu en question avait traversé la rue et continué à marcher parallèlement à eux.

L'homme était blanc, vingt ans à peine ou peut-être tout juste passés, environ un mètre quatre-vingts, mince et très blond, avec des cheveux raides qui lui descendaient dans le cou. Il était rasé de près. Portait une chemise style Ocean Pacific avec un pantalon bleu ciel, velours côtelé ou peut-être jean.

Vers 23 heures, le même soir, Tammy Straub[1] et sa fille Carla[2] faisaient leur jogging dans Merida Way quand elles avaient repéré un jeune homme louche avec un berger allemand en train de regarder fixement vers le garage d'une des maisons. Il leur tournait le dos, parfaitement immobile, comme cloué sur place. Il devait avoir la vingtaine ou une petite trentaine, un mètre soixante-quinze, bien bâti. Il avait des cheveux blonds et portait un short de tennis blanc ou beige et un T-shirt de couleur claire. Un portrait-robot fut dressé par la suite.

Les enquêteurs apprirent que, l'après-midi précédant les meurtres, l'agent immobilier Cami Bardo[3] avait organisé des portes ouvertes. Pendant qu'elle était occupée avec un groupe, un homme blanc dans les trente-cinq, quarante ans, était entré et avait com-

---

1. Pseudonyme.
2. *Idem.*
3. *Idem.*

mencé à explorer la maison, sans dire un mot. Le temps qu'elle se libère de la discussion dans laquelle elle était engagée, l'homme avait disparu.

Une fois la visite terminée, Bardo avait inspecté la maison et remarqué des morceaux de métal dans la cuisine. Rétrospectivement, elle s'était dit qu'ils devaient venir d'un système de fermeture sur la porte arrière de la maison.

Bardo avait décrit l'étrange visiteur : yeux bleus translucides et cheveux châtains courts bouclés et parsemés de mèches décolorées par le soleil. Il était bronzé, mesurait environ un mètre soixante-dix et portait une chemise verte et un jean délavé. Elle avait rencontré le dessinateur du bureau du shérif de Santa Barbara, qui avait dressé un portrait-robot.

Au départ, la police avait envisagé la possibilité que des trafiquants de drogue aient pénétré par effraction dans la maison et tué le couple, mais les proches des victimes avaient écarté cette hypothèse, la jugeant ridicule. Aucun des deux ne se droguait. Les inspecteurs s'étaient concentrés sur l'ex-mari de Cheri. Après l'avoir passé au gril sans pitié, ils avaient vérifié son alibi. Ça collait.

Au fil des ans, les autochtones avaient surnommé le fantôme responsable de l'attaque ratée et des deux doubles meurtres le Creek Killer. Aucun des trois couples visés n'étant marié, certains avaient hasardé que le tueur était un fanatique religieux qui voulait punir ceux qu'il considérait comme vivant dans le péché. Les enquêteurs de Santa Barbara, quant à eux, restaient convaincus que leur tueur était un voyou du coin nommé Brett Glasby.

Déjà considéré en 1980 comme un suspect potentiel par les enquêteurs de Santa Barbara, Glasby était un voyou local bien connu pour sa méchanceté et son tempérament violent. Personne n'avait un mot gentil à dire à son sujet. C'était un salopard vicieux. Cambrioleur accompli, Glasby était accessoirement lié à la victime Robert Offerman : lui-même et quelques gangsters avec qui il traînait, avaient été les principaux suspects du passage à tabac féroce qu'avait subi un gardien travaillant dans l'immeuble de bureaux d'Offerman. Glasby vivait dans la zone visée et il avait aussi accès à un 38 Smith & Wesson – le même type d'arme que celui utilisé pour les homicides Offerman/Manning. Mais les tests balistiques éliminèrent le pistolet en question et aucune preuve matérielle ne relia jamais Glasby à ces crimes.

Brett Glasby fut lui-même assassiné, avec son frère Brian, en 1982. Ils étaient en vacances au Mexique quand ils se rendirent à la plage de San Juan d'Alima, pour ce qu'ils pensaient être une affaire de drogue. Une fois là-bas, ils furent dévalisés et tués par balle lors de ce qui s'avéra être un coup monté. Le bureau du shérif de Santa Barbara maintint que Glasby était vraisemblablement responsable des doubles meurtres Offerman/Manning et Sanchez/Domingo, et ils ne démordirent pas de cette conclusion, même après que l'Unité des Affaires Non Résolues du comté d'Orange avait relié les crimes en question à l'Original Night Stalker – dont le dernier crime connu fut commis en

1986, quatre ans après le décès de Glasby – grâce au modus operandi.

En 2011, des années après de premières tentatives ratées, un profil ADN fut créé avec succès à partir de matériel génétique dégradé qu'on avait récupéré sur une couverture trouvée sur la scène de crime Sanchez/Domingo. Il permit de relier de manière décisive les affaires de Goleta à l'EAR/Original Night Stalker.

Comme Joe Alsip, Brett Glasby s'avéra n'être qu'une fausse piste de plus.

Personne n'avait jamais dit à Debbi Domingo que l'assassin de sa mère avait peut-être revendiqué d'autres victimes. Elle ne le découvrit qu'au début des années 2000, lorsque les programmes relatant des enquêtes criminelles sur le câble commencèrent à brosser le portrait de l'Original Night Stalker. À cette époque, Debbi travaillait comme gardienne de prison au Texas, et elle était clean depuis sept ans, après avoir été accro pendant près d'une décennie à la méthamphétamine. Sa vie avait sérieusement déraillé après le meurtre de sa mère.

En ce jour de juillet, lorsque la Debbi âgée de quinze ans avait appris la mort de celle-ci, elle avait appelé sa grand-mère et lui avait annoncé la nouvelle.

— Debbi, avait répondu cette dernière, ce n'est pas gentil de ta part de plaisanter avec ça.

Elle avait déménagé à San Diego presque immédiatement après. La famille du côté de sa mère avait peu à peu disparu de sa vie. Quelque temps après le décès de cette dernière, Debbi avait entendu sans le vouloir une conversation familiale qui allait la hanter. « Linda, disait sa grand-mère à sa tante, je suis si heureuse que ça ne soit pas toi. Je ne sais pas ce que j'aurais fait autrement. »

Au fil des ans, Debbi avait cherché à communiquer avec sa grand-mère et sa tante, dans l'espoir de renouer des liens. Elles n'avaient jamais donné suite.

ORANGE COUNTY, 2000

Les anciens du bureau du shérif du comté d'Orange voyaient les sourcils froncés de Larry Pool, les photos des victimes punaisées sur le panneau au-dessus de son box, les classeurs qui s'accumulaient autour de lui, telle une forteresse lugubre.

— Le type est mort, disaient-ils tout net à Pool, comme s'ils répétaient le score du match de basket de la veille. Ou il a pris perpète. Ces types-là n'arrêtent jamais.

« Ces types-là », c'étaient les psychopathes, les tueurs en série, les monstres. Quel que soit le nom qu'on leur donne, la sagesse populaire voulait que les criminels récidivistes extrêmement violents n'arrêtent de tuer que quand ils y étaient obligés, par la mort, l'infirmité ou la prison. La cible de Pool avait frappé pour la dernière fois en 1986. On était en 2000.

— Alors pourquoi tu continues à t'en préoccuper ? l'asticotaient les anciens.

Leur attitude lui restait en travers de la gorge. Elle électrisait sa droiture morale et le faisait redoubler d'efforts, convaincu d'une chose qu'il gardait pour lui : il allait mettre la main sur ce type.

Santa Barbara ne possédait pas encore l'analyse ADN, mais le modus operandi était suffisamment évident pour que Pool l'ait associé aux séries de meurtres comprenant celui de Cruz. 1er octobre 1979-5 mai 1986. Dix corps. Deux survivants. L'ampleur de l'affaire fournissait aux enquêteurs une grande quantité de matériau sur lequel travailler. Ils décidèrent de ne pas contacter les médias tant qu'ils n'auraient pas épuisé toutes les pistes. Ils ne voulaient pas mettre la puce à l'oreille du tueur. Pool pensait comme les anciens qu'un type d'une violence aussi prolifique devait être en taule quelque part pour une condamnation grave. Il passa en revue les procès-verbaux d'arrestation. Voyeurs. Rôdeurs. Cambrioleurs. Violeurs. Ils exhumèrent le cadavre d'un ancien détenu à Baltimore. Rien. Que dalle.

La commande recherche était toujours en fonction dans le cerveau de Pool. Un jour, il revit en un éclair la première autopsie à laquelle il avait jamais assisté, vers la fin de sa formation à l'Académie de police. Le corps avait été sorti du sac et déposé sur la table métallique. Le mort mesurait un mètre quatre-vingts, cheveux noirs, musclé. Et entravé. Il portait des chaussures de femme, des bas, une culotte et un soutien-gorge rembourré. Le décès était dû à un empoisonnement au toluène ; il avait sniffé de la colle tout en s'adonnant à une sorte d'expérience autoérotique. Pool pouvait voir du sperme sur la culotte. Le spectacle avait fait grosse impression sur Pool le coincé. Rétrospectivement, il se demanda si leur tueur ne se serait pas ligoté lui-même à l'occasion, quand il n'avait pas de victime. En y repensant, il resitua l'autopsie en octobre 1986, cinq mois après le dernier meurtre.

Il creusa l'histoire du type entravé. Il n'y avait aucun dossier criminel ; aucun lien avec les lieux où s'étaient passés les autres crimes. Il avait été incinéré. *Si c'était leur type*, se dit Pool, *on est cuits*. Il rassembla les rapports de légistes de tous les comtés de Californie du Sud entre le 5 mai et le 31 décembre 1986, et commença à les parcourir. Aucune piste n'émergea. Au bout d'un certain temps, l'idée de parler aux médias ne leur parut plus aussi mauvaise.

Le premier article qui évoquait le lien fourni par l'ADN, parut dans l'édition de l'*Orange County Register* du 1er octobre 2000 : « L'ADN désigne peut-être un tueur en série dans la région. » Pool était décrit comme ayant quatre-vingt-treize classeurs sur l'affaire dans son bureau.

— Notre tueur est le « Night Stalker » original, déclara Pool.

Il voulait seulement souligner que les crimes de leur assassin étaient antérieurs à ceux de Richard Ramirez, alias le Night Stalker, qui avait terrorisé la Californie du Sud de 1984 à 1985, mais à sa grande contrariété, le surnom ambigu demeura. À partir de là, on l'appela l'Original Night Stalker

L'article s'interrogeait pour commencer sur l'endroit où pourrait se trouver le tueur. Mort ? Derrière des barreaux ? En train de concevoir son prochain meurtre ? On ne spéculait pas sur son passé. En privé,

nombre d'enquêteurs du comté d'Orange soupçon-
naient le tueur de venir de Goleta, puisque c'était là
que les meurtres avaient démarré. Un des collègues
de Pool, Larry Montgomery, se rendit même là-bas et
passa plusieurs jours à interroger des instituteurs, en
activité et à la retraite, qui habitaient non loin de la
San Jose Creek, leur demandant s'ils se souvenaient de
jeunes garçons perturbés qu'ils auraient eus en classe
au milieu des années 60, des garçons qui les auraient
inquiétés en torturant de petits animaux, par exemple.
Il revint avec quelques noms, mais après vérification,
il s'avéra qu'ils avaient grandi sans poser de problème.

L'attaque du 1er octobre 1979 possédait des caractéristiques juvéniles évoquant peut-être un voyou du coin.
Le vélo dix vitesses volé. Le couteau à steak attrapé au
passage dans la maison. Mais d'autres indices, qu'on
avait négligés à l'époque, suggéraient plutôt une expérience acquise ailleurs, non dans le brouillard enfumé
de marijuana d'un cercle fermé de surfeurs, qui parlaient beaucoup et ne commettaient guère d'infractions,
mais plutôt dans l'isolement, dans une aliénation soli-
taire mais obsessionnelle, canalisée en art du crime à
l'état brut. Il n'avait pas simplement forcé une serrure
dans la maison du couple ce soir-là. Il avait arraché le
châssis de porte et l'avait jeté par-dessus la palissade.

Le fait, aussi, qu'il soit capable, sur un vélo dix
vitesses, d'échapper à un agent du FBI armé en train
de le poursuivre en voiture, une armada d'adjoints sur
les talons ? Stan Los, l'agent du FBI qui l'avait pris
en chasse, serait plus tard violemment critiqué par les
flics du coin pour ne pas avoir descendu le type. Los

avait été hérissé par les sarcasmes, mais il était resté ferme sur ses positions. Il n'avait rien d'autre qu'une femme en train de hurler et un mâle blanc ordinaire sur un vélo qui accélérait à chaque fois que Los criait ou donnait des coups de Klaxon à son intention. Il lui manquait le contexte suffisant pour tirer.

Los n'était pas un diseur de bonne aventure. Il n'aurait pas pu prévoir, quand le type avait jeté la bicyclette sur le trottoir et s'était précipité entre le 5417 et le 5423 San Patricio Drive en sautant par-dessus la palissade, que la prochaine fois qu'il se montrerait à nouveau, il aurait pris de l'épaisseur, ferait des nœuds plus serrés et n'aurait plus besoin de chantonner pour se donner du cœur à l'ouvrage ; il serait devenu un tueur à part entière. La nuit de la poursuite, il pédalait pour fuir Los, à l'évidence, mais courait aussi vers quelque chose d'autre, un état d'esprit, dans lequel les problèmes triviaux de tous les jours n'avaient plus cours et où les rêveries compulsives qui clapotaient à la marge de ses pensées se révélaient enfin au grand jour et prenaient de la force.

Los n'aurait pas pu tirer. Non qu'il ne reconstitue pas à l'occasion les événements de ce soir-là, les secondes perdues à redémarrer la voiture, le demi-tour, la silhouette sur le vélo à environ cinquante mètres de lui, se confondant avec le bord droit du faisceau lumineux, la façon dont les phares avaient agi comme une sorte de déclencheur. Le vélo qui tombe. L'homme qui court. Si Los avait eu le pouvoir de prédire ce qu'allait devenir le type, il l'aurait mis en joue avec son 38 spécial et l'aurait abattu sur place.

229

Tout le monde fut d'accord pour dire que le 1er octobre 1979 avait été la nuit de la rupture, celle où un tueur en devenir avait franchi la limite.

Le rôdeur mystérieux finirait par cibler un quartier du nord-est, aux environs du carrefour de Cathedral Oaks et de Patterson, dans un rayon de trois kilomètres carrés environ. Les trois attaques de Santa Barbara se situeraient tout près de la San Jose Creek, une petite rivière qui prend sa source dans les montagnes couvertes de laurier et serpente à travers Goleta est avant de se jeter dans le Pacifique. La partie qui court à travers la banlieue est un rêve à la Huckleberry Finn, rochers couverts de mousse, balançoires en corde et mégots de cigarettes jetés par des délinquants, le tout enseveli sous une canopée d'arbres. En observant les différents lieux de crimes sur un plan de Goleta, Pool fut frappé par la façon dont le tueur suivait la rivière, comme s'il se fût agi d'un cordon ombilical.

Les attaques de Goleta étaient dignes d'attention pour une autre raison. Le contrôle était le langage de prédilection de ce tueur. On le voyait dans les liens. Dans les attaques éclairs. C'était peut-être un loser sans intérêt durant la journée, mais la nuit, c'est lui qui commandait dans les maisons où il s'introduisait, masque figé qui imposait l'horreur. Parfois, il laissait du lait et du pain sortis dans la cuisine, signe que le psychopathe se sentait calme et en confiance.

Pourtant, ce criminel expérimenté avait toujours perdu le contrôle à Goleta. Il avait frappé par trois fois là-bas ; par trois fois, ses plans avaient été contrariés. Il n'avait jamais pu agresser sexuellement les victimes féminines ; lors de la première attaque, elle avait réussi à s'enfuir, et lors des deux suivantes, les mâles avaient résisté et avaient été tués par balle. Il avait probablement eu peur que les détonations attirent l'attention de la police, alors il en avait rapidement terminé avec les femmes avant de s'enfuir.

Remonter la piste de l'évolution prédatrice du tueur était comme regarder un film d'horreur à l'envers, mais rembobiner est important. « La vulnérabilité d'un criminel réside plus dans son histoire que dans son avenir », écrit David Canter, un psychologue anglais renommé, spécialiste en criminologie, dans son livre *Criminal Shadows*. Canter est persuadé que la clé pour résoudre une série de crimes est de découvrir ce qui s'est passé avant le premier homicide, plutôt que d'établir où le criminel est allé après le dernier. « Avant de commettre le crime », écrit Canter, « il se peut qu'il n'ait pas su lui-même qu'il allait le faire et il est donc possible qu'il ne se soit pas montré aussi prudent avant qu'après. »

Qu'il soit prudent après ne faisait pas l'ombre d'un doute. C'était un observateur. Un calculateur. Prenez Ventura, par exemple. Il avait frappé de multiples fois dans les comtés d'Orange et de Santa Barbara, mais seulement une fois à Ventura. Pourquoi ? L'arrestation de Joe Alsip pour les meurtres des Smith avait fait grand bruit. Pourquoi prendre le risque de commettre encore un double homicide à Ventura, soulevant ainsi des questions quant à la culpabilité d'Alsip, alors que ce pigeon allait tomber à sa place ?

Le fait que les trois violations de domicile se soient produites à Goleta, la banlieue la plus récente et la moins respectable de Santa Barbara, n'empêcha pas le bureau du shérif d'essayer d'étouffer l'affaire. Comme la plupart des institutions bien installées, le bureau du shérif avait développé une culture organisationnelle et possédait la réputation de cultiver l'esprit de clocher et de dissimulation. Les cheveux pouvaient se dresser sur la nuque d'un inspecteur en voyant une scène de crime, mais son boulot exigeait qu'il reste impassible en public. C'est sans aucun doute l'impression que l'inspecteur O.B. Thomas essayait de donner cet après-midi du 31 juillet 1981, quand il commença son enquête de proximité dans le voisinage du 449 Toltec Way, cinq jours après avoir été le premier officier à arriver sur place en réponse à un appel d'urgence. L'enquête de proximité consiste à frapper aux portes des voisins et à leur demander s'ils auraient souvenir d'une apparition ou d'un incident inhabituel ou bizarre. Pas la peine de paniquer le public. Thomas posa ses questions sans révéler grand-chose de ce qui s'était passé. On n'aurait pas pu deviner à son visage ce qu'il avait vu.

Linda vivait à un pâté de maisons de Toltec Way. Lorsque l'inspecteur Thomas frappa à sa porte et sortit son calepin, il raviva un souvenir. Elle revit le chien blessé, la pelouse inondée, et la curieuse absence d'objet tranchant dans son jardin ou celui de son voisin, qui aurait pu estropier l'animal. Elle raconta l'histoire à l'inspecteur Thomas. Il lui demanda si elle se souvenait de la date de l'incident. Linda réfléchit puis consulta son agenda. 24 septembre 1979, répondit-elle.

La signification de la date leur parut immédiatement évidente. C'était une semaine avant la première agression. Les inspecteurs en savaient très peu sur le suspect qu'ils recherchaient, hormis ce qu'un témoin, qui l'avait brièvement aperçu s'enfuyant dans le noir, leur en avait dit : un adulte mâle et blanc. Ils ignoraient ce qui l'attirait dans cette enclave assoupie de maisons individuelles, mais ils disposaient de quelques éléments. Il portait un couteau – il en avait laissé tomber un en déguerpissant de la première scène de crime. C'était un rôdeur nocturne ; ils avaient suivi ses empreintes de pieds qui passaient de maison en maison quand il cherchait des victimes. Et il aimait la rivière. Peut-être utilisait-il les broussailles et la voûte arborée pour se déplacer sans qu'on le remarque. Peut-être avait-il un lien avec cet endroit, y avait-il joué gamin parmi les rochers couverts de mousse et les balançoires. Quelle qu'en soit la raison, les empreintes de pieds et les liens pré-coupés qu'il avait laissés tomber signalaient sa présence sur les lieux. Et les trois maisons dans lesquelles il s'était introduit partageaient toutes une caractéristique : leur proximité avec la rivière.

De là où ils se tenaient, Linda et l'inspecteur Thomas pouvaient apercevoir l'enchevêtrement d'arbres et la barrière basse en bois blanc qui longeait la rivière. On voyait aussi la passerelle d'où Kimo avait bondi ce soir-là, alerté par son radar que quelque chose qui n'aurait pas dû se trouver là bougeait dans le noir. Ce qui avait probablement dû se passer ensuite devenait clair. Le chien avait filé entre les maisons pour aller fouiner et le rôdeur, pris par surprise et sans aucun doute dérangé, l'avait poignardé pour le tenir à l'écart. Peut-être avait-il du sang de Kimo sur lui et s'était-il servi du tuyau d'arrosage de Linda pour le nettoyer. Il y avait souvent des signes de sa présence dans le voisinage avant une attaque, de petits détails préoccupants qu'on ne comprenait qu'après coup.

Des années plus tard, après l'invention de Google Earth, les enquêteurs de l'Unité de Recherche sur les Affaires Non Résolues créèrent une carte numérique et une chronologie qui retraçait la piste sanglante du suspect à travers la Californie. Des punaises jaune vif le long de la San Jose Creek représentent les endroits où il avait frappé au nord-est de Goleta. Le voisinage n'a guère changé en trente-cinq ans. Si on zoome un peu plus, on peut voir le jardin où sa présence fut signalée la première fois par un jappement de chien dans la nuit. La profondeur de ses empreintes de pieds montre qu'il restait souvent dans la même position et longtemps, collé contre un mur ou accroupi dans un jardin. On l'imagine facilement debout dans le jardin obscur, avec Kimo qui gémit sur le trottoir et son propriétaire qui frappe aux portes, puis on entend le grondement d'un moteur et une voiture les emmène. Le silence retombe sur la nuit. Il se faufile entre les maisons, ouvre le robinet pour nettoyer les éclaboussures sur ses chaussures et s'en va à pas furtifs, de minuscules rigoles d'eau sanguinolente s'infiltrant dans la pelouse derrière lui.

CONTRA COSTA, 1997

— C'est quoi, l'EAR ? demanda Paul Holes.

John Murdock fut un instant déconcerté. Il n'avait pas entendu cet acronyme depuis des années.

Ils étaient assis de chaque côté de l'allée centrale dans un avion qui les emmenait à une conférence de l'Association des experts en criminalistique de Californie. On était en 1997. Murdock avait récemment quitté son poste de directeur du laboratoire judiciaire du comté de Contra Costa pour prendre sa retraite. Il était spécialisé dans les armes à feu et les empreintes d'outils. Holes, lui, proche de la trentaine, avait décroché un poste de shérif adjoint expert en criminalistique, peu de temps après avoir obtenu son diplôme en biochimie à l'UC-Davis. Il avait démarré en toxicologie judiciaire, mais avait vite compris que sa passion était la police scientifique. Puis sa curiosité avait dépassé les limites du microscope. Il avait commencé à suivre les enquêteurs sur le terrain ; il travaillait sur des affaires non résolues et était coincé dans un labo. Il aimait arpenter la Salle de scellés et exhumer les cartons d'anciennes affaires. Ce qu'il trouvait là, c'étaient des histoires. Des dépositions. Des photos. Des idées incomplètes griffonnées dans la marge par un enquêteur distrait. L'ambiguïté n'existe pas dans un laboratoire. Les dossiers d'affaires classées en regorgent. Les énigmes l'attiraient.

— Paul, ce n'est pas ton boulot, l'avait réprimandé plus d'un collègue criminaliste. Il s'en fichait. Il possédait le remarquable talent de l'Eagle Scout, qui consiste à savoir rester convivial tout en faisant exactement ce qui lui chantait. Ce qu'il voulait, avait-il compris, c'était devenir enquêteur. Il cherchait comment intégrer ce service quand l'opportunité s'était présentée.

Malgré leur différence d'âge, Murdock et Holes reconnaissaient qu'ils avaient quelque chose en commun : ils excellaient dans le domaine scientifique, mais c'étaient les histoires qui les attiraient. Chaque jour, après avoir terminé son travail au labo, Holes parcourait des dossiers d'anciennes affaires, épouvanté et fasciné à la fois par les sombres chemins de traverse du comportement humain. Les affaires classées ne le quittaient pas. Il possédait l'intolérance du scientifique pour l'imprécision. Après avoir avalé des cartons entiers de vieilles affaires, il avait remarqué un schéma redondant ; c'était toujours la même personne qui signait les comptes rendus de scène de crime les plus méticuleux : John Murdock.

— J'ai vu EAR noté en grosses lettres rouges sur certains dossiers qui avaient été mis à part dans un meuble de rangement, expliqua Holes à Murdock.

Holes ne s'était pas encore plongé dans les dossiers en question, mais il pouvait affirmer avec certitude qu'ils avaient été mis à part d'une façon particulière, presque religieuse.

— EAR veut dire East Area Rapist, le Violeur de l'Est, lui répondit Murdock.

Le nom était clairement catalogué dans son esprit et sa signification n'avait nullement été altérée par les ans.

— Je ne le connais pas celui-là, dit Holes.

Durant le reste du vol, à trente mille pieds dans les airs, Murdock lui raconta l'histoire.

C'était un rôdeur passionné. Au début, les flics l'avaient à peine remarqué. Mi-juin 1976, il fit son apparition dans la chambre d'une jeune femme de Sacramento est, en effectuant sa danse « cul nu », vêtu d'un simple T-shirt. Couteau à la main. Menaces murmurées. Pillage. Il y avait eu viol. C'était brutal, mais en 1976, Sacramento regorgeait de prédateurs infâmes. Passe-montagne et gants suggéraient une certaine intelligence, mais ceux qui dansent cul nu sont en général des adolescents stupides que leurs mères ramènent à la maison par la peau du cou.

Ce qui n'arriva jamais. D'autres viols, par contre, si. Vingt-deux en onze mois. Ses méthodes étaient précises et ne variaient jamais. Un cambriolage, leur faisait-il croire pour commencer, afin de s'assurer de leur docilité. Les femmes, objets bâillonnés, se déplaçaient en fonction de ses indications. Mains et pieds ligotés, souvent avec des lacets. Agressions sexuelles qui évitaient curieusement les seins et les baisers. Le pillage comme stimulant. Mettre joyeusement la barre encore plus haut tandis qu'un vent de panique soufflait sur Sacramento. S'attaquer à des couples endormis. Empiler des assiettes sur le dos de l'homme ligoté, en menaçant de tuer sa femme ou sa petite amie s'il entendait tomber la vaisselle. L'EAR était le croquemitaine de la chambre à coucher, l'inconnu qui en savait trop – agencement des maisons, nombre d'enfants, horaires de travail. Le passe-montagne et la fausse voix rauque suggéraient un alter ego, mais quel était son double ?

Le bureau du shérif de Sacramento allait dans le mur. Sérieusement dans le mur. Les mêmes jeunes hommes blancs étaient sans cesse arrêtés. Le véritable responsable lui, jamais. Ou peut-être que si. C'était bien le problème. Tous les enquêteurs du groupe de travail dédié à l'EAR avaient leur propre image mentale du visage du suspect, mais aucune n'était la même. On parlait d'un camé blond avec une veste de l'armée. D'un mormon à vélo. D'un agent immobilier mielleux, au teint olivâtre.

Carol Daly était l'inspecteur en chef du groupe. Au vingt-deuxième viol, après avoir une fois de plus conduit une victime éperdue à l'hôpital à 3 heures du matin, elle se surprit à avoir de sombres pensées. *J'aime mon mari. Je déteste les hommes.*

Ce qui empêchait l'enquêteur Richard Shelby de dormir la nuit, c'étaient les descriptions répétées et crédibles qu'on leur faisait au téléphone d'un rôdeur louche qui, une fois repéré, s'éloignait « d'un pas tranquille ».

Ce salopard dégueulasse aimait bien se baguenauder.

La communauté commença à entrevoir la peur dans le regard des adjoints du shérif. L'EAR dominait leurs pensées. Toutes leurs pensées. Le coucher du soleil engendrait une terreur collective. Il semblait inenvisageable qu'il ne soit jamais pris. La loi du hasard finirait bien par le faire tomber, mais qui avait envie d'être le pauvre con attendant que ça arrive ?

Et puis, aussi mystérieusement qu'il était apparu dans Sacramento est, il disparut, après avoir fait régner la terreur pendant deux ans, de 1976 à 1978.

— Waouw ! fit Holes. Et ensuite, que s'est-il passé ?

Murdock se souvint que Holes n'avait que dix ans à l'époque et qu'il n'était pas conscient de la paralysie généralisée que l'affaire avait entraînée, ni de ses méandres, ses faux espoirs et ses impasses. Son lien avec l'affaire lui venait uniquement de dossiers estampillés EAR en lettres rouges.

— Il a refait surface dans l'East Bay, répondit Murdock. Il est venu vers nous.

Holes commença à interroger des amis et des collègues plus âgés sur l'EAR et il fut surpris de constater à quel point l'affaire avait été omniprésente. Tout le monde avait une histoire à lui raconter. Son shérif adjoint se souvenait de l'hélicoptère tournant au-dessus de leurs têtes, des projecteurs dardant leurs faisceaux inquisiteurs sur les lotissements silencieux. Un professeur d'UC-Davis lui raconta que son premier rendez-vous galant avec sa femme avait consisté à participer à l'une des patrouilles anti-viol qui étaient organisées chaque soir. Un de ses collègues lui confia calmement que sa sœur avait été une des victimes.

Entre octobre 1978 et juillet 1979, date à laquelle il disparut de Californie du Nord, il y eut onze affaires liées à l'EAR dans la région étendue de l'East Bay, dont deux à San Jose et une à Fremont. Tenter d'avancer sur l'affaire vingt ans après était décourageant. Les services de police locaux avaient pris certains dossiers en charge. La totalité des agences, y compris celle du comté de Sacramento, avaient détruit leurs preuves. C'était la procédure de routine pour les scellés. Les affaires avaient dépassé le délai de prescription. Heureusement, le bureau du shérif du comté de Contra Costa, où travaillait Holes, avait conservé les siennes. Les dossiers EAR marqués de lettres rouges ayant été mis de côté n'étaient pas un hasard ; à l'époque, les adjoints démoralisés assuraient que rien ne bougerait. C'était tout le contraire que d'accrocher une plaque honorifique. L'EAR représentait leur échec. Si le cerveau humain est, comme le prétendent les experts, le meilleur ordinateur au monde, la vieille garde voulait que ses dossiers EAR sautent aux yeux d'un de ces jeunes cerveaux curieux, et l'attirent à eux, vite et intensément. Parfois, les affaires difficiles n'étaient rien d'autre qu'une course de relais.

« On attrape toujours les imbéciles », aiment à dire les flics. Quatre-vingt-dix-neuf cartons sur cent correspondaient à ce genre d'arrestations. Mais le dernier, cependant, celui qui ne correspondait pas… Il pouvait vous conduire à une mort prématurée tant il était contrariant.

En juillet 1997, Holes commença à sortir les kits de viol de l'EAR de la salle des scellés pour voir quels indices on pouvait en tirer. Le laboratoire judiciaire du comté de Contra Costa n'était pas aussi performant que les autres laboratoires de Californie. Leur programme d'analyse ADN était relativement récent. Il semblait néanmoins que trois kits puissent permettre de récupérer du matériel suffisant pour dresser un profil rudimentaire. Holes se disait que, même si le mode opératoire de l'EAR était significatif et qu'il y avait peu de doute quant au lien entre les affaires de Californie du Nord, arriver à prouver avec une certitude scientifique qu'un seul homme était responsable des trois agressions du comté de Contra Costa qui lui étaient attribuées, permettrait peut-être de relancer l'enquête. Ils pourraient alors exhumer d'anciens suspects et leur faire subir des prélèvements.

Le procédé d'amplification d'ADN prit un certain temps, mais lorsque les résultats tombèrent, ils confirmèrent la correspondance. Le même homme, comme prévu, était responsable des trois affaires que le bureau du shérif de Contra Costa avait en charge. Holes détenait à présent un profil ADN basique de l'EAR, qui serait affiné dès que le labo aurait un meilleur équipement. Il commença à se plonger dans les dossiers proprement dits, chose qu'il avait laissée de côté pour se concentrer sur l'aspect scientifique. Il revint sur ses schémas de fonctionnement. Le choix des quartiers où rôder pour rassembler des informations. Les coups de fil aux victimes. La préparation tactique.

Holes dressa une liste d'anciens suspects puis entreprit de retrouver l'inspecteur à la retraite Larry Crompton. Crompton avait fait partie du groupe de travail du bureau du shérif de Contra Costa lorsque les agressions étaient à leur apogée. Vu le nombre de fois où son nom apparaissait dans les comptes rendus, Holes en avait conclu qu'il était *de facto* leader. Soit il avait été une abeille travailleuse, soit il prenait les affaires à cœur.

Appeler des inspecteurs à la retraite pour leur parler d'une vieille affaire peut susciter des réactions mitigées. Certains sont flattés. Beaucoup sont passablement ennuyés. Ils attendent leur médicament pour le cœur en faisant la queue à la pharmacie. Sont en train d'installer des bouchons de vidange sur leur bateau de pêche. Votre enthousiasme poli représente juste pour eux des minutes perdues dans leur journée.

Crompton répondit au coup de fil de Holes comme s'il venait de parler du criminel juste avant, comme s'il en avait parlé pendant des années et que ce coup de téléphone inattendu et bienvenu n'était que la continuation naturelle d'une conversation permanente dans la maisonnée Crompton.

Crompton est né en Nouvelle-Écosse et ressemble à un de ces éleveurs dégingandés, minces et au visage empreint d'honnêteté que John Wayne n'aurait pas rechigné à mettre dans un de ses westerns. Il a une façon de parler un peu bizarre, comme haletante. Il n'hésite jamais, lâche simplement de brèves remarques affirmées, qui pourraient nécessiter un peu plus de respiration.

Holes voulait savoir si Crompton se serait souvenu d'anciens suspects sortant du lot qui auraient mérité un nouvel examen. C'était le cas, et Crompton lui fournit quelques noms sans enthousiasme. Le véritable souhait de ce dernier, à vrai dire, était que Holes donne suite à une vieille intuition qu'il avait eue et que ses patrons de l'époque l'avaient empêché de creuser.

La coopération entre services est au mieux parcellaire à l'heure actuelle, mais elle était carrément épouvantable à la fin des années 70. Téléscripteurs de la police et potins étaient la seule manière pour les flics d'être au courant de ce qui se passait dans les autres services. L'EAR disparut de l'East Bay durant l'été 1979. Les patrons de Crompton dansèrent presque de soulagement. Crompton, lui, fut pris de panique. Il se rendait compte que le type était en train de monter en puissance, qu'il lui fallait plus de terreur dans les yeux de ses victimes pour pouvoir prendre son pied ; ses menaces de mort, auparavant empruntées, se faisaient plus autoritaires, mais aussi plus affranchies, comme s'il était en train de perdre ses inhibitions. Crompton s'inquiétait. Le tueur n'avait nullement besoin de se débarrasser de ses inhibitions.

Début 1980, Crompton reçut un coup de fil de Jim Bevins, un inspecteur du bureau du shérif de Sacramento, dont il était devenu proche en travaillant avec lui dans le groupe de travail sur l'EAR. Bevin essayait de prendre du recul avec cette affaire qui avait entraîné la ruine de son mariage. Mais il voulait dire à Crompton que des rumeurs couraient sur Santa Barbara, qui aurait eu deux affaires, dont une d'homicide, faisant penser à l'EAR. Crompton les appela.

Ils restèrent évasifs.

— Rien de la sorte ici, s'entendit-il répondre.

Quelques mois plus tard, lors d'un colloque de formation organisé au niveau de l'État, Crompton se trouva par hasard assis à côté d'un inspecteur du bureau du shérif de Santa Barbara. Ils échangèrent des banalités. Crompton joua les idiots. Fit semblant de vouloir parler boulot.

— Et cette histoire de double homicide il n'y a pas longtemps ? demanda-t-il.

Il ne laissa rien entrevoir des frissons qui le traversèrent en entendant les détails.

— Je vous le dis, Paul, fit Crompton. Appelez dans le Sud. Commencez par Santa Barbara. J'ai entendu dire qu'il y avait quelque chose comme cinq cadavres là-bas.

— Je le ferai, promit Paul.

— Je *sais* que c'est lui, ajouta Crompton avant de raccrocher.

Vingt ans plus tard, Holes téléphona à Santa Barbara et fut lui aussi éconduit. Le bureau du shérif nia avoir aucune affaire ressemblant à ce dont il parlait. Mais vers la fin de la conversation, soit l'inspecteur à l'autre bout du fil se remémora quelque chose, soit il changea d'avis sur l'obstruction.

— Essayez Irvine, dit-il. Ils ont un truc dans ce goût-là, je pense.

Le coup de fil à Irvine amena Holes jusqu'au bureau du shérif du comté d'Orange, qui le mit en relation avec l'experte en criminologie Mary Hong, au laboratoire judiciaire. Holes lui expliqua qu'il avait récemment créé le profil ADN d'un homme blanc non identifié connu sous le surnom d'East Area Rapist, ou EAR, et ayant commis cinquante agressions sexuelles en Californie du Nord, entre 1976 et 1979. Les enquêteurs qui suivaient sa piste avaient toujours pensé qu'il était descendu vers le Sud et avait commis d'autres crimes là-bas. Il lui débita à toute allure une brève description de son mode opératoire. Maisons de plain-pied dans des banlieues de classe moyenne ou aisée. Violations de domiciles la nuit. Couples endormis. Ligatures. Viol des femmes. Vol occasionnel, essentiellement des bijoux ayant une signification pour la victime, plus que des articles de valeur. Passe-montagne rendant l'identification difficile, mais des preuves donnant du 42,5 pour les chaussures, groupe sanguin de type A, non sécréteur.

— Ça ressemble pas mal à nos affaires, dit Hong.

À l'époque où Holes et Hong discutèrent, leurs laboratoires respectifs utilisaient différentes techniques d'identification génétique, le comté d'Orange ayant adopté très tôt le système SCRT, ou séquences courtes répétées en tandem. Ils pouvaient comparer un gène, DQA1, qui correspondait, mais c'était tout ce qu'ils avaient à comparer. En plus, le laboratoire de Contra Costa n'avait pas encore accès au CODIS, ce qui veut dire qu'ils ne pouvaient entrer ni dans les bases de données de l'État ni dans les bases de données nationales. Hong et Holes décidèrent de rester en contact et de se tenir au courant dès que le laboratoire de Contra Costa serait opérationnel.

Les laboratoires judiciaires financés par le gouvernement sont soumis aux restrictions économiques arbitraires auxquelles on peut s'attendre. Les élus savent qu'il n'est pas bien vu de réduire les effectifs des forces de police, alors les suppressions de postes se concentrent souvent sur des emplois plus discrets, comme les experts en criminalistique. Le matériel de laboratoire n'est pas donné, et les directeurs doivent souvent réitérer leurs demandes pour obtenir ce dont ils ont besoin.

Ce qui explique en partie pourquoi le laboratoire de Contra Costa, historiquement déficitaire, mit près d'un an et demi à rattraper celui du comté d'Orange. En janvier 2001, lorsque Contra Costa put enfin utiliser son propre système SCRT, Holes demanda à un de ses collègues, Dave Stockwell, d'analyser à nouveau les extraits d'ADN de l'affaire EAR, pour voir si les trois agressions présentaient toujours le même profil d'agresseur. Stockwell lui fit savoir que c'était bien le cas.

— Appelle Mary Hong du comté d'Orange, lui dit Holes. On a la même technologie à présent. Compare les résultats aux siens.

Au téléphone, Stockwell et Hong lurent chacun leur tour leurs marqueurs.

— Oui, dit Hong lorsque Stockwell lui énonça l'un des marqueurs de l'EAR.

246

— Oui, répondit Stockwell en écho à l'un des siens.

— Correspondance parfaite, lança Stockwell en entrant dans le bureau de Holes.

La nouvelle parvint aux médias le 4 avril 2001. L'ADN RELIE LES VIOLS DES ANNÉES 70 AUX AFFAIRES DE MEURTRES EN SÉRIE, annonçait en gros titre le *San Francisco Chronicle*. Personne n'ayant prévenu les survivantes des viols de la publication, beaucoup d'entre elles eurent un choc en ouvrant le journal du matin au moment du petit déjeuner. C'était là, en première page du *Sacramento Bee* : NOUVELLE PISTE DANS LES VIOLS EN SÉRIE : APRÈS DES DÉCENNIES, L'ADN RELIE L'EAST AREA RAPIST AUX CRIMES DU COMTÉ D'ORANGE.

Ce qui fut encore plus surréaliste pour nombre d'entre elles, c'était de voir les inspecteurs en photo à la une du *Bee*. Richard Shelby et Jim Bevins. Shelby, grand, bourru, mal dégrossi, le type à la mémoire impeccable et aux aptitudes sociales lamentables, que ses collègues officiers essayaient toujours d'empêcher d'interagir avec les gens. Et Jim Bevins – face de lune – comme le surnommaient ses potes flics pour le taquiner. Personne n'était plus apprécié que Bevins. Même quand il se trouvait à cinquante mètres de vous et qu'il s'approchait à grands pas, on savait que c'était le type envoyé pour désamorcer la situation et arranger les choses.

Et voilà qu'ils étaient en première page, de vieux types à présent. Vingt-cinq ans, c'est long, en années de flics. Ils accusaient le kilométrage au compteur. Leur expression dénotait quelque chose. De la honte ?

De l'embarras ? Ils spéculaient sur ce que leur redoutable adversaire était devenu. Shelby penchait pour l'asile. Bevins pour le cimetière.

Holes répondit aux coups de fil et apprécia l'excitation pendant quelques jours. Mais même si, en privé, il sentait toujours que le travail d'enquête était sa vocation, il avait été promu au poste de responsable du labo de criminalistique. Les obligations lui faisaient de l'œil. Il était marié et père de deux jeunes enfants. Il n'avait pas le temps de se consacrer aux dix mille pages de dossiers que les nouvelles correspondances ADN avaient permis de rassembler. Il s'agissait d'une quantité de preuves inédite. L'optimisme parmi ceux qui travaillaient sur l'affaire était au zénith. Profil ADN ? Soixante cas à travers tout l'état de Californie ? Ils se bagarraient pour savoir qui le questionnerait en premier lorsqu'on l'amènerait en salle d'interrogatoire.

Larry Pool, du comté d'Orange, fut désigné comme porte-parole. Pour lui, la nouvelle de la correspondance ADN était géniale mais intimidante en même temps, comme s'il avait passé les deux dernières années dans une petite pièce familière et fini par découvrir qu'elle n'était que l'annexe d'un entrepôt.

Il continuait à envoyer valser les flics endurcis et méprisants qui persistaient à affirmer que le monstre était mort. Les tueurs en série motivés par le sexe ne cessent jamais de tuer, à moins qu'on ne les arrête : un propriétaire vertueux l'avait peut-être descendu pendant un cambriolage. Ne perd pas ton temps, lui disaient-ils.

Sept mois plus tard, l'insistance de Pool serait justifiée par des informations en provenance de la région Nord-Ouest du Pacifique. En novembre 2001, l'attention des médias se tourna vers un autre tueur en série non identifié en sommeil depuis vingt ans dont certains présumaient qu'il était mort depuis longtemps : le Tueur de la Green River. Il s'avéra que ce prolifique assassin de prostituées était tout ce qu'il y a de plus vivant et en bonne santé, et qu'il habitait la banlieue de Seattle. Pourquoi avait-il ralenti ? Il s'était marié.

— La technologie m'a eu, déclara Gary Ridgway aux flics, en un équivalent verbal de doigt d'honneur.

Il avait raison. Il avait dupé les flics pendant des années en adoptant un visage relâché et un regard éteint. Impossible que ce demi-crétin soit un tueur en série diabolique, se disaient les policiers et à chaque fois, en dépit de l'accumulation de preuves, ils l'avaient laissé partir.

Le 6 avril 2001, deux jours après que la nouvelle de la correspondance entre l'EAR et l'Original Night Stalker était parvenue aux médias, le téléphone sonna dans une maison de Thornwood Drive, à Sacramento est.

Une femme d'une petite soixantaine répondit. Elle vivait dans la maison depuis près de trente ans, bien que son nom de famille ait changé.

— Allô ?

La voix était assourdie. Il parlait lentement. Elle le reconnut immédiatement.

— Tu te souviens quand on s'est amusés tous les deux ?

DEUXIÈME PARTIE

SACRAMENTO, 2012

NOTE DE L'ÉDITEUR : la partie qui suit est un extrait d'une première ébauche de l'article de Michelle, « Dans les pas d'un tueur ».

La femme assise en face de moi dans le bureau exigu d'un lycée pour adolescents perturbés de Sacramento était une inconnue. Mais il aurait été impossible de le deviner en entendant le style télégraphique qu'on avait adopté pour se parler dès le début de notre rencontre, une version EAR-ONS du Klingon.

— Cambriolage et máltraitance de chien en 74 ? demandai-je.

La femme – je l'appellerai la Travailleuse Sociale – resserra son épaisse queue de cheval et but une gorgée de sa canette de Rockstar. Elle avait « presque soixante ans », de grands yeux verts au regard pénétrant et une voix de fumeuse. Elle m'avait accueillie dans le parking en agitant les bras au-dessus de sa tête comme une folle. Je l'avais immédiatement appréciée.

— Je ne crois pas que ce soit lié, répondit-elle.

Le cambriolage de Rancho Cordova en 1974 est le genre d'incident récemment découvert que les membres du « forum », c'est-à-dire le forum de discussion du réseau A&E sur l'EAR-ONS, appelé Dossiers Affaires Classées, et dont la Travailleuse Sociale est une des dirigeantes, s'éclatent à analyser. J'ai fini par apprécier leur rigueur dans cette affaire, mais au début, j'étais simplement découragée. Il y a plus de mille sujets différents et vingt mille posts.

Je suis entrée en contact avec le forum environ un an et demi après avoir dévoré, pratiquement d'une traite, le livre de Larry Crompton, *Sudden Terror*[1], une description exhaustive et sans fard d'affaires policières, typique du politiquement incorrect des années 70, et qui dresse le portrait étrangement émouvant d'un flic terre-à-terre et des regrets qui n'ont cessé de l'obséder. L'abondance d'informations disponibles sur cette affaire m'avait stupéfiée. Plus d'une douzaine de livres sont dédiés uniquement au 25 décembre 1996, nuit où Jon-Benet Ramsey a été assassiné. Mais le EAR-ONS ? Voilà un cas qui s'étendait sur une dizaine d'années, un État entier, qui avait fait changer la loi en Californie[2], comptait soixante victimes, une

---

1. Terreur soudaine.
2. L'affaire a inspiré la proposition Californie 69, approuvée par référendum en 2004, qui rendait obligatoire le prélèvement d'échantillons ADN sur tous les criminels, ainsi que les adultes et adolescents accusés de certains crimes (par exemple, délinquants sexuels, meurtriers, pyromanes). Le frère de Keith Harrington, Bruce, avait parrainé la campagne, en promettant près de 2 millions de dollars pour la financer.

série de déclarations étranges sur les scènes de crime (« Je vais te tuer comme j'ai tué des gens à Bakersfield »), un poème qu'il aurait écrit (« Soif d'excitation ») et même sa voix sur bande (un bref sarcasme murmuré, enregistré grâce à un appareil dont la police avait équipé le téléphone d'une victime), et pourtant, il n'y avait qu'un seul livre, publié à compte d'auteur et difficile à trouver, sur la question.

La première fois que je me connectai au forum de discussion, je fus immédiatement frappée par le crowdsourcing approfondi et expérimenté auquel se livraient les internautes. Bien sûr, il y a toujours des tordus, dont un type bien intentionné, qui répète avec insistance que Ted Kaczynski, l'Unabomber, est l'EAR-ONS (ce qu'il n'est pas). Mais une grande partie des analyses est de première qualité. Un des contributeurs réguliers, qui se fait appeler PortofLeith, par exemple, a permis de découvrir que le calendrier académique de l'université California State-Sacramento durant les années où l'EAR était actif dans la région, colle avec ses crimes. Des cartes faites par les membres eux-mêmes détaillent tout, depuis les emplacements de scènes de crime en passant par les observations de témoins et l'endroit où il a laissé tomber un gant de motocross ensanglanté à Dana Point. Des centaines de posts dissèquent ses liens possibles avec l'armée, l'immobilier et le milieu médical.

Les limiers de l'Internet sont compétents et ils n'utilisent pas leurs compétences pour le coincer n'importe comment. J'ai eu l'occasion de rencontrer un étudiant diplômé en informatique dans un Starbucks de Los

Angeles, afin de discuter de son suspect. Avant notre entrevue, j'ai reçu un dossier de sept pages, avec notes de bas de page, cartes et photos du suspect tirées de son album de l'année. La piste semblait prometteuse. Un détail manquant préoccupait l'étudiant : la pointure de son suspect (avec un 42,5, 43, celle de l'EAR est légèrement plus petite que la moyenne masculine).

Les membres du forum de discussion ont tendance à être une bande de paranos, lourdement portés sur les pseudos, et il y existe des conflits de personnalités, ce qui n'est peut-être pas surprenant pour des gens passant beaucoup de temps sur Internet à parler de meurtres en série. La Travailleuse Sociale opère comme une sorte de contrôleur d'accès entre les enquêteurs de Sacramento et la communauté du forum. Cela provoque la colère de certains internautes, qui l'accusent de laisser entendre qu'elle a des informations confidentielles puis de fermer les portes quand on lui demande de partager.

Qu'elle ait à l'occasion de nouvelles informations à partager est incontestable. Le 2 juillet 2011, la Travailleuse Sociale avait posté le dessin d'un autocollant ayant été vu, selon elle, sur un véhicule louche près de la scène de crime d'un des viols de Sacramento.

« Il correspond peut-être à la base aéronavale de North Island, mais ce n'est pas confirmé et il n'y a aucun antécédent. Est-il familier à quelqu'un sur le forum ? En espérant qu'on pourra trouver d'où il provient. »

On. La curieuse, mais indubitable présence des forces de l'ordre devenait de plus en plus visible au fur et à mesure que je me faisais aspirer par le forum de discussion. Les détectives du Web, attirés par une affaire remontant à des dizaines d'années pour des raisons personnelles et idiosyncrasiques, traquaient le tueur avec leurs ordinateurs, mais les enquêteurs les orientaient subtilement.

La Travailleuse Sociale m'emmena faire le tour des sites névralgiques de l'EAR, depuis le labyrinthe de modestes maisons style ranch accolées à l'ancienne base de l'Air Force de Mather, jusqu'aux banlieues plus aérées et plus verdoyantes d'Arden-Arcade et de Del Dayo. Elle avait commencé à travailler de façon informelle avec les enquêteurs de Sacramento environ cinq ans avant, m'expliqua-t-elle.

— J'habitais ici au plus fort des agressions, ajouta-t-elle.

À l'époque, elle était une jeune mère, et se souvient que la terreur avait atteint un niveau presque débilitant aux environs du quinzième viol.

Les banlieues est de Sacramento dans lesquelles sévissait l'EAR-ONS n'avaient pas été bâties pour le plaisir. Je comptai un pâté de maisons entier d'un beige uniforme. La frilosité contenue dément les choses terribles qui se sont passées là. Nous tournâmes dans Malaga Way, où, le 29 août 1976, une fillette de douze ans avait été réveillée par le bruit métallique de ses carillons éoliens et une forte odeur d'après-rasage. Un homme masqué, debout devant la fenêtre de sa chambre, était en train de soulever le coin supérieur gauche de la moustiquaire avec un couteau.

— C'est vraiment difficile de repenser à tout cela, dit la Travailleuse Sociale. Alors pourquoi le faisait-elle ?

Des années avant, alors qu'elle zappait entre différentes chaînes un soir, dans son lit, elle était tombée sur les toutes dernières minutes d'un épisode de *Cold Case Files*. Elle s'était redressée, horrifiée, après avoir reconnu de qui il s'agissait. *Oh mon Dieu*, s'était-elle dit, *c'est devenu un meurtrier*.

Un souvenir désagréable datant de cette période la tourmentait et elle avait pris contact avec un inspecteur de la police de Sacramento pour vérifier si c'était ou non dans sa tête. Ça ne l'était pas. Bien avant que le penchant du criminel pour les coups de fil à ses victimes ait été rendu public, lui avait-il confirmé, elle avait signalé par trois fois à la police des appels indécents, un harceleur qui, avait-elle dit, « savait tout de moi ». Elle est maintenant persuadée qu'il s'agissait de l'EAR-ONS.

L'American River scintilla, bleutée, dans le lointain. Elle se sent, « spirituellement » appelée, me dit la Travailleuse Sociale, à donner un coup de main pour résoudre l'affaire.

— Mais j'ai appris qu'on doit faire attention, qu'on doit prendre soin de soi. Sinon, ça peut vous consumer.

Ça peut ? Nous avions passé les quatre dernières heures à ne parler que de l'EAR-ONS. Quand son mari sent le tour que prend la discussion au cours d'un dîner, il lui donne un coup de pied sous la table en murmurant : « Ne commence pas ».

Une fois, j'ai passé un après-midi entier à chercher le moindre détail sur un membre de l'équipe de water-polo du lycée Rio Americano, parce que dans l'album photo de l'année 1972, il était mince avec de gros mollets (une prétendue caractéristique du violeur à un moment donné). Elle avait, quant à elle, dîné avec un suspect et embarqué sa bouteille d'eau dans un sac pour la faire analyser. Dans les dossiers de police, on enregistre souvent les noms de famille des suspects en premier, et dans ma période la plus hébétée, alors que j'étais au plus bas, j'avais commencé à étudier celui d'un certain « Lary Burg » avant que mes yeux et mon cerveau ne se réalignent pour reconnaître le mot « Burglary[1] ».

Il y a un cri logé en permanence au fond de ma gorge à présent. Un soir, alors que mon mari entrait sur la pointe des pieds dans notre chambre en essayant de ne pas me réveiller, j'ai bondi du lit, me suis emparée de ma lampe de chevet et la lui ai lancée à la tête. Par chance, je l'ai raté. Lorsque j'ai vu la lampe renversée par terre le lendemain matin, je me suis souvenue de ce que j'avais fait et j'en ai tressailli. Puis j'ai tâtonné pour retrouver mon ordinateur dans les couvertures et j'ai repris mon étude talmudique des comptes rendus de la police.

Néanmoins, je me gardai de rire devant la mise en garde pleine de sollicitude de la Travailleuse Sociale. Je me contentai de hocher la tête. On tourne autour du terrier de lapin, fis-je semblant de reconnaître, mais on ne plonge pas dedans.

---

1. Cambriolage.

Nous avons également été rejointes dans cette aventure par un homme de trente-trois ans qui habite dans le sud de la Floride, et que j'appellerai le Kid. Le Kid a un diplôme de cinéma et, d'après ce qu'il a laissé entendre, une relation assez compliquée avec sa famille. Les détails comptent pour le Kid. Récemment, il a arrêté de regarder une retransmission de *L'Inspecteur Harry* sur le câble, parce que « ça sautait de 2.35:1 à 1.78:1 (rapport hauteur-largeur) après le générique d'ouverture ». Il est malin, méticuleux, et brusque, à l'occasion. Il est aussi, selon moi, le plus grand espoir amateur de l'affaire.

La plupart des gens familiers du dossier EAR-ONS s'accordent à dire que ses déplacements géographiques constituent la meilleure piste. Il n'y a pas tant d'hommes blancs que ça nés entre disons, 1943 et 1959, qui ont vécu ou travaillé à Sacramento, dans le comté de Santa Barbara et le comté d'Orange entre 1976 et 1986.

Mais seul le Kid a passé près de quatre mille heures à explorer toutes les possibilités sur le Net, à tout décortiquer avec Cold Search, d'Ancestry.com à USSearch.com. Il possède, grâce à eBay, un exemplaire de l'annuaire R. L. Polk 1977 de la banlieue de Sacramento. Il a aussi l'annuaire téléphonique 1983 du comté d'Orange numérisé sur son disque dur.

Dès que j'ai commencé à m'intéresser à l'affaire, j'ai très vite senti que le travail du Kid était de première qualité. À voir ses commentaires sur le forum, il semblait bien documenté, et je lui ai donc envoyé un e-mail au sujet d'un possible suspect que j'avais découvert. J'ai enfin fini par comprendre que l'excitation que l'on ressent à propos d'un suspect ressemble beaucoup à cette première bouffée d'amour imbécile dans une relation, où, malgré de vagues signaux d'alerte, on continue à creuser son sillon, convaincu qu'il est l'Unique.

J'étais très loin d'avoir réussi à passer les menottes à mon suspect. Mais le Kid avait presque un an de recherches et plusieurs bases de données d'avance sur moi. « Ça fait longtemps que je n'ai rien fait avec ce nom », écrivit-il en guise de réponse. Il avait joint au mail la photo d'un intello austère en veste de survêtement, prise alors que mon suspect était en seconde. « Pas dans mon peloton de tête », avait noté le Kid.

Il souligna plus tard combien l'appréciation d'un suspect peut être délicate, en démontrant que si on se base uniquement sur l'histoire géographique et la description physique, Tom Hanks pourrait faire un EAR-ONS parfait. (On peut éliminer ce dernier, je tiens à le signaler, grâce aux seules dates de tournage de *Bosom Buddies*.)

J'étais en vacances en Floride au printemps dernier avec ma famille et je me suis arrangée pour rencontrer le Kid dans un coffee shop. Il est séduisant, soigné, avec des cheveux brun clair, il s'exprime bien, somme toute un candidat peu plausible pour quelqu'un qui passe son temps à rechercher d'une façon compulsive des informations sur des affaires classées avec lesquelles il n'a aucun lien. Il avait refusé le café, mais fumait des Camel Light à la chaîne. Nous avons un peu parlé de la Californie et de l'industrie du cinéma.

Il m'a dit avoir un jour été jusqu'à Los Angeles juste pour voir la version « réalisateur » de son film favori, *Jusqu'au bout du monde*, de Wim Wenders.

Nous avons surtout parlé de notre obsession commune. L'affaire est tellement complexe et difficile à condenser que j'éprouve toujours une sorte de soulagement à me trouver en présence de quelqu'un qui connaît la sténo. Nous semblions tous les deux perplexes et embarrassés de notre sujet de préoccupation. Lors d'une récente cérémonie de mariage, le jeune marié a interrompu une conversation entre sa mère et le Kid, un de ses vieux amis. « Parle-lui de ton tueur en série ! » lui a-t-il suggéré avant de s'éclipser.

J'ai constamment dans la tête, lui ai-je dit, ces expériences qui montrent que les animaux en captivité préféreraient avoir à chercher leur nourriture plutôt qu'attendre qu'on la leur donne. La recherche est le levier qui libère notre dopamine. Ce que j'omets de mentionner, c'est à quel point notre quête frénétique reflète le comportement compulsif – parterres de fleurs piétinés, marques d'éraflures sur les moustiquaires, coups de fil tordus – de celui que nous traquons, constatation ô combien gênante.

Quelque chose qu'avait dit de but en blanc Jeff Klapakis, un inspecteur du bureau du shérif de Santa Barbara, m'avait finalement aidée à me sentir plus à l'aise avec mon obsession. Nous étions assis dans le « centre de crise » qu'il partageait avec son collègue travaillant sur le criminel, un bureau du service administratif rempli de bacs en plastique dans lesquels étaient empilés des classeurs contenant de vieux dossiers. Au-dessus de son épaule droite était accroché un plan Google Earth de Goleta de la taille d'une affiche, sur lequel les lieux des doubles homicides avaient été entourés, séparés par dix-neuf mois, mais seulement huit cents mètres. La San Jose Creek formait un coude au milieu du plan, avec ses arbres imposants qui s'étalaient, fournissant une parfaite couverture pour le tueur.

J'avais demandé à Klapakis ce qui l'avait poussé à quitter sa retraite pour venir travailler sur l'affaire.

« J'adore les énigmes », avait-il répondu en haussant les épaules.

Le Kid ne disait pas autre chose lorsqu'il avait écrit une brève explication destinée à tout inspecteur qui aurait pu tomber sur ses recherches. Sa curiosité, écrivait-il en utilisant la troisième personne, est « inexplicable en quelques mots, sauf à dire qu'il s'agit d'une grande question avec une réponse simple, et qu'il se sent obligé de découvrir la réponse ».

Le Kid accepta finalement de partager avec moi sa pièce de résistance, qu'il appelle « La Liste Maîtresse », un document de cent dix-huit pages comportant les noms de quelque deux mille hommes, avec leurs données personnelles, dates de naissance, historiques d'adresses, casiers judiciaires et même photos parfois, quand elles sont disponibles. Sa minutie – la liste comporte un index – me laissa bouche bée. Il y a des annotations sous certains noms, (« avocat, fervent adepte du vélo » et « Parent : Bonnie ») qui paraissent dénuées de signification, à moins d'en savoir, comme c'est notre cas, bien trop sur un tueur en série peut-être décédé, qui a commis ses derniers crimes sous la présidence Reagan.

« À un moment donné, m'a écrit le Kid dans un e-mail, je vais devoir m'éloigner de tout ça et avancer dans la vie. L'ironie étant que, plus j'investis d'argent et de temps dans cette recherche particulièrement irréalisable (et, pour la plupart, incompréhensible), plus je deviens à même de continuer à le faire, de façon à pouvoir peut-être un jour identifier cet enfoiré et justifier ainsi mon investissement. »

Tout le monde n'admire pas les détectives du forum ou leurs efforts. Un provocateur est récemment apparu sur le site et s'est mis à fulminer contre ce qu'il décrivait comme de prétendus flics, affligés d'une obsession pathétique et tordue. Il les accusait d'être des touche-à-tout sans formation, éprouvant un intérêt malsain pour le viol et le meurtre.

« DES DÉTECTIVES À LA WALTER MITTY », avait-il écrit.

À ce stade, j'étais convaincue qu'un de ces Mitty allait probablement résoudre cette affaire.

SACRAMENTO EST, 2012

Les choses qu'ils voient : des phares dans un champ derrière leur maison, là où il ne devrait pas y avoir de voiture. Un homme en chemise blanche et pantalon foncé qui se glisse dans un trou de la palissade des voisins à 3 heures du matin. Des portes forcées. Le faisceau d'une lampe de poche à travers la fenêtre de leur chambre. Un homme qui émerge d'un fossé d'écoulement et se faufile dans le jardin d'à côté. Des barrières auparavant fermées et à présent ouvertes. Un homme aux cheveux noirs en tenue décontractée bleue, debout sous un arbre de l'autre côté de la rue, et qui les observe fixement. De mystérieuses empreintes de pas dans le jardin. Un type qui sort d'un bond des buissons et saute sur un vélo. D'autres éclats lumineux à travers les fenêtres de chambres. La partie inférieure du corps d'un individu en pantalon de velours marron et chaussures de tennis, qui court le long de la maison et se planque derrière un cache-pot. Un agent du recensement à la porte d'entrée qui veut savoir combien de personnes vivent dans la maison, une année où le recensement n'a pas lieu. Leur voisin, un homme de trente-quatre ans, qui sort de sa maison en sous-vê-tements, titubant, bras et jambes ligotés, et hurle au secours à 2 heures du matin.

Les choses qu'ils entendent : des aboiements. Des pas lourds dans l'allée en pierre de lave. Quelqu'un qui cisaille la moustiquaire de la fenêtre. Un bruit sourd contre le climatiseur. Une personne qui trafique la baie vitrée coulissante. Des raclements sur le côté de la maison. Un appel à l'aide. Une bagarre. Des coups de feu. Un long cri de femme.

Personne n'appelle la police.

La police se penche sur ces observations après coup. À l'occasion, lorsque les officiers s'arrêtent chez les voisins pour poser des questions, on leur montre une moustiquaire lacérée ou une lumière vandalisée sur la véranda. En lisant les comptes rendus, j'ai d'abord trouvé le manque de réaction des voisins bizarre. Puis j'ai fini par devenir limite obsédée. Certains de ces comportements douteux non signalés s'étaient pro-duits au plus fort de la panique provoquée par l'EAR à Sacramento.

— Il rôdait constamment dans les environs. Pour-quoi n'y a-t-il pas eu plus de gens qui ont appelé ? demandai-je à Richard Shelby.

Au premier regard, Shelby a une allure un peu rugueuse, comme peut l'être un flic à la retraite de soixante-quinze ans qui vit dans la cambrousse au fin fond du comté de Placer. (On est tellement isolés dans la campagne qu'on garde notre essence dans des bidons, m'avait-il confié.) Il est grand et circonspect. Il a un nez à la W.C. Fields et, bien sûr, il lui manque la moitié de l'annulaire gauche, cette blessure qui a failli l'empêcher d'entrer dans la police. Mais il y avait une douceur dans sa chemise bleu ciel, sa voix si douce que je pouvais à peine l'entendre, sa façon de sourire gentiment au lieu de prendre un air renfrogné en disant « Du thé glacé, alors », lorsque la serveuse lui avait annoncé au déjeuner qu'ils étaient à court de limonade. Shelby, qui admet avoir eu une carrière compliquée au sein du bureau du shérif de Sacramento, avait enquêté très tôt sur l'affaire, dès l'automne 1976, et il était parmi les premiers à avoir perçu qu'ils avaient un violeur en série sur les bras.

— Appelé pour dire quoi ? répliqua Shelby. Il faisait nuit. Il était habillé tout en noir. En train de ramper le long des haies. Qu'est-ce qu'il y avait à voir ?

— Je veux dire, ce qui est ressorti durant les enquêtes de proximité. Ce que les voisins ont complètement admis avoir vu et entendu, ajoutai-je.

Une remarque notée pendant une enquête de proximité dans la zone autour de Malaga Road et El Caprice, à Rancho Cordova, le 1er septembre 1976, me hantait tout particulièrement.

« Plusieurs voisins disent avoir entendu les hurlements, mais n'ont pas regardé dehors. »

En janvier 1977, un homme qui vivait juste au sud de l'American River et dont la maison avait récemment été cambriolée, entraperçut un jeune type en train de mater par la fenêtre de son voisin le plus proche. Il avait toussé pour que le voyeur comprenne qu'il avait été repéré ; l'inconnu s'était mis à courir. Le geste avait semblé presque courtois. Une semaine plus tard, une jeune femme de vingt-cinq ans qui vivait un pâté de maisons plus au nord était devenue la victime n° 11. Elle était enceinte de cinq mois à l'époque.

Cette réticence à appeler la police était peut-être emblématique des années 70, suggérai-je à Shelby. Je me lançai dans un discours sur le déracinement post-Vietnam, mais Shelby m'arrêta en secouant la tête. Il n'avait pas de réponse, mais je me trompais. Pour lui, la passivité des voisins n'était qu'un manquement de plus dans une affaire où ils abondaient, depuis l'attitude de ses supérieurs préoccupés par des conneries de politique politicienne en passant par un ou deux mauvais choix cruciaux que Shelby admet avoir faits avec sa propre voiture de patrouille, ou la directive donnée par un régulateur à une famille qui avait téléphoné pour signaler la découverte d'un sac en tissu caché dans leurs haies et contenant une lampe de poche, un passe-montagne et des gants. « Jetez-le », leur avait-il dit.

Shelby vit à environ cinquante kilomètres au nord de Sacramento à présent, dans la campagne où il peut faire, comme il dit, « des trucs virils de fermier ».

Mais nous nous étions rencontrés pour déjeuner sur son ancien terrain de jeu, dans le quartier où, trente-six ans plus tôt, il patrouillait les rues tortueuses des abords de la rivière, lumière du tableau de bord éteinte, uniquement guidé par le crachotement de la radio et l'espoir qu'il tournerait au bon endroit et que le faisceau de ses phares tomberait sur un jeune type d'environ un mètre quatre-vingts avec un passe-montagne. Shelby n'avait jamais rencontré un criminel semblable à l'EAR au cours de sa carrière. Sur les toits, ils n'arrêtaient pas de trouver de petits objets dérobés à ses victimes. Pour Dieu sait quelle raison, il les balançait là-haut. Puis, après que suffisamment de personnes avaient appelé pour signaler d'étranges bruits sourds au-dessus de leurs têtes, Shelby comprit que les objets volés n'étaient pas balancés mais tombaient de ses poches : il rampait sur les toits des maisons.

Shelby est une de ces personnes fières et brusques qui détournent le regard juste avant de dire quelque chose de dur, signe révélateur mais involontaire de la gentillesse qui bouillonne au-dessous. C'est lui qui avait choisi le restaurant, mais je me rendais compte qu'à ses yeux, cet environnement serait toujours l'endroit où il avait été mis en échec par les avancées balbutiantes d'un adversaire, « ce salopard de sociopathe », dont il avait un jour découvert le repaire de voyeur, grâce à un tas de mégots de cigarettes et des empreintes de chaussures à chevrons, sous un arbre touffu à l'écart de Northwood Drive. Une autre présence indéfinie, remarquée par les voisins, mais jamais signalée.

— Les gens racontent qu'il était tellement malin, dit Shelby. (Il regarda ailleurs et reprit :) La vérité, c'est qu'il n'en avait pas toujours besoin.

Au début du reportage que je faisais sur l'EAR-ONS pour un article que j'avais vanté auprès du *Los Angeles Magazine* pendant que je me trouvais à Sacramento, j'entrai en possession d'une clé USB qui contenait quatre mille pages numérisées d'anciens comptes rendus de la police. Je l'avais obtenue lors d'un échange à l'ancienne, le genre de transaction dans laquelle aucune des deux parties ne fait réellement confiance à l'autre et où l'on se met d'accord pour lâcher nos précieuses infos simultanément, bras tendus et les yeux dans les yeux. J'avais en ma possession une vidéo rarement vue de l'interview de deux heures d'une personne annexe, mais néanmoins importante, en lien avec l'un des homicides de Californie du Sud. Je la donnai sans hésitation. J'en avais un double à la maison.

Ces échanges clandestins, résultats de furtives alliances forgées à l'aune d'une obsession commune pour un tueur en série sans visage, étaient courants. Détectives en ligne, inspecteurs à la retraite et inspecteurs en activité – tout le monde y participait. Je reçus plus d'un e-mail dont l'intitulé était « quid pro quo[1] ». J'étais persuadée, tout comme eux, que moi et moi seule allais repérer ce que personne d'autre n'arrivait à voir. Et pour ce faire, je devais avoir accès à tout.

L'immense chercheuse en moi, revenue à l'hôtel, piaffait d'impatience d'insérer la clé USB dans mon ordinateur. À chaque feu rouge, je caressais la poche supérieure de mon sac à dos pour vérifier que le minuscule rectangle était toujours là. Je logeais au Citizen Hotel, dans J Street, en centre-ville. Les photos en ligne de fenêtres décorées de vitraux et de papier peint

---

1. Locution latine signifiant littéralement « une chose contre une autre », soit donnant, donnant.

rayé couleur moutarde, m'avaient attirée. La réception possédait des rayonnages de livres intégrés en guise de murs. Le guichet était particulièrement chargé et peint en rouge chinois.

— Comment décririez-vous le style ici ? avais-je demandé au réceptionniste pendant que je m'enregistrais.

— La bibliothèque de droit rencontre le bordel, m'avait-il répondu.

J'appris ultérieurement que l'architecte qui avait conçu le bâtiment, George Sellon, avait aussi dessiné San Quentin.

Une fois dans ma chambre, j'enfilai immédiatement le peignoir blanc et raide fourni par l'hôtel. Je baissai les stores et coupai mon téléphone. Je vidai le contenu d'un sachet de nounours en guimauve trouvé dans le minibar dans un verre que je posai à côté de moi sur le lit et m'installai en tailleur face à mon ordinateur. J'avais devant moi vingt-quatre précieuses heures sans interférence ou distraction – pas de petites mains glissantes de peinture demandant à être lavées, pas de mari préoccupé et affamé débarquant dans la cuisine pour savoir où en était le dîner. J'insérai la clé USB. L'esprit en mode tri automatique, l'index sur la touche flèche du bas, je commençai, non pas tant à lire qu'à dévorer.

Les comptes rendus de police se parcourent comme des histoires racontées par des robots. Ils sont laconiques et ciblés, et laissent peu de place au jugement ou aux émotions. Au début, cette aridité me plaisait. Débarrassé de tous détails superflus, j'étais sûre que son nom se détacherait parmi le reste, scintillant. Je me trompais. La concision des comptes rendus est trompeuse. Absorbés de façon cumulée, même les détails les plus lapidaires commencèrent à se fondre en une masse indifférenciée. Certains moments sortaient du lot, provoquant brusquement une émotion puissante que je ne voyais pas toujours venir – la mère de trente-huit ans récemment séparée qui se précipite dans le noir pour attraper la scie en plastique de son fils et tente en vain de s'en servir pour couper les liens qui entravent ses poignets gonflés ; la fillette de treize ans ligotée sur son lit qui demande à son chien bien-aimé, après le départ du violeur : « Et toi, espèce de nouille, pourquoi tu n'as rien fait ? » Le chien la pousse du bout de sa truffe. Elle lui dit de se coucher et de dormir. Il obéit.

Les heures passaient. Les nounours avaient disparu. Ma chambre se trouvait au dixième étage, juste au-dessus d'un barnum abritant une réception de mariage. En arrivant, j'avais évité les demoiselles d'honneur qui posaient dans l'entrée en robes vert écume et maintenant, la musique avait démarré. Elle était très forte. Je soulevai le combiné pour appeler la réception. Qu'est-ce que j'allais leur dire ? « Vous pourriez faire la fête discrètement ? » Je raccrochai. En vérité, j'étais énervée à cause du sucre, de la faim, et parce que j'avais passé trop de temps, seule dans le noir, à absorber les cinquante chapitres d'une histoire horrifique racontée avec le genre de voix dénuée d'émotion qu'utilisent les réceptionnistes du Département des véhicules à moteur. J'avais les yeux explosés à cause de la luminosité de l'écran d'ordinateur et aussi dépourvus d'humidité que s'ils avaient été aspirés par la pompe à vide des toilettes d'un avion. « Celebration », de Kool and the Gang, n'était pas vraiment la bande son adaptée à mon état d'esprit du moment.

La ville de Sacramento est située à la limite nord de la Vallée centrale de Californie, au confluent de la Sacramento River et de l'American River, et elle a été conçue en pensant à l'écoulement des eaux. L'idée est que l'excès d'eau, qu'il vienne des montagnes ou de la pluie, s'écoule en suivant la rivière vers le delta de Californie et l'océan. Je le sais uniquement parce que les fossés de drainage et les canaux en ciment reviennent souvent dans les rapports de police. Il a été clair dès le début, d'après les empreintes de pieds, les preuves, les apparitions louches et même lorsqu'il a emmené une victime là-bas, que l'EAR se déplaçait de cette manière, telle une créature souterraine, attendant son heure sous la surface jusqu'à la nuit. Cela m'avait fait penser à une scène emblématique du film *L'Étrange Créature du lac noir,* lorsque la biologiste marine Kay, jouée par la superbe Julie Adams, plonge du bateau de l'expédition dans le lagon noir et qu'on voit la scène d'un point de vue sous-marin. La terrifiante créature humanoïde émerge d'un enchevêtrement d'algues et se glisse sous l'héroïne, en miroir, comme hypnotisée. On attend que cette dernière la voie et se débatte, paniquée, mais elle passe inaperçue, sauf au moment où elle lui effleure le pied de sa pince palmée recouverte d'écailles, provoquant une légère contraction nerveuse.

L'EAR traquait des individus, mais il était clair après avoir lu les rapports de police qu'il sillonnait aussi les quartiers, souvent en traversant le labyrinthe de canaux et de fossés d'écoulement souterrains de Sacramento. Il préférait les maisons de plain-pied, en général situées en deuxième position par rapport au carrefour, et proches d'une zone de verdure – champ, parc. Avant une attaque, on trouvait des indices de la présence d'un rôdeur dans les environs et d'effractions dans les maisons entourant celles des victimes. De petits objets bon marché, parfois personnels, disparaissaient. La fréquence des coups de fil anonymes augmentait considérablement dans un rayon de quatre à cinq pâtés de maisons juste avant une attaque. Il reconnaissait le terrain. Étudiait les habitants, découvrait leurs horaires. Apparemment, il avait pour méthode de choisir un quartier, de cibler une demi-douzaine de victimes potentielles, et peut-être même de les classer par ordre de priorité. Il maximisait les options et préparait le terrain, de façon que, quand la nuit de sa mission arrivait, son désir ne soit jamais insatisfait.

Ce qui signifie que certaines femmes, à cause d'un changement de programme ou par chance, n'ont jamais été ses victimes, mais, que, comme le bel objet de désir de la Créature qui barbotait dans le lagon, elles ont senti quelque chose de terrifiant passer tout près d'elles.

Les voisins, en cinq ou six lignes à peine suffisantes qui leur sont allouées dans les comptes rendus d'enquête, offrent des haïkus évocateurs d'une certaine époque et de lieux précis. Selon les déclarations, ils rentraient de boîte de nuit, ou d'une double séance au drive-in, où se jouaient *Tremblement de terre* et *Les Naufragés du 747*, ou encore, revenaient de la salle de sport Jack LaLanne. Ils déclarent volées deux vestes de femme taille 36, une en daim marron, l'autre en cuir. Une fille a aperçu un homme louche avec une allure à la « Wolfman Jack ». Les démarcheurs à domicile – arroseurs automatiques, Fuller Brush, portraits photo, peintres – étaient une présence quasi constante à l'époque. Dans une banlieue, tout le monde semblait partir au travail à 5 heures du matin. Les habitants faisaient tout particulièrement attention aux nouveaux modèles de voitures « rutilantes ». Dans d'autres, essentiellement au nord de l'American River, la seule personne présente à la maison pour répondre aux questions de l'officier de police pouvait être la baby-sitter. Ces voisins-là se méfiaient des véhicules « sales », des véhicules avec des bosses, les « vieux clous » ou « en mauvais état ».

En avril 1977, un garçon avait pris sa jeune sœur sur ses épaules. Perchée en hauteur, elle avait soudain aperçu un rôdeur dans le jardin de sa voisine, un Blanc vêtu de noir, accroupi dans les buissons. Quand le rôdeur avait compris qu'on l'avait repéré, il s'était enfui en courant, sautant par-dessus plusieurs palissades. Un mois plus tard, cette même voisine, une jeune serveuse, avait réveillé son mari à 4 heures. « J'entends quelque chose. J'entends quelque chose », avait-elle dit. Une lampe de poche avait alors illuminé l'embrasure de leur porte de chambre. Plus tard, elle déclarerait avoir cru l'EAR quand il avait menacé de la tuer, raison pour laquelle elle était restée allongée, ligotée dans le noir, à se demander ce que cela ferait de recevoir une balle.

En lisant les comptes rendus de Sacramento, on peut suivre la prise de conscience de plus en plus aiguë du public qu'un violeur en série se balade en liberté. Elle est quasiment nulle à faible jusqu'à la douzième agression à peu près ; puis les médias commencent à dévoiler l'affaire et les potins et la paranoïa s'installent peu à peu. Un an après le début des attaques, les victimes racontent avoir été réveillées par une lampe de poche et avoir pensé : *Oh merde ! C'est lui*. Elles se comportaient d'une certaine façon, déclarent-elles aux enquêteurs, en fonction de ce qu'elles avaient entendu raconter sur le criminel, se recroquevillant sur elles-mêmes, par exemple, parce qu'on leur avait dit qu'il adorait voir ses victimes terrifiées. Il faut environ un an pour que l'inaction des voisins ne soit plus due à l'ignorance ou à l'inertie, mais à une attitude de repli sur soi. Ils voient quelque chose et verrouillent leur porte, éteignent la lumière et se planquent dans leur chambre, espérant qu'il ne viendra pas chez eux. « J'avais peur », admit une femme. Dans ce cas, pourquoi ne pas appeler la police ? Mon imagination bouillonnait de « Et si ? ».

Ils ne pensaient pas à leurs voisins, mais lui, si. À mon avis, une partie de son excitation dans le jeu auquel il se livrait consistait à relier entre elles les différentes victimes, comme les points que l'on joint pour faire apparaître une image. Par exemple, il avait

276

dérobé deux paquets de Winston chez la première victime et les avait laissés devant la maison de la quatrième. Des bijoux fantaisie volés chez un voisin deux semaines plus tôt avaient été abandonnés dans la maison de la cinquième victime. La proie n° 21 habitait à portée de voix d'une station d'épuration ; un ouvrier de cette même station, vivant à treize kilomètres de là, fut la victime suivante. Des médicaments ou des balles dérobées chez l'un étaient plus tard retrouvés dans le jardin d'un voisin. Certaines personnes avaient le même nom de famille ou le même travail.

C'était un jeu de pouvoir, un signal d'ubiquité. Je suis à la fois nulle part et partout. Vous ne pensez peut-être pas avoir quelque chose en commun avec votre voisin, mais c'est pourtant le cas : moi. Je suis la présence à peine visible, le fil conducteur aux cheveux bruns, blonds, trapu, frêle, vu de dos, qui va continuer à vous relier, même si vous échouez à prendre soin les uns des autres.

Je quittai Sacramento de mauvaise humeur. Je n'avais pas bien dormi. Les invités du mariage et leur gueule de bois encombraient l'entrée de l'hôtel tandis que j'essayais de me frayer un chemin jusqu'au trottoir. Une fois à l'aéroport, je passai devant une sculpture de lapin géant rouge que je n'avais pas remarquée en arrivant, sans doute trop préoccupée. Je me demande comment j'avais réussi à la rater. Le lapin, seize mètres de haut et cinq tonnes d'aluminium, est suspendu par des câbles et semble plonger vers la zone de retrait des bagages. En attendant l'embarquement, je tapai « lapin aéroport Sacramento » sur mon iPhone et découvris dans un article de l'Associated Press qu'on avait passé commande à l'artiste Lawrence Argent d'une œuvre symbolique pour le nouveau terminal, œuvre qui avait été dévoilée en octobre 2011.

— Je voulais jouer avec l'idée de quelque chose venu de l'extérieur qui aurait bondi dans le bâtiment, avait déclaré Argent.

L'ÉPILOGUE DES MENOTTES

NOTE DE L'ÉDITEUR : La section suivante est un extrait d'une première ébauche de Michelle pour l'article « Dans les pas d'un tueur ».

Le lendemain du jour où je passai commande des menottes, j'appelai le Kid et lui expliquai qu'on allait me les livrer dans les vingt-quatre heures.

— Dans une boîte postale ? demanda le Kid.

Eh bien, non, dus-je admettre. Un scénario ridicule me traversa alors l'esprit en un éclair : l'EAR-ONS en train de revendre les menottes au magasin où il se trouve travailler à la saisie des coordonnées clients ; il se méfierait sans aucun doute de quelqu'un ayant payé 40 dollars pour qu'on lui livre rapidement des menottes qui en valent huit.

Le mieux à faire, je le savais, était de remettre les menottes en question aux enquêteurs en charge de l'affaire. Le risque étant qu'ils m'en veuillent d'avoir pris ce genre d'initiative non autorisée. Coïncidence, j'avais récemment calé ma toute première interview avec Larry Pool, du comté d'Orange. Si l'interview se passait bien, me dis-je, j'expliquerais toute l'histoire et leur remettrais les petites menottes dorées dans leur sachet plastique.

Le problème, c'est que de tous les enquêteurs, la perspective de rencontrer Pool était celle qui m'intimidait le plus. Il m'avait été décrit comme inaccessible et un peu lointain. Je savais qu'il avait travaillé sur l'affaire ces quatorze dernières années. Il avait contribué, avec le frère de la victime Keith Harrington, Bruce, un avocat, à faire passer la proposition 69 – le DNA Fingerprint, Unsolved Crime and Innocence Protection Act. Le Département de la justice de Californie possède actuellement la base de données fonctionnelle la plus importante de tout le pays.

Pool et Harrington étaient persuadés qu'en élargissant la base de données ADN, ils finiraient forcément par coincer l'EAR-ONS. On m'avait fait comprendre que leur déception, lorsqu'il apparut que ce ne serait pas le cas, avait été sévère. J'avais imaginé Larry Pool comme un flic impassible et inflexible, enfermé dans une pièce mal éclairée, aux murs recouverts de portraits-robots du tueur.

Ce fut un homme agréable mais quelque peu protocolaire, avec des lunettes à monture acier et une chemise à carreaux rouges qui m'accueillit dans le hall du laboratoire régional de criminalistique informatique du comté d'Orange. Nous nous installâmes dans une salle de conférence. Il était de permanence ce jour-là, et lorsqu'un collègue passait la tête dans l'embrasure de temps à autre pour lui dire quelque chose, Pool répondait « C'est noté », d'un ton sec.

Je découvris un interlocuteur réfléchi et mesuré, le style de personne dont l'extérieur austère masque la générosité avec laquelle elle partage ses intuitions. Quand j'avais rencontré Larry Crompton, il m'avait paru clair que l'inspecteur à la retraite vivait son incapacité à résoudre l'affaire comme un échec personnel. Cela le tenait éveillé la nuit, avait-il confessé, et il se demandait constamment : « Qu'est-ce que j'ai manqué ? »

Pool ne manifestait pas le même genre d'angoisse. Au début, je pris cela pour de la suffisance. Plus tard, je compris qu'il s'agissait d'espoir. Il était loin d'en avoir terminé.

Notre conversation touchait à sa fin. À mes yeux, il était le genre d'individu qui fait passer la procédure en priorité, et je décidai donc que l'histoire des menottes n'allait pas lui plaire. Mais finalement, je me dégonflai, j'ignore pourquoi. Je me mis à parler beaucoup trop vite en fouillant à grand bruit dans mon sac à dos. Pool écoutait, mais son visage ne laissait rien paraître. Je poussai les menottes vers lui sur la table de conférence. Il prit le sachet et l'examina soigneusement.

— Pour moi ? demanda-t-il, d'un air impassible.

— Oui, répondis-je.

Il s'autorisa un infime soupçon de sourire.

— Je crois que je vous aime, dit-il.

Le temps que je rentre chez moi à Los Angeles, Pool avait retrouvé les victimes et leur avait envoyé une image haute-résolution des menottes par e-mail. À l'origine, celles-ci avaient appartenu à un membre défunt de la famille et les victimes ne les avaient eues que peu de temps en leur possession avant qu'elles soient volées. Elles ressemblaient à leurs menottes, mais les victimes se montraient prudentes : peut-être voulaient-elles simplement « que ce soient celles-là ». Elles contactèrent un autre membre de la famille, plus familier des bijoux. Deux jours plus tard, Pool m'appelait pour m'annoncer la nouvelle : pas les mêmes menottes.

J'étais déçue. Pool n'avait pas paru affecté. « Je ne m'emballe plus comme avant », m'avait-il confié un peu plus tôt. Dix ans auparavant, quand le choc de la correspondance ADN entre l'EAR et l'ONS était encore tout frais, il avait toutes les ressources affectées aux enquêtes à sa disposition. Une fois, un hélicoptère du bureau du shérif du comté d'Orange avait effectué le vol jusqu'à Santa Barbara, juste pour récupérer le prélèvement ADN d'un suspect. À l'époque, le suspect en question était activement surveillé. Pool avait même voyagé jusqu'à Baltimore pour exhumer un corps. C'était avant le 11 septembre, et il se souvient d'avoir transporté des morceaux du suspect dans son bagage à main.

Au bout d'un certain temps, les fonds allant aux affaires classées avaient fini par se tarir. Les enquêteurs avaient été réassignés à d'autres missions. Et Pool était devenu de moins en moins investi à chaque nouveau développement. Même le portrait-robot accroché au-dessus de son bureau est réfléchi et terre-à-terre – il montre le suspect avec un passe-montagne.

— A-t-il la moindre valeur ? avait lancé Pool. Non. Mais on sait qu'il ressemblait à ça.

Il m'avait montré le tas de courrier qu'il continue à recevoir, rempli de tuyaux donnés par des citoyens, parmi lesquels une feuille de papier accompagnée de la photocopie du permis de conduire d'un homme avec ces mots : « Voilà l'EAR-ONS. » (L'homme est beaucoup trop jeune pour faire un suspect réaliste.)

Huit mille suspects ont été examinés au fil des ans, estime Pool ; quelques centaines ont vu leur ADN analysé. Ils ont refait une analyse ADN sur un suspect dans un État du Sud, parce qu'ils n'étaient pas satisfaits de la qualité des prélèvements la première fois. Lorsque Pool tombe sur un suspect particulièrement intrigant, sa réponse sèche est toujours la même.

« Faut l'éliminer. »

En dépit de sa réserve, Pool a des raisons d'être optimiste en ce qui concerne l'affaire ; en fait, tous ceux qui ont résisté aux montagnes russes du mystère EAR-ONS s'accordent à dire que la balance penche vers le haut en ce moment.

LOS ANGELES, 2012

J'étais en pleine panique. Nous recevions, comme nous le faisions depuis des années, une douzaine d'adultes et quatre enfants de moins de dix ans et je devais rendre le second brouillon de mon article de sept mille mots le mardi. Quelques jours avant, j'avais envoyé par e-mail de brèves et franches suppliques appelant à l'aide, dont j'espérais qu'elles seraient comprises. « Petits pains. Beurre. » Thanksgiving me rend toujours nostalgique du Midwest. Mais la journée était ensoleillée et inhabituellement vivifiante, le genre d'après-midi d'automne où, en se concentrant sur le gilet gris de votre amie, la fourchetée de tarte à la citrouille que vous avez dans la bouche et les bribes de commentaires sur la NFL en arrière-fond, on peut parvenir à oublier les bougainvilliers et les maillots de bain humides en train de sécher sur des chaises de jardin ; on peut parvenir à imaginer qu'on vit dans un endroit où les saisons changent vraiment. Je n'étais pas moi-même cependant. Je bouillais d'impatience. J'avais fait toute une histoire juste parce que Patton avait acheté une dinde trop petite. Lorsque nous fûmes réunis autour de la table pour dire nos grâces, j'oubliai un instant les vacances, fermai les yeux et pensai à un vœu. Après le dîner, les enfants s'entassèrent sur le canapé et regardèrent *Le Magicien d'Oz*. Je restai hors de la pièce. Les petits enfants ressentent les choses de façon disproportionnée, et mes propres émotions avaient besoin d'être refrénées.

Ce samedi-là, Patton emmena Alice pour la journée et je me repliai dans mon bureau au premier étage pour réviser et écrire. Vers 16 heures, la sonnette retentit. Nous recevons beaucoup de livraisons et à vrai dire, j'avais déjà ouvert la porte par deux fois dans la journée et signé pour des paquets. J'étais agacée de devoir m'interrompre encore. Normalement, j'aurais ignoré la sonnette et les aurait laissés déposer le colis devant la porte. D'habitude, juste pour vérifier, je jette un coup d'œil par la fenêtre de notre chambre et j'aperçois le livreur de FedEx qui s'éloigne et notre grille qui se referme sur lui.

J'ignore ce qui m'a poussée à me lever cette fois, mais j'ai descendu quelques marches de notre escalier en colimaçon et crié : « Qui est-ce ? » Pas de réponse. Je suis allée à la fenêtre et j'ai regardé dehors. Un jeune Afro-Américain mince, avec une chemise rose et une cravate, s'éloignait de la maison. J'eus la très forte impression qu'il s'agissait d'un adolescent ; peut-être l'ai-je vu de profil un instant. Je me dis qu'il devait faire du porte-à-porte pour vendre des abonnements à des revues et laissai retomber le rideau. Je me remis au travail sans plus y penser.

Environ quarante-cinq minutes plus tard, je me levai et attrapai mes clés de voiture. Nous avions convenu de nous retrouver pour dîner avec Patton et Alice dans l'un de nos restaurants préférés du quartier. Après avoir vérifié que les portes étaient bien verrouillées, je me dirigeai vers ma voiture, garée dans la rue. À mi-chemin, j'aperçus du coin de l'œil la silhouette d'un jeune homme à ma gauche, qui passait très lentement en me tournant le dos devant la maison de mon voisin immédiat.

Peut-être ne l'aurais-je pas remarqué si son langage corporel n'avait pas été aussi étrange. Il resta cloué sur place quand je sortis en bondissant de la maison. C'était un jeune Afro-Américain lui aussi, pas celui qui avait sonné chez nous, mais vêtu de manière identique d'une chemise bleu ciel assortie d'une cravate. Il ne bougeait pas et tendait légèrement le cou dans ma direction. J'hésitai. Je repensai à nouveau aux adolescents vendant des abonnements et me demandai s'il ne serait pas en train de m'évaluer, pour voir si je pourrais être une acheteuse potentielle. Mais je sentais qu'il y avait quelque chose de plus bizarre. Son langage corporel était vraiment particulier. Je montai en voiture et m'éloignai, tout en attrapant mon téléphone pour appeler la police. J'enfonçai le 9 et le 1. Mais qu'est-ce que j'allais dire ? Un jeune homme noir qui paraît louche ? Ça sentait le racisme et la réaction disproportionnée. Je raccrochai. Ils ne faisaient rien d'ouvertement criminel. Pourtant, je freinai, donnai un grand coup de volant sur la gauche et fis rapidement demi-tour pour revenir à la maison. Il n'avait pas pu s'écouler plus de quarante-cinq secondes, mais aucun des deux jeunes ne se trouvait plus dans la rue. Avec le crépuscule, on avait du mal à voir. Je me dis qu'ils avaient dû sonner chez quelqu'un, recommencer leur baratin, et qu'on les avait invités à entrer. Je me rendis au restaurant.

Le lendemain soir, je me trouvais à l'étage quand j'entendis la sonnette, puis Patton qui saluait quelqu'un sur le pas de la porte. « Michelle ! » cria-t-il. Je descendis et découvris Tony, notre voisin d'à côté.

Tony était le premier voisin que nous avions rencontré quand nous avions acheté la maison, deux ans et demi plus tôt. Nous n'avions pas encore emménagé, et je me trouvais avec notre entrepreneur, en train de parler rénovations, quand un homme séduisant d'une quarantaine d'années avait jeté un coup d'œil à la porte avant de se présenter. J'ai le souvenir de quelqu'un de sociable et de légèrement effacé. L'ancien propriétaire vivait en reclus et Tony n'avait jamais vu l'intérieur de la maison. La curiosité l'avait poussé à venir. Je lui avais dit d'entrer et de faire le tour. Il était très avenant, et je m'étais dit que nous finirions amis, comme on imagine que les choses vont se passer lorsqu'on investit un nouvel endroit. Il m'avait expliqué qu'il avait récemment divorcé, que sa fille adolescente venait vivre avec lui et qu'elle irait au lycée catholique non mixte du coin. Il louait la maison d'à côté.

Mais notre relation, bien que toujours amicale, n'avait jamais évolué vers une véritable amitié. Nous nous disions bonjour de la main et discutions de choses et d'autres à l'occasion. Au début de notre emménagement, Patton et moi avions parlé d'organiser une petite sauterie dans notre jardin afin de rencontrer tous les voisins. Nos intentions étaient bonnes. Nous ne cessions d'en parler, mais nous avions très vite été débordés. Il y avait toujours des travaux dans la maison, ou l'un de nous était en voyage. Mais lorsque le ballon d'Alice passait par-dessus la palissade, Tony et sa fille nous le renvoyaient chaque fois avec courtoisie. Le jour où je découvris un bébé pigeon orphelin sur le trottoir devant chez eux et lui fabriquai un nid à partir d'un panier en osier et de feuilles que j'accrochai ensuite à une branche d'arbre, Tony sortit de chez lui et me sourit.

— Vous êtes une bonne personne, dit-il.

Je l'aimais bien. Mais nos interactions se limitaient à des allées et venues, à de brefs moments entre la promenade du chien et les chamailleries avec le nourrisson.

Mon bureau au premier étage fait face à leur maison ; une distance de seulement quatre à cinq mètres nous sépare. Je me suis habituée à leurs horaires. En fin d'après-midi, j'entends leur porte d'entrée claquer, et la fille de Tony, qui a une belle voix, commence à chanter. Je songe régulièrement à lui dire quelle voix magnifique elle a. Mais j'oublie sans cesse.

Tony se trouvait à la porte parce qu'il voulait nous avertir qu'ils avaient été cambriolés la veille.

— Je crois savoir ce qui s'est passé, dis-je, en l'invitant à s'asseoir sur le canapé du salon.

Je racontai le coup de sonnette, le silence qui s'était ensuivi, et ce que j'avais vu. Il acquiesça ; le couple âgé qui vivait de l'autre côté avait vu les mêmes gamins traîner des sacs hors de chez lui. Ils étaient entrés par la fenêtre de la cuisine et avaient mis la maison sens dessus dessous. Les flics lui avaient dit que c'était une ruse habituelle utilisée par les bandes de petits voyous pendant les week-ends fériés. Sonner pour voir s'il y a quelqu'un à la maison ; si personne ne répond, entrer par effraction.

— Ils n'ont pris que les iPad et les ordinateurs, dit Tony. Mais je ne peux pas m'empêcher de penser, et si ma fille avait été seule à la maison ? Que serait-il arrivé ?

Au mot « fille », sa voix se mit à chevroter. Ses yeux se remplirent des larmes. Les miens aussi.

— Pas la peine d'expliquer, dis-je. C'est une telle profanation.

Je tendis le bras et posai ma main sur la sienne.

— Michelle écrit des romans policiers, dit Patton.

Tony eut l'air surpris.

— Je ne sais même pas ce que vous faites, ajouta-t-il.

Nous décidâmes que dorénavant, nous allions veiller les uns sur les autres. Nous prévenir quand nous quitterions la ville. Nous nous fîmes la promesse d'être de meilleurs voisins.

Plus tard dans la soirée, je me repassai en boucle les événements de ce moment dans le salon, ce flot inattendu d'émotion que nous avions partagé avec Tony.

— On ne connaît même pas son nom de famille, dis-je à Patton.

J'ai un rituel nocturne avec Alice, qui a un sommeil perturbé et fait des cauchemars terrifiants. Chaque soir, avant de s'endormir, elle m'appelle dans sa chambre.

— Je ne veux pas faire de rêve, dit-elle.

Je repousse ses cheveux couleur sable en arrière, pose ma main sur son front et plonge mes yeux droit dans ses grands yeux marron.

— Tu ne vas pas faire de rêve, lui dis-je, en articulant ces mots clairement et avec confiance.

Son corps se relâche et elle s'endort. Je quitte la pièce, en espérant que ce que je lui ai promis, mais sur quoi je n'ai aucun contrôle, sera vrai.

Voilà ce qu'on fait. Tous. On promet de se protéger, avec les meilleures intentions du monde, promesses qu'on ne peut pas toujours tenir.

Je veillerai sur toi.

Mais ensuite, on entend un cri et on décide que ce sont des adolescents qui jouent dans le coin. Un jeune homme qui saute une palissade ne fait qu'emprunter un raccourci. La détonation à 3 heures du matin est un pétard ou un moteur qui pétarade. On se redresse dans son lit un moment, ahuri. Ne vous attendent que le froid, le plancher dur et une conversation qui risque fort de ne mener nulle part ; on s'écroule sur son oreiller tiède et on se rendort.

Ce sont les sirènes qui vous réveillent, plus tard.

Cet après-midi, j'ai vu Tony qui promenait son gros chien blanc et je lui ai fait un signe de la main devant ma voiture, tout en fouillant dans mon sac pour trouver mes clés et en repensant à un truc que j'avais à faire.

Je ne connais toujours pas son nom de famille.

CONTRA COSTA, 2013

CONCORD

L'histoire de Concord, Californie, inclut Satan et une série de malentendus. La légende raconte qu'en 1805, des soldats espagnols qui poursuivaient une bande d'Amérindiens évangélisés contre leur gré coincèrent leur gibier près d'un bosquet de saules, là où se trouve l'actuelle Concord. Les autochtones se mirent à couvert dans les arbres touffus, mais quand les soldats chargèrent pour s'emparer d'eux, ils avaient disparu. Les Espagnols, effrayés, surnommèrent l'endroit Monte del Diablo – bosquet du diable –, l'ancienne définition du mot « *monte* » se traduisant de manière assez libre par « bois ». Au fil des ans, le mot évolua vers le plus classique « montagne » ou « mont », et les nouveaux arrivants de langue anglaise appliquèrent le nom au sommet de mille cent soixante-treize mètres tout proche qui domine le paysage de la baie, et qui devint ainsi Mount Diablo. La montagne du Diable. En 2009, un type du coin appelé Arthur Mijares, remplit un formulaire fédéral pour essayer de changer le nom en Mount Reagan. Il trouvait le mot Diable offensant.

« Je suis juste un homme ordinaire qui révère Dieu », avait-il déclaré au *Los Angeles Times*. Mijares n'avait pas obtenu gain de cause, mais il n'avait pas lieu de s'inquiéter. Concord se trouve à cinquante kilomètres à l'est de San Francisco et le contraste est saisissant. L'ancienne contrée sauvage et menaçante, quelle qu'elle ait été, a subi le passage des bulldozers et été remplacée avec enthousiasme par des zones commerciales insipides. En face de mon hôtel se trouve le Willows Shopping Center, un ensemble de magasins franchisés et de restaurants qui s'étalent à l'infini et sont dramatiquement sous-fréquentés ; Old Navy, Pier One Imports et Fuddruckers. Presque tous ceux que j'interroge sur Concord mentionnent le côté pratique du BART, le système de train qui dessert la baie de San Francisco, et s'y arrête. « Vingt minutes jusqu'à Berkeley », disent-ils.

Paul Holes et moi avons convenu qu'il me prendrait devant mon hôtel à 9 heures. Il m'emmène faire le tour des scènes de crime du comté de Contra Costa. Dès le matin, la température atteint déjà les 26 degrés, une journée brûlante, dans ce qui sera le mois le plus chaud de l'année dans la Baie. Une Taurus argentée se gare pile à l'heure, un homme élégant et en forme, avec des cheveux blonds coupés court et un soupçon de bronzage estival en sort et m'appelle. Je n'ai jamais rencontré Holes en personne. Durant notre dernière conversation téléphonique, il s'est gaiement plaint de ce que le chiot de la famille, un golden retriever, l'empêchait de dormir la nuit, mais on dirait qu'il n'a jamais eu le moindre souci au monde. Il a dans les quarante-cinq ans, un visage calme et décontracté et une démarche d'athlète. Il sourit chaleureusement et me donne une poignée de main franche. On va passer les huit heures suivantes à parler viol et meurtre.

Bien sûr, techniquement, Holes n'est pas flic ; il est expert en criminalistique et dirige le laboratoire judiciaire du shérif du comté, mais j'ai passé beaucoup de temps avec des flics, et il m'y fait penser. Quand je dis flics, je veux dire précisément enquêteurs. Pour avoir passé assez d'heures avec eux, j'ai fini par remarquer quelques petites choses. Ils dégagent tous une vague odeur de savon. Je n'en ai jamais rencontré un qui ait les cheveux gras. Ils excellent dans l'art du contact visuel et sont dans une position enviable. Ils n'ont jamais recours à l'ironie. Les jeux de mots les mettent mal à l'aise. Les bons enquêteurs laissent de longs vides silencieux durant les échanges, vides que l'on remplit instinctivement, une stratégie d'interrogatoire qui m'a prouvé, en m'entendant babiller de façon regrettable, à quel point il était facile de soutirer des aveux. Ils manquent d'élasticité faciale, ou plutôt, ils la contiennent. Je n'ai jamais rencontré d'enquêteur grimaçant. Ils n'affichent aucune répugnance et n'écarquillent pas les yeux. Je suis une faiseuse de mimiques. J'ai épousé un acteur. Nombre de mes amis sont dans le show-business. Je suis constamment entourée d'expressions exagérées, raison pour laquelle j'ai tout de suite remarqué leur absence chez les enquêteurs. Ils affichent constamment une inexpressivité plaisante mais ferme, que j'admire. J'ai tenté de les imiter, sans succès. J'ai fini par reconnaître des modifications subtiles, mais néanmoins perceptibles dans cette inexpressivité – yeux qui se plissent, mâchoire qui se contracte, en général en réponse à une théorie qu'ils ont depuis longtemps éliminée. Un voile tombe alors. Mais ils ne dévoileront jamais leur jeu. Ne vous diront jamais : « On a déjà creusé cet angle il y a des lustres. » À la place, ils se contentent d'absorber l'information en vous laissant sur un « Hum » poli.

De par leur réserve, et pratiquement toute leur manière d'être, les enquêteurs diffèrent des gens du show-biz. Les enquêteurs écoutent. Ils sondent. Les amuseurs ne prennent la température que pour jauger de leur influence dans une pièce. Les enquêteurs font face à des tâches concrètes. Il m'est arrivé de passer une heure à écouter une amie actrice en train d'analyser un texte de trois lignes qui heurtait ses sentiments. Je finis toujours par voir les craquelures dans le vernis de façade de l'enquêteur, mais au départ, leur compagnie me procure un soulagement inattendu, comme si je fuyais une soirée de casting peu excitante, où les acteurs rivalisent de bons mots, pour rejoindre une réunion de chefs scouts déterminés, attendant leur prochain défi. Je n'étais pas native du pays du pragmatisme, mais j'ai apprécié le temps que j'y ai passé.

La première attaque de l'EAR dans l'East Bay a eu lieu à Concord et se trouve à dix minutes en voiture de mon hôtel. Holes et moi nous dispensons des banalités et nous lançons directement dans le vif du sujet. La première question la plus évidente est : qu'est-ce qui l'a amené ici ? Pourquoi a-t-il cessé ses agressions à Sacramento et, en octobre 1978, s'est-il embarqué dans une débauche d'attaques de près d'un an à l'est de la baie ? Je connais la théorie la plus répandue. Holes aussi. Il n'y croit pas.

— Je ne pense pas qu'il ait fui Sacramento parce qu'il avait peur, dit-il.

Les tenants de la théorie « de la peur » mettent en avant le fait que le 16 avril 1978, deux jours après que l'EAR avait attaqué une baby-sitter de quinze ans à Sacramento, la police avait mis en circulation des portraits-robots améliorés de deux suspects possibles dans le meurtre des Maggiore – une affaire non résolue dans laquelle un jeune couple avait été mystérieusement tué par balles tandis qu'ils promenaient leur chien. Après que les portraits avaient circulé, les attaques de l'EAR à Sacramento s'étaient arrêtées ; seul un autre viol dans le comté de Sacramento lui serait imputé et encore, un an plus tard seulement. L'idée communément admise est qu'un des portraits-robots de l'affaire Maggiore devait être désagréablement précis.

Holes n'est pas convaincu. Il a étudié et il est très versé dans le profilage géographique, un type de cartographie analytique du crime qui essaie de déterminer la zone de résidence la plus probable du criminel. À la fin des années 70, les flics se regroupaient peut-être autour d'un plan dans lequel on avait planté des punaises pour spéculer paresseusement. Mais de nos jours, le profilage géographique est devenu une spécialité à part entière, avec algorithmes et logiciels. Dans les crimes de prédateurs, il existe toujours une

« zone tampon » autour du lieu d'habitation du criminel, et les cibles dans cette zone sont moins attirantes
à cause du degré de risque qu'il perçoit, lié au fait
d'agir trop près de chez soi. Dans les crimes en série,
les profileurs géographiques analysent les lieux des
attaques pour essayer de mettre le doigt sur la zone
tampon, le périmètre qui entoure le nœud central où
vit le criminel, parce que ces derniers, comme tout le
monde, se déplacent de façon prévisible et routinière.

— J'ai lu pas mal d'études sur la façon dont les
récidivistes choisissent leurs victimes, dit Holes. Ils
font ça durant leurs activités quotidiennes. Mettons
que vous soyez un cambrioleur en série et que vous
vous rendiez à votre travail tous les jours, comme une
personne normale. Vous avez un point d'ancrage à la
maison et un point d'ancrage au travail. Mais eux, ils
sont à l'affût. Ils sont assis comme on l'est maintenant – Holes désigne d'un geste le carrefour auquel
nous nous sommes arrêtés – et ils prennent en note,
vous voyez, là-bas, ça pourrait faire un bel ensemble
d'appartement.

La distribution géographique des attaques de Sacramento suit un schéma complètement différent de celui
de la baie, m'explique Holes, et ça veut dire quelque
chose.

— À Sacramento, il quadrillait la zone, tout en restant dans les limites de la banlieue est, nord-est. Les
profileurs géographiques appellent ça « marauder ».
Il ramifie ses déplacements à partir d'un même point
d'ancrage. Mais une fois arrivé ici, il devient un navet-

teur. Il est évident qu'il fait des allers et retours le long de la 680.

L'Interstate 680 est un tronçon d'autoroute de cent dix kilomètres qui traverse le comté de Contra Costa du nord au sud. La plupart des attaques de l'EAR dans l'est de la baie se sont produites près de l'I-680, dont la moitié à deux kilomètres ou moins, d'une sortie. Sur une carte de géo-profil professionnellement dressée, j'ai vu les attaques de la baie représentées par une série de petits cercles rouges, presque tous juste à droite, ou à l'est, de la 680, petites gouttes carmin s'accrochant à une veine jaune.

— Vous comprendrez ce que je veux dire quand on fera des allers et retours sur la 680, ajoute Holes. Je crois qu'il se diversifie parce qu'il y a eu un changement dans sa situation personnelle. Je ne serais pas surpris qu'il vive encore à Sacramento mais fasse maintenant la navette pour aller travailler et profite d'être hors de sa juridiction pour attaquer.

Au mot « travailler », je me redresse. J'ai senti, d'après nos récents échanges de mails, qu'Holes était sur une piste en ce qui concerne le possible métier de l'EAR, mais qu'il demeurait allusif quant aux détails. Même maintenant, il anticipe ma question et l'évacue d'un geste.

— On y viendra.

Holes n'a pas grandi ici. Il n'était qu'un gamin en 1978. Mais il travaille pour le bureau du shérif du comté de Contra Costa depuis vingt-trois ans et il a visité les scènes de crime un nombre incalculable de fois. Il a aussi creusé pour voir à quoi ressemblait la région à l'époque. A sorti des permis. Étudié des photos aériennes. Parlé aux gens du coin. Il a en tête une carte mentale de la région aux alentours d'octobre 1978, qu'il superpose aux lieux actuels tandis que nous roulons. Il ralentit et me montre un cul-de-sac du doigt. Les maisons se trouvent juste derrière celle où a eu lieu la première attaque à Concord.

— Ces habitations n'existaient pas, à l'époque, dit Holes. Il y avait juste un champ vide.

Nous nous garons devant une maison d'angle dans une banlieue résidentielle et tranquille. Une photo accrochée sur le premier dossier East Bay montre un couple séduisant avec leur petite fille d'un an. La fillette porte un chapeau d'anniversaire à pois et une robe d'été, et les parents ont chacun la main sur un ballon qu'ils tiennent devant elle, sans doute un de ses cadeaux. Le bébé sourit au photographe, les parents sourient à l'appareil. Un mois et demi après la photo, le 7 octobre 1978, le mari fut réveillé par quelque chose qui lui effleurait le pied. Il ouvrit les yeux, surpris de découvrir une silhouette portant un passe-montagne sombre penchée au-dessus de lui.

« Je veux juste de l'argent et de la nourriture, c'est tout. Je te descends si tu ne fais pas ce que je dis. » L'intrus tenait une lampe de poche dans sa main gauche et un pistolet dans la droite.

Holes me montre la fenêtre de la salle à manger par où, trente-cinq ans plus tôt, l'EAR s'est introduit pour ensuite s'approcher du lit dans la chambre du couple. La petite fille n'avait pas été dérangée et avait dormi durant toute l'attaque.

La maison, en forme de L et de plain-pied, a été bâtie en 1972 et occupe approximativement les mêmes mille mètres carrés que les autres habitations du quartier. Je suis frappée de voir à quel point elle est similaire aux autres scènes de crime. On pourrait la prendre et la laisser tomber dans n'importe laquelle des autres banlieues.

— Tout à fait le même genre de maison, dis-je.

Holes acquiesce.

— Très peu de banlieues où il a frappé possédaient des maisons à étage, dit-il. Ça se défend parfaitement si vous savez que vos victimes sont en train de dormir. Dans les maisons à étage, il n'y a qu'un chemin pour monter et un pour descendre. On a plus de chance de se faire coincer dans cette situation. Et puis, il est plus facile de voir ce qui se passe dans une maison de plain-pied, en allant d'une fenêtre à l'autre. Et si on rôde, qu'on enjambe des palissades et qu'on traverse des jardins, quelqu'un risque de vous repérer d'en haut, tandis qu'au rez-de-chaussée…

Sous hypnose, le mari s'était souvenu qu'en se garant avec sa femme vers environ 23 h 15, le soir de l'attaque, il avait vu un jeune homme debout près d'un van dans la ruelle qui jouxtait leur maison. Le fourgon était de forme carrée et de deux tons, blanc et vert d'eau. Le jeune homme semblait avoir dans les vingt ans, Blanc, cheveux noirs, de taille et de corpulence moyennes, et il se tenait penché sur le coin arrière droit du fourgon, comme s'il vérifiait un pneu. Un fragment d'image, une, parmi des centaines à demi absorbées par notre vision périphérique tous les jours.

J'imagine le mari dans un fauteuil, en train de faire appel à ses souvenirs et de décrire un instantané qui pourrait par la suite devenir essentiel. Ou pas. C'est ça qui était dingue dans cette affaire : la valeur aléatoire de chaque indice.

— Dans ce cas précis, ce qui est frappant, c'est la manière sophistiquée dont il est entré, reprend Holes. On dirait qu'il a d'abord essayé la porte latérale. Il a incisé près de la poignée. Il laisse tomber, pour Dieu sait quelle raison. Il revient devant. Il y a une fenêtre qui donne dans la salle à manger. Il fait un petit trou dans le carreau pour pouvoir repousser le loquet et il entre par là.

— Je ne connais rien aux cambriolages. Il était bon ?

— Il l'était.

Assis dans la voiture étouffante, nous faisons la liste de ce pour quoi il était stratégiquement doué. Chiens policiers, empreintes de semelles et de pneus avaient montré aux enquêteurs qu'il faisait preuve de prudence quant aux itinéraires empruntés. S'il y avait un chantier de construction proche, il s'y garait, le nombre de véhicules de passage lui permettant de se cacher à la vue de tous ; on l'associerait avec le chantier. Il approchait une maison par un côté mais s'enfuyait par un autre, pour ne pas être vu en train de faire des allées et venues et donc, être plus facilement oublié.

Les chiens qui normalement aboyaient ne le faisaient pas en sa présence, laissant à penser qu'il les avait peut-être conditionnés au préalable avec de la nourriture. Il avait l'habitude peu commune de jeter une couverture sur une lampe ou un écran de télévision muet lorsqu'il amenait ses victimes féminines dans le salon, ce qui lui laissait assez de lumière pour voir mais pas trop cependant, pour ne pas attirer l'attention de l'extérieur. Et sa façon de planifier par avance. Le couple qui vivait dans la maison du coin avait remarqué la porte du bureau fermée en rentrant chez eux, contrairement à leur habitude, et celle de devant n'était pas verrouillée, comme ils pensaient l'avoir laissée en partant. Se trouvait-il déjà dans la maison à ce moment-là, peut-être planqué parmi les manteaux dans le placard de l'entrée, à attendre que leurs murmures diminuent et que le rai de lumière à ses pieds s'éteigne ?

Il y a une pause dans la conversation, pause à laquelle je m'attends maintenant à chaque fois qu'on discute de l'affaire. C'est le moment du coup de boutoir. Le tournant que prend alors la conversation s'apparente à cet instant précis où, après avoir trop parlé d'un ex, on se reprend et on s'arrête, pour souligner que l'ex en question n'est, bien entendu, qu'une petite merde méprisable.

— Il est très bon dans son domaine criminel, reprend Holes, mais il ne descend pas en rappel la façade d'un immeuble. Rien dans ce qu'il fait ne suggère qu'il a reçu un entraînement spécialisé.

Les parents de Holes sont du Minnesota, et il conserve un certain rythme plein d'entrain typique du Midwest quand il parle, mais lorsqu'il explique que l'EAR ne possédait pas de compétences particulières, sa voix perd de son dynamisme et il ne semble ni convaincant ni convaincu. Et nous voilà partis pour le deuxième stade identifiable en analyse de cas : le soliloque.

— Il est gonflé. L'EAR. Voilà le truc, continue Holes, la mâchoire anormalement crispée. Ce qui le distingue des autres criminels, c'est le fait d'entrer dans les maisons. Prenez le Tueur du Zodiaque, par exemple. De bien des façons, ses crimes étaient lâches. Amoureux dans des endroits retirés. Tirs à distance. On met la barre plus haute quand on entre à l'intérieur. Et encore plus quand il y a un homme dans la maison.

On discute de la façon dont les victimes masculines sont négligées. Il me raconte la fois où il a eu besoin d'interroger une victime de Stockton ayant été attaquée avec son mari. Holes avait décidé de contacter ce dernier d'abord, en se disant qu'il serait plus à même de gérer l'appel impromptu. Le mari lui répondit poliment qu'il ne pensait pas que sa femme veuille parler de l'agression. Elle avait enfoui tout ça et ne voulait pas revivre cette expérience ; cependant, avait-il ajouté à contrecœur, il transmettrait sa demande à sa femme. Holes n'en avait plus entendu parler et en avait conclu que l'affaire était fichue. Quelques mois plus tard, la femme en question l'avait finalement contacté. Elle avait répondu à ses questions. Elle voulait l'aider, avait-elle dit. Elle voulait se souvenir. Son mari, lui, ne voulait pas.

— C'est lui qui a des problèmes, lui avait-elle confié.

Les victimes masculines étaient nées dans les années 40 et 50, une génération pour laquelle la théra-

302

pie était en général un concept étranger. Dans les dossiers de la police, les rôles des deux sexes sont stricts et sans ambiguïté. Les enquêteurs demandent aux femmes où elles font les courses et questionnent les hommes sur les mécanismes de fermeture des portes et des fenêtres. Ils enveloppent les femmes dans une couverture et les transportent à l'hôpital. Quant aux hommes, on leur demande ce qu'ils ont vu, pas ce qu'ils ont ressenti. De nombreuses victimes masculines avaient une expérience militaire. Une cabane à outils. C'étaient des faiseurs et des protecteurs qui avaient été dépouillés de leur capacité à faire et à protéger. Leur rage se lit dans les détails ; un mari avait réussi à enlever les liens autour des chevilles de sa femme en les rongeant.

— Il y a tellement de gens traumatisés à ce jour, ajoute Holes, en démarrant le moteur.

Il s'éloigne du trottoir. La maison au coin de la rue disparaît petit à petit de notre vue. Il y a une note brève dans le dossier, écrite par la victime, la jeune et jolie maman de l'adorable petite fille de l'anniversaire, et adressée à l'inspecteur en chef, cinq mois après l'attaque.

Rod,
Veuillez trouver ci-joint
a) la liste des objets manquants
b) la liste des chèques écrits pour juillet-août.
Tous les bijoux ont été pris soit dans le tiroir de la commode de notre chambre soit dans le haut de la coiffeuse. D'autres objets ont été indiqués de manière appropriée. J'espère vraiment que ce sera tout ce

303

dont vous avez besoin car nous tentons désespérément de retrouver une vie normale. Je suis sûre que nous sommes tous deux à même de comprendre les positions de l'autre.

Bonne chance pour dénouer tout ça !

Le ton était raisonnable, direct et résilient. Optimiste, même. Je trouvai le mot extraordinaire. Certaines personnes, me dis-je en le lisant, peuvent endurer des choses horribles, traumatisantes, et aller de l'avant. Quelques pages plus loin dans le dossier, il y a une autre note, écrite de la main d'un adjoint cette fois. Cette famille n'habite plus dans le comté de Contra Costa. Ils ont déménagé dans une ville à des centaines de kilomètres de là.

Bonne chance pour dénouer tout ça !

J'avais interprété le point d'exclamation comme de l'optimisme. Mais ce qu'il signifiait en fait, c'était un au revoir.

Nous prenons vers l'est. La seconde attaque de Concord a eu lieu une semaine après la première, à moins de huit cents mètres de là. Holes ralentit à un stop. Il me montre la rue perpendiculaire à la nôtre, consultant de nouveau sa carte mentale d'octobre 1978.

— Juste là, dans ce quartier, on construisait de nouvelles maisons. Alors les gens, les ouvriers du bâtiment, les camions de livraison arrivaient par cette route – il indique celle sur laquelle nous nous trouvons – ou celle-ci, pour accéder au chantier. Des deux artères principales que l'on pouvait emprunter pour se rendre au chantier en octobre 1978, continue-t-il, l'une passe devant le lieu de la première attaque et l'autre, devant la seconde. Je me souviens de l'avoir entendu dire qu'il pensait que l'EAR était venu dans le coin pour son travail.

— Construction ? Bâtiment ? demandai-je.

— C'est la piste que je suis.

Je remarque qu'il dit « la » et non « une ».

— Savez-vous qui était le promoteur de ce chantier ?

Il ne répond pas, mais je vois à son expression qu'il le sait.

Nous nous garons devant la seconde scène de crime de Concord, une autre habitation de plain-pied en forme de L, celle-ci de couleur crème avec des finitions vertes. Un chêne géant domine la petite cour devant la maison. Rien dans le quartier ne suggère que des habitants avec beaucoup de temps libre en semaine vivent ici. Personne ne se balade avec son chien. Personne ne fait de marche athlétique, un iPod sur les oreilles. Peu de voitures passent.

Dans cette affaire, l'EAR laissa entendre une possibilité, qui revient épisodiquement de façon intrigante à travers les différents meurtres. On était vendredi 13, 4 h 30 du matin. Le script psycho-sexuel que le tueur imposait à ses victimes à coups de lampe de poche et de menaces murmurées les dents serrées était à présent si bien établi – il en était alors à sa trente-neuvième attaque – qu'en lisant les rapports de police, on peut être pardonné d'avoir manqué l'indice, le changement majeur d'un simple mot : de « je » à « nous ».

— Tout ce qu'on veut, c'est de la nourriture et de l'argent, et ensuite, on se tire d'ici, avait-il déclamé au couple désorienté. Je veux juste de la nourriture et du fric pour ma copine et moi.

Une fois le couple attaché et docile, il avait commencé à saccager la maison de manière frénétique, claquant les portes de placards dans la cuisine et fouillant dans les tiroirs. La victime féminine avait été emmenée dans la pièce principale. Il l'avait allongée sur le sol.

— Tu veux vivre ? lui avait-il demandé.

— Oui.

Il lui avait bandé les yeux avec une serviette trouvée dans la salle de bains.

— Y a intérêt à ce que ce soit la meilleure baise que j'ai jamais eue, sinon, je te descends.

Elle avait dit aux enquêteurs qu'elle n'arrêtait pas de revoir *De sang-froid* dans sa tête, l'histoire d'une famille anéantie au beau milieu de la nuit par des tueurs instables.

Cependant, ce qui suivit, bien que terrifiant pour les victimes, semblait bizarrement puéril et de peu d'intérêt pour son agresseur. Il fit rapidement courir ses mains sur ses cuisses, un geste de pure forme, elle pouvait sentir ses épais gants en cuir. Il l'obligea à le masturber pendant une minute puis la pénétra et en termina en trente secondes. Se relevant d'un bond, il se remit à saccager la maison. On aurait dit que le pillage était plus stimulant pour lui que la véritable agression sexuelle.

Une porte s'ouvrit et elle sentit un courant d'air ; il était entré dans le garage attenant à la maison. Il semblait faire des allers et retours de la maison au garage. Elle l'entendit dire quelque chose, mais pas à elle.

— Là, mets ça dans la voiture, murmura-t-il.

Il n'y eut aucune réponse ; elle n'entendit aucun bruit de pas, aucun bruit de moteur. Elle ne sut jamais comment, ou quand il était parti, simplement qu'à un moment, il l'avait fait.

Ce n'était pas la première fois que l'EAR suggérait la présence d'un complice. La victime n° 1 avait entendu ce qu'elle pensait être deux voix distinctes dans son salon, qui murmuraient des menaces enflammées et redondantes. Un « Tais-toi » rapidement suivi de « Je *t'ai* dit de te taire ».

Une autre victime avait entendu une voiture klaxonner quatre fois dehors, puis quelqu'un avait sonné à la porte. On avait frappé des coups sur la vitre de devant. Elle avait perçu des voix assourdies, dont celle d'une femme, peut-être. Elle ne pouvait affirmer que celle du violeur se trouvait parmi elles. Il était parti, et les voix aussi, mais la victime, ligotée visage contre terre dans son salon, n'avait pas pu préciser si les événements avaient eu lieu en même temps, ou s'ils avaient le moindre rapport.

— Mon pote attend dehors dans la voiture, avait-il déclaré une fois.

S'agissait-il d'un mensonge, d'une tactique pour se remonter le moral au moment où il ressentait un besoin psychologique de renfort ? D'une tentative pour diriger la police sur une mauvaise piste ? La plupart des enquêteurs pensent que c'était du bluff. Holes n'en est pas aussi sûr.

— Il a peut-être quelqu'un qui l'assiste de temps en temps ? Lors des agressions sexuelles, non, mais pour les cambriolages ? Qui sait ? Ça se produit suffisamment au cours de la série de crimes pour qu'on se dise « Peut-être ». Peut-être qu'on doit se pencher sur cette éventualité.

Holes concède que de nombreuses remarques de l'EAR n'étaient autres que de la diversion, un détournement de la réalité. Il racontait en fulminant qu'il vivait dans son fourgon ou dans un campement près de la rivière, mais dégageait rarement le genre d'odeur corporelle d'un vagabond. Il inventait des liens avec ses victimes. « J'ai su dès que je t'ai vue au bal de promo que je devais t'avoir », avait-il murmuré à une adolescente aux yeux bandés, mais elle avait entendu un bruit de scotch quand il avait arraché sa photo de bal de promo du mur. « Je t'ai vue au lac », avait-il raconté à une femme dont le bateau servant au ski nautique était stationné dans son allée.

Certains des mensonges – avoir tué des gens à Bakersfield, s'être fait virer de l'armée – concouraient probablement à nourrir l'image de dur à cuire qu'il se faisait de lui-même. Les faux liens avec les victimes participaient peut-être de son fantasme, ou visaient à les déstabiliser avec une familiarité équivoque. Holes et moi nous interrogeons sur le reste de son comportement, comme la respiration haletante. On a parlé de grandes inspirations, frisant l'hyperventilation. Un profileur ayant étudié l'affaire dans les années 70 avait eu l'impression qu'il se servait de la respiration comme d'un moyen pour effrayer ses victimes, leur faire croire qu'il était dingue et capable de tout. Un collègue de Holes, asthmatique, s'était demandé, lui, s'il ne s'agissait pas d'une détresse respiratoire fondée ; l'adrénaline peut provoquer une attaque.

L'EAR est une carte retournée sur une table. Nos hypothèses ne nous mènent nulle part. Nous ne faisons que tourner en rond.

— San Ramon ? demande Holes.

SAN RAMON

Nous nous dirigeons vers la 680, qui va nous emmener à une trentaine de kilomètres au sud, sur les lieux de l'attaque suivante, la troisième ce mois-là. Octobre 1978. Carter était président. *Grease* avait été le grand film de l'été, et « Summer Nights », de John Travolta et Olivia Newton-John tenait encore le haut de la rampe à la radio bien que « Who Are You », des Who, soit en train de grimper dans les hit-parades. Sur la couverture de *Seventeen*, le visage lisse de Brooke Shields, treize ans, regardait fixement le lecteur d'un air inexpressif. Les Yankees avaient battu les Dodgers dans les World Series. La petite amie de Sid Vicious, Nancy Spungen, avait perdu tout son sang sur le sol d'une salle de bains de l'hôtel Chelsea après avoir été poignardée. Jean-Paul II était le nouveau pape. Le film *Halloween* était sorti trois jours avant l'attaque de San Ramon.

— Et les pleurs ? demandai-je à Holes. Vous les croyez vrais ?

Près d'une douzaine de victimes avaient rapporté qu'il pleurait. Sanglotait, même, avaient-elles dit. Il titubait et semblait perdu. Geignait d'une voix haut perchée, comme un enfant. « Je suis désolé, Maman, pleurnichait-il. Maman, s'il te plaît, aide-moi. Je ne veux pas faire ça, Maman. »

— Je crois, répondit Holes. Les femmes ont une perception juste des comportements masculins. Parfois, les victimes disent que sa colère s'apparentait à de la comédie, qu'il faisait semblant, mais lorsqu'il se terrait dans un coin en sanglotant de façon incontrôlable, elles ont eu l'impression que c'était vrai. Il éprouve un conflit intérieur. Les pleurs viennent toujours après l'agression sexuelle. C'est à ce moment-là qu'il sanglote.

Il existe une exception parmi les victimes qui pensent que les larmes n'étaient pas feintes. La jeune femme de Stockton, celle dont le mari luttait pour accepter leur agression, ne croyait pas à l'histoire.

— Elle a entendu ces sons, dit Holes. Mais pour elle, il ne s'agissait pas de pleurs.

— Et à quoi pense-t-elle alors ?

— À de l'hystérie, des cris d'hystérie suraigus. Comme un rire.

Pendant des années, personne ne semble avoir remarqué que le numéro d'urgence 911 ne fonctionnait pas à San Ramon, commune non incorporée, bien que la compagnie de téléphonie ait fait payer le service aux habitants. Une femme qui vivait au bout d'une ruelle tranquille découvrit le problème. Le piaillement discordant indiquant un appel non abouti qui sortit de son combiné fut un choc dont elle n'avait pas besoin après avoir subi deux heures de violences sexuelles aux mains d'un étranger. La jeune femme est citée dans un article de l'*Oakland Tribune* publié le 10 décembre 1978, six semaines après son attaque, sous le pseudo de Kathy. Lorsque Kathy se réveilla, la nuit de son viol, ses yeux cherchèrent de manière effrénée à accommoder dans l'obscurité. Elle n'arrivait à distinguer qu'une seule chose dans le noir total : un regard désincarné et fou, ses « petits yeux, *qui ne faisaient que fixer* ».

— Je hais tout simplement ce type, déclara Kathy sur un ton détaché, en parlant de son agresseur anonyme. Elle expliqua qu'elle était aussi en colère contre la compagnie de téléphone qui n'avait pas fourni le service d'urgence alors qu'ils prétendaient le faire. De ce scandale, ajouta-t-elle, elle a pu tirer un dédommagement quantifiable en guise de justice : à présent, le montant correspondant au 911 est déduit de sa facture de téléphone, soit une économie de 28 cents par mois.

L'aide finit par venir une fois que Kathy eut appelé directement le bureau du shérif du comté de Contra Costa.

Dans le sillage des deux viols de Concord, le bureau du shérif avait lancé une alerte auprès de ses adjoints. La mise en garde de Sacramento s'était révélée visionnaire : l'EAR pressait son passe-montagne contre leurs propres fenêtres à présent. Tout le monde devait se montrer vigilant. Une force d'intervention commença à repérer les banlieues où il risquait de frapper. Les numéros d'immatriculation de véhicules garés aux abords d'espaces ouverts ou considérés comme louches pour une raison ou une autre, furent discrètement relevés.

Avoir les yeux grands ouverts et être à l'affût ne correspondait pas au mode de fonctionnement habituel du secteur de San Ramon. Entre 1970 et 1980, la population de la ville avait plus que quadruplé, mais celle-ci était, et est toujours, entourée de prairies ondoyantes parsemées de chênes, de vastes étendues de terre non exploitée suggérant l'espace et imposant le calme. Les radios de police s'endormaient à force de silences prolongés. Les phares des voitures de patrouille balayaient les mêmes garages indépendants, les mêmes fenêtres obscures dans des maisons de plain-pied, occupées par de jeunes familles. Les silhouettes louches se détachaient rarement sur le profil immuable qu'offrait la banlieue de San Ramon : les clôtures demeuraient intactes, les buissons ne frissonnaient jamais. Les adjoints étaient entraînés pour l'action, mais habitués au calme.

Tout changea le 28 octobre, juste après 5 heures, lorsque le répartiteur transmit à l'équipe de nuit une déflagration de parasites suivie de détails parcimonieux, mais alarmants. Effraction, viol et cambriolage. Mountclair Place. Un homme seul fut le premier à arriver sur la scène de crime. Les victimes, Kathy et son mari David[1], accueillirent calmement l'adjoint à

---

1. Pseudonyme.

la porte. Après avoir confirmé que le couple n'avait pas besoin de soins médicaux immédiats, la curiosité de l'adjoint fut attirée par le spectacle étrange derrière eux. La maison était presque totalement vide. Les tiroirs des rares meubles, ouverts au hasard, ne contenaient rien. Les portes des placards, entrouvertes, révélaient des cintres et rien d'autre. Avaient-ils été complètement vidés par l'intrus ? Non, expliquèrent Kathy et David, ils étaient en train de déménager.

Il les avait attaqués durant leurs dernières heures dans la maison. On retrouvait une fois de plus le facteur immobilier. Et le timing judicieux, suggérant une connaissance de l'intérieur. Kathy et David avaient un fils de trois ans ; ils attirèrent l'attention des enquêteurs sur le fait que l'EAR n'avait jamais ouvert, ni même approché, la porte de chambre de leur fils. D'autres victimes ayant des enfants en bas âge avaient remarqué la même chose. La façon dont il ciblait ses victimes et obtenait des informations sur leur vie et la disposition des lieux était une question qui soulevait des conjectures sans fin.

Gary Ridgway, le Tueur de la Green River, disait « patrouiller » pour parler de la période durant laquelle il repérait ses victimes avant de les attaquer. La banalité lui servait de camouflage. Il entrait à reculons avec son camion dans le parking d'un 7-Eleven sur la Pacific Highway South, le tronçon mal famé autour de l'aéroport de Seattle-Tacoma, connu pour ses prostituées. Parfois, il soulevait le capot. C'était juste un homme frêle au visage couleur mastic, qui avait des soucis de moteur. On ne remarquait jamais sa présence. Le paysage gris et érodé l'absorbait de manière invisible. Seul, un observateur attentif et patient aurait pu remarquer le détail signalant que quelque chose ne collait pas : le temps ne concernait pas cet homme. Son regard tanguait, comme le balancier d'une pendule, se fixant sur tout, sauf son moteur, son esprit sautant avidement d'un point à un autre, telle la goutte sur une planche ouija. *Clank.* C'était un bruit tellement ordinaire qu'il se perdait dans la rumeur de la ville, le chuintement des pneus humides sous le crachin et le tintement du carillon à la porte de la supérette. C'est le bruit le plus effrayant qu'on ait jamais entendu – Ridgway refermant son capot. La patrouille était terminée ; une nouvelle phase avait commencé.

Au début, j'ai eu l'impression que l'EAR, tout comme Ridgway, avait dû se cacher bien en vue. Il semblait posséder des informations qui ne pouvaient avoir été glanées qu'à la suite d'une observation minutieuse et prolongée. Mais clairement, ce n'était pas un voyeur évident à repérer ; en dépit de milliers de pages de rapports de police, incluant des dépositions de victimes et des enquêtes de proximité, il ne ressort aucune description physique cohérente du suspect. Après cinquante viols, un visage devrait commencer à se dessiner, me disais-je, ou à tout le moins une couleur de cheveux commune. Mais rien de tel. Et c'est là que réside l'énigme. Le hasard l'emporte, un jour ou l'autre. On ne peut pas se fier à la chance. Comment a-t-il pu mener sa surveillance aussi longtemps sans être lui-même surveillé ?

Mon esprit revenait en boucle sur l'image d'un homme en uniforme, un monteur de lignes téléphoniques ou un employé des postes, une abeille ouvrière du quotidien, tout droit sortie de *Busytown*, de Richard Scarry, le genre de personne dont la présence indique que tout fonctionne comme sur des roulettes. Personne ne s'arrêtait sur lui. Il était constamment à deux doigts de se fondre dans le paysage. Ce que les gens rataient en passant trop vite, ce qu'ils manquaient dans ce beige indistinct, c'était l'énergie dévorante dans ses yeux en colère.

Un enquêteur à la retraite qui avait travaillé sur les homicides d'Irvine a tenté de me détourner de l'image de maître en reconnaissance que je m'étais faite du criminel. D'après lui, les attaques ne nécessitaient pas beaucoup de préparatifs ou de renseignements internes. Son coéquipier et lui avaient mené une expérience un soir, lorsqu'ils enquêtaient sur l'affaire. Ils s'étaient habillés tout en noir, avaient enfilé des chaussures montantes à lacets et à semelles souples et avaient rôdé dans les quartiers d'Irvine en suivant les sentiers que le tueur était censé avoir pris. Ils avaient rampé le long de murs de parpaings, épié les maisons par-dessus les palissades au fond des jardins, et s'étaient dissimulés contre des troncs d'arbres dans l'obscurité.

Les rectangles de lumière les avaient attirés. Les fenêtres de derrière permettaient d'entrer dans la vie de dizaines d'étrangers. Parfois, on ne voyait qu'un rai lumineux à travers un rideau, assez pour apercevoir le visage au regard vide d'une femme qui rinçait et rinçait encore un unique verre dans son évier de cuisine.

En général, c'était silencieux, mais à l'occasion, on entendait une cascade de rires émanant d'un poste de télévision. Une adolescente haussait les épaules tandis que son petit ami soulevait sa jupe.

L'enquêteur avait secoué la tête à ce souvenir.

— Vous seriez stupéfiée de ce qu'on peut voir, m'avait-il dit.

En fait, j'avais interrogé chaque enquêteur à qui j'avais parlé sur les gens qui rôdent et j'avais obtenu la même réponse, une suite de mouvements de tête et d'expressions qui toutes disaient que c'était la chose la plus facile au monde.

Un rôdeur compulsif apprend très vite à décrypter le langage corporel, celui d'une femme seule à la maison qui jette un regard rapide vers la fenêtre arrière de son salon avant d'éteindre, ou celui d'une adolescente qui se déplace plus silencieusement lorsque ses parents sont endormis. Au bout d'un moment, il s'agit de reconnaissance de formes. Le temps d'opération en est considérablement réduit.

Je demande à Holes jusqu'à quel point il pense que l'EAR faisait preuve de méthode dans le choix de ses victimes.

— Je crois qu'on a des preuves allant dans les deux sens. À certains moments, il a fait pas mal de reconnaissance, à mon avis. Il voit des victimes. Se focalise dessus. Les suit. À d'autres, il les attaque la première fois où il les aperçoit.

Personne ne sait depuis combien de temps il observait Kathy, mais on a une bonne idée de l'endroit d'où il le faisait. La maison donnait à l'arrière sur

une exploitation de sapins de Noël. L'expert en criminologie a remarqué des empreintes de semelles type
« zigzag », venant de chaussures de course, sur les
panneaux de la palissade derrière la maison.

Holes tourne à droite et me désigne du doigt l'emplacement où se trouvait la ferme. On roule encore
pendant un ou deux pâtés de maisons puis il prend de
nouveau à droite, vers le bloc 7400, dans Sedgefield
Avenue.

— Le lendemain, on a retrouvé un véhicule garé ici
sur le côté. Avec du sang à l'intérieur.

La voiture était une Ford Galaxie 500. Elle avait été
déclarée volée.

— À l'évidence, quelqu'un saignait, probablement
du nez. Ensuite, on voit la traînée de sang laissée dans
la fuite. Les indices ont depuis longtemps disparu mais
je me suis interrogé : si quelqu'un s'échappe au beau
milieu de la nuit en traversant une exploitation de
sapins de Noël, quelle est la probabilité qu'il fonce en
courant dans un arbre ? Et monte ensuite dans ce véhicule qu'il aurait volé puis abandonné ? Une fois, j'ai
enquêté sur une affaire où un type en train de fuir une
fusillade était entré de plein fouet dans un poteau téléphonique. Il avait laissé une traînée de sang similaire.

La traînée de sang allait vers l'est et enjambait le
trottoir. Des mouchoirs froissés avaient été découverts
dans le caniveau. Les gouttes de sang, de plus en plus
petites, finissaient par disparaître. Comme toutes les
pistes de cette affaire, celle-ci n'avait mené nulle
part. Rien n'avait jamais mené à une porte d'entrée.
Chaque objet découvert lors d'une fouille pouvait, ou

non, lui appartenir, et n'apportait jamais d'informations solides et traçables. Dans cette affaire, les roues tournaient sans fin, engendrant sans cesse de nouvelles probabilités.

— On n'a que des moitiés d'indices, dit Holes.

— Est-ce qu'il y avait des chantiers de construction à l'époque à San Ramon ?

Holes m'explique que Kathy a été capable de leur fournir des informations utiles.

— Elle s'est souvenue qu'il y avait de multiples chantiers en cours pour de nouveaux lotissements dans son quartier quand elle a été agressée.

Il me faut un moment pour intégrer qu'il est en train de me dire qu'il a parlé à Kathy en personne.

— Vous lui avez parlé ?

Il sait pourquoi je suis choquée.

Dans le livre qu'il a écrit sur l'affaire, *Sudden Terror*, Larry Crompton dénigre Kathy. D'après lui, pendant l'interrogatoire de police, elle se serait presque comportée comme si elle revivait « un moment d'excitation suprême ». Il dévoile des détails peu flatteurs sur sa vie après l'agression. Dit qu'il se sent désolé pour son mari et son fils. J'aime bien Crompton, mais j'ai pensé qu'il avait tort. Sérieusement tort. Il jauge même son allure à l'aune de celle des autres victimes – favorablement, mais là encore, il a tort. La façon dont il la traite est, au mieux, furieusement bornée, au pire, accusatrice pour les victimes. Son portrait présume qu'il n'y a qu'une façon de répondre à une attaque sexuelle avec violence. Il manque de compassion et de compréhension. Par exemple, quand elle a raconté à la police qu'elle avait d'abord demandé un verre d'eau lorsque l'EAR lui avait ordonné de lui faire une fellation, il se moque de son attitude, sans prendre en considération que pour une victime terrifiée, une telle requête pouvait être une façon de retarder l'échéance. Et le pseudonyme que Crompton lui avait choisi, « Sunny », bien que sans doute pas de façon volontairement méchante, semblait un choix particulièrement cruel vu l'angle sous lequel il la dépeignait.

Peu de temps après la sortie du livre de Crompton, le bureau du shérif a reçu un e-mail de Kathy. Elle était furieuse de la manière dont il l'avait dépeinte. N'ayant pas autorité pour la mettre en contact avec Crompton, alors à la retraite, Holes et une collègue avaient invité Kathy à les rencontrer en personne au bureau.

— Elle tremblait comme une feuille, se souvient Holes, d'une voix qui indiquait qu'il ne la blâmait pas. Kathy n'avait presque pas eu de contact visuel avec lui durant l'entrevue, une attitude qu'il attribuait à un trauma résiduel. La relation victimes-enquêteurs sur des affaires classées est un curieux mélange d'intime et de lointain. Holes avait dix ans quand un homme masqué avait posé un couteau sur la gorge de Kathy et l'avait poussée sur le sol de lino froid de la cuisine. Dix-neuf ans plus tard, Holes avait sorti un sachet Ziploc avec son numéro de dossier de la Salle des scellés et avait retiré un coton-tige d'un tube en plastique. Kathy était une étrangère pour lui. Il avait étudié les cellules contenues dans le sperme de son violeur sous le microscope, mais ne l'avait jamais regardée dans les yeux ni ne lui avait serré la main.

Il avait posé très peu de questions durant l'entrevue et avait laissé sa collègue mener la discussion. Et puis Kathy avait dit quelque chose qui avait retenu son attention.

David, son mari, et elle, avaient divorcé depuis longtemps. Comme chez de nombreux couples ayant été victimes de l'EAR, leur relation n'y avait pas survécu. Après l'agression, David aurait dit à Kathy qu'il pensait avoir reconnu la voix du violeur, mais n'arrivait pas vraiment à la resituer.

Ce qu'avait déclaré Kathy était important pour deux raisons. D'abord, elle n'avait jamais vu le géo-profil. Elle ignorait que, même si le comté de Contra Costa n'offrait manifestement pas le même mode de vie que celui de Sacramento, le géo-profileur avait néanmoins déterminé que la zone de résidence la plus probable du tueur était malgré tout là, à San Ramon. C'était central par rapport aux séries d'attaques de l'East Bay, et il s'agissait aussi d'un des rares endroits où il n'avait frappé qu'une fois. Plus la distance par rapport au domicile d'un criminel s'accroît, plus le nombre de cibles potentielles augmente. Mais de temps en temps, soit parce qu'il est attiré vers une victime particulière, soit parce qu'il est persuadé qu'il ne sera pas pris, un prédateur attaque plus près de chez lui.

Sur la carte de géo-profil, une ligne rouge, indiquant la zone optimale où pourrait se situer la résidence du criminel, court d'est en ouest, et passe juste au nord de la maison de Kathy.

Kathy ne savait pas non plus qu'une profileuse du FBI avait présenté de nouvelles conclusions durant une récente réunion d'un groupe de travail sur l'EAR. Quelque chose que la profileuse avait dit avait fait écho chez Holes. D'après elle, dans certains cas, il était envisageable que l'homme ait été la cible. Lors de certaines agressions, l'EAR pouvait s'être livré à une vengeance sur la victime masculine pour des actes perçus comme répréhensibles.

Les déclarations de Kathy évoquaient la possibilité d'un lien, d'un certain degré de proximité qui aurait été préalablement négligé et aurait pu mener au suspect. Il s'avère que de nombreuses affaires connues de tueurs en série possèdent au moins un de ces liens. Une ancienne camarade de chambre de Lynda Healy, une des victimes de Ted Bundy, était une cousine de Ted, et les enquêteurs avaient par la suite exhumé des listes d'élèves montrant que Ted et Lynda avaient été dans la même classe au moins trois ans. Dennis Rader, le Tueur BTK, habitait à six portes de Marine Hedge, sa huitième victime. John Wayne Gacy avait parlé à Robert Piest devant témoins dans un magasin, lui proposant de l'embaucher pour un chantier, peu de temps avant que celui-ci ne disparaisse.

L'EAR allait très loin pour cacher son identité. Il se dissimulait le visage et étouffait sa voix. Il aveuglait ses victimes avec une lampe de poche et menaçait de les tuer si elles le regardaient. Mais il était aussi intrépide. Les chiens qui aboyaient ne l'arrêtaient pas. Deux joggeurs, un frère et une sœur en âge d'aller à la fac, étaient en train de courir, un soir brumeux de décembre 1977, quand ils remarquèrent un homme portant un passe-montagne noir qui sortait de l'allée bordée de haies d'une maison du bloc 3200, dans American River Drive. L'homme s'arrêta brusquement en les voyant. Ils continuèrent à courir. En regardant en arrière, ils le virent grimper dans un vieux pick-up avec marchepied latéral. Quelque chose dans la manière dont le type s'était arrêté puis était rapidement monté dans le pick-up les avait poussés à courir plus vite. Ils avaient entendu le moteur ferrailler tandis que le pick-up accélérait dans leur direction et avaient tourné au coin de la rue en fonçant à toute allure. Le pick-up s'était arrêté dans un crissement de pneus et avait reculé au petit bonheur la chance jusqu'à leur niveau. Ils s'étaient précipités vers une autre maison et cachés, observant le véhicule qui les avait suivis et tournait en rond dans la rue, jusqu'à ce le chauffeur abandonne et s'éloigne à toute vitesse.

L'EAR faisait extrêmement attention à ne pas se mettre en danger, mais le succès, et l'arrogance qu'il engendre, ouvre des brèches dans les plans directeurs. Il susurre des idées de grandeur. L'EAR avait déjà surmonté une série de barrières mentales qui auraient arrêté la plupart d'entre nous : viol, effraction dans la maison d'un inconnu, maîtrise d'un couple plutôt que d'une femme seule. Après des douzaines de succès ininterrompus, sa confiance en lui devait avoir stimulé son adrénaline au point de transgresser ses propres règles, à savoir ne cibler que des victimes avec lesquelles il n'avait aucun lien. Un murmure guttural entendu au beau milieu de la nuit, trente-six ans plus tôt, était peut-être une des clés.

Après San Ramon, il frappa deux fois à San Jose, soixante-cinq kilomètres au sud. Holes et moi décidâmes de sauter San Jose pour gagner du temps.

— Je veux vous montrer Davis, dit-il. Je pense que Davis est important.

Mais d'abord, nous avons deux autres arrêts. Après San Jose, l'EAR est retourné dans le comté de Contra Costa, où il a frappé une première fois à Danville, inaugurant ainsi une série de trois attaques. Holes et moi prenons la 680 vers le nord, direction Danville et la scène de crime du 9 décembre 1978, qui allait lui fournir la piste la plus prometteuse.

DANVILLE

Il y a une centaine d'années, le martèlement régulier des trains à vapeur servait de bande-son à la période de boom économique dans la large vallée verdoyante qui jouxtait Mount Diablo. Commencée en 1891, la ligne de chemin de fer Southern Pacific transportait des passagers sur un tronçon d'une trentaine de kilomètres reliant San Ramon au nord de Concord. Des visiteurs entreprenants débarquèrent, projets et rêves à la main. Il y avait des terres en abondance. Morcellement et développement démarrèrent. Le service passager avait fini par disparaître avec l'arrivée de l'automobile, mais la San Ramon Branch Line avait

continué à transporter des marchandises – poires Bart-
lett, gravier, moutons. Le chemin de fer s'enfonçait
dans le paysage et faisait corps avec lui. Le sifflet des
trains marquait l'heure. Les dépôts étaient tous peints
du même jaune pissenlit avec des fioritures marron.
Les rails passaient devant l'école primaire Murwood,
à Walnut Creek, et aux récréations, quand les enfants
entendaient un grondement et sentaient le sol vibrer
sous leurs pieds, ils cessaient de jouer à la marelle ou
au ballon prisonnier pour faire signe aux cheminots,
recevant un coup de Klaxon en retour.

La ligne Southern Pacific avait aidé à transformer
cette vallée rurale, mais pas d'une façon qui permette
de maintenir le trafic. Les centres industriels ne virent
jamais le jour. À la place, on construisit des maisons
individuelles. Le centre du comté de Contra Costa
devint « la grande banlieue de l'East Bay ». L'achè-
vement de la I-680, en 1964, symbolisa la vitesse,
l'efficacité, et la mort du chemin de fer. Transporter
des marchandises par camion coûtait moins cher. Le
nombre de wagons diminua. Et continua à diminuer.
Les vergers à perte de vue avaient disparu à présent,
remplacés par des nuées de toits qui s'avançaient de
chaque côté des rails. La Southern Pacific déposa finalement une requête auprès de l'agence du commerce
Inter-États, pour fermer la ligne. En septembre 1978,
près d'un siècle après que les premiers rails avaient été
posés, la ligne fut abandonnée pour de bon.

Un débat s'ensuivit pour savoir quoi faire du droit
de passage. Jusqu'à ce qu'une décision soit prise, la
bande de terrain de six mètres de large resta inoccu-

pée, tel un couloir fantôme partageant des banlieues aux maisons chaudement éclairées. La zone morte suscitait plus d'inattention que d'effroi. C'était particulièrement vrai du tronçon de près de sept kilomètres qui traversait Danville, la ville située juste au nord de San Ramon. Les parcelles de Danville étaient plus grandes, les maisons plus anciennes, les habitants plus riches et plus calmes. Les rails désertés couraient derrière des jardins soigneusement délimités. Les clôtures étaient essentiellement constituées de rideaux. Dépouillé de son utilité, le droit de passage avait été rayé de la carte. Rien ne bougeait. Aucun bruit ne se faisait entendre. Du moins, jusqu'à un matin de décembre, quand un bruit bizarre vint perturber le silence. Il se peut que l'auditeur fortuit ne s'en soit pas préoccupé au départ. Le bruit était régulier et rythmé, mais pour une oreille sensible, il dénotait une urgence flagrante : un limier en train de courir, en proie à une ferme détermination.

Début décembre 1978, les habitants du comté de Contra Costa nourrissaient le sentiment plein d'espoir, même s'ils le gardaient pour eux, qu'ils pouvaient peut-être enfin se détendre. En octobre, l'EAR n'avait pas simplement fait surface dans leurs vies ; il leur avait infligé quelque chose qui, par sa célérité et sa capacité à choquer, s'apparentait à une frénésie de carnage : trois attaques en vingt et un jours. Après la troisième agression, les gens passaient la nuit enfermés dans leurs maisons constamment éclairées, luttant contre le sommeil et battant des paupières pour faire fuir des images brouillées de passe-montagnes.

Mais les semaines avaient filé sans autre incident. De nouvelles horreurs étaient venues distraire les gens. Les présentateurs télé interrompirent les programmes habituels le 18 novembre pour annoncer que plus de neuf cents Américains, dont un tiers d'enfants, avaient été retrouvés morts dans une communauté vivant dans la jungle du Guyana, après avoir bu du Flavor Aid coupé de cyanure, sur ordre du gourou Jim Jones. Le Temple du Peuple, l'Église fondée par Jones, avait établi son quartier général à San Francisco, avant de s'installer au Guyana. On comptait parmi les morts un membre du congrès de Californie du Nord, Leo Ryan, qui s'était rendu là-bas pour enquêter sur des allégations d'abus de pouvoir et avait été tué par balle sur une piste d'atterrissage, juste avant de décoller. Le massacre de Jonestown avait retenu une bonne partie de l'attention horrifiée du pays, si ce n'est du monde entier, mais il avait particulièrement secoué la région de la baie de San Francisco.

Le week-end de Thanksgiving arriva et se termina tranquillement. Une nouvelle lune laquait le ciel nocturne, au soir du 30 novembre, absorbant la lumière qui brillait même sur les cachettes les plus désolées. Conditions idéales pour le dissimulateur déterminé. Mais décembre vint sans qu'on ait eu vent d'une nouvelle attaque. On n'en était pas encore à ne plus verrouiller les portes, mais les réflexes d'appréhension paniquée prêts à se déclencher commencèrent lentement à se relâcher.

Ce n'est probablement pas une coïncidence si l'EAR avait dérobé des radios-réveils dans cinq maisons, alors même qu'il aurait pu emporter des objets de plus grande valeur. Le temps était important pour lui – le contrôler, le manipuler. Il possédait un instinct troublant pour deviner le temps nécessaire avant que les gens ne baissent la garde. Que les communautés et les victimes ne sachent pas s'il était là ou non lui donnait évidemment un avantage stratégique. La victime aux yeux bandés ligotée dans le noir développe les sens aiguisés d'un animal sauvage. La baie vitrée qui se referme doucement devient un claquement mécanique et bruyant. Elle calcule la distance des pas qui s'éloignent de plus en plus. Une lueur d'espoir renaît. Pourtant, elle attend. Le temps passe, elle est sous tension. Elle fait un effort pour percevoir une respiration autre que la sienne. Quinze minutes s'écoulent. La sensation terrifiante d'être observée, d'être clouée au sol par un regard possessif qu'elle ne voit pas, a disparu. Trente minutes. Quarante-cinq minutes. Elle s'autorise à se détendre imperceptiblement. Ses épaules se relâchent. C'est alors, à l'à-pic d'une expiration, que le cauchemar recommence brutalement – couteau qui lui écorche la peau, respiration laborieuse qui reprend, se rapproche, jusqu'à ce qu'elle le sente s'installer à côté d'elle, tel un animal attendant patiemment que sa proie à moitié morte se calme.

Donner l'illusion d'être parti était une ruse cruelle et efficace. La victime ayant subi cette mise en scène attendait beaucoup plus longtemps ensuite ; certaines, rendues catatoniques par la terreur, avaient laissé passer des heures, avaient attendu que les oiseaux gazouillent et qu'une faible lumière s'infiltre sous leur bandeau. Le temps ainsi gagné avant que la police ne soit prévenue permettait au violeur de mettre une plus grande distance entre la scène de crime et lui.

Début décembre, six semaines s'étaient écoulées depuis que l'EAR avait frappé dans le comté de Contra Costa. La communauté était à l'image de la victime qui reprend prudemment espoir en croyant qu'il a quitté sa maison pour de bon. Personne à Sacramento ou dans la Baie, ni le public ni la police, ne savait à l'époque que pendant l'absence du criminel dans leur région, il avait commis deux viols soixante-cinq kilomètres au sud, à San José, un, début novembre et l'autre, le 2 décembre. Et même s'ils avaient su pour ces viols, le trajet du violeur aurait quand même pu les rassurer. Il semblait résolument suivre sa route vers le sud ; d'abord Concord et ensuite, San Ramon, trente kilomètres plus bas sur la I-680, puis San Jose, dans un autre comté somme toute.

Tandis que la nuit tombait, ce vendredi 8 décembre, les habitants des villes-dortoirs nichées au pied de Mount Diablo, des villes de la grande banlieue de la Baie comme Concord, Walnut Creek, Danville et San Ramon, allèrent se coucher avec le sentiment d'être épargnés. Le bon sens populaire voulait qu'il continue à descendre vers le Sud et frappe Santa Cruz ou Monterey. Ils étaient dans son rétroviseur à présent, cibles de plus en plus éloignées. Le pire était passé. Minuit devint une heure. Les frigos ronronnaient dans les maisons obscures. De temps à autre, une voiture filait dans un chuintement, ponctuant le silence. Le rythme circadien collectif était en mode repos.

Pas partout. À Danville, juste à l'est des voies de chemin de fer abandonnées, une palissade en bois d'un mètre quatre-vingts dissimulée par de gros arbres était en train de se déformer sous le poids d'une personne qui l'escaladait.

Aucun éclairage extérieur n'illuminait la maison-ranch qui se trouvait derrière. La nuit était le moment idéal pour le sauteur de palissades. Les ténèbres l'attiraient. Il errait en vêtements sombres, à la recherche de la rareté parmi les maisons éclairées. Ses pupilles noires recherchaient l'obscurité.

Il traversa le jardin en direction du patio. Il n'y avait aucune lumière allumée à l'intérieur. Un sac à main reposait sur le plan de travail dans la cuisine. Forcer les portes coulissantes vitrées ne demanda qu'une légère pression et ne fit que peu de bruit. Il pénétra dans la cuisine. Quelque part dans la maison, on entendait une radio en sourdine. L'habitation de cent quatre-vingt-quinze mètres carrés était quasiment dépourvue de meubles et d'effets personnels car elle était en vente. L'agence Friendly Realtors y avait reçu des inconnus au cours des deux derniers mois. Avait-il été l'un de ces curieux peu mémorables ? Il aurait murmuré, si tant est qu'il ait même parlé. Pendant que les autres acheteurs potentiels posaient des questions, impliquant par là un certain intérêt, il aurait donné l'impression d'être légèrement critique, son application suggérant en fait une possible réprobation. De la concentration mal interprétée comme un jugement.

Il dépassa des portes fermées et se dirigea droit vers la chambre principale, située au nord-ouest de la maison. Debout dans l'embrasure, il faisait face au lit à une distance d'environ trois mètres. Une femme s'y trouvait, seule. Elle dormait sur le ventre, visage dans l'oreiller, d'un sommeil écrasant, plongée dans les bras de Morphée. Qui était-elle avant qu'il ne l'arrache à un sommeil sans souci ? Esther McDonald[1] était petite, ce qu'on aurait appelé, à l'époque où son prénom connaissait une vague de popularité, « un petit brin de femme ». Chez elle, dans un État glacial du Midwest, son mariage à l'âge de dix-neuf ans n'avait duré qu'une décennie, sans enfants ni persévérance. Soudain, elle avait eu trente ans, ce qui est plus vieux dans la classe moyenne que sur les côtes. « California Dreamin' » n'était pas une chanson mais bien un chant des sirènes invitant à un avenir plus souriant. Avec une amie, elles avaient déménagé à San Francisco. Le Summer of Love était terminé, mais la région de la Baie conservait sa réputation d'endroit imaginatif, où l'on pouvait se débarrasser de son passé et recommencer une nouvelle vie.

Il y avait du travail : un fleuriste en gros et une entreprise de réparation de moteurs électriques. Un prêteur sur gages de vingt ans son aîné lui fit la cour en lui offrant des bijoux et lui proposa de venir vivre avec lui, à Danville. La maison se trouvait à huit kilomètres de Calaveras Fault, une ramification importante de la faille de San Andrea. Six mois plus tard, ils se séparèrent à l'amiable. Il déménagea, mit la maison en vente, et l'invita à y demeurer en attendant. Elle

---

1. Pseudonyme.

entama une liaison avec un collègue ; le prêteur sur gages était toujours dans le coin. Les affaires de cœur, en suspens, partaient dans les deux directions.

Voilà qui elle était tandis qu'elle dormait, vers 2 heures du matin, par une froide nuit de décembre ; une femme qui recommençait sa vie dans un État où s'arrêtaient les chariots couverts et où l'on pouvait réécrire sa légende, une femme qui surfait sur une vie amoureuse banalement compliquée, une femme à deux doigts d'être irrémédiablement transformée. Quel genre de séquelles garde-t-on lorsque l'on croit que le nid chaud et douillet où l'on était en train de dormir va devenir son tombeau ? Le temps adoucit les aspérités de la blessure mais elle ne vous lâche plus jamais. Un syndrome impossible à nommer circule en permanence dans le corps, parfois longtemps en sommeil, à d'autres moments irradiant de puissantes vagues de douleur et de peur.

Une main lui agrippa le cou. Une arme blanche émoussée s'enfonça dans sa gorge. Au moins une douzaine d'enquêteurs en Californie du Nord auraient pu prédire sans se tromper les premiers mots murmurés dans le noir.

« Ne bouge pas. »

« Ne crie pas. »

Il était de retour. Ou, plus précisément, il était revenu sur ses pas. Son itinéraire incertain, ses frappes hasardeuses en faisaient une force obscure et imprévisible, une vague de crime à lui tout seul.

Les premiers adjoints alertés par le dispatcheur arrivèrent à 5 h 19. La tension monta d'un cran quand on découvrit les signes révélateurs. Lacets blancs noués. Bandes de serviette orange déchirées. Lignes de téléphone coupées. Il régnait dans la maison un froid vivifiant. Il avait baissé le thermostat et éteint la radio, sans doute pour entendre de façon optimale. Les appels radio partirent en tous sens. Les téléphones sonnèrent. Les gens commencèrent à arriver dans la lumière bleue de l'aube. L'enquêteur Larry Crompton, spécialiste des scènes de crime, se gara devant la maison. La recherche de détails significatifs le rendait concentré, vigilant, malgré l'heure matinale. Il remarqua le panneau de l'agence immobilière devant la maison, la propriété vide à côté, et les rails derrière – des conditions idéales qui avaient dû alimenter les pulsions de l'EAR et, en se télescopant, concentrer ses errances sur une seule cible.

D'ici quelques semaines, Crompton devait être promu au poste de sergent et rejoindre le groupe de travail qu'on avait mis sur pied d'urgence et qui enquêtait sur l'EAR. Il ignorait, en entrant dans cette maison, une fois la porte refermée derrière lui, que cette enquête serait celle qui allait le suivre toute sa vie. Qu'elle allait devenir comme un jeu de pendu qu'il se refusait à perdre, en dépit des fausses conjectures et de la silhouette de brindille presque fatalement pendue. Crompton se gardait une porte de sortie, tenant la défaite à distance en attendant que lui, ou l'un de ses successeurs, puisse renverser la vapeur et remplir les blancs. Alors seulement, une fois la dernière lettre trouvée, prendrait fin la longue traque éprouvante dans les ténèbres, sous la forme de la récompense simplissime mais tant attendue : le nom d'un homme.

La première des trois limiers, Pita, arriva. Elle se montra immédiatement excitée, reniflant l'air en tortillant la truffe. Qui sait ce qui se passe dans la tête des chiens policiers, s'ils perçoivent les espoirs des personnes graves qui grouillent autour d'eux. Le boulot de Pita était d'une clarté enviable. Trouver la piste et la suivre. Un petit groupe de maîtres-chiens et de flics, incluant Crompton, regarda Pita sortir de la maison par le patio arrière et se diriger sans hésiter vers le coin sud-ouest du jardin. Elle s'arrêta devant la palissade, agitée, faisant mine de sauter par-dessus. On la fit sortir et on l'emmena de l'autre côté, jusqu'aux rails abandonnés. Elle releva la truffe.

Une fois de plus, ils se retrouvaient en train de passer au crible les débris récents du destructeur sans visage. De la mousse s'accrochait encore à une bouteille de liqueur Schlitz Malt qu'il avait prise au frigo et déposée dans le jardin. On photographia les traces d'éraflures sur la palissade. Le long des rails, le groupe avait resserré les rangs dans le froid, attendant que Pita se lance à nouveau en chasse. Leur espoir résidait dans les narines d'un chien entrant en connexion avec une molécule.

Soudain, une secousse. Pita l'avait ; elle avait senti son odeur. Elle bondit en avant, galopant vers le sud en suivant le sentier qui longeait les rails par la gauche. Elle était, comme disent les policiers de l'unité cynophile, « en odeur ». Sa foulée était maîtrisée mais en accélération constante, son énergie soutenue, un cadeau de la génétique. Elle était, à tous les sens du terme, déchaînée. Crompton et les maîtres de Pita couraient derrière. Le tapage soudain sur les voies, avec ses relents de danger et d'agitation, détonait pour un samedi matin à Danville. Cette perturbation malvenue allait se répéter dans les mois à venir.

Pita s'arrêta brusquement à environ huit cents mètres de son point de départ, là où les rails croisaient une rue résidentielle. Deux autres chiens policiers, Betsey et Eli, furent aussi amenés pour travailler sur la scène de crime. Le maître-chien de Pita, Judy Robb, avait noté dans son rapport de suivi que le temps, et même d'infimes changements dans la vitesse du vent, peuvent altérer les bassins olfactifs. Cependant, les trois maîtres-chiens étaient d'accord sur plusieurs points. Les animaux avaient reniflé de nombreuses palissades et foncé dans de nombreuses cours latérales. Leur comportement suggérait que le suspect avait passé beaucoup de temps à rôder dans les environs. Il était entré dans le jardin de la victime par le côté nord, ressorti par le coin sud-ouest de la palissade arrière, et avait suivi les rails vers le sud jusqu'au carrefour où il était vraisemblablement monté dans un véhicule.

La victime avait été emmenée à l'hôpital par un sergent. Il la ramena chez elle une fois les examens terminés, mais quand il eut garé sa voiture de police devant la maison, elle ne fit pas un geste. Une angoisse à l'état brut la collait à son siège. La lumière du jour ne lui apportait aucun réconfort. Elle ne voulait pas retourner à l'intérieur. C'était délicat. Les enquêteurs comprenaient, mais ils avaient besoin d'elle. On souligna gentiment l'importance qu'il y avait à parcourir la scène de crime avec eux. Elle accepta une courte visite puis s'en alla. Des amis vinrent chercher ses affaires plus tard. Elle ne remit jamais les pieds dans la maison.

La question se pose toujours de savoir nommer un coupable inconnu dans les rapports de police. Le choix se porte souvent sur « le suspect », de temps en temps, « le délinquant », et parfois simplement « l'homme ». Quelle que soit la personne qui a écrit les rapports sur l'agression de Danville, elle a choisi d'utiliser un terme abrupt et sans ambiguïté pour décrire les charges, sur un ton de reproche semblable à un doigt pointé depuis la page. Le terme m'affecta dès l'instant où je le lus. Il devint mon terme lapidaire pour l'EAR, l'appellation sans fioriture vers laquelle je revenais quand je ne dormais pas à 3 heures et que je passais en revue ma collection de demi-indices obscurs et de visage indistincts. J'admirais la simplicité de sa revendication sans faille.

Le responsable.

Holes se gare dans une rue résidentielle de Danville proche de l'Iron Horse Regional Trail, une piste pour cyclistes, chevaux et marcheurs qui serpente sur environ soixante-cinq kilomètres à travers le comté de Conta Costa : l'ancien droit de passage de la Southern Pacific a été bétonné et transformé en promenade piétonnière.

— On sort ici et on va marcher, dit-il.

Nous prenons vers le sud en suivant le sentier. Nous avons à peine fait trois mètres qu'Holes attire mon attention sur un jardin.

— Les chiens policiers ont suivi la piste de l'EAR jusqu'au coin du jardin de la victime, ajoute-t-il en s'avançant.

Une rangée d'agaves protège l'arrière de la palissade, empêchant toute tentative d'approche.

— C'est là qu'il a sauté par-dessus, commente-t-il, en me montrant l'endroit du doigt.

Il observe un long moment les épaisses feuilles en forme de sabre.

— Je parie que ce propriétaire a planté ce cactus tellement il a eu peur à cause de l'attaque, lance-t-il.

Nous continuons à marcher et suivons le chemin que le criminologue John Patty avait emprunté il y a trente-cinq ans, quand il avait parcouru la zone à la recherche de preuves, après que les chiens policiers avaient établi de façon définitive le trajet par lequel le violeur s'était enfui. Il avait étiqueté ses trouvailles et mis les objets dans un sachet plastique hermétiquement fermé ; sachet qui avait ensuite été rangé dans un carton, lui-même emporté dans la Salle des scellés et entassé avec des centaines d'autres identiques sur une étagère en fer. Il était resté là, tel quel, pendant trente-trois ans. Le 31 mars 2011, Holes avait appelé les scellés pour avoir des renseignements sur la casquette de ski d'un suspect dans l'affaire remontant aux années 1970 qu'il était en train de ressusciter. À l'arrivée de Holes, le responsable des scellés avait déjà sorti un carton. La casquette de ski s'y trouvait. Puis

Holes avait remarqué un sachet Ziploc avec une étiquette, « ramassé sur l'ancien droit de passage de la ligne de chemin de fer ». Ce qu'il avait découvert dans le sachet avait changé le cours de son enquête.

Les récoltes de preuves, comme tout le reste dans la police, doivent être accompagnées d'une trace écrite. Le formulaire d'inventaire de la scène de crime de John Patty est griffonné à la main, les remarques sont brèves : « 1 a) 2 feuilles de classeur perforées 3 trous, reliure à spirale, avec écriture au crayon dessus ; b) 1 feuille de classeur perforée 3 trous, reliure à spirale, avec carte dessinée au crayon ; c) 1 morceau de ficelle violette, d'environ un mètre ; d) morceau de papier avec des lettres tapées à la machine. »

Les objets avaient-ils été trouvés ensemble ? Ou éparpillés sur le sol ? Il n'existe ni photo ni schéma de la scène de crime pour orienter Holes. Patty a laissé une brève note pour expliquer à quel endroit le long des rails il avait découvert les preuves. C'est tout. Holes peut toujours soumettre le papier à la technologie tactile et ADN, ainsi qu'au scanner haute résolution, demander à de multiples experts de décrypter et d'analyser le moindre aspect de la carte, il lui manque l'expert déterminant qui pourrait lui fournir un contexte : John Patty. Il est mort d'un cancer en 1991. Le fléau des affaires classées : les informations négligées parce que considérées comme non pertinentes mais plus tard jugées décisives ont disparu avec ceux qui savaient.

Au départ, Holes ne sut que faire des « devoirs d'écolier » qui tenaient lieu d'indices. Une page semblait correspondre au début maladroitement rédigé d'une dissertation imposée sur le thème du général Custer. Le contenu de la seconde page était plus intrigant. Elle commençait par « Rage est le mot ». L'auteur s'y livre à une diatribe sur la classe de fin de primaire et le professeur qui l'a humilié en le forçant à écrire des lignes comme punition. « Je n'ai jamais haï quelqu'un comme je l'ai haï, lui », écrit-il du professeur anonyme.

La troisième page consiste en une carte dessinée à la main d'une banlieue résidentielle, qui dépeint une zone commerçante, des culs-de-sac, des sentiers, et un lac. Holes remarqua des gribouillages aléatoires derrière la carte.

Les indices l'intriguèrent et il se sentit rapidement impliqué. Des éclairs inattendus de perspicacité le poussèrent à remonter la piste. Il appela des experts de façon impromptue pour obtenir leur contribution. La remarque désinvolte d'un agent immobilier transforma la conception qu'il avait de la personnalité de l'EAR. Les indices furent réexaminés sous un nouvel éclairage. Holes savait que ses théories divergeaient de celles de ses collègues enquêteurs. Il décida de ne pas trop en tenir compte. Il se tailla une place à lui, celle du type dont les vues étaient, comme il le dit lui-même, « saugrenues ». Il posa d'autres questions. On lui fournit plusieurs explications convaincantes pour le curieux mélange d'écriture juvénile et de compétence évidente en dessin que dénotaient les indices. Les intuitions s'accumulaient. Le risque de prendre la mauvaise bifurcation dans les catacombes plane constamment dans cette affaire. Les possibilités

s'étendent à l'infini, attrayantes. Les boussoles individuelles comportent des défauts de conception, partia-
lité et besoin de croire. Pourtant, bien que n'ayant fait
mouche sur rien de spécifique, une cible plus large
commençait à se dessiner dans le champ de vision
périphérique de Holes.

Une découverte inattendue est rare lors d'une
enquête. C'est excitant. Déchiffrer le code permettant d'identifier un criminel tel l'EAR est, pour un
enquêteur, semblable au déclic du portillon dans la file
d'attente pour les montagnes russes. Les synapses cré-
pitent. L'homme polyvalent aux idées claires est officiellement captivé. L'obsessionnel se rappelle toujours
le moment qui a tout déclenché. Après que Holes en
avait eu fini dans la Salle des scellés, il avait emporté
les pages qu'il avait trouvées à la photocopieuse la
plus proche. Il était au labo, en train d'examiner une
copie de la carte dessinée à la main, quand son assistant l'interpella.

— Paul ?

— Hmm ?

— *Paul.*

Holes baissa la carte et leva les sourcils. L'assistant
lui faisait signe de la retourner. Ce qu'il fit. Il avait
bien remarqué des gribouillages derrière mais n'y
avait pas prêté attention. Maintenant, il comprenait ce
que son assistant voulait dire.

Il y avait plusieurs mots illisibles, sujets à interpré-
tation. Deux d'entre eux avaient été raturés, dont l'un
avec énergie. On pouvait encore vaguement deviner
le nom Melanie. Mais il y avait autre chose. Le mot

était tellement en décalage avec le reste du gribouillage absurde qu'il lui fallut quelques secondes pour intégrer sa signification ; ça, et le fait que les lettres soient tracées différemment, aussi – plus grandes que la moyenne, mélangeant lettres d'imprimerie et cursives, la dernière lettre, un *T,* inutilement répétée, ayant une forme triangulaire et rigide. Les lettres étaient aussi plus noires que les autres sur la page, comme si celui qui écrivait avait appuyé rageusement. Le reste des gribouillages avait été tracé en écriture linéaire standard, mais pas celui-là. On avait griffonné le mot en diagonale. Il prenait la plus grande partie de la moitié inférieure de la page. La première lettre, un *P,* était, elle aussi, plus grosse que les autres, et, plus déroutant encore, inversée.

Ressortait l'impression générale d'un esprit déséquilibré à l'œuvre.

« PUNITION. »

Holes était ferré.

Notre balade sur l'Iron Horse Regional Trail s'interrompt brusquement devant un poteau électrique. C'est le second poteau au nord d'une intersection à moins de deux cent mètres de là, l'endroit où les chiens policiers ont perdu la trace de l'EAR et où on pense qu'il est monté dans une voiture.

— C'est dans ce coin qu'on a trouvé les devoirs d'écolier, dit Holes.

Il a des raisons pratiques de croire que les pages appartenaient au tueur. Les limiers ne sont pas infaillibles, mais le fait que trois chiens différents aient

340

indiqué qu'il s'était échappé vers le sud en suivant les rails constitue une preuve solide ; plus important pour Holes, le trajet, et l'endroit où la piste olfactive s'arrête, sont cohérents avec la distance à laquelle l'EAR avait l'habitude de se garer avant d'approcher sa cible. John Patty était un criminologue respecté et fortement investi dans les enquêtes du comté de Contra Costa ; si Patty avait jugé bon de ramasser les indices, c'est qu'il devait avoir pensé que ça avait peut-être de l'importance. Les deux autres indices trouvés avec les feuillets d'écolier sont des impasses. Le morceau de fil violet reste un mystère et le morceau de papier aux lettres tapées à la machine est illisible. Mais des feuilles de calepin à spirale sur une scène de crime sexuel ne sont pas aussi incongrues qu'on pourrait l'imaginer. Les délinquants sexuels et les meurtriers en série prennent fréquemment des notes quand ils rôdent pour trouver des victimes, et parfois, même, ils développent leur propre langage codé. Plus d'un témoin ayant appelé pour signaler une personne louche durant les attaques de Sacramento a décrit un homme avec un calepin à spirale. Et l'EAR, en dépit de son habileté à échapper aux autorités, a bien laissé tomber des choses à l'occasion ; que ce soit intentionnel ou non n'est pas clair : un tournevis, un pansement sanguinolent, un stylo-bille.

Le ricochet entre rage et apitoiement sur soi dans « Rage est le mot » est un autre indice. Les criminels violents comme l'EAR, à savoir les violeurs en série qui passent au meurtre, ne sont pas seulement rares, mais aussi tellement différents, que se livrer à des généralités sur leur milieu d'origine et leur comportement serait peu judicieux. Mais il existe néanmoins des trames communes. Le futur artisan des cauchemars commence en adolescent rêveur. Son univers est coupé en deux ; les fantasmes de violence agissent comme un anesthésiant sur une réalité cruelle et décevante. Ce qu'il perçoit comme des menaces contre l'estime de soi sont intériorisées de façon disproportionnée. Les griefs s'accumulent. Il ressasse ses vieilles douleurs.

Les fantasmes violents se transforment en répétition mentale. Il mémorise un script et peaufine ses méthodes. C'est lui le héros maltraité dans l'histoire. Autour de lui, une distribution tournante de visages terrifiés le fixe avec des yeux angoissés. Son système de croyance erroné s'organise autour d'un dogme central et vampirique : son sentiment d'inadaptabilité disparaît dès lors qu'il exerce un pouvoir absolu sur une victime, que ses actions provoquent en elle une expression d'impuissance qu'il reconnaît, et qu'il déteste, en lui.

La majorité de ceux qui ont des fantasmes violents ne passent jamais à l'acte. Qu'est-ce qui fait que les autres franchissent la ligne ? Les facteurs de stress se cumulent. Une étincelle émotionnelle prend feu. Le rêveur émerge de sa transe et pénètre dans la maison d'un inconnu.

L'auteur du « Rage est le mot » manifeste le style de réponse émotionnelle disproportionnée commune aux criminels violents. Un professeur de primaire qui l'a puni a « nourri un sentiment de haine dans mon cœur ». L'auteur choisit des expressions mélodramatiques en s'apitoyant sur lui-même pour décrire son

expérience. « Souffrir », « Injuste », « Épouvantable »,
« Horrible ».

Nous commençons à revenir vers la voiture. Je réfléchis à ce que je sais de Danville, qui a une trajectoire similaire à celle de nombreuses villes de Californie du Nord. Fut un temps, la région était peuplée d'Amérindiens qui avaient établi leurs campements sur Mount Diablo, au nord-est, mais en 1854, un Blanc plein aux as grâce à la ruée vers l'or débarqua dans la région et acheta quatre mille hectares de terrain. Il s'appelait Dan. La culture des fruits et du blé tint le coup jusque dans les années 70 et le boom de l'immobilier. De nouvelles zones résidentielles sortirent alors de terre, des gens s'installèrent, transformant la ville en une des banlieues les plus riches et les plus accueillantes de toute l'East Bay. D'après Holes, les photos aériennes qu'il a consultées ne montrent pas un énorme pic de construction dans le coin durant la période où l'EAR rôdait dans les jardins. La maison de la victime avait été bâtie au milieu des années 60. L'histoire pittoresque de Danville attirait le monde. La population avait doublé en 1980.

Ce qui se dit aujourd'hui de Danville, c'est que sa population est homogène et consciente de son statut social. Récemment, la ville a été classée numéro un en Amérique pour les dépenses par habitant en matière de vêtements.

— Vous croyez qu'il a grandi dans une banlieue comme celle-là ? dis-je à Holes.

— Classe moyenne ? Ouais, je pense qu'il ne vient probablement pas d'un milieu défavorisé.

Je soulève la question du profil ADN de l'EAR qui n'a jamais trouvé de correspondance. Je suis en territoire hautement spéculatif, je sais, mais j'ai toujours pensé que cela pouvait vouloir dire qu'il agit dissimulé derrière une apparence de respectabilité. Je sonde Holes pour avoir son opinion sur l'ADN.

— Ça me surprend, avoue-t-il. Ça fait plus de dix ans qu'on a l'ADN au niveau national et pourtant, on n'est jamais tombés sur le gars.

— Et ça vous surprend qu'il n'y ait pas non plus de correspondance familiale ? Est-ce que ça ne suggérerait pas une personne venant d'une famille plus collet monté ? – une opinion à peine dissimulée sous une question.

— Je pense que c'est possible, par opposition avec quelqu'un qui commet constamment des actes criminels, répond-il prudemment.

Holes et moi avons maintenant passé plusieurs heures ensemble. Il est de très bonne compagnie. Naturel. En fait, ses manières sont tellement douces et décontractées qu'il me faut plus longtemps que d'habitude pour reconnaître les caractéristiques de sa conversation. Quand il n'est pas d'accord avec une idée, il me le dit sereinement. Mais lorsqu'il est mal à l'aise avec une série de questions, il esquive les réponses en biaisant, soit en ne répondant pas vraiment, soit en me montrant quelque chose d'intéressant dans le paysage.

Je sens le même genre d'évitement de sa part quand j'aborde le sujet du milieu social du tueur. Hole est expert en criminalistique, c'est vrai. C'est un quantificateur professionnel qui travaille avec des balances et des compas. Il n'est pas tatillon, mais quand il se trouve devant des conclusions bâclées, il sépare les faits concrets de la boue. Il me corrige quand je fais allusion aux gros mollets de l'EAR. En fait, le témoin avait parlé de cuisses épaisses. Plus tard dans la journée, il va me montrer, grâce à un tableau impressionnant, combien il est imprudent de tirer des conclusions sur son physique à partir des déclarations de témoins. Couleur des yeux et des cheveux partent dans tous les sens. Le faible éclairage et le traumatisme obscurcissent les perceptions. Seule, la taille ne varie pas, me fait remarquer Holes. Il mesurait environ un mètre soixante-quinze. Un mètre quatre-vingt-deux serait considéré comme grand pour un suspect. Mais ils le chercheraient quand même, ajoute-t-il.

— Mieux vaut être trop prudent.

Scientifique jusqu'au bout des ongles.

Prudence et précision scientifique m'attendent à l'avenir. Mais à ce stade, tandis que nous nous préparons à quitter Danville, je suis toujours en mode variation, j'étoffe ma théorie. Je continue à énumérer une litanie de faits indiquant que l'EAR pourrait porter un masque de normalité. La plupart des victimes étaient des cols-blancs, qui vivaient dans des banlieues huppées. Il a dû faire comme s'il venait de là. Il devait avoir un genre de travail régulier. Il avait la manière et les moyens.

— On sait qu'il avait une voiture, dis-je.

Holes acquiesce, le visage assombri. On dirait qu'il tourne quelque chose dans sa tête, qu'il débat de la sagesse de partager ou non une idée.

— On sait qu'il avait une voiture, répète-t-il. (Ce qu'il dit ensuite, il le dit très lentement :) Je pense qu'il avait peut-être plus que ça.

Sur le moment, je suis incapable d'imaginer ce dont il parle.

— Je pense qu'il avait peut-être un avion, lâche-t-il enfin.

J'hésite sur le premier et seul mot qui me vient à l'esprit.

— Vraiment !?

Il me décoche un sourire énigmatique. J'avais mal interprété ses réactions. Il ne désapprouvait pas mes questions de nature spéculative. Il attendait le moment d'y ajouter sa propre ligne narrative.

— Je développerai au déjeuner, promet-il.

D'abord, nous devons effectuer un dernier arrêt dans le comté de Contra Costa : Walnut Creek.

WALNUT CREEK

La maison de Sidney Bazett, dessinée par Frank Lloyd Wright, dans Reservoir Road, à Hillsborough, se trouve à l'extérieur de San Francisco, au bout d'une allée sinueuse et masquée par les arbres, et elle est impossible à apercevoir de la rue. Il se murmure qu'elle est exceptionnelle, mais on a rarement l'occasion de le vérifier. Un après-midi de 1949, la belle-mère du propriétaire, qui s'y trouvait seule, fut surprise d'entendre frapper à la porte. Le visiteur était un homme d'affaires d'âge moyen portant des lunettes aux verres épais. Une demi-douzaine d'hommes en tenue de travail et arborant des mines sérieuses se tenaient derrière lui. L'homme expliqua qu'il s'appelait Joseph Eichler. Sa famille et lui avaient loué la maison pendant trois ans, de 1942 à 1945, date à laquelle les propriétaires actuels l'avaient achetée. La maison des Bazett, avec ses éléments de séquoia encastrés et ses murs aux parois vitrées, où la lumière du jour s'infiltrait de toutes les directions et changeait l'ambiance de chaque pièce selon les heures de la journée, était une œuvre d'art qui émouvait Eichler. Il ne l'avait jamais oubliée, expliqua-t-il. En fait, y vivre avait changé sa vie. Devenu négociant en immobilier, il avait amené ses collègues pour leur montrer la source de son inspiration. Le groupe fut invité à entrer. En passant le seuil, Eichler, qui avait fait ses débuts à Wall Street et était notoirement connu pour être un homme d'affaires impitoyable, se mit à pleurer.

Au milieu des années 50, Joseph Eichler était l'un des promoteurs immobiliers les plus prospères de la région de la Baie, dans le domaine de la maison individuelle d'architecture Modern style californien – poteaux et poutrelles, toits terrasses ou à pente faible, espaces ouverts, murs vitrés, atrium. Son ambition avait grandi en même temps que son affaire. Il voulait que la classe moyenne d'après-guerre, qui connaissait une expansion rapide, puisse apprécier les lignes géométriques épurées ; il voulait apporter l'esthétique moderniste aux masses. Eichler se mit à explorer le centre du comté de Contra Costa pour y trouver des terrains à bâtir. Il lui fallait quelques centaines d'hectares. Plus que ça, il lui fallait avoir la bonne intuition. Ce devait être une zone excentrée, non polluée par l'expansion urbaine, mais dotée d'infrastructures naissantes. En 1954, Eichler visita Walnut Creek. La ville vivait essentiellement grâce au cheval. Ygnacio Valley Road, à présent une artère majeure, ne possédait que deux voies, régulièrement envahies par les vaches. Mais le premier centre commercial de la région avait récemment ouvert. Il y avait un hôpital flambant neuf. Et les plans d'une future autoroute étaient en chantier.

La quête d'Eichler prit fin dans un verger de noyers situé dans la partie nord-est de la ville, en face d'Heather Farm Park. Mount Diablo, au loin, chatoyait. Voilà l'endroit parfait, s'était-il dit, pour une communauté de professionnels créatifs, de progressistes qui appréciaient l'art moderne et le design, de gens fatigués de vivre dans des maisons toutes faites où l'on pouvait retrouver son chemin les yeux bandés. Le lotissement de cinq cent soixante-trois logements, dont trois cent soixante-quinze Eichler et le reste de constructions standard, fut terminé en 1958. Un prospectus montre une femme magnifique en robe fluide, qui contemple son jardin impeccable à travers un mur vitré. La charpente est faite de poutrelles d'acier et de poteaux ; les fauteuils sont signés Eames. Eichler avait appelé sa nouvelle communauté Rancho San Miguel.

La banlieue avait ses détracteurs. Certains trouvaient que la conception Eichler, avec ses murs aveugles donnant sur la rue et son orientation vers le jardin à l'arrière, avait un côté antisocial. Faire signe aux voisins par la fenêtre de devant n'était plus possible. D'autres trouvaient que les constructions, affreuses, ressemblaient à des garages. Malgré tout, les Eichler, comme les appellent les gens, ont provoqué un véritable culte chez les admirateurs fervents, et Rancho San Miguel, avec ses parcs et ses bonnes écoles, est toujours resté un endroit convoité. Mais les constructions inhabituelles, avec leurs murs arrière entièrement vitrés, leurs portes coulissantes et leurs hautes palissades enclosant totalement les jardins individuels, ont aussi attiré un autre genre de disciples, pas avant-gardistes mais aux sombres motivations, fait qu'on se garde de mentionner en public mais sur lequel on se pose des questions en privé depuis des années.

Holes et moi nous garons sur les lieux de la première attaque de l'EAR à Walnut Creek, une Eichler à Rancho San Miguel.

— J'appelle ça le triangle des Bermudes du comté de Contra Costa, dit Holes. On a connu d'autres attaques dans ce quartier. Une fille disparue. Une agression par un tueur en série connu. Une femme au foyer, retrouvée étranglée avec sa culotte déchirée en 1966. Les deux agressions de l'EAR. Et on se dit, pour quelle raison ?

Au printemps 1979, une jeune fille de dix-sept ans de Rancho San Miguel qui vivait à Walnut Creek, a commencé à recevoir une série de coups de fil anonymes. Ce qui la perturbait particulièrement, c'est que les coups de fil la suivaient dans les maisons où elle faisait du baby-sitting. Une fois les parents partis, les enfants au lit, une sonnerie fendait le silence.

« Âllo ? » Le vide familier était toujours suivi d'un *click*, seul signe qu'il y avait bien un humain mal intentionné à l'autre bout de la ligne.

La jeune fille travaillait régulièrement pour deux familles qui habitaient l'une en face de l'autre dans des Eichler, sur El Divisadero. Début mai, une chemise de nuit et un annuaire téléphonique disparurent de chez elle, mais même ainsi, elle ne sentit pas le souffle chaud de la menace se rapprocher. Le truc avec les Eichler, c'est qu'elles attirent l'attention vers l'extérieur. Les murs vitrés exhibent les occupants tels de rares pièces de musée. La nuit, le jeu de la lumière contre l'obscurité fait qu'on ne voit pas au-delà de son propre reflet. L'opacité alimente les imaginations malsaines.

Le film *Terreur sur la ligne* allait sortir cinq mois plus tard. Fondé sur une légende urbaine bien connue, l'histoire met en scène une baby-sitter adolescente harcelée par des coups de fil à répétition de plus en plus sinistres. « Tu as vérifié que les enfants vont bien ? » lui demande un correspondant anonyme. Le téléphone à cadran rotatif blanc cassé est posé dans le salon, menaçant, tel une bombe à retardement. La peur sous perfusion atteint son point culminant à la fin de la scène d'ouverture, quand l'inspecteur qui essaie d'aider la baby-sitter la rappelle avec un message urgent.

— On a tracé l'appel. Il vient de l'intérieur de la maison.

Une peur ancestrale version moderne.

Terreur sur la ligne n'était pas encore sorti le 2 juin 1979. Aucun coup de fil anonyme ne parvint à la baby-sitter de Walnut Creek, ce samedi soir. Rien ne laissait supposer qu'un téléphone silencieux signifiait qu'un autre type d'approche était envisagé et planifié.

Elle se trouvait assise à la table de la cuisine quand elle entendit un bruit de pas ou une voix d'homme ; elle ne put se rappeler ce qui arriva en premier, seulement qu'il jaillit soudain de l'entrée obscure, comme monté sur ressorts, et prit place dans son cœur terrifié.

Il dit peu de mots et répéta le peu qu'il disait. Il communiquait par de soudaines bouffées de violence imprévisibles et nerveuses. Il lui fit baisser la tête. Lui attacha les poignets très serré avec des attaches plastique pour câbles. Lui mordit le mamelon gauche. On demande aux criminalistes de prendre des photos de victimes sur la scène de crime. Personne n'a l'air heureux, mais tout le monde regarde l'appareil photo. Pas la baby-sitter. Elle détourne le regard, les yeux fixés au sol. On dirait qu'elle ne les relèvera jamais.

À l'époque, il y avait un grand champ et une école de l'autre côté de la rue. La maison voisine était vide et on avait mis un panneau « À louer ». Les chiens suivirent la piste de l'EAR jusqu'au coin de la rue où, à l'évidence, il était monté dans un véhicule qui se trouvait garé devant une maison où l'on construisait une piscine.

La police qui effectuait des patrouilles dans le quartier après le viol intercepta un conducteur éméché avec un couteau et son fourreau. Ils arrêtèrent un homme sans pantalon qui leur dit chercher son chat égaré. Dans sa voiture, on découvrit des photos de femmes prises au téléobjectif sans qu'elles s'en soient rendu compte. Deux exemples parmi les mystérieux obsessionnels qui fonçaient à travers les banlieues la nuit, comme les cours d'eau qui bouillonnent encore sous la surface bétonnée de Walnut Creek.

Vingt-trois jours plus tard, l'EAR revint à Rancho San Miguel.

Les enquêteurs qui ont travaillé sur les affaires de criminels en série disent que par moments, ils ont l'impression que ce dernier leur parle, comme si leurs pensées personnelles lui avaient été télégraphiées et qu'il y répondait. C'est un dialogue muet coutumier des compétiteurs obsessionnels, un échange de petits gestes dont la signification est compréhensible aux deux seules personnes qui mènent la bataille. Dans la première étape de la course entre flic et criminel en fuite, l'enquêteur est celui qui surveille la pendule, l'esprit constamment anxieux, tandis que le coupable tire les ficelles, un petit sourire satisfait et obsédant sur le visage.

La seconde maison Eichler se situait à seulement trente mètres de la première. La victime avait treize ans cette fois. Son père et sa sœur se trouvaient dans la maison, inconscients de ce qui était en train de se passer. Les chiens policiers traînèrent leurs maîtres à un carrefour et s'arrêtèrent brutalement dans un lieu familier : le même endroit que précédemment, devant la maison avec la piscine en construction.

Les détails du crime fusionnèrent pour former un petit sourire arrogant et désincarné.

— Est-ce qu'il est déjà revenu ? demanda la jeune fille de treize ans aux enquêteurs qui l'interrogeaient après l'agression.

— Jamais, répondit le premier enquêteur.

— Jamais, au grand jamais, renchérit le second.

— C'est la maison la plus sûre du tout le quartier, reprit le premier.

Comme si on allait à nouveau pouvoir se sentir à l'abri dans une maison.

Le quartier ne colle pas exactement avec l'angle choisi par Holes pour interpréter les choses. Les Eichler ont toutes été bâties dans les années 50. Il n'y avait aucun chantier de construction en cours à Rancho San Miguel à l'époque, même s'il y en avait un peu plus loin. La ville se situe à environ quatre kilomètres de l'autoroute 680.

— C'est un peu en dehors des sentiers battus, dit Holes en regardant autour de lui. Quelque chose l'attire dans cette banlieue éloignée.

Traverser le comté de Contra Costa est différent pour Holes et pour moi. Je vois les environs pour la première fois. Holes, lui, remonte la piste de meurtres passés. Chaque panneau « Bienvenue à… » se rattache dans sa mémoire à des preuves médico-légales, des après-midi de vision brouillée à force de rester penché sur le microscope dans le labo. Walnut Creek possède une résonnance toute particulière pour Holes, car il lui rappelle le mystère de la jeune fille disparue.

Elaine Davis s'apprêtait à coudre un bouton en cuivre sur son caban. Sa mère avait quitté leur domicile de Pioneer Avenue, au nord de Walnut Creek, pour aller chercher le père d'Elaine à son travail. Il était 22 h 30, ce premier décembre 1969, un lundi soir. Lorsque les

Davis revinrent à la maison, Elaine, une brillante étudiante sans histoires de dix-sept ans, aux cheveux blond sable et au visage en forme de cœur, avait disparu. Sa sœur de trois ans dormait toujours dans son berceau. La maison semblait intacte. Elaine, myope, avait laissé ses lunettes, dont elle avait pourtant grand besoin. Des objets lui appartenant commencèrent à refaire surface. Le bouton qu'elle avait eu l'intention de coudre sur son manteau fut retrouvé dans un champ derrière la maison. Son mocassin marron à boucle dorée fut ramassé sur l'autoroute 680 à Alamo. Une femme au foyer repéra le caban bleu marine d'une fille de petite taille sur une portion d'autoroute isolée dans les montagnes de Santa Cruz, à cent vingt kilomètres de là.

Dix-huit jours après la disparition d'Elaine, on retrouva un corps de femme en train de flotter à Lighthouse Point, à Santa Cruz. Un radiologue étudia les os et en déduisit que la victime avait entre vingt-cinq et trente ans. Ce n'était pas Elaine. L'inconnue fut enterrée dans une tombe anonyme. La disparition Davis fut classée.

Trente et un ans plus tard, un inspecteur de Walnut Creek, proche de la retraite, apporta le dossier à Holes, qui l'étudia. Il en conclut que le radiologue avait commis une erreur et ne pouvait pas avoir donné une estimation juste de l'âge. Holes contacta d'autres officiels afin d'obtenir l'exhumation du corps de l'inconnue. À environ huit mètres de profondeur sur la pente d'une colline, des pelles entrèrent en contact avec une housse mortuaire en plastique remplie d'ossements.

Le père d'Elaine était mort. Sa mère vivait à Sacramento. Deux jours après l'exhumation, des inspecteurs de Walnut Creek demandèrent à lui parler. La sœur cadette d'Elaine vint en ville pour assister à l'entrevue. Les inspecteurs annoncèrent la nouvelle à la mère et la fille : on a identifié Elaine.

— La famille l'a enterrée, dit Holes. Une semaine après, la mère mourait.

Nous quittons Walnut Creek, direction le Nord. Mount Diablo, une masse d'étranges excroissances dominant des vallées méticuleusement divisées en lotissements, s'éloigne. On raconte que des pumas noirs s'y déplacent furtivement sur les hauteurs rocheuses. De mystérieuses lumières y ont été aperçues. En 1873, d'après la légende locale, une grenouille vivante a été découverte, partiellement enchâssée dans un bloc de calcaire, à soixante-dix mètres sous terre. Fin août et début septembre, juste après les premières pluies d'automne, des centaines de tarentules mâles sortent de leurs trous dans le sol. Elles effleurent la surface recouverte de sauge de montagne au parfum de menthe, à la recherche de terriers délicatement tapissés de soie, où les femelles sont prêtes à s'accoupler. Des troupeaux de visiteurs armés de lampes de poche débarquent dans la montagne au crépuscule, ou juste après la nuit tombée, meilleur moment pour observer les tarentules. Des chauves-souris tournoient au-dessus des pins gris et des chênes vivants. Des grands-ducs d'Amérique hululent avec solennité. Les faisceaux des lampes de poche qui s'entrecroisent sur les sentiers tombent parfois sur un morceau de terre en mouvement ; une inspection plus poussée révèle des tarentules de la taille d'une soucoupe en train de détaler. Les mâles ne regagnent jamais leur terrier. Ils s'accouplent autant qu'ils le peuvent et ensuite, ils meurent, de faim ou de froid.

Nous traversons le pont pour entrer dans le comté de Solano, où nous tournerons vers l'est en direction de Davis.

— Quand le temps est dégagé, on peut apercevoir Sacramento d'ici. Et les Sierras, dit Holes.

Il habite à mi-chemin de Sacramento et de l'East Bay. Le week-end, il se retrouve souvent en train de visiter les scènes de crime.

— J'aime conduire, ajoute-t-il.

Quand il lui arrive d'être en Californie du Sud, il les visite aussi. Durant ses voyages à Disneyland avec sa famille, lorsque les enfants commencent à somnoler, sa femme surveille la sieste à l'hôtel pendant que Holes fait un tour. Jusqu'au lotissement de North-wood, à Irvine, au 13 Encina, où vivait Janelle Cruz, ou encore jusqu'au 35 Colombus, où Drew Witthuhn avait nettoyé le sang de sa belle-sœur, Manuela.

— Chaque fois, j'essaie de trouver le Pourquoi ici ? dit Holes. Pourquoi une telle chose ?

DAVIS

NOTE DE L'ÉDITEUR : Cette partie présente des extraits choisis de la transcription audio ayant été faite suite au voyage à Davis.

PAUL HOLES : C'est sûrement comme ça que l'EAR est descendu jusqu'à l'East Bay. En suivant la I-80, juste là.

MICHELLE : Si vous deviez deviner d'où il vient, en termes de scolarité… Je ne le prendrai pas pour argent comptant. Je suis simplement curieuse.

PAUL HOLES : Si je devais deviner ? Je dirais l'État de Sacramento. S'il a été à l'université. Pour ce qui est des lieux, quand on regarde où sont situées ses attaques, vous voyez, on en a tout un groupe à Rancho Cordova. On a aussi les attaques le long de La Riviera. Et les attaques qui se passent juste là, à la limite de l'État de Sacramento. Sacramento me paraît vraisemblable. Bon, il y a certains instituts universitaires dans la région de Sacramento où il aurait pu étudier. Euh, lycées ? Euh… nom d'un chien ! Il y a tellement de possibilités.

MICHELLE : Je veux dire, vous n'avez pas l'impression, que peut-être il aurait grandi à Goleta ?

PAUL HOLES : Je ne dirais pas ça, mais quand je regarde les affaires de Sacramento et – c'est un truc que je veux vous montrer à un moment donné – quand on fait un survol de l'ordre de ses attaques là-bas, on s'aperçoit très vite qu'il quadrille littéralement le comté. Il connaît intimement la région.

MICHELLE : Il ne se montre pas simplement pour se rendre dans le comté de Sacramento.

PAUL HOLES : Non, non. Je pense qu'il a une histoire avec la ville. Maintenant, est-ce que c'est la même chose à Goleta ? Je veux dire, tout est possible. On n'en sait rien. Mais tout au sud, Goleta c'est, pour moi, c'est le point zéro, tout au sud. Et il y a aussi quelque chose à Irvine. Une raison pour laquelle il a commis deux agressions là-bas.

MICHELLE : Et qui ne sont pas du tout éloignées.

PAUL HOLES : Non. Non. C'est Ventura et Laguna Niguel les deux échantillons non homogènes. (*NOTE DE L'ÉDITEUR : Holes fait ici référence à l'affaire Dana Point ; certaines personnes considèrent par erreur que Dana Point fait partie de Laguna Niguel.*)

PAUL HOLES : Pour moi, Davis/Modesto sont significatifs.

MICHELLE : Modesto, c'est arrivé une fois ou deux ?

PAUL HOLES : Deux fois.

MICHELLE : D'accord.

PAUL HOLES : Donc, quand j'ai fait ma toute première estimation géographique, j'ai divisé les actions de l'EAR en différentes phases. La première étant Sacramento. La suivante, Modesto/Davis. La troisième, l'East Bay et enfin la quatrième, tout en bas, en Californie du Sud. Quand on en vient à cette deuxième phase – je mets Stockton dans le même sac que Sacramento, parce qu'il est retourné à Sacramento après Stockton, mais ensuite, une fois qu'il a eu frappé à Modesto, il n'est pas revenu à Sacramento avant d'avoir fait ce qu'il avait à faire dans la région de l'East Bay. Et il n'arrête pas de faire la navette entre Modesto et Davis. Il y a près de cent quatre-vingts kilomètres par la route entre ces deux villes. Et entre la seconde attaque de Modesto et celle de Davis, il ne s'est écoulé que vingt-deux heures. Pourquoi est-ce qu'il fait ces allers et retours ? Je pense que c'est lié à son travail. Il ne fait pas ça pour semer la police. Je crois que le fait qu'on l'envoie à Modesto et à Davis et qu'il lui faille faire ces allers et retours est lié à son travail.

MICHELLE : Il ne s'est écoulé que vingt-deux heures ?

PAUL HOLES : Vingt-deux heures.

MICHELLE : Waouw. J'ignorais que c'était si rapproché dans le temps.

PAUL HOLES : Et il se trouve que ça arrive dans ces deux cas-là et *seulement* ces deux cas-là... Dans l'affaire de Modesto, le chauffeur de taxi prend en charge le type bizarre à l'aéroport, le dépose, et la dernière fois qu'on voit celui-ci, il se dirige vers le chantier en construction qui se trouve juste au sud de l'endroit où les victimes ont été attaquées. Et pour ce qui est de Davis, c'est là que les empreintes ramènent de la maison de la victime à l'aéroport UC-Davis. Des empreintes de chaussures. C'est ça que je vais vous montrer. Donc, est-il possible que l'EAR soit venu à Modesto en avion pour une attaque et qu'il ait ensuite repris un vol jusqu'à UC-Davis pour la seconde ?

MICHELLE : Pour le travail ?

PAUL HOLES : Pour le travail. Et qu'est-ce que ça nous apprend sur lui ?

MICHELLE : Ouais.

PAUL HOLES : Eh bien, le citoyen moyen ne pilote pas un avion.

MICHELLE : Non.

PAUL HOLES : Le citoyen moyen ne trace pas un schéma qui dit : « Comment je devrais dessiner ce terrain ? »

MICHELLE : Exact.

PAUL HOLES : Il faut que ce soit quelqu'un avec des ressources. Mais quand on lit son dossier, ça ne donne pas l'impression que ce soit quelqu'un de riche, non ?

MICHELLE : Exact.

PAUL HOLES : Je ne comprends pas. Tout paraît contradictoire. Mais c'était comme ça avec lui. On se fourvoyait constamment.

MICHELLE : Alors, vous auriez tendance à penser qu'il avait davantage de ressources ?

PAUL HOLES : Je crois qu'il a… Eh bien, à mon avis, s'il s'avère que l'EAR ne faisait pas simplement ça pour un projet d'école, mais qu'il était effectivement à la recherche de terrains et travaillait pour un promoteur immobilier, il devait au moins être associé à l'entreprise à un niveau où il avait voix au chapitre.

PAUL HOLES : Et donc, voici Village Homes à Davis. Village Homes est un lotissement très connu. Ce que je vous montre se trouve être, par hasard, une photo aérienne de Village Homes, tel qu'il apparaît entre la première et la seconde attaque de Davis. Donc, ils ont littéralement pris cette photo huit jours avant l'attaque n° 36. Voilà à quoi ça ressemblait. Et regardez bien l'ensemble des nouvelles constructions en cours, juste au nord de la scène de crime. Je vais vous y emmener et vous montrer le site de l'aéroport dans son entier.

PAUL HOLES : La victime de Stockton à qui j'ai parlé travaillait pour un promoteur immobilier de première importance dans la Vallée centrale. Cette

360

femme a fait pas mal de choses pour lui. Elle a fini par quitter la boîte quand elle est tombée enceinte. Il se trouve que j'ai montré ce schéma (la « carte d'écolier » gardée comme preuve) à un ami qui travaille dans l'aménagement. « Ça a été fait par un professionnel, m'a-t-il assuré. Il a esquissé ces symboles. » Cette opinion venant d'un expert dans le domaine du bâtiment, j'y accorde beaucoup de crédit.

MICHELLE : Je pense que vous avez raison. Je ne crois pas que ce soit sorti de son imagination.

PAUL HOLES : Je ne le crois pas non plus. Vous savez, il y a un architecte paysagiste de UC-Davis qui a dit : « Il y a dans ce dessin des particularités uniques qu'on ne voit qu'à Village Homes. »

MICHELLE : Oh, vraiment ?

PAUL HOLES : Oui. Et vous vous en rendrez compte quand nous irons là-bas. Village Homes est un lotissement très inhabituel. Donc, l'EAR se rend là-bas et attaque. Croyez-vous possible qu'il se soit rendu à Village Homes et qu'en voyant certaines de ces particularités, il les ait incorporées dans ce schéma, quel que soit le projet sur lequel il travaillait ?

MICHELLE : Possible. Comme une idée qu'il compte soumettre, du style « Eh, on devrait faire ça », ou un truc dans le genre ?

PAUL HOLES : Ouais.

Holes arrive au complexe d'appartements où a eu lieu la première attaque de Davis.

Cette attaque, la n° 34, s'est passée à environ 3 h 50, le 7 juin 1978 – deux jours après la première attaque à Modesto. La victime était une étudiante de UC-Davis de vingt et un ans, qui vivait dans un immeuble d'appartements de plusieurs étages, ce que Larry Pool considèrerait plus tard comme une « anomalie structurelle », étant donné que ce fut la seule et unique fois où l'EAR semble avoir ciblé ce genre d'habitation.

Il avait pénétré dans l'appartement du premier étage par la porte coulissante du patio et s'était montré particulièrement violent avec sa victime, la frappant plusieurs fois au visage après qu'elle avait d'abord résisté. Pendant qu'il la violait, il lui avait vigoureusement enfoncé la figure dans le sol, la laissant avec un nez cassé et une commotion cérébrale.

Certains facteurs suggèrent que cette attaque a pu être plus impulsive que la plupart des autres : il portait un bas en nylon au lieu d'un passe-montagne ; les seules armes connues étaient une lime à ongles et un tournevis, et l'assaillant avait apparemment enfilé son T-shirt à l'envers. Cependant, le crime fut attribué à l'EAR sans le moindre doute, sur la base de la logorrhée et de la signature, le violeur ayant placé son pénis dans les mains ligotées de la victime et l'ayant forcée à le masturber.

PAUL HOLES : Très bien, alors la première à Davis a été l'étudiante qui allait à l'université. Design et textiles.

MICHELLE : C'est là qu'on pense avoir vu l'EAR quitter le parking ?

PAUL HOLES : Ouais. Dans une Camaro noire, un truc dans ce goût-là. Mais je ne suis pas certain que c'était lui.

PAUL HOLES : Eh bien, les choses ont changé. J'ai moi-même vécu là à une époque.

MICHELLE : Oh ! Techniquement, s'agit-il de bâtiments appartenant au campus ?

PAUL HOLES : Ce sont des résidences extérieures au campus. Je pense qu'elles étaient différentes dans les années 70. Ça a même changé depuis que j'y ai habité.

Holes s'arrête et laisse le moteur tourner au ralenti.

PAUL HOLES : Tous ceux-là sont des mômes allant à la fac. Dans Russell Boulevard, on voit tous les étudiants à vélo. Donc, s'il se trouve à Davis pour un raison quelconque, je me dis qu'il a peut-être vu quelqu'un et qu'il l'a suivie.

MICHELLE : Ah, OK.

PAUL HOLES : Il voit une fille qui, pour une raison indéterminée, retient son attention, et ensuite, il s'arrange pour trouver où elle habite. Je ne crois pas qu'il était en train de rôder ou de cambrioler. C'est atypique de son…

MICHELLE : Fonctionnement habituel.

PAUL HOLES : Ouais.

Ils gagnent la scène suivante, lieu de l'attaque n° 36. Seconde des trois attaques de Davis, elle s'est produite aux environs de 3 heures du matin, le 24 juin 1978 – une journée après l'attaque n° 35 à Modesto.

La victime était une femme au foyer de trente-deux ans, dont le mari se trouvait au lit avec elle. Tous deux avaient été ligotés. Le fils du couple, âgé de dix ans, était présent, lui aussi, et l'agresseur l'avait enfermé dans la salle de bains. Il avait fouillé toute la maison puis était revenu vers la femme, qu'il avait entraînée au salon où il l'avait violée. Avant de quitter les lieux, il avait dérobé dix-sept rouleaux de pièces.

PAUL HOLES : À présent, nous entrons dans Village Homes.

MICHELLE : OK.

PAUL HOLES : Toutes les rues ont été baptisées d'après *Le Seigneur des anneaux*.

MICHELLE : Oh. Vraiment ?

PAUL HOLES : Ouais. Le promoteur, Michael Corbett, était fortement engagé dans *Le Seigneur des anneaux*.

MICHELLE : Fortement engagé, ça veut dire…

PAUL HOLES : Eh bien, un grand fan.

MICHELLE : Ah, d'accord ! C'était un crétin.

PAUL HOLES : Avec sa femme, Judy, ils ont poussé à la construction de ce lotissement. Toutes ces maisons… On est dans la rue, ce qu'on voit là, c'est l'arrière des logements. Les façades donnent sur un espace vert commun. Le but était d'encourager un esprit de communauté. Donc, les voisins sortent. Ils ont des jardins – des jardins communautaires, des espaces verts à partager.

MICHELLE : Et donc, si on était étudiant, on ne vivait pas là ?

PAUL HOLES : Peu de chances. Je veux dire, on aurait pu, mais à l'époque, ces maisons étaient neuves. Les étudiants ne pouvaient pas se les payer.

Holes traverse les lieux en cherchant la maison où l'agression avait eu lieu.

PAUL HOLES : Notre victime vivait… dans celle-ci. Juste là, sur le côté droit.

MICHELLE : Hmm.

PAUL HOLES : Et tout ce qui se trouve de ce côté était en pleine construction à l'époque. Là, vous voyez les longs culs-de-sac étroits auxquels la ville a opposé un refus franc et massif. Alors les Corbett ont demandé aux pompiers de faire venir les camions incendie pour leur montrer que, oui, on pouvait faire demi-tour ici. Je vais contourner le lotissement pour que vous puissiez observer quelques-unes des particularités de cet endroit. Toutes les maisons fonctionnaient à l'énergie solaire passive. Ce n'était pas rien, à l'époque.

PAUL HOLES : En voici un exemple ici. Une passerelle pour piétons au-dessus de la rigole de drainage à ciel ouvert. Et c'est par là que l'EAR est arrivé.

MICHELLE : Comment vous le savez ?

PAUL HOLES : Les empreintes de pieds. Corbett disait que cette zone, là-bas en bas, était comme un bac à sable. Tous les jours, il la ratissait pour l'égaliser. Et après l'attaque, il est allé là-bas et a découvert une empreinte de chaussure dans son sable fraîchement ratissé. Alors il a suivi l'empreinte jusqu'à la maison de la victime, autour de la maison, à travers l'espace vert. Je suis en train de lui parler et il me dit : « Eh bien, j'ai été dans les Boy Scouts et une des choses que j'ai vraiment aimé faire, c'était pister. Je passais tout mon temps à ça. » Et donc, il continue : « J'ai vu ces empreintes et j'ai ressenti le besoin de remonter leur piste. » Du coup, il possède une capacité plus développée que la moyenne dans ce genre de domaine. Je ne dirais pas qu'il s'agit d'un expert en recherche et sauvetage mais....

MICHELLE : Il savait ce qu'il faisait, d'une certaine façon.

PAUL HOLES : Ouais. Et donc, il continue, ces empreintes sont arrivées par ici et sorties par là.

MICHELLE : Hmm.

PAUL HOLES : C'est une sorte d'espace vert collectif.

MICHELLE : Attendez, alors elles ont effectué un genre de boucle, tout autour ?

PAUL HOLES : Oui, il est arrivé et monté par là, et puis il a effectué une boucle à partir de la maison de la victime, et ces empreintes se sont retrouvées dans le jardin de cette dernière.

MICHELLE : C'est un aménagement intéressant. Je crois que je ne suis jamais rentrée dans un endroit de ce genre.

PAUL HOLES : C'est unique. Village Homes était connu dans le monde entier. François Mitterrand est venu visiter les lieux en hélicoptère, tellement ça paraissait novateur. Des étudiants de partout, et des promoteurs, débarquaient ici pour voir l'allure que ça avait. Et c'est là qu'on peut se dire, vous savez : « Village Homes à Davis. On construit un lotissement, voyons ce qu'ils ont fait, eux, et ce qu'on peut incorporer dans notre projet. » Le lotissement a fait la couverture de… *Sunset Magazine*. Betty Ford faisait du vélo par ici. J'y ai amené ma femme une fois et elle a dit : « Je ne vivrais jamais là-dedans. »

MICHELLE : Ça a un côté un peu oppressant.

PAUL HOLES : C'est oppressant, oui, et c'est un paradis pour les prédateurs. On ne voit rien. Je veux dire, il peut entrer, attaquer et repartir, et personne n'en saura jamais rien.

PAUL HOLES : La troisième victime – et je vous y emmènerai après – habitait dans le quartier qui est juste là. Vous voyez, les trois attaques de Davis sont plutôt rapprochées.

MICHELLE : Ouais, effectivement.

PAUL HOLES : Un des trucs intéressants, c'est que cette victime-ci et la troisième de Davis faisaient du covoiturage. Leurs enfants allaient à la même maternelle. Et c'est le seul lien entre des victimes dont je sois au courant. Mais on n'a jamais vraiment creusé de ce côté.

MICHELLE : Je vois.

PAUL HOLES : Personne n'est retourné parler à ces victimes. L'EAR aurait-il pu les voir ensemble en voiture, ce qui l'aurait poussé à les choisir, ou le fait qu'il ait attaqué deux endroits aussi proches était-il juste une coïncidence ?

MICHELLE : Exact. Chacune avait-elle connaissance de ce qui était arrivé à l'autre ? Vous ne savez même pas ça ?

PAUL HOLES : Je ne sais même pas ça, non.

PAUL HOLES : Donc, il est arrivé par là... et maintenant, il déambule de ce côté-ci. Au début, ils ont plus ou moins écarté cette possibilité. Le premier officier de police que Corbett a appelé, il lui a dit : « Eh, j'ai suivi la piste de ces empreintes de pieds », et le policier lui a répondu : « Oui, c'est un sentier de jogging très emprunté, et puis c'est tellement loin, je ne vois pas le criminel garer sa voiture tout en bas et remonter ici pour attaquer. » Finalement, les empreintes redescendent, suivent le sentier dans cette oliveraie, de ce côté.

PAUL HOLES : Nous voilà de l'autre côté de l'oliveraie.

MICHELLE : D'accord. Et donc, il aurait pu s'être garé, disons, sur le bas-côté, juste ici ?

PAUL HOLES : Pas du tout. Parce que les empreintes continuent.

MICHELLE : Oh, mon Dieu ! Est-ce qu'il ne risquait pas qu'on le voie ?

PAUL HOLES : À cette heure-là ? Il faisait nuit noire !

MICHELLE : D'accord. Et il portait sûrement des vêtements sombres.

PAUL HOLES : Et qu'est-ce qu'il fait d'autre tout le temps ? Dans des lotissements, en plus, au milieu des habitations. Il se balade. C'est probablement plus risqué que ça.

MICHELLE : Oui, c'est sûrement vrai.

368

Holes s'enfonce plus profondément dans l'enceinte de UC-Davis, entre différents bâtiments dédiés à la recherche s'étendant à leur droite et des champs agricoles à leur gauche.

PAUL HOLES : Donc, il suit les empreintes qui redescendent… tout le long, jusqu'ici. Je ne peux pas traverser. Cet endroit est ce qu'on appelle Bee Biologie. Ils font pas mal d'études sur les abeilles ici.

MICHELLE : Oh, hmm hmm.

PAUL HOLES : Quand j'ai lu le dossier la première fois, je n'arrivais pas à comprendre. J'ai cru que c'était Boo Biologie. Alors je me suis dit que ça se trouvait sur le campus, à Tataouine, et j'ai pensé : « Ce n'est rien. » Mais si on observe l'endroit où sa trace a été perdue, on s'aperçoit que les empreintes finissaient par virer à gauche. Et qu'est-ce qu'on a en bas ? Regardez ici. C'est l'aéroport !

MICHELLE : Oh !

PAUL HOLES : Alors, je me retrouve à appeler les aéroports en disant : « Quel genre de registre tenez-vous ? »

Ils rient.

PAUL HOLES : Je croyais naïvement que quand on volait, vous voyez… qu'à chaque fois qu'on utilisait un avion, on devait remplir un plan de vol ; qu'on devait se poser dans un aérodrome, faire savoir qu'on était là, et tout le reste. Mais on m'a répondu : « Non, non.

Tout le monde peut aller et venir ici. On n'a aucune idée de ceux qui sont là. S'ils arrivent après la fermeture, ils immobilisent leur avion, vont faire leurs trucs, reviennent, et on ne saura jamais qu'ils sont passés. »

MICHELLE : C'est vrai ? C'est curieux.

PAUL HOLES : Et donc, on a cette attaque, vingt-deux heures après celle de Modesto. Dans l'agression de Modesto, le type bizarre a été pris en charge à un aéroport puis déposé près d'un lotissement en construction, et apparemment, il a pris la direction de la maison de la victime.

MICHELLE : Mais pourquoi ce type était-il si bizarre ?

PAUL HOLES : D'après le chauffeur, il n'avait qu'un sac. Et il a juste dit : « Emmenez-moi à Sylvan et Meadow. » Et ensuite : « Déposez-moi là. » Il sort et s'éloigne simplement vers un coin, où, selon le chauffeur, il n'y a rien d'autre que des maisons en construction. Pour ce qui est de l'affaire suivante… on a un accès à l'aéroport.

MICHELLE : J'essaie de voir quel genre de personne pourrait avoir accès à un avion comme ça. Du style, un petit avion ?

PAUL HOLES : Eh bien, un petit avion ouvre des perspectives. Vous savez, en général, ces promoteurs possédaient un jet d'entreprise pouvant emmener plusieurs personnes. Si on parle de quelqu'un avec un petit avion, quelqu'un qui n'est pas millionnaire, vous voyez, ou avec de grosses ressources, ayant un…

MICHELLE : Ouais.

PAUL HOLES : Donc, si vous parlez à ces promoteurs et que vous leur dites : « Est-ce que vous prendriez l'avion ? Si vous aviez des chantiers de l'autre côté de l'État, vous iriez en avion ? » Ils vous répondent : « Ouais, on irait en avion. Voler coûte très cher, mais c'est un truc d'ego, un peu. Une façon d'être perçus comme ayant réussi, parce qu'on possède notre propre jet et qu'on vole avec. Et ouais, de temps à autre, on irait surveiller la construction de nos petits royaumes. »

MICHELLE : Je vois. Hmm. Est-ce que certains indices dans les autres affaires auraient pu avoir un lien avec un avion ? Comme, je ne sais pas… il n'avait pas quelque chose qui aurait pu appartenir à un pilote ?

PAUL HOLES : Non, pas que je sache.

Holes essaie de localiser la maison de la troisième victime de Davis. Cette attaque, la n° 37, a eu lieu le 6 juillet 1978, à 2 h 40. La victime était une femme de trente-trois ans – récemment séparée et seule au lit – dont les fils dormaient dans une autre pièce. L'EAR les avait utilisés comme moyen de pression, menaçant de les tuer si elle ne faisait pas ce qu'il disait. Après avoir violé et sodomisé la victime, il avait sangloté. Une pause de trois mois s'était ensuivie, après quoi il avait refait surface dans la région de l'East Bay.

PAUL HOLES : La maison faisait l'angle. Je dirais qu'elle était au bout. Je ne crois pas que ces maisons-ci aient été là, à l'époque. Et il n'y a aucune habitation derrière. En plus, le chantier de l'école était en cours.

Voilà, l'attaque a eu lieu ici. On bâtissait beaucoup dans le coin… Voilà, c'est là. Donc… cette victime faisait du covoiturage avec la précédente victime de Davis.

MICHELLE : Waouw. Beaucoup de ces scènes de crime sont franchement plus proches les unes des autres que je ne l'imaginais. Je veux dire, certaines ne le sont pas, mais… d'autres, c'est intéressant.

PAUL HOLES. Exact. C'est ça, les banlieues. Il était devenu familier des banlieues. Danville est densément peuplée. Concord. Walnut Creek.

MICHELLE : Certainement, je veux dire, à Rancho Cordova… Les habitations ne se trouvaient-elles pas à côté les unes des autres ?

PAUL HOLES : Ouais. Pas juste à côté, mais de l'autre côté du pâté de maisons. Vous voyez, entre les deux.

MICHELLE : Je vois. Et si on s'en va à pied sans pantalon, soit on vit sur place, soit la voiture est garée tout près. Ou alors, on est dingue. Ou tout ça à la fois.

PAUL HOLES : Eh bien, un des types que j'ai passé beaucoup de temps à étudier, un tueur en série du nom de Phillip Hugues… lors de ses entretiens avec le psychiatre, il a admis que, pendant ses années de lycée, il quittait la maison au beau milieu de la nuit, nu, – ses parents n'en savaient rien – et s'introduisait dans les autres maisons du quartier pour dérober des vêtements féminins.

MICHELLE : Et c'était avant d'avoir fait preuve de violence envers des gens ?

PAUL HOLES : Oui, pour autant qu'on sache. Il avait tué des animaux. Vous savez bien… la trilogie du tueur en série (la théorie selon laquelle torturer des animaux, mettre le feu et faire pipi au lit bien après la tendre enfance sont les signes avant-coureurs de violence sexuelle à l'âge adulte).

MICHELLE : D'accord.

PAUL HOLES : Mais là, on parle d'adolescence. Je pense qu'il doit y avoir une certaine… excitation, à se balader dehors à poil.

MICHELLE : Sûrement.

PAUL HOLES : Ceci dit, il pourrait y avoir une raison pratique à ça aussi, vous savez ? Admettons que ce soit sa première agression et il se dit : « Bon sang, comment je vais me débrouiller avec le pantalon ? Je ne vais tout simplement pas en mettre. Je ne veux pas qu'il me gêne. »

MICHELLE : Tout à fait. Ouais, c'est pour ça que je trouve intéressant que dans de nombreux meurtres, il ait tué les victimes avec ce qu'il avait sous la main.

PAUL HOLES : Effectivement. Il avait une arme, mais en matière de matraquage, il a utilisé ce qui se trouvait sur place.

MICHELLE : Est-ce que les tueurs qui tabassent ont quelque chose de différent par rapport à ceux qui s'y prennent autrement ?

PAUL HOLES : Eh bien, matraquer et poignarder sont en substance de même nature. C'est très personnel. Vous reportez beaucoup de violence, de colère, sur la victime. Quant à la strangulation… tabasser à coups de poing ou étrangler, tout est…

MICHELLE : Donc, tout ce qu'on fait de ses propres mains ressortit à la même chose ?

PAUL HOLES : Ouais, c'est pareil. Contrairement à donner la mort avec une arme – c'est moins personnel. Et c'est facile. N'importe qui peut tuer n'importe qui avec une arme. On peut tuer à distance. Mais dans une confrontation physique avec la personne, c'est un truc personnel. On peut lire des témoignages sur ces types qui regardent leur victime dans les yeux pendant qu'ils l'étranglent...

MICHELLE : Exact.

PAUL HOLES : Et ils se sentent investis d'un pouvoir divin, parce que, fondamentalement, ce sont eux qui décident si leur victime va vivre ou mourir.

FRED RAY

Je suis en train de boire avec déplaisir ma seconde tasse d'horrible lavasse dans un café de Kingsburg, Californie, à une trentaine de kilomètres au sud-est de Fresno, quand on me donne l'explication d'un mystère qui m'a laissée perplexe pendant des années. L'homme qui me fournit la réponse, Fred Ray, grand et laconique, parle d'une voix légèrement nasillarde et traînante, qui sied à un descendant de plusieurs générations de fermiers de la Vallée centrale. Lorsque Ray ne se sert pas de ses longs doigts pour souligner un point précis, il joint les mains et les pose avec douceur sur sa poitrine, comme un érudit. Sa chevelure, encore en grande partie brune, est d'une épaisseur enviable pour un inspecteur à la retraite qu'on interroge sur un double homicide vieux de trente-cinq ans sur lequel il a enquêté à l'époque. Je me suis tout d'abord fait une idée plutôt mesquine de lui quand Ray est entré avec sa démarche de guingois, son attaché-case déglingué et son accent nasillard du Dust Bowl. Il voulait me rencontrer tôt pour éviter la foule des lycéens, m'avait-il dit, mais je ne vois personne de moins de soixante-dix ans dans le minuscule café, avec sa poignée de tables recouvertes de nappes en épais plastique transparent, ses étagères remplies de babioles suédoises (Kingsburg est surnommée la Petite Suède) et son étroit présentoir en verre renfermant quelques pâtisseries éparses. Deux des quelques clients du café sont la femme de Ray puis son pasteur, qui me demande d'où je viens, bien que je n'aie pas été identifiée comme une visiteuse extérieure à la ville. Je lui réponds que je suis de Los Angeles.

— Bienvenue dans l'État de Californie, me réplique-t-il.

Mais mon impression de Ray change brusquement au début de notre conversation, quand il se met à me raconter le temps qu'il a passé au bureau du shérif du comté de Santa Barbara et en particulier, son expérience lorsqu'il interrogeait un certain type de gamins à problèmes. Extérieurement, ces gamins, de jeunes Blancs pour la plupart, représentaient peu de menace. Le rythme décontracté d'une ville côtière bâtie sur de vieilles fortunes rejaillissait sur eux, même s'ils ne vivaient pas dans la chic Hope Ranch, avec ses sentiers équestres et sa plage privée, mais dans le lotissement de mobile homes sur Hollister. C'étaient des Gary et des Keith, des paumés à la chevelure en bataille typiques de la fin des années 70, qui avaient commencé, mais jamais terminé, le lycée San Marcos High ou Dos Pueblos. Ils traînaient des fauteuils déglingués dans les plantations d'avocats et se planquaient pour fumer de l'herbe qu'ils faisaient pousser eux-mêmes. Ils surfaient à Haskell Beach à longueur de journée et se retrouvaient le soir autour de feux de camp, soûls, et avec l'impression rassurante d'être hors d'atteinte ; les flics ne descendraient jamais les promontoires couverts de buissons de sauge pour mettre fin à une soirée sur la plage. Les troubles qu'ils occasionnaient étaient minimes. Des provocations sans importance. Sauf que Ray avait découvert qu'un nombre surprenant d'entre eux se livrait à un passe-temps effrayant, un passe-temps qu'ils se cachaient même les uns aux autres ; ils se donnaient des sensations en pénétrant par effraction dans les maisons d'inconnus au beau milieu de la nuit.

C'étaient des rôdeurs. Des voyeurs. Le cambriolage ne venait qu'après coup. Ce qui faisait leur fierté, avait appris Ray en discutant avec eux, c'était leur aptitude à entrer dans une maison, à se déplacer lentement à l'intérieur et à rester dans le noir, invisibles, observant les habitants en plein sommeil. Ray avait été sidéré par les détails qu'ils lui confiaient une fois qu'il avait pu les amener à parler.

— J'ai toujours eu un truc pour faire parler les gars, dit Ray.

— Comment vous vous y preniez ?

Il ouvre les mains. Ses traits s'adoucissent imperceptiblement.

— Eh bien, vous savez, tout le monde fait ça, répond-il, d'un ton à la fois direct et comploteur. Tout le monde a un jour eu envie de savoir ce qui se passait dans la maison de quelqu'un d'autre.

Ça paraît raisonnable. J'acquiesce.

Mais là, Ray redevient brusquement son ancien lui-même, son vrai moi, et je me rends compte que, sans

que je l'aie remarqué, il a adopté une posture légèrement avachie et une expression relâchée, pour avoir
l'air plus nonchalant. Rien à voir avec la méthode
maladroite utilisée pour soutirer des informations à
un suspect dans *New York, Police Judiciaire*. La transition était stupéfiante. J'y avais complètement cru.
Un des traits les plus séduisants de Ray est un grand
sourire imprévisible, tout le contraire d'intéressé, et
donc, d'autant plus gratifiant quand on le provoque. Il
m'a eue et il le sait. Il sourit largement.

— Ils veulent tous raconter leur histoire, mais ils
veulent la raconter à quelqu'un qui ne va pas se mettre
à flipper. Quand on est assis là, sans montrer aucune
émotion, voire même en donnant l'impression qu'on
est d'accord avec eux, presque comme si on appréciait
ce qu'ils racontent, ils se confient.

Le défilé de jeunes gens perturbés que Ray a interrogés des dizaines d'années auparavant m'intéresse
pour une raison précise.

— Vous avez interrogé ces types, ces rôdeurs ?
Est-ce que vous croyez que vous auriez pu lui parler ?

— Non, répond-il très vite.

Puis il ajoute prudemment :

— J'aurais peut-être pu.

Mais il secoue la tête en signe de dénégation.

Lui. La troisième personne à chaque entretien que
je mène, le tueur sans visage dont Ray a une fois suivi
les empreintes de baskets à travers le quartier, refai-
sant le chemin du type tandis qu'il se glissait sans
bruit de fenêtre en fenêtre, à la recherche de victimes.
Ray s'était profondément investi dans l'enquête sur un

tueur en série qui ramassait des auto-stoppeuses, les tuait d'une balle dans la tempe puis avait une relation sexuelle avec leur cadavre ; au cours de sa carrière, il s'était penché sur des corps décapités, avait examiné les scarifications rituelles sur la peau en décomposition d'une jeune femme. Et pourtant, le seul tueur dont il dit qu'il « lui a fait dresser les cheveux sur la nuque » est celui qui m'a amenée ici. LUI.

Que Ray refuse de croire qu'il a parlé à l'homme non identifié que j'ai surnommé le Golden State Killer, ne me surprend pas. Chaque enquêteur que j'ai interrogé ayant travaillé sur l'affaire a insisté sur la même chose. Ils ont tenu dans leurs mains les liens pré-coupés qu'il avait laissés derrière lui et observé son sperme sous un microscope. Ils ont passé et repassé des enregistrements audio de victimes et de survivants sous hypnose, tendant l'oreille au moindre indice lâché au passage sur son identité. Des dizaines d'années après avoir pris sa retraite, un inspecteur s'est retrouvé accroupi dans les bois entourant la maison d'un suspect potentiel en Oregon, à attendre que les poubelles soient sorties pour pouvoir récupérer un échantillon d'ADN. Le Golden State Killer hante leurs rêves. Il a ruiné leurs mariages. Il est tellement profondément enfoui dans leurs têtes qu'ils veulent croire, ou doivent croire, que s'ils le regardaient droit dans les yeux, ils sauraient.

— On dirait un truc de chien policier, m'a un jour confié un enquêteur. Je suis persuadé que si je me trouvais dans un centre commercial et qu'il passait devant moi, je saurais.

J'explique à Ray que si je suis intéressée par les souvenirs qu'il a des jeunes rôdeurs, c'est parce que j'ai récemment visité Goleta, la ville située douze kilomètres à l'ouest de Santa Barbara, dans la Côte centrale de Californie, où le tueur a attaqué trois fois entre 1979 et 1981. Les trois attaques ont eu lieu dans une banlieue modeste du nord-est de Goleta, une zone occupant moins de cinq kilomètres carrés. Les empreintes de chaussures et les liens en ficelle vraisemblablement tombés de ses poches par accident, montrent qu'il avait suivi la San Jose Creek, une rivière située dans une gorge étroite qui démarre dans les montagnes au nord et serpente à travers le lotissement de maisons individuelles avant de se déverser dans le Pacifique. Ses victimes vivaient toutes près de la rivière.

J'ai suivi le lit de cette rivière, dis-je à Ray, et j'ai été frappée de voir combien le sentier envahi par les herbes, enseveli sous les grands arbres en cascade et parsemé de rochers recouverts de mousse, pouvait être captivant pour une certaine catégorie d'adolescent de banlieue, de gamin abandonné à lui-même, aspirant de toutes ses forces à trouver un refuge. Des balançoires en corde étaient pendues aux branches de sycomore. Des adultes ayant grandi dans le coin m'ont raconté qu'au milieu des années 70, des garçons avaient construit une piste de BMX là-bas. On y trouvait des tunnels secrets et des fossés de drainage cimentés où les jeunes faisaient du skateboard. Il n'y avait pas d'éclairage et le sentier était compliqué et difficile à suivre. Le genre d'endroit qu'on ne pouvait connaître qu'en y ayant passé beaucoup de temps durant l'enfance.

— En particulier quand on considère la première attaque dans Queen Ann Lane, dis-je.

La maison de Queen Ann Lane n'est même pas visible de la rue, car elle est située derrière une autre. On ne la remarque que du sentier qui longe la rivière.

Quand Ray m'entend mentionner l'attaque du 1er octobre 1979, dans Queen Ann Lane, son visage autrement neutre se durcit.

— Vous savez, ils auraient pu le pincer, ce soir-là, me dit-il.

C'était la nuit où il a compris qu'il lui fallait tuer. La nuit où les victimes ont survécu et où leur voisin, un agent du FBI au repos, a poursuivi le suspect qui s'enfuyait sur un vélo dix vitesses volé. J'ai refait le trajet de la poursuite et me suis arrêtée là où l'agent du FBI avait perdu sa trace. L'agent était en contact radio avec des adjoints qui arrivaient. Je n'ai jamais vraiment compris comment ils avaient pu le laisser s'échapper.

— Je savais ce qui allait arriver, dit Ray. (Il secoue la tête.) Je savais exactement ce que les adjoints allaient faire.

Ce qu'ils avaient fait, c'était le laisser filer.

L'UNIQUE

La première fois que Jim Walther[1] se retrouva mêlé à l'affaire, implication qui allait durer plus de trente ans, ce fut à Danville, aux petites heures du 2 février 1979, lorsqu'il fut réveillé par la lampe de poche de l'adjoint du shérif de Contra Costa, Carl Fabbri. Walther déclara qu'il avait garé sa Pontiac LeMans de 1968 recouverte d'apprêt gris à l'écart de l'autoroute 680 pour dormir, après avoir quitté son travail de contrôleur pour la Western Pacific Railroad. Fabbri ne fut pas convaincu. La voiture de Walther était garée sur Camino Tassajara, à deux bons kilomètres et demi de l'autoroute. Pourquoi aller aussi loin juste pour un somme ? Il sonda les yeux de Walther pour y déceler des traces de sommeil. Fabbri était en colère. Il patrouillait dans le coin parce que la veille, il avait pourchassé un rôdeur ici même, sans succès. Cinq mois plus tôt, le fantôme le plus infâme de Sacramento, l'EAR, s'était frayé un chemin à cent quinze kilomètres au sud-ouest, jusque dans leur région. Quatre agressions. Une divorcée de

___
1. Pseudonyme.

trente-deux ans habitant dans une maison d'angle près de l'Iron Horse Regional Trail avait été la victime la plus récente, en décembre. « Tu aimes faire dresser les bites ? lui avait-il murmuré. Alors pourquoi la mienne se dresse à chaque fois que je te vois ? » L'attaque avait eu lieu à tout juste un peu plus d'un kilomètre et demi de l'endroit où Walther était à présent garé.

L'adjoint Fabbri ordonna à Walther de ne pas bouger et fit une recherche. Le môme était sous le coup d'un mandat non exécuté pour infractions au code de la route. Son casier mentionnait une saisie de marijuana de mauvaise qualité deux ans plus tôt, à Sacramento. Il avait vingt et un ans, mesurait un mètre quatre-vingts et pesait soixante-quinze kilos. L'allure générale collait, mais pas les détails. Fabbri et son coéquipier placèrent Walther en état d'arrestation. Ses protestations ne furent qu'un bruit blanc de routine jusqu'à ce que le partenaire de Fabbri sorte un Polaroid pour prendre une photo d'identité, provoquant chez lui un changement brutal. Walther perdit les pédales. Fabbri dut le maîtriser physiquement. C'était bizarre. Le gamin avait un casier de mineur. Pourquoi cela le faisait-il autant flipper qu'on le prenne en photo ? Ils durent lui maintenir la tête pour pouvoir obtenir le cliché.

Sur le trajet de la prison, Walther entretint une étrange conversation presque à sens unique avec les officiers qui l'avaient arrêté.

— Personne n'arrête jamais les vrais criminels, leur dit-il. Ils s'en tirent toujours.

Les coïncidences accablantes ne cessèrent de s'accumuler dès le début. Quand on lui demanda son adresse, Walther écrivit Sutter Avenue, Carmichael. Sacramento est. Un adjoint se souvint alors d'avoir vu un véhicule comme celui de Walther, très reconnaissable, à San Ramon, tout proche, aux environs de l'heure où s'étaient produites les attaques. Peu de temps après son arrestation, Walther laissa tomber la voiture et en reprit une nouvelle. Il se ferma lorsque les enquêteurs du groupe de travail l'interrogèrent et prit un avocat, grâce à sa mère – une femme dominatrice qui parlait de son fils adulte comme de « mon Jimmy » – et qui avait failli une fois en venir aux mains avec son officier de probation. L'avocat leur annonça que son client refusait de mâchouiller un bout de tissu pour obtenir un échantillon de salive parce que « ça risquait d'être incriminant ». Le groupe de travail continua à mettre la pression sur Walther. Il continua à résister. Il leur dit en passant que son groupe sanguin était le A et qu'il portait du 42, comme le suspect. Finalement, en août, après l'avoir appelé à l'extérieur de l'appartement de sa copine, ils lui annoncèrent qu'ils étaient au courant pour la marijuana qu'elle y faisait pousser et lui laissèrent un choix sans appel : soit il acceptait un prélèvement de salive maintenant, soit ils arrêtaient sa copine. Il accepta le prélèvement.

Les résultats le dédouanèrent. Il était sécréteur. L'EAR, lui, ne l'était pas. Le groupe de travail l'élimina comme suspect et passa à de nouvelles ordures.

Plus de trente ans après, Paul Holes s'interrogeait sur cette disqualification. En tant que vétéran du laboratoire judiciaire, il était bien placé pour savoir que la méthode de test salivaire sécréteur/non sécréteur était tout, sauf idéale, à l'époque. Dans les années 80, les experts en contrôle qualité avaient trouvé de sérieux dysfonctionnements dans le système. Durant les années intermédiaires, les scientifiques avaient aussi découvert qu'un petit pourcentage de la population est composé de sécréteurs aberrants, des individus pouvant posséder un marqueur ABO dans certains de leurs fluides corporels mais pas dans d'autres. Holes avait le sentiment que les éliminations de suspects sur la base de leur statut de sécréteur n'étaient pas fiables.

Il avait aussi le bénéfice d'une expérience vieille de trente ans. Ils en savaient beaucoup plus sur l'EAR à présent. Holes pouvait ouvrir Google Earth sur son ordinateur et survoler les lieux des attaques et les scènes de circonstances suspectes par ordre chronologique, un survol qui donnait le tournis, depuis les punaises jaunes en passant par les voitures bleues miniatures et les petits personnages représentant des empreintes de pieds ou des témoins. Il pouvait ajuster la vitesse et la hauteur. Pouvait rester assis à son bureau et suivre la piste du tueur des yeux. Le trajet en zigzag paraissait aléatoire, mais pour quelqu'un, l'Unique, il ne l'était pas.

Holes regrette de ne pas avoir intégré la section Investigations vingt ans plus tôt, quand il en avait eu envie la première fois. La sécurité l'avait emporté. Il avait deux jeunes enfants. Il était en train de grimper les échelons en science médico-légale. On comprend pourquoi il avait l'étoffe d'un chef. Il est blond et en forme, avec un beau visage aimable. Il ne plisse ou ne roule jamais les yeux. Ses parents sont du Minnesota et il garde un soupçon de O traînants dans son accent. Une fois, j'ai fait référence à Rupert Murdoch, et il a haussé les épaules, sans reconnaître le nom. « On ne fréquente pas les mêmes milieux », a-t-il dit. En le regardant, on ne devinerait jamais que ses parents lui ont un jour offert *Sexual Homicide : Patterns and Motives*[1], comme cadeau.

À une époque, les tests ADN demandaient des heures de travail manuel fastidieux. Dans le cas d'une agression sexuelle, par exemple, on prenait un prélèvement dans un tube en plastique, on en isolait le sperme et on localisait les marqueurs ADN grâce à une technique d'hybridations ponctuelles, dite « dot-blot » impliquant une série de bandes blanches, de bacs et de lavages spécialisés. Au fur et à mesure que la technique a progressé, des bras de robots et différents instruments ont fait le boulot. En retour, Holes a eu plus de temps à consacrer aux affaires classées. Holes est persuadé que Walther pourrait être l'Unique.

Quand il est tombé la première fois sur les preuves « d'écolier » dans la Salle des scellés du shérif, cet après-midi de printemps 2011, il cherchait en fait un passe-montagne – le passe-montagne de Walther. Il savait qu'à l'époque où ce dernier était le suspect numéro un, les enquêteurs du groupe de travail avaient interrogé son ami, un type qui avait été arrêté avec lui à Sacramento en 1977, pour avoir vendu de la marijuana. L'ami en question leur avait remis quelques affaires

---

1. Homicides Sexuels : Mobiles et comportements.

appartenant à Walther et incluant un passe-montagne noir. Le profil ADN de Walther n'était pas dans la base de données à l'époque ; Holes se demandait s'il aurait pu développer un profil à partir de cheveux ou de peau recueillis dans le passe-montagne.

Malheureusement, Walther s'était envolé. L'homme avait disparu de la surface de la terre. Il ne s'était pas présenté à une convocation du tribunal pour une accusation de violence domestique en 2003 et un mandat avait été émis à son encontre. Son permis de conduire avait été suspendu en juin 2004. Après ça, plus rien. Pas de crédit. Pas de trace de boulot. Pas d'aide sociale. Holes avait tenté de reconstituer la vie merdique de Walther du mieux qu'il pouvait. Il avait demandé, et reçu, les livrets scolaires de ce dernier, et avait noté avec intérêt que son professeur de primaire était un homme, chose assez inhabituelle pour l'époque. Holes avait eu ledit professeur au téléphone. Le vieil homme avait déclaré ne pas se souvenir de Walther. Mais écrire des lignes correspondait assez au genre de punitions qu'il distribuait alors, avait-il ajouté.

Il avait aussi mentionné que dix ans auparavant environ, un correspondant anonyme l'avait appelé et avait fredonné « Freedom Isn't Free », une chanson qu'il faisait chanter aux élèves indisciplinés en classe. « Rappelez-vous de ça », avait dit son interlocuteur, avant de raccrocher. L'appel avait suffisamment bouleversé le professeur pour qu'il fasse changer son numéro et s'inscrive sur liste rouge. Il s'était excusé auprès de Holes de ne pouvoir lui être plus utile.

Holes avait cherché les paroles de « Freedom Isn't Free », de Paul Colwell.

Le quatrième couplet commence ainsi : « Il y avait un général du nom de George, Avec une petite troupe d'hommes à Valley Forge ».

Ron Greer était forcément l'Unique. Il fumait trois paquets par jour et vivait dans un appartement pourri. Ils étaient là, à lui offrir l'air de rien ce qu'ils savaient être, grâce à la surveillance, sa marque de cigarettes préférée, et il ne voulait même pas en prendre une. Remonté à bloc, il se méfiait. L'inspecteur du bureau du shérif de Sacramento, Ken Clark, et son coéquipier, avaient fait tout ce qu'ils pouvaient pour mettre le type à l'aise. Pas question de s'en aller sans l'avoir vu de leurs propres yeux donner un échantillon d'ADN. Mais Greer avait même refusé de boire une gorgée d'eau à la bouteille. Il sait ce qui se passe, avait pensé Ken. Ouais. Nerveux et au courant des méthodes médico-légales. C'est lui.

Ils avaient été mis sur la piste de Greer grâce à un complément de rapport remontant à trente ans. De nombreux enquêteurs partagent la conviction que le nom de l'EAR est noyé dans la paperasse quelque part, noté à la va-vite sur un PV d'interpellation de véhicule ou un compte rendu de circonstances suspectes. Soit sa couverture était impeccable, soit il avait été éliminé grâce à un alibi foireux, mais accepté. Ken et son partenaire avaient commencé à éplucher méthodiquement les anciens rapports. Le nom de Greer avait très vite fait surface.

Il avait été arrêté au volant d'une Datsun deux portes jaune, à 4 h 27 le 15 avril 1977, alors qu'il roulait en direction du sud dans Sunrise Boulevard, quelques minutes seulement après qu'un viol attribué à l'EAR avait été signalé à quelques pâtés de maisons de là. Il avait déclaré à la police qu'il se rendait à son travail de gardien dans une rizerie. Ils avaient noté qu'il était extrêmement calme et coopératif. Ils avaient ouvert son coffre : leur intérêt avait considérablement augmenté. Il avait accepté une perquisition à son domicile. Sa mère était décédée récemment, leur avait-il dit, et il vivait avec sa sœur à présent. Ou, plus précisément, sur la propriété de sa sœur, dans une caravane de stockage déglinguée, noyée dans les broussailles sur une colline pentue de Fair Oaks. La caravane ne devait pas mesurer plus de deux mètres cinquante de long et elle n'était pas assez haute pour qu'on puisse y tenir debout. Il semblait avoir un solide alibi professionnel pour un précédent viol attribué à l'EAR. Pourtant, les enquêteurs qui s'étaient occupés de Greer ne l'avaient jamais oublié. Ils n'arrivaient pas à se débarrasser du souvenir de ce qu'ils avaient trouvé dans sa voiture.

C'est pourquoi Ken et son coéquipier l'avaient traqué trente ans plus tard. Greer avait de sérieux problèmes de santé à présent. Pourtant, toujours pas d'eau, merci. Ni de cigarettes. Finalement, leur patience et leurs ruses ayant atteint leur limite, ils l'avaient persuadé de lécher une enveloppe. Ils avaient aussi effectué des relevés sur toutes les poignées de portière de sa voiture, pendant qu'il ne regardait pas, juste pour être sûrs.

On avait fait ranger Greer sur le bas-côté cette nuit de printemps 1977, près d'une scène de crime, parce qu'il correspondait globalement à la description de l'agresseur ; mâle blanc, vingt-cinq ans, un mètre quatre-vingts, soixante-quinze kilos. La première chose que les officiers de patrouille distinguèrent avec leurs lampes de poche fut un flacon plastique de lotion pour les mains sur le siège avant. Il y avait aussi un masque blanc, du genre de ceux qu'on utilise pour faire de la peinture ou opérer, sur le tableau de bord, côté passager. Quand ils soulevèrent le capot du coffre, ils découvrirent de la corde dans un emballage cellophane ouvert. Et une paire de tennis, aussi.

Ainsi que deux grands sacs à fermeture Éclair. Dedans, ils trouvèrent un pistolet et un couteau de chasse.

Ken et son partenaire envoyèrent les échantillons ADN de Greer au laboratoire judiciaire. Ils attendirent. Les résultats revinrent.

Incroyable.

Greer n'était pas l'Unique.

Comme je l'ai dit, craquer pour un suspect ressemble beaucoup à la première bouffée d'amour aveugle que l'on éprouve dans une relation. On ne voit plus qu'un seul visage. Le monde et ses bruits de tous les jours deviennent une faible bande-son qui accompagne en arrière-plan le puissant biopic silencieux qui défile constamment dans notre tête. On n'a jamais assez d'informations sur l'objet qui nous obsède. On en veut plus. Toujours plus. On note ses goûts en matière de chaussures et on passe même devant sa maison, grâce à Google Maps. On s'engage sur la pente incontrôlable des confirmations arbitraires. On projette. Un homme blanc d'âge moyen qui sourit en découpant un gâteau décoré de bougies sur une photo postée sur Facebook n'est pas en train de célébrer son anniversaire, mais de brandir un couteau.

J'ai senti le parallèle pour la première fois quand un Larry Pool au regard las m'avait avoué qu'il « percevait » plus de choses sur les suspects au début, lorsque, en 1977, on lui avait initialement confié l'enquête sur l'original Night Stalker, en tant qu'enquêteur du comté d'Orange pour les affaires classées. Il avait « plus d'allant » à l'époque, avait-il ajouté, les traits tirés, sur le ton du dragueur invétéré endurci par les caprices de l'amour.

Pool se souvenait d'un moment d'excitation précoce, durant l'été 2001, lorsqu'il avait reçu un appel lui demandant de se présenter dans le bureau du shérif adjoint. De tels coups de fil signifiaient toujours de bonnes nouvelles. À son entrée, un groupe s'était tourné pour lui sourire – son capitaine, son lieutenant, des membres de l'administration, et, plus révélateur encore, Mary Hong, l'expert en criminalistique du comté d'Orange qui avait mis au point le premier profil ADN de l'Original Night Stalker. Hong travaillait dans un bâtiment différent.

— Yes ! avait lancé Pool avant même de refermer la porte, en pompant l'air du poing en un geste de victoire. Il avait travaillé sur l'affaire non-stop, peut-être même de façon obsessionnelle, les trois dernières années.

On a obtenu une correspondance pour une empreinte de doigt, lui avait annoncé le shérif adjoint. On pense qu'une empreinte trouvée sur une lampe sur l'une des scènes de crime, à Danville, appartient au tueur. La victime l'avait entendu allumer ; la lampe ayant été récemment déballée, elle n'était sûrement souillée d'aucune autre empreinte. Un enquêteur à la retraite de Contra Costa en avait repêché une vieille copie et l'avait récemment envoyée au comté d'Orange.

— Excellent, avait dit Pool.

Le suspect était mort de cause naturelle cinq ans avant, avait continué l'adjoint, en faisant glisser le dossier du gars sur la table. Pool, qui en savait plus sur le tueur que n'importe qui d'autre dans la pièce, l'avait ouvert. Tout le monde l'observait fixement, plein d'espoir. Pool avait ressenti son premier pincement de cœur. Déception.

— Oh, bon sang, je n'aime pas son âge, avait-il dit.

Le suspect était né en 1934. Pool avait feuilleté le dossier. Il n'avait pas non plus aimé les antécédents criminels du type. Port d'armes. Trafic. Cambriolages de banques. Le type avait fait partie du programme de protection des témoins. Pool le sentait mal.

Il avait perçu le changement d'humeur dans la pièce.

— Je le vois mal comme suspect, avait-il fini par admettre. Mais qui sait, c'est peut-être pour ça qu'on ne lui a jamais mis la main dessus. Parce qu'il n'est pas ce à quoi on s'attend.

— Trouvez où cet homme est enterré, avait dit le shérif adjoint.

— Compris, boss, avait répondu Pool.

Pool avait découvert que le suspect décédé avait été un ami du petit copain de la victime. Les deux hommes avaient eu une querelle quelques semaines avant l'attaque. La victime et son petit ami s'étaient fait dérober leur stéréo à peu près au même moment et Pool avait émis l'hypothèse que le suspect l'avait volée par vengeance. Il avait dû toucher la lampe pendant qu'il se trouvait dans la maison pour voler la stéréo. Il ne s'agissait pas du tueur, juste d'un ami infect avec une manie du cambriolage.

Mais les patrons de Pool voulaient des certitudes.

— On doit le déterrer et vérifier son ADN, avait dit le shérif adjoint.

Pool avait pris l'avion et s'était rendu à Baltimore pour l'exhumation du corps. C'était la première fois que le bureau du shérif du comté d'Orange faisait exhumer un suspect – des victimes, oui, mais un suspect, jamais auparavant. Le groupe d'enquête sur les homicides de Baltimore assistait à l'exhumation. Lorsqu'on ouvrit le caveau, le bruit de succion évoqua à Pool celui d'une canette de Pepsi géante qu'on décapsule. Le corps était remarquablement conservé, simplement recouvert de moisissures. Mais l'odeur.

— Imaginez le pire état de décomposition multiplié par dix, dit Pool.

Pas étonnant que les enquêteurs de Baltimore aient allumé des cigares en grimpant la colline au sommet de laquelle le type était enterré.

Pool avait empaqueté les dents et les cheveux du type dans son bagage à mains. Ils avaient mis le fémur et des morceaux de chair sur de la glace carbonique dans une boîte, et l'avaient fait enregistrer à l'aéroport. De retour dans le comté d'Orange, quand Pool avait été récupérer la boîte sur le tapis roulant à bagages, il avait découvert qu'elle fuyait.

L'ADN avait confirmé les soupçons de Pool. Le type à l'empreinte n'était pas l'Unique.

Doug Fiedler[1] était forcément l'Unique.

Un e-mail se matérialisa dans ma boîte de réception un soir à minuit, venant d'un certain « John Doe ».

John Doe n'avait jamais expliqué pourquoi il préférait l'anonymat. C'était autre chose qui l'intéressait : il m'avait entendue parler de l'affaire dans un podcast et voulait partager avec moi ce qu'il considérait comme un bon tuyau. « Worldcat.org est un précieux outil de recherche pour trouver les bibliothèques qui proposent un livre ou un média spécifique. Lorsqu'on cherche le livre de l'inspecteur Crompton, *Sudden Terror*, il indique les localisations suivantes : Salem-Oregon, Post Falls-Idaho, Hayden Lake-Idaho, Sidney-Nebraska, Los Gatos-Californie. Peut-être que l'EAR-ONS s'est servi de sa bibliothèque pour obtenir le livre sans avoir à le commander en ligne ? »

L'idée était intéressante. *Sudden Terror* avait été publié à compte d'auteur ; il y avait peu de chance qu'une bibliothèque l'ait eu en rayon, à moins qu'un

---

1. Pseudonyme.

emprunteur ne l'ait spécifiquement demandé. J'étais quasi certaine de savoir d'où venaient les demandes pour l'Oregon et la Californie (des enquêteurs retraités) alors, je me concentrai sur l'Idaho et le Nebraska. Je savais que les bibliothèques refuseraient de me communiquer le nom de leurs emprunteurs, car il est important pour elles de protéger la vie privée de leurs utilisateurs. Je regardai fixement mon ordinateur. Une barre de recherche vide attendait que je trouve un moyen de l'utiliser. Je décidai d'entrer les codes postaux concernés en même temps que le nom d'un groupe hautement médiatisé durant les années écoulées, celui des délinquants sexuels inscrits au fichier, dont je sentais que l'EAR avait pu faire partie.

Pendant environ une heure, je fis défiler les visages empreints de rudesse de types pervers et dépravés. L'exercice semblait ne mener à rien. Puis je le vis. Je ressentis comme un flash, le premier depuis que j'avais commencé à enquêter sur l'affaire : Toi.

J'étudiai de près les données le concernant. L'homme, Doug Fiedler, était né en 1955. Il avait la bonne taille et le bon poids. Originaire de Californie, il avait été reconnu coupable de plusieurs délits sexuels à la fin des années 80, dont viol par la force ou la peur, et actes impudiques et obscènes sur mineur de moins de quatorze ans.

Sur un site de généalogie en ligne, j'appris que sa mère venait d'une famille nombreuse du comté de Sacramento. Mon pouls s'accélérait à chaque nouvelle information. Au début des années 80, et peut-être avant même, elle vivait à Stockton nord, près des endroits où avaient eu lieu les viols commis par l'EAR. L'ex-femme de Doug possédait des adresses dans tout le comté d'Orange, y compris Dana Point, à seulement quelques kilomètres de la maison où Keith et Patty Harrington avaient été assassinés.

Il avait sur le bras le tatouage d'un animal qui pouvait facilement être pris pour un taureau (durant une séance d'hypnose, une jeune fille qui avait vu le violeur dans sa maison s'était souvenue d'un tatouage sur son avant-bras, qui lui avait évoqué le taureau de la liqueur Schlitz Malt).

J'entrai son nom dans une base de données d'archives Google News. Je faillis bondir de ma chaise en voyant les résultats. Un article d'août 1969 du *Los Angeles Times* racontait en détail comment un garçon de dix-neuf ans avait été frappé à la tête avec une poêle à frire puis poignardé à mort par son demi-frère cadet, qui était venu au secours de sa mère durant une bagarre entre membres de la famille. Le jeune frère ? Doug Fiedler.

Matraquer. Taillader. L'EAR faisait pas mal de choses étranges pendant qu'il commettait ses crimes, mais selon moi, une des plus étranges était ses gémissements et ses pleurs occasionnels. Ces appels à l'aide plaintifs au milieu des sanglots : « Maman ! Maman ! »

Doug vivait à présent avec sa mère âgée dans une petite ville de l'Idaho. Google Street View révéla une modeste maison blanche cachée par les mauvaises herbes.

Je ne le dis pas explicitement, mais quand j'envoyai un mail à Pool au sujet de Doug Fiedler, je sentis qu'il y avait de grandes chances que je sois en train de lui livrer le tueur.

« Chouette prise », répondit Pool par mail. « Bon profil et bon physique. Je viens de me faire confirmer par téléphone et d'autres moyens qu'il a été éliminé du CODIS grâce à son ADN. »

Pendant des heures, j'avais eu l'impression de foncer dans la rue sans rien pour m'arrêter, comme quand on choppe une série de feux verts. Et maintenant, la transmission venait de se brouiller. La sagesse du voyageur temporel, je m'en rendais compte, peut se révéler trompeuse. On retourne dans le passé armés de plus d'informations et d'innovations de pointe. Mais il y a des dangers à disposer d'autant d'outils de sorciers. La profusion de données signifie qu'il y a plus de circonstances à faire entrer dans le cadre et à connecter. On est tenté de modeler le scélérat à partir de l'abondance de preuves. C'est compréhensible. Nous cherchons des schémas de fonctionnement, tous autant que nous sommes. Nous entrevoyons la vague ébauche de ce que nous cherchons et nous nous y accrochons, parfois même restons bloqués dessus, alors que nous pourrions nous en libérer et avancer.

« Continuez à m'envoyer des suspects dans son genre ! » m'écrivit Pool.

Il me laissait gentiment tomber. Il était déjà passé par là. Après qu'il m'avait avoué combien il avait pu s'enthousiasmer pour certains suspects quand il enquêtait sur l'affaire au début, je lui avais demandé comment il réagissait à présent, quinze ans plus tard. Il avait mimé le geste d'attraper un dossier et de le survoler, taciturne et sévère, avant de le balancer sur la pile, avec un brusque « OK ».

Mais je l'avais aussi vu rejouer un autre moment, celui où il avait passé la porte du bureau de son chef et découvert le groupe rassemblé là pour lui, sur le point de vivre un moment qu'on peut passer toute sa carrière dans la police à imaginer sans jamais en faire l'expérience. Je connaissais sa façon de reprendre rapidement contact avec moi par e-mail parfois, quand quelque chose d'intéressant surgissait.

Je l'avais vu imiter son geste de victoire et « Yes ! », je savais qu'il aspirait en silence à revivre ce moment.

LOS ANGELES, 2014

— Ce que les gens oublient dans *Rocky*, c'est la première scène, quand il sort pour aller s'entraîner. Ses jambes lui font un mal de chien. Il n'est plus de première jeunesse. Il gèle. Il titube. Il peut à peine monter les marches.

Patton essayait de me remonter le moral en évoquant Rocky. Je lui avais parlé des impasses. Combien le citoyen moyen peut-il en supporter avant d'abandonner ?

— Mais Rocky a continué à se lever et à le faire. Encore et encore. C'est comme avec ces types aux affaires classées. On y met tout son temps et son énergie. On passe des coups de fil. On fouille dans des cartons. On s'arrange pour faire parler les gens. On fait des prélèvements. Et puis la réponse est non. On ne peut pas se laisser abattre. Il faut se lever le lendemain, prendre un café, ranger le bureau et tout recommencer.

Patton parlait de lui aussi, je m'en rendis compte, de la façon dont il n'avait cessé de remonter sur scène quand il était débutant, pour pas un centime, devant

399

des spectateurs hostiles. Il possédait cette détermination ardente et était sensible aux histoires des gens qui l'ont aussi. Parfois, quand il est debout devant l'évier en train de faire la vaisselle, je vois ses lèvres qui remuent mais aucun son ne sort de sa bouche.

— Qu'est-ce que tu fabriques ? lui ai-je une fois demandé.

— Je travaille une blague.

Recommencer. Améliorer. Refaire.

— Rocky n'a pas battu Apollo Creed, souviens-toi, reprend Patton. Mais il l'a bouleversé, et le reste du monde aussi, en refusant d'abandonner.

Nous étions en train de fêter notre huitième anniversaire de mariage devant un dîner. Patton leva son verre de vin. Je voyais bien qu'il espérait chasser mon sentiment de défaite apathique devant cette multiplication d'impasses.

— Tu as toute une collection de scélérats qui t'attendent dans le futur, lança-t-il.

— Arrête ! fis-je. Ne dis pas ça.

Ses intentions étaient bonnes, je le savais. Mais je ne pouvais pas, ou je me refusais, à imaginer l'avenir.

— Je ne veux pas d'une collection de scélérats, dis-je. Il est l'Unique.

Au moment où je prononçai cette phrase, je me rendis compte à quel point elle semblait malsaine. Ce que je voulais dire, c'est qu'après l'EAR, je ne me voyais pas me relancer une fois encore dans des recherches fiévreuses, attraper une série de feux verts en retenant mon souffle, seulement pour continuer à me planter, indéfiniment.

Patton sortit de sous la table un gros paquet magnifiquement emballé dans du papier cadeau ancien. Il est stupéfiant en matière de présents. Il adore découvrir de jeunes artistes et artisans, et collaborer avec eux à la confection d'un cadeau unique. Une année, il avait fabriqué ce que nous appelons, par dérision, une illustration de moi en pleine inaction – je suis assise dans mon lit en pyjama, un latte à la vanille de chez Starbucks à la main, devant mon ordinateur ouvert à la page de mon site web. Une autre fois, il avait fait fabriquer une boîte en bois par un jeune ajusteur. La maison dans laquelle nous avons vécu sept ans est représentée sur une plaque de bronze à l'avant de la boîte. À l'intérieur, il y a une série de minuscules tiroirs secrets, qui contiennent chacun des souvenirs de notre vie commune – souches de tickets, mots laissés sur des Post-it.

L'année dernière, il a demandé à l'artiste Scott Campbell de peindre trois petites aquarelles de moi, face à des figures du crime connues. Dans l'une, je tiens une tasse de café et je regarde le Tueur du Zodiaque de haut. Dans une autre, je serre un calepin dans ma main, comme si je m'apprêtais à interroger D. B. Cooper, le tristement célèbre pirate de l'air. Et dans la troisième, je cramponne mon ordinateur, un curieux sourire sur le visage, debout en face de l'Unique, masqué et anonyme, mon fléau, l'EAR.

J'ouvris le présent de l'année. Patton avait fait relier par un professionnel mon article du *Los Angeles Magazine*, et l'avait placé dans un coffret noir fait sur mesure. Le coffret possédait un compartiment où je pouvais ranger les notes les plus importantes de mon histoire. Le DVD d'une interview que j'avais donnée aux informations locales se trouvait dans un tiroir du bas.

Je me rendis compte que deux années de suite, mon cadeau d'anniversaire de mariage avait été lié, d'une façon ou d'une autre, au tueur.

Mais ce n'est même pas le signe le plus flagrant de l'emprise qu'il exerce sur ma vie. Ce serait plutôt le fait que j'ai oublié d'offrir ne serait-ce qu'une carte à Patton.

Holes avait fouillé sans discontinuer dans le passé de Walther. L'endroit où se situait la maison familiale de Walther, dans Sutter Avenue, à Carmichael, correspondait à une zone tampon centrale autour de laquelle chassait l'EAR. Au milieu des années 70, Walther avait secondé sa mère dans son travail, gérer des immeubles d'appartements de bas standing à Rancho Cordova ; un des bâtiments se trouvait juste à côté d'une des scènes de crime. Holes avait appris qu'en mai 1975, Walther avait eu un grave accident de voiture, à Sacramento, qui lui avait laissé des cicatrices sur le visage. La victime n° 7 avait essayé la psychologie inversée et dit au violeur qu'il faisait un bon amant. Il avait répondu qu'on s'était toujours fichu de lui à cause de la petite taille de son pénis, une affirmation sans doute vraie, car il était réellement sous-équipé. L'EAR lui avait aussi dit : « Quelque chose est arrivé à mon visage. »

Quatre attaques avaient eu lieu à huit cents mètres du lycée Del Campo, où Walther avait effectué sa scolarité. Le père d'une des victimes enseignait dans l'institut de formation permanente où Walther avait été réorienté après avoir laissé tomber le lycée Del Campo. En 1976, il avait travaillé dans un restaurant de Black Angus que deux des victimes avaient mentionné comme étant un endroit où elles allaient fréquemment dîner.

Walther avait commencé à travailler pour la Western Pacific Railroad en 1978 ; le boulot l'avait amené à Stockton, Modesto, ainsi qu'à traverser Davis (pour se rendre à Milpitas) au moment même où l'EAR avait commencé à étendre ses agressions dans le coin. En août 1978, il avait eu deux contraventions pour excès de vitesse à Walnut Creek. Les attaques de l'East Bay dans cette zone avaient démarré deux mois plus tard. Une date de comparution au tribunal relative à l'une des contraventions de Walther à Walnut Creek remontait à deux semaines avant l'agression là-bas.

En 1997, Walther fut arrêté pour avoir grillé un stop. Deux couteaux à steak emballés dans du ruban adhésif furent découverts dans sa ceinture. Des documents fournis par le tribunal et relatifs à son arrestation pour violence domestique révèlent qu'il avait menacé son ex-femme de « la taillader en petits morceaux ».

« Tiens-toi tranquille ou je te débite en morceaux », disait l'EAR. Il menaçait souvent de couper les oreilles, les orteils, ou les doigts.

Soit Walther était mort, soit il faisait un effort herculéen pour ne pas se faire repérer. Holes appelait régulièrement les bureaux des coroners pour demander s'ils auraient eu des Monsieur-Tout-le-monde correspondant à sa description. Finalement, il retrouva le seul enfant de Walther, une fille qui s'était brouillée avec lui. Un inspecteur de la section Investigation de Contra Costa lui expliqua qu'ils recherchaient son père parce qu'on lui devait de l'argent suite à une période de travail effectuée en prison en 2004. La fille répondit qu'elle n'avait pas parlé à Walther depuis 2007. Il l'avait appelée une fois d'un téléphone public, ajouta-t-elle. À l'époque, il était SDF à Sacramento.

Holes demanda aux agences de police de Sacramento si elles pouvaient ressortir tout ce qu'ils avaient comme paperasserie sur Walther ; les sans-abri ont régulièrement affaire à la police. Si Walther avait été SDF dans la région de Sacramento, son nom devait sûrement apparaître dans un quelconque rapport. Il n'avait peut-être jamais été mentionné dans le système, mais il était bien là, enfoui quelque part. Finalement, Holes reçut le coup de fil qu'il attendait.

— On n'a pas Walther, dit l'officier, mais son frère a été enregistré en tant que témoin d'un crime. Il vit dans une bagnole derrière une station-essence Union 76, à Antelope.

Holes sortit une copie du titre de propriété du frangin qu'il avait dans son dossier sur Walther. Il n'y vit aucune hypothèque associée à la maison, puisqu'elle avait été transmise au frère par le père. Holes était perdu.

— Pourquoi le frère de Walther serait-il sans-abri ? demanda Holes tout fort.

Il y eut un silence au bout du fil.

— Vous êtes absolument certain que c'était bien le frère de Walther à qui vous avez parlé ?

Peu de temps après, le bureau du shérif de Sacramento appela Holes. Ils avaient approché le frère de Walther avec un air sérieux et un dispositif mobile pour relever les empreintes, et il s'était effondré en levant les mains. Il avait avoué. L'empreinte de pouce l'avait confirmé – le sans-abri était bien Jim Walther. Ils avaient prélevé un échantillon d'ADN et s'étaient dépêchés de l'envoyer au labo.

Holes me faisait faire un tour des scènes de crime pertinentes de la région de l'East Bay, quand il arrêta la voiture et me montra l'endroit exact de Danville où Walther avait été retrouvé en train de dormir dans sa Pontiac LeMans, le 2 février 1979. Holes a encore des questions qui le taraudent. Pourquoi quelqu'un disparaîtrait-il pendant huit ans, juste pour éviter une condamnation de trente jours ?

Mais la question primordiale, celle sur laquelle il a passé dix-huit mois à enquêter, a obtenu une réponse.

— Il n'était pas l'EAR, dit Holes en secouant la tête. Mais je vous le dis, c'était son ombre.

Nous observâmes les lieux.

— Vous êtes sûr qu'ils l'ont bien fait ? demandai-je en parlant du test ADN.

Holes marqua une pause infime.

— À Sacramento, ils sont très très bons, me répondit-il.

Nous roulâmes.

SACRAMENTO, 1978

L'inspecteur Ken Clark et moi nous trouvions à l'extérieur de la scène de crime d'un double homicide ayant eu lieu à Sacramento est en 1978, quand il interrompit le cours de ses pensées pour demander : « Vous soutenez Obama ? » Nous échangeâmes un sourire avant de nous mettre à rire. Il balaya d'un haussement d'épaules notre différence en matière de politique et continua à déblatérer. Clark était un bavard impénitent. Je n'arrivais pas à en placer une et ça m'arrangeait. Nous étions devant le jardin où Clark pense que l'EAR a tué un jeune couple par balles. Les meurtres des Maggiore n'avaient jamais été reliés à lui de manière concluante, mais Clark avait récemment découvert des rapports de police signalant des cambriolages et des rôdeurs dans le coin cette nuit-là, qui ressemblaient à sa signature, et s'étaient rapprochés de plus en plus jusqu'au moment où Katie et Brian Maggiore avaient mystérieusement été abattus pendant qu'ils promenaient leur chien. Des témoins avaient eu le temps de bien apercevoir le suspect. Quand un portrait-robot était sorti, le tueur avait subitement bougé vers l'ouest et le comté de Contra Costa. Bien que Paul

Holes m'ait déjà dit qu'il n'adhérait pas à la théorie « de la peur », Clark, lui, est persuadé qu'il était effrayé. Il me montre le portrait-robot. « Je pense qu'il s'agit de l'image la plus proche qu'on ait de lui. »

Clark me montre aussi les anciens rapports de police dans lesquels il est actuellement plongé pour tenter de découvrir des indices. On y trouve des contrôles routiers et des incidents de voyeurisme. Tant de choses qui n'avaient pas été considérées comme pertinentes à l'époque. Clark ne peut s'expliquer pourquoi. Ça le tue.

— Ils ont laissé filer un suspect valable parce que sa belle-sœur a raconté qu'une fois, elle s'était baignée à poil avec lui et que d'après elle, son pénis avait une taille normale. (Ce qui n'était pas le cas de l'EAR.) Un autre, je ne blague pas, avait une trop grosse lèvre inférieure.

Sacramento fourmille de perspectives à explorer. Qu'est-ce qui l'a amené ici ? Est-ce une coïncidence si toutes les branches de l'armée ont transféré leurs formations de pilotes à la base aérienne de Mather le 1er juillet 1976, juste au moment où les viols ont commencé ? Et l'université CSU-Sacramento ? Leur calendrier académique colle parfaitement avec les crimes (il n'a jamais attaqué pendant des vacances scolaires). Grâce aux nouvelles technologies, un profileur géographique peut repérer les rues où il pense que l'EAR aurait pu habiter. Je revisite les quartiers. Je parle aux anciens. Je fournis tout ce que je trouve aux détectives en ligne engagés dans la traque.

NOTE DE L'ÉDITEUR : Michelle McNamara est décédée le 21 avril 2016.

TROISIÈME PARTIE

NOTE DE L'ÉDITEUR : Lorsque Michelle est morte, elle se trouvait à mi-chemin de l'écriture de Et je disparaîtrai dans la nuit. *Afin de préparer la sortie du livre, le chercheur principal qui aidait Michelle, Paul Haynes, alias le Kid, et le journaliste d'investigation reconnu Billy Jensen, un ami de Michelle, ont travaillé ensemble afin de finaliser les derniers détails et de mettre en forme le matériau que Michelle avait laissé derrière elle. Le chapitre qui suit a été écrit conjointement par Haynes et Jensen.*

Une semaine après le décès de Michelle, nous avons eu accès à ses disques durs et avons commencé à explorer ses dossiers sur le Golden State Killer. Chacun des trois mille cinq cents dossiers. Cela, en plus des dizaines de carnets, blocs-notes, bouts de papier et milliers de pages numérisées de rapports de police. Sans compter les trente-sept cartons de dossiers que le procureur du comté d'Orange lui avait envoyés et que Michelle surnommait affectueusement le Filon.

Des milliers de pièces de puzzle et seule une personne savait à quoi ça devait ressembler. Cette personne n'était pas Michelle. C'était le tueur lui-même.

La baleine blanche de Michelle n'était pas l'assassin du Dahlia Noir, ou le Tueur du Zodiaque, ni même Jack l'Éventreur – auteurs infâmes de crimes non résolus dont les « œuvres » – et par là même les dossiers de matériel d'enquête – étaient relativement réduits.

Non. Michelle traquait un monstre qui avait violé plus de cinquante femmes et avait assassiné au moins dix personnes. Il existait plus de cinquante-cinq scènes de crime et des milliers d'éléments de preuves.

Nous ouvrîmes le disque dur principal de Michelle et commençâmes à parcourir les chapitres qu'elle avait terminés. Ils nous rappelèrent pourquoi nous avions été attirés par son écriture dès le départ.

Sa prose bondit hors de la page et s'installe à côté de vous, tissant des récits de Michelle dans les rues de Rancho Cordova, Irvine et Goleta, sur la piste du tueur. La quantité de détails est énorme. Mais son écriture, à la fois obstinée et compatissante, transforme les faits en une narration fluide. Pile au moment où le lecteur moyen pourrait se lasser de trop d'informations, elle fait un bon mot ou dévoile un détail significatif qui relance la machine. Aussi bien dans le manuscrit que sur son blog *True Crime Diary*, Michelle a toujours trouvé l'équilibre parfait entre les deux extrêmes du genre. Elle ne rechignait pas à évoquer des éléments clés de l'horreur et pourtant, elle a toujours évité la complaisance scabreuse consistant à donner des détails macabres, tout comme elle n'est pas tombée dans la croisade du justicier moralisateur ou l'hagiographie victimaire. Ses mots évoquent l'intrigue, la curiosité, la pulsion irrésistible à résoudre un puzzle et à remplir les blancs qui font froid à l'âme.

Mais il y avait des parties du récit que Michelle n'avait pas complétées. Nous avons mis en page ce qu'elle avait terminé. Son écriture possédait une tonalité qu'on ne rencontre normalement pas dans les histoires de crimes (sauf peut-être chez Capote – et quand il cherchait une accroche pour le lecteur, il l'inventait parfois, tout simplement). Michelle écrivait un livre de non-fiction dans un style impossible à reproduire. Nous y avons réfléchi et nous y sommes même brièvement essayés. En vain. Elle avait raconté cette histoire sous tellement de formes – dans les chapitres qu'elle avait terminés, dans l'article pour le *Los Angeles Magazine* et dans ses nombreux posts sur son blog – qu'il y avait assez de matière pour remplir une grande partie des vides.

Cela étant dit, il y avait néanmoins des sujets sur lesquels elle se serait certainement étendue si elle avait pu terminer ce livre. Nombre de ces dossiers et de ces notes griffonnées exposaient une piste qu'elle avait l'intention de suivre – ou une fausse piste qu'elle aurait pu négliger. Alors que la liste de choses à faire d'un ami peut être remplie de souhaits comme « Voyage à Paris » ou « Essayer le parachutisme », celle de Michelle comportait des entrées du style « Aller à Modesto », « Compléter l'annuaire inversé des habitants de Goleta », et encore « Trouver un moyen de soumettre l'ADN à 23andMe ou Ancestry.com ».

En 2011, après avoir mis en ligne son premier article concernant l'EAR-ONS sur son blog *True Crime Diary* (elle ne lui avait pas encore donné le surnom de Golden State Killer), Michelle entendit parler de Paul pour la première fois quand il posta un lien vers son article sur le forum *Cold Case Files* du réseau A&E, qui, à l'époque, était le seul endroit où on pouvait échanger sur l'affaire.

Michelle lui écrivit immédiatement.

« Salut ! commençait-elle. Vous êtes un de mes internautes favoris. »

Puis elle décrivait un nom de famille rare sur lequel elle était tombée et dont les quelques personnes qui le portaient partageaient un secteur géographique intéressant. Peut-être cela valait-il la peine d'y jeter un coup d'œil.

« Je lutte contre l'insomnie, expliquait-elle, et quand je ne peux pas dormir, je fouine sur le Net pour trouver de bons suspects. Je ne sais pas quel est votre système, si tant est que vous en ayez un, mais j'ai fait deux choses – vérifier les noms dans le cimetière de Goleta et vérifier les noms que j'ai pu glaner dans les listes d'anciens élèves des différents établissements scolaires d'Irvine, en particulier dans le quartier de Northwood. Ce n'est pas exactement comme compter les moutons, mais c'est hypnotisant à sa façon. »

Les résultats de l'insomnie de Michelle étaient dévoilés sur son disque dur :

. Anciennes cartes et photographies aériennes de Goleta, utilisées pour une comparaison avec la carte « d'écolier » servant de preuve.

. Images des semelles de chaussures et des liens trouvés sur les scènes de crime.

. Analyse du carotteur de jardin, peut-être utilisé dans le meurtre de Domingo.

. Classeur qui craque aux jointures sur le Visalia Ransacker, et théories qu'elle avançait pour le relier à l'EAR-ONS.

Il y avait aussi une liste d'objets précis pris aux victimes de l'EAR :

. Un dollar en argent « MISSILE »
. Un dollar en argent « M. S. R » 8. 8. 72
. Une bague avec l'inscription « Pour mon ange » 1. 11. 70
. Une paire de menottes, or jaune, initiales « NR » en script
. Une bague d'homme, diamant 0,80 carat, forme carrée, 3 pépites d'or
. Bague (*expurgé*) Always (*expurgé*) 2. 11. 71
. Bague or avec initiales WSJ
. Ancienne cuillère en argent estampillée Prelude, by International
. Chevalière de l'université de Lycoming, 1965

Plus une note mentionnant que le violeur avait un penchant particulier pour les radios-réveils et qu'il en avait volé cinq.

Niché au milieu de cette collection se trouvait un tableau contenant les noms et adresses de l'équipe de cross-country du lycée Dos Pueblos en 1976, un terrier de lapin dans lequel elle s'était engouffrée en pensant que l'EAR aurait pu être un jeune coureur aux jambes musclées.

Un document était intitulé « Personnes Éventuellement Intéressantes ». Il s'agissait d'une liste constituée au fil des ans, avec des notes et des trouvailles que Michelle avait ajoutées au fur et à mesure qu'elle cochait les noms et les dates de naissance d'éventuels suspects. Certains éléments, assortis de la mention « Envoyé de mon iPhone » – trahissaient l'origine du contenu, un petit mot succinct que Michelle s'était envoyé à elle-même pendant qu'elle tuait le temps à une première de cinéma.

Dans un autre calepin, elle avait écrit : « Ne pas sous-estimer le fantasme ; ne viole pas devant les hommes – peur du mâle ; fonctionnel ; intimité, mâle en train de se tortiller ne fait pas partie du fantasme. Maman et pleurs. Pas de remords. Probablement une part du fantasme ».

Il y avait même des notes sur sa propre psychologie :

. C'était un rôdeur et un chercheur compulsif. Nous, qui le traquons, souffrons de la même affliction. Il observait à travers les fenêtres. Moi, je tape « entrée ». Entrée. Entrée. Clic Souris clic, clic de souris.

. Les rats cherchent leur propre nourriture.

. C'est la traque qui provoque une montée d'adrénaline, pas la capture. Il est le faux requin des *Dents de la mer*, à peine vu et donc doublement craint.

Michelle se mettait en contact avec les témoins des vieux rapports de police si elle sentait qu'un détail avait été négligé ou que les enquêteurs avaient omis de poser une question qui revenait sans cesse. Un de ces témoins était Andrew Marquette[1].

La nuit du 10 juin 1979 était particulièrement chaude et Andrew Marquette avait laissé la fenêtre de sa chambre ouverte pour tenter de faire entrer une petite brise pendant son sommeil. Vers minuit, il entendit des pas crisser sur l'allée pierrée sous sa fenêtre. Jetant un coup d'œil à l'extérieur, il vit un inconnu longer lentement sa maison, les yeux rivés sur la fenêtre de ses voisins. Regardant à son tour dans cette direction, Marquette aperçut le couple qui vivait là en train de coucher leur enfant.

Il continua à observer le type qui avançait furtivement vers un pin et disparaissait dans les herbes, avalé par l'obscurité. Il alla chercher un pistolet calibre 22 qu'il gardait près de son lit et arma la culasse. Le rôdeur devait avoir reconnu le bruit car il se mit immédiatement en mouvement et se rua sur la palissade qu'il escalada pour atterrir dans le jardin de devant. Marquette se rendit chez ses voisins et frappa. Personne ne répondit.

Il revint poser le pistolet chez lui puis repartit chez ses voisins pour faire une nouvelle tentative. À

---

1. Pseudonyme.

mi-chemin, les phares d'une voiture balayèrent les habitations du côté nord du pâté de maisons, illuminant brièvement le rôdeur, qui se trouvait à présent à vélo, appuyé contre un mur. Quand Marquette fit mine de s'approcher, le suspect traversa la pelouse en pédalant comme un fou, s'enfuit et disparut dans la nuit. Marquette appela la police. Ils patrouillèrent dans le quartier de long en large, à la recherche du rôdeur, sans succès.

Quelques heures plus tard survint la quarante-septième attaque de l'EAR, un demi-pâté de maisons plus loin. Les enquêteurs reprirent contact avec Marquette durant l'enquête de proximité, et il leur répéta la même histoire.

Le rôdeur était un homme blanc d'une vingtaine d'années, avec des cheveux lui arrivant aux épaules, qui portait un Levi's et un T-shirt de couleur sombre – une description qui collait avec celle de la dernière victime. Le vélo sur lequel il s'était enfui fut retrouvé abandonné plus tard dans la matinée, à quelques blocs de là, près d'une canette de bière Olympia provenant du frigo de la victime. Les enquêteurs ne mirent pas longtemps à découvrir qu'il s'agissait du vélo qui avait été volé quelques heures avant l'attaque, dans un garage ouvert, quelques kilomètres plus loin. Près dudit garage, ils trouvèrent une paire de lacets blancs noués.

Michelle sentait que cela valait le coup de réinterroger Marquette. Elle le contacta fin 2015.

Elle lui envoya un plan dessiné par ses soins en lui détaillant ce qu'elle avait sommairement compris des événements de cette nuit-là et lui demanda de confirmer, ou de modifier, où il le jugeait nécessaire. Paul compila une brochette de dix-sept photos que Michelle soumit à Marquette afin de déterminer quel était l'individu qui ressemblait le plus à l'homme aperçu cette nuit-là.

Au téléphone, elle le pria aussi de dire sans réfléchir le premier mot qui lui venait à l'esprit pour décrire le rôdeur. « Écolier », répondit Marquette sans hésiter.

Dans un dossier de 2011 intitulé « indices EAR », Michelle a tenté de réunir les nombreux faits concrets que l'on connaît sur l'homme afin d'en tirer un profil :

. Physiquement, il est le plus souvent décrit comme mesurant de un mètre soixante-quinze à un mètre quatre-vingts, avec une carrure de nageur. Mince, mais avec une poitrine musclée et des mollets remarquablement développés. Très petit pénis, à la fois étroit et court. Chaussant du 39/40. Cheveux blonds sales. Nez plus gros que la normale. Groupe sanguin A, non sécréteur.

. Il se servait du téléphone pour contacter ses victimes, parfois avant une attaque, parfois après. Quelquefois, c'étaient juste des coups de fil raccrochés. Assortis de menaces et de profondes respirations théâtrales et dignes d'un film d'horreur.

. Il arborait des passe-montagnes. Apportait des pistolets. Il possédait ce qui ressemblait à une lampe torche de forme stylo, et aimait réveiller ses victimes en sursaut en leur braquant le faisceau de la lampe dans les yeux pour les aveugler. Il déchirait des serviettes en bandelettes, ou se servait de lacets pour les entraver.

. Il avait un scénario et s'y conformait. Une variante de « Fais ce que je dis, ou sinon, je te tue ». Il prétendait vouloir seulement de l'argent ou de la nourriture. Parfois, il racontait que c'était pour son appartement. En d'autres occasions, il mentionnait un van. Obligeait la femme à ligoter l'homme, puis les séparait. Il lui arrivait d'empiler de la vaisselle sur le dos de ce dernier en lui disant que s'il entendait un fracas, il tuerait sa femme.

. Il apportait fréquemment de la lotion pour bébé sur la scène de crime afin de s'en servir comme lubrifiant.

. Il aimait voler des vélos dans le quartier et s'échapper dessus.

. Quelques objets personnels qu'on peut lui associer : un sac avec une longue fermeture Éclair, comme celui d'un médecin ou un sac de marin ; des tennis bleues ; des gants de motocross ; un pantalon en velours.

. Il emportait les permis de conduire et les bijoux, en particulier les bagues.

. Certaines des choses qu'il avait dites, vraies ou pas, mais néanmoins intéressantes : avoir tué quelqu'un à Bakersfield ; revenir à LA ; « Je te déteste, Bonnie » ; s'être fait renvoyer de l'Air Force.

. Quelque chose avait pu lui arriver fin octobre 1977. Lors de deux attaques différentes, aux environs de cette époque, on l'avait décrit en train de sangloter.

. Certains des véhicules possiblement associés à l'EAR-ONS : un van Chevrolet vert, un pick-up jaune à marchepied latéral datant des années 60, une Coccinelle Volkswagen.

Un e-mail transféré à Michelle par Patton révèle qu'elle avait même embauché son beau-père, un US Marine de métier, afin qu'il fasse des recherches sur les bases militaires de la région à l'époque, étant donné qu'il existait une théorie selon laquelle l'EAR aurait pu être aviateur.

Message transféré :
De : Larry Oswalt
Date : 18 avril 2011, 2 : 01 : 06 PM. PDT.
A : Patton
Sujet : Bases de l'Air Force autour de Sacramento
Maman a dit que Michelle avait des questions sur les bases de l'Air Force autour de Sacramento. Voici la liste.
Près de Sacramento :
Mc Lellan, fermée 2001
Mather, fermée 1993
Beale encore en activité – 65 kms au nord de Sacramento.
Travis se trouve à Fairfield, CA, au nord de San Francisco plus ou moins et à une bonne trotte de Sacramento.
Dis-moi si tu as besoin d'autres infos.
Papa.

Beaucoup de gens ont tenté de dresser le profil de l'EAR-ONS au fil des ans, mais Michelle voulait aller encore plus loin et se plonger à fond dans les localisations des viols pour voir si le profilage géographique pouvait mener à son identité. Parmi les documents qu'elle a laissés derrière elle, il y a ses réflexions sur la géographie du tueur :

. Mon sentiment, c'est que Rancho Cordova et Irvine sont les deux lieux qui comptent le plus.

. Le premier et le troisième viols n'étaient distants que de quelques jardins à Rancho Cordova. Après la troisième attaque, il s'est éloigné sans se presser et sans pantalon, ce qui suggère qu'il vivait tout près.

. Il a assassiné Manuela Witthuhn le 6 février 1981, à Irvine. Cinq ans plus tard, il a assassiné Janelle Cruz. Manuela et Janelle vivaient dans le même lotissement, à environ trois kilomètres l'une de l'autre.

. Curieusement, le répondeur de Manuela avait été volé lors de l'agression. La voix du suspect aurait-elle été sur la bande ? Si c'était le cas, s'inquiétait-il de ce qu'on ait pu l'identifier comme quelqu'un du quartier ?

Un document créé par Michelle en août 2014 et intitulé « Géo-chapitre » montre qu'elle a entièrement repensé le plan après plus de trois bonnes années de recherche non-stop. Quand on l'ouvre, il n'y a qu'une ligne : « Carmichael apparaît comme une clairière centrale, une zone tampon. »

TROUVER LE TUEUR GRÂCE AU GÉO-PROFILAGE

Alors que ses caractéristiques les plus fondamentales – son nom et son visage – demeurent inconnues, on peut avancer avec une certitude raisonnable que l'EAR avait été, parmi approximativement sept cent mille autres humains, un habitant du comté de Sacramento entre le milieu et la fin des années 70.

Le lien qu'il entretient avec les nombreux autres endroits dans lesquels il a frappé – Stockton, Modesto, Davis, l'East Bay – est moins net.

L'EAR fut un criminel particulièrement prolifique à Sacramento, faisant preuve de la connaissance des lieux et de l'omniprésence de quelqu'un qui était indubitablement du coin. Dans les endroits comme Stockton, Modesto et Davis, où il avait frappé de deux à trois reprises à chaque fois, on est en droit de se demander quel lien il entretenait avec ces villes, si tant est qu'il en ait eu un. Peut-être avait-il de la famille là-bas, ou un travail. Peut-être ne faisait-il que passer. Peut-être avait-il lancé une fléchette sur une carte.

Mais vous auriez beaucoup de mal à trouver un enquêteur qui ne soit pas persuadé que l'EAR a vécu, ou au moins travaillé, à Sacramento.

Si on admet l'idée qu'il a vécu à Sacramento de 1976 à 1978 ou 1979, ce qui est quasi certain, et qu'ensuite, il a vécu en Californie du Sud durant la première moitié des années 80, ce qui est hautement probable, alors on réduit considérablement la taille de la meule de foin. En créant une liste de personnes ayant habité dans ces deux régions durant cette époque, le panel de suspects, de près d'un million, se réduit peut-être à dix mille.

Ce serait idéal si le procédé était aussi simple que, disons, appliquer des filtres à la recherche de produits sur Amazon. En quelques clics, on pourrait trier par genre (mâle), année de naissance (1940-1960), type (caucasien), taille (1,75 à 1,80m), lieux de résidence (Carmichael ET Irvine ; Rancho Cordova ET tout ce qu'englobe le code postal 92620 : Citrus Heights, Goleta ET Dana Point), profession aussi peut-être, pour faire bonne mesure (agent immobilier, ouvrier du bâtiment, peintre, paysagiste, architecte paysagiste, infirmier, pharmacien, aide-soignant, flic, agent de sécurité, OU militaire) – tous ces métiers faisant partie des nombreuses occupations que l'EAR pourrait avoir exercé, selon divers enquêteurs et autres détectives en fauteuil. Il suffirait de rentrer tous ces critères de recherche et voilà ! On se retrouverait avec une liste gérable, bien que globale, de suspects potentiels.

Mais ce n'est pas aussi facile. Les noms doivent venir de quelque part et il n'existe pas de base de données centrale de, eh bien, d'individus. Elle doit être soit compilée, soit créée. Et créer une telle liste est un des projets pour lesquels Michelle se sentait la plus confiante.

Il aurait pu venir de Visalia. Ou peut-être Goleta était-elle sa ville d'origine. Il pouvait avoir vécu dans la zone 92620 du code postal d'Irvine. Il était peut-être allé au lycée de Cordova. Son nom aurait pu apparaître à la fois dans l'annuaire de Sacramento de 1977 et dans celui du comté d'Orange de 1983. Pas besoin d'avoir accès à des informations confidentielles ou à une liste officielle pour découvrir certains suspects potentiels qui, autrement, auraient pu passer sous le radar. Toutes les informations et les outils nécessaires pouvant être utilisés pour traiter les données étaient déjà disponibles sous forme d'agrégateurs en ligne d'archives publiques, de registres d'état civil, de registres de propriété, d'albums de classe, et autres annuaires jaunis des années 70 et 80 (dont beaucoup, heureusement, ont été numérisés).

Durant l'année précédant la mort de Michelle, Paul avait commencé à dresser des listes de référence des personnes résidant dans les comtés de Sacramento et d'Orange pour les périodes concernées, listes qui combinaient des noms trouvés dans les registres de mariage et de divorce sur Ancestor.com, les registres de propriété du comté opportun (ce qui supposait de faire appel à un extracteur de données), les listes d'anciens élèves, et les vieux répertoires croisés et annuaires de téléphone[1].

Michelle s'était ensuite mise en contact avec un programmeur informatique au Canada, qui lui avait offert de l'aider bénévolement. En suivant les indications de

---

1. Le texte des répertoires et des annuaires a été récupéré en utilisant un logiciel connu sous le nom de Reconnaissance Optique des Caractères, ou ROC, qui permet de convertir l'image du matériel numérisé en texte. Comme il s'agit d'un œil numérique décryptant des données analogiques, dont la qualité de scan et d'impression varie, le résultat est mauvais en ce qui concerne la syntaxe et la transcription d'erreurs, qui vont de l'échec total à distinguer, disons, la lettre D de la lettre O, à des collections chaotiques de signes de ponctuation, de symboles et autres caractères égarés et non alphanumériques. Ces problèmes nécessitèrent des centaines d'heures de nettoyage afin de transformer ces volumes numérisés vieux de dizaines d'années en listes de noms formatées de façon cohérente, et lisibles.

Paul, le programmeur avait créé un utilitaire permettant de croiser les données et capable de traiter des listes multiples et de trouver des correspondances entre des lignes de texte. Grâce à cette application, Paul avait pu commencer à l'alimenter avec deux listes, ou plus, avant d'analyser ensuite le résultat des correspondances – qui se montaient maintenant à plus de quarante mille.

Une fois la liste des correspondances générée, Paul s'y attelait et éliminait les faux positifs (beaucoup plus probables parmi les noms courants tels que John Smith) en utilisant les agrégateurs d'archives publiques. Ensuite, il rassemblait autant d'informations que possible sur chaque correspondance, jusqu'à ce qu'il soit sûr que ni l'homme en question, ni aucun des membres masculins de sa famille ne tenait la route. Les noms de ceux qu'il ne parvenait pas à éliminer seraient ajoutés à une liste de référence de suspects potentiels.

Dans les cas de viols, meurtres, ou cambriolages en série, les listes de suspects enflent souvent jusqu'à atteindre plusieurs milliers de noms, ou plus. La difficulté à gérer une liste de cette taille oblige à concevoir un système de priorisation, dans lequel l'ordre de classement des suspects est déterminé par des facteurs tels que délits antérieurs et contacts avec la police, disponibilité pour tous les crimes, caractéristiques physiques et – si un profilage géographique a été fait – adresses professionnelles et personnelles du suspect.

Le profilage géographique est une technique d'investigation criminelle spécialisée – peut-être plus utile et plus scientifique que le profilage comportemental, dont on pourrait dire qu'il est plus proche d'un art que d'une technique – dans laquelle les endroits stratégiques d'une suite de crimes liés les uns aux autres sont analysés dans le but de déterminer les points d'ancrage plausibles (maison, travail, etc.) d'un criminel en série. Ce qui permet de se concentrer sur les bulles isolées à l'intérieur d'un panel de suspects beaucoup plus important.

Bien que la technique ait été utilisée de manière informelle depuis un certain temps – on voit des enquêteurs l'employer pour retrouver un kidnappeur dans *Entre le ciel et l'enfer*, d'Akira Kurosawa, en 1963 – la méthodologie du profilage géographique n'a pas reçu de nom avant la fin des années 1980, environ dix ans après que l'expression « tueur en série » était entrée pour la première fois dans le langage courant. Étant donné qu'il ne s'agissait pas encore d'une procédure d'enquête bien établie, la connaissance du géo-profilage n'aurait pas pu être un facteur motivant pour l'EAR – un amoureux de la fausse piste – le poussant à induire géographiquement la police en erreur en faisant des navettes sur de grandes distances jusqu'à des banlieues lointaines de Californie du Sud. De plus, les crimes commis dans cette région ne lui étaient en général pas imputés (et il semblait tenir tout particulièrement à éviter qu'ils le soient, une des raisons pour lesquelles il se serait vraisemblablement mis à tuer ses victimes – pour éliminer les témoins) jusqu'à ce que les analyses ADN établissent que c'était le cas. On peut donc logiquement en conclure, selon le principe du rasoir d'Occam, que l'EAR avait vécu en Californie du Sud durant la période pendant laquelle il y avait commis ses crimes.

Cela dit, alors que nous ne recommanderions pas complètement d'éliminer quelqu'un juste parce qu'on ne peut établir qu'il a vécu en Californie du Sud, il faudrait une raison vraiment convaincante pour trouver le moindre intérêt à un tel suspect.

Cependant, la Californie du Sud – à cause de la rareté des crimes connus commis là-bas, et la grande distance couverte – n'est pas idéale pour un profil géographique. Sacramento étant la zone où notre criminel a été le plus prolifique durant la période de dix ans où ses crimes ont fait parler de lui, elle semble être l'endroit le plus à même pour y bâtir un profil géographique. Avec vingt-neuf lieux différents ayant un lien avec des attaques attribuées de façon certaine à l'EAR et près d'une centaine de cambriolages, signalements de rôdeurs et autres incidents ayant probablement un rapport, il y a plus qu'assez d'informations pour construire un profil géographique mettant en lumière les quartiers où il aurait le plus de chance d'avoir vécu. En termes de géo-profilage, ces zones sont connues sous le terme de « zones tampon ». Les zones tampon sont semblables à l'œil du cyclone, délimitées par la réticence typique du criminel en série à frapper trop près de chez lui.

Donc, du moins en théorie, identifier l'EAR devrait simplement revenir à trouver des gens vivant en Californie du Sud au début des années 80, qui auraient auparavant habité dans le comté de Sacramento du milieu à la fin des années 70 – et très probablement dans une de ces zones tampon.

En observant les zones familières à l'EAR dans les premières phases des attaques, par opposition à celles dans lesquelles il s'était par la suite lancé, on peut analyser la chronologie des attaques et les diviser en multiples étapes. Nous en avons choisi cinq :

. Attaques 1-4 (avant censure des médias)
. Attaques 5-8 (avant censure des médias)
. Attaques 9-15 (après censure des médias et suivant les premiers articles sur un violeur en série opérant dans la région est de Sacramento)
. Attaques 16-22 (commençant avec le changement majeur de mode opératoire de l'EAR, le passage de femmes seules à des couples, et précédant sa pause de trois mois durant l'été 1977)
. Attaques 24-44 (suivant la pause de l'été 1977 et sa première agression connue en dehors du comté de Sacramento)

Créer une carte Google avec une strate pour chaque phase permet d'isoler celles-ci et de passer de l'une à l'autre, en comparant l'étendue de chacune et en déterminant si un éventuel point d'ancrage ou une apparente zone tampon demeurent cohérents à travers le rayon d'activité en expansion constante du criminel. De plus, des grappes d'attaques plus resserrées tendent à signifier des quartiers que le criminel pourrait ne pas bien connaître.

La zone du comté de Sacramento où Carmichael, Citrus Heights et Fair Oaks se rencontrent, une partie de la ville où les attaques de l'EAR furent le plus étalées – et qui mettait aussi en avant la zone tampon la plus clairement délimitée – présente un intérêt particulier. (Voir schéma 1)

Paul est parti de l'hypothèse que l'EAR vivait dans les environs de ce qu'on appelle le North Ridge Country Club sur la carte, et il a observé que, chaque fois que l'EAR attaquait dans cette zone, c'était de l'autre côté de cette ostensible zone tampon d'où il attaquait précédemment – une possible interaction entre l'instinct (changement de rythme) et le calcul (éviter les zones de surveillance accrue).

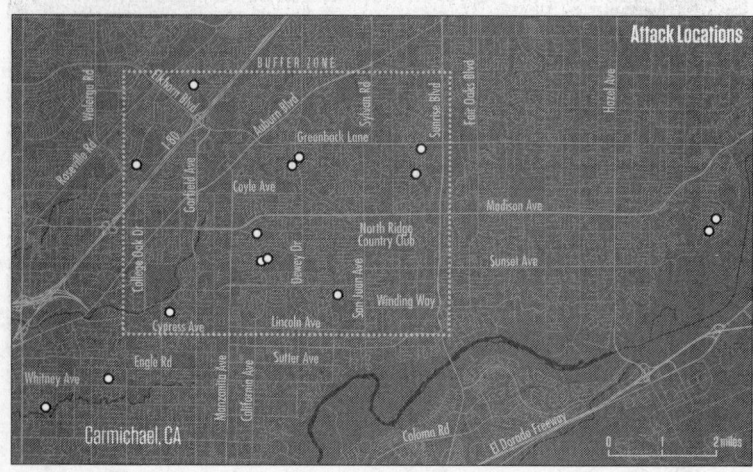

Schéma 1 : Emplacement des attaques

Paul a décidé de tenter un profil géographique en utilisant une approche entièrement improvisée et non scientifique. Il a transposé des captures d'écran de sa carte Google Map dans Photoshop et a commencé à relier les attaques dans cette zone, en appariant les agressions successives. En marquant d'un point à la fois le milieu de chaque ligne et l'endroit où elle en coupait une autre et en reliant ensuite chaque série de points, il a ainsi obtenu des formes qu'il a grisées. La zone la plus densément grisée devait théoriquement représenter le domicile approximatif du tueur. (Voir schéma 2)

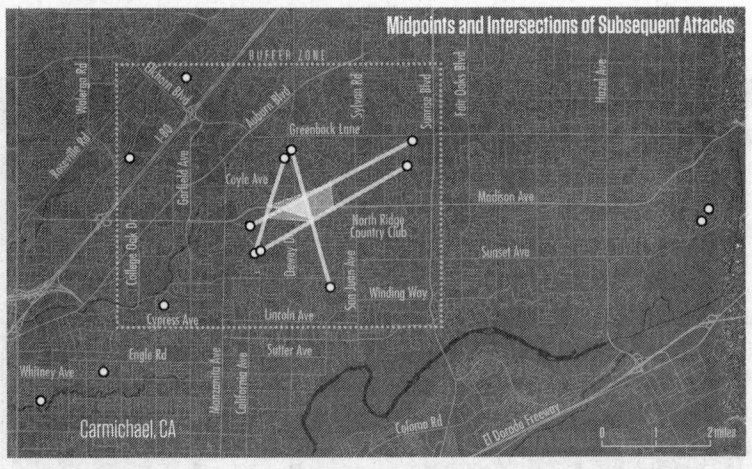

Schéma 2 : Points médians et intersections des attaques ultérieures

431

Il a aussi tracé des lignes perpendiculaires à celles qui reliaient les attaques deux à deux et qui passaient par les points médians, de façon à trouver la densité d'intersections la plus importante. Le résultat était similaire. (Voir schéma 3)

Paul avait ensuite utilisé une approche différente bien qu'également *ad hoc*, en formant un triangle qui reliait les trois attaques les plus éloignées dans la région puis, afin d'en trouver le véritable centre, il en avait créé un autre, plus petit et inversé, en reliant les points médians des trois côtés de la plus grande forme. Il avait répété le processus jusqu'à ce qu'il se retrouve avec un triangle si petit qu'il ressemblait à une feuille de papier qu'il pouvait encore plier en deux. (Voir schéma 4)

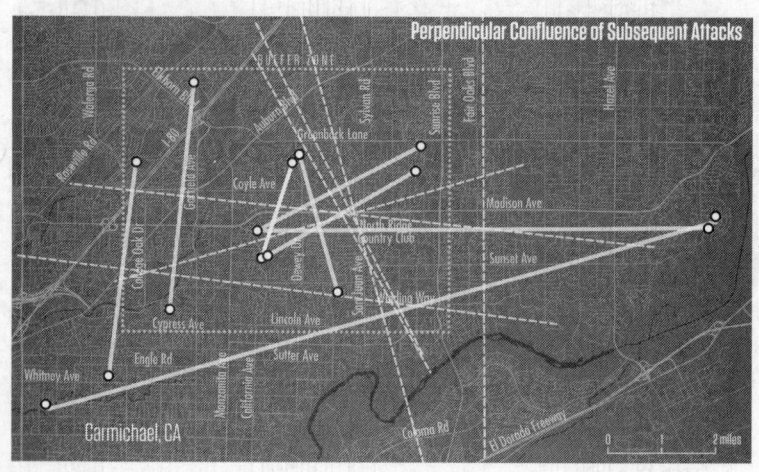

Schéma 3 : Confluences perpendiculaires des attaques ultérieures

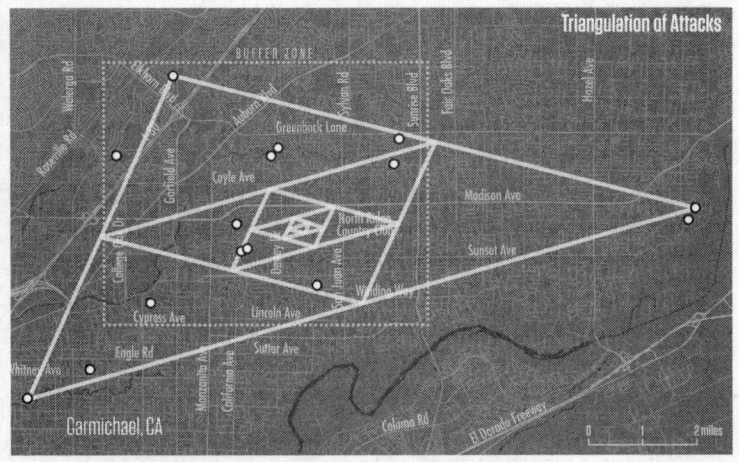

Schéma 4 : Triangulation des attaques

Chaque effort, à la fois ceux décrits ci-dessus et ceux que l'on a omis de mentionner par mansuétude envers le lecteur, ont donné le même résultat, suggérant que le point d'attache de l'EAR se trouvait quelque part près de l'intersection de Dewey Drive et de Madison Avenue, à la limite entre Carmichael et Fair Oaks. Cette conclusion fut appuyée, jusqu'à un certain point, par une étude du FBI datant de 1995 (Warren et al.), qui avait mis en lumière que la cinquième attaque d'une série avait lieu plus près du domicile du criminel dans une pluralité de cas (vingt-quatre pour cent contre dix-huit pour cent pour la première attaque). La cinquième attaque de l'EAR était la deuxième plus proche du point d'attache proposé, tandis que l'attaque n° 17 ne l'était que de façon négligeable (d'environ quatre-vingt-dix mètres).

Deux ans plus tard, Michelle mit la main sur un profil géographique appliqué aux attaques de Sacramento par nul autre que Kim Rossmo, le père du profilage géographique moderne. En fait, c'était Rossmo lui-même qui avait inventé l'expression.

Le point d'ancrage de Rossmo se trouvait près de l'intersection de Coyle Avenue et de Millburn Street – à moins de huit cents mètres au nord-ouest de celui que Paul avait posé comme postulat, sans même avoir jamais vu l'analyse de Rossmo. (Voir schéma 5)

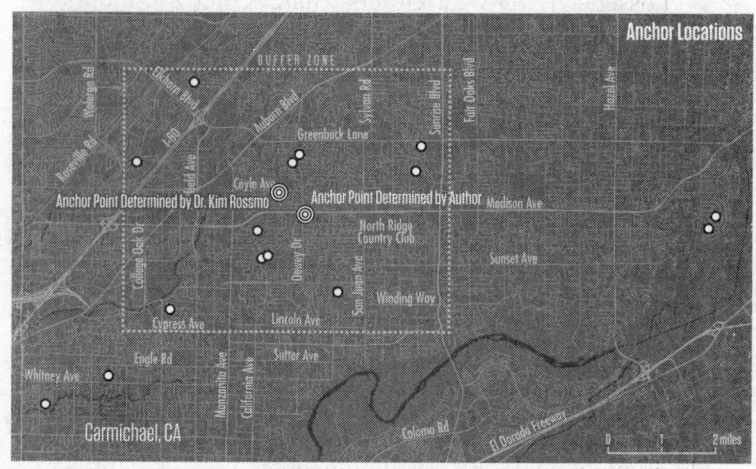

Schéma 5 : Points d'ancrage : point d'ancrage déterminé par le Dr Rossmo et point d'ancrage déterminé par l'auteur

En continuant à faire défiler le reste des trois mille cinq cents documents contenus dans le disque dur de Michelle, on tombe sur un dossier intitulé « Résultats ADN récents », qui fait apparaître les marqueurs Y-SCR de l'EAR (séances courtes répétées en tandem sur le chromosome Y établissant l'ascendance masculine) ainsi que le rare et insaisissable marqueur PGM1.

Posséder l'ADN du Golden State Killer a toujours été l'atout en réserve dans cette enquête.

Mais l'ADN d'un tueur n'a de valeur qu'en fonction des bases de données auxquelles on peut le comparer. Il n'y avait aucune correspondance dans le CODIS. Et aucune correspondance non plus dans la base de données du système pénal de Californie. Si le père, les frères, ou les oncles du tueur avaient été condamnés pour un crime dans les seize années passées, une alerte l'aurait signalé à Paul Holes ou Erika Hutchcraft (l'actuel inspecteur en chef du comté d'Orange). Ils se seraient penchés sur la famille du type, se seraient concentrés sur un de ses membres qui trempait dans le crime et auraient lancé une enquête.

Mais ils n'avaient rien.

Il existe des bases de données publiques qu'on peut utiliser pour trouver une correspondance au profil ADN et qui sont pleines, non pas de criminels condamnés, mais de mordus de la généalogie. On peut y entrer les marqueurs SCR sur le chromosome Y du tueur et tenter de trouver une correspondance, ou du moins, un nom de famille qui pourrait aider à la recherche.

Paul Holes avait fait ça en 2003 et, exactement comme Michelle qui souriait en proclamant « J'ai résolu l'énigme ! », Holes avait cru avoir enfin coincé le type grâce à cette technique.

Michelle raconte l'histoire dans cette partie à demi terminée et intitulée « Sacramento, 2013 » :

Paul Holes entend encore le bruit du tiroir de son meuble d'archivage qui se referme en claquant. Il avait enlevé tout ce qui se rapportait à l'EAR, l'avait emballé et expédié par FedEx à Larry Pool, dans le comté d'Orange.

Larry a tout, s'était dit Holes. Ce n'est qu'une question de temps.

Dix ans plus tard, Holes, assis dans son bureau, s'ennuyait à mourir. Il avait été promu chef du labo judiciaire. En était à son second mariage. Deux petits enfants de plus avec sa deuxième femme. Il avait assez travaillé au labo pour avoir vu des spécialités entières discréditées. Analyse de cheveux ? Ça le faisait rentrer sous terre rien que d'y penser. Ses collègues et lui s'asseyaient parfois et riaient des outils auxquels ils avaient eu recours, des instruments peu pratiques et peu fiables, comme la première génération de téléphones portables.

Il commençait à s'acquitter de la promesse qu'il avait toujours dit vouloir tenir et qu'il avait repoussée pendant dix ans, afin d'accumuler les promotions et de mettre sa famille à l'abri. L'enquêteur Paul Holes. Il avait toujours aimé comment ça sonnait. Il rencontrait les bonnes personnes. Obtenait les bonnes références. Une mutation au bureau du procureur de district pour travailler à plein temps sur les affaires classées était déjà en cours.

Mais il y avait un problème, un problème dont il savait parfaitement qu'il l'emporterait avec lui au bureau du procureur. L'EAR. Chaque année où il n'avait pas refait surface, coincé par l'ADN ou dénoncé par un informateur, l'intérêt de Holes augmentait. Sa femme pourrait appeler ça une obsession. Il faisait des tableaux. De tranquilles balades en voiture tournaient à la visite de scènes de crime. Pas une fois en passant, mais chaque semaine.

Parfois, quand il pensait à la destruction semée par un seul homme sans visage, non seulement parmi les victimes, mais aussi dans leurs familles, à la honte des enquêteurs, à l'argent gaspillé ainsi qu'au temps et aux efforts perdus, aux moments en famille envolés, aux mariages ruinés et au sexe oublié depuis des lustres... Holes jurait rarement. Ça ne lui ressemblait pas. Mais quand il pensait à tout ça, il avait juste envie de dire je t'emmerde. Je. T'emmerde.

La première génération d'enquêteurs à avoir travaillé sur l'affaire avait à présent des problèmes de santé. La seconde génération, ceux qui avaient bossé dessus quand ils pouvaient grappiller un peu de temps ici ou là, allaient bientôt prendre sa retraite. Le temps filait. L'EAR les regardait par-dessus son épaule, souriant d'un air satisfait dans l'embrasure d'une porte à demi fermée.

Holes se rapprocha de son ordinateur. Au cours de l'année écoulée, la recherche d'ancêtres grâce à l'ADN était devenue à la mode parmi les gens curieux de leur généalogie et, bien que ce soit beaucoup moins mis en avant, comme outil pour trouver des criminels non identifiés. De nombreux membres des forces de police se montraient méfiants. Il y avait des histoires de contrôle qualité. De vie privée. Holes connaissait l'ADN. Le connaissait bien. Selon lui, la recherche d'ancêtres par ADN était un outil, pas une certitude. Il avait obtenu un profil Y du criminel à partir de son ADN, ce qui signifie qu'il avait isolé la lignée paternelle. On pouvait entrer le profil en question dans certain sites de généalogie en ligne, du genre de ceux que les gens utilisent pour retrouver des cousins au premier degré, etc. Vous entrez une série de marqueurs de votre profil ADN-Y, entre 12 et 111, et on vous retourne une liste de correspondances, de noms de famille avec qui vous pourriez partager un ancêtre commun. Les correspondances sont presque toujours à une distance génétique de 1 par rapport à vous, ce qui ne signifie pas grand-chose, en termes de recherche de parenté familiale. Ce que vous cherchez, c'est le 0 insaisissable – une correspondance étroite.

Holes se livrait à cette recherche tous les quinze jours. Il n'en attendait rien. Une façon d'alimenter son obsession. C'est ainsi qu'un après-midi de mi-mars 2013, il entra la séquence familière et enfonça la touche Entrée. Au bout d'un moment, la liste apparut, dont beaucoup de noms familiers qu'il avait vus dans des recherches précédentes. Mais il ne reconnut pas celui qui se trouvait tout en haut de la liste.

L'EAR possédait un marqueur extrêmement rare. Seuls, deux pour cent de la population mondiale le possèdent. Lorsque Holes cliqua sur le lien attaché au nom au sommet de la liste, il vit que le profil contenait ce marqueur rare. Il correspondait aussi à onze autres marqueurs du suspect, tous les mêmes – 0 distance génétique. Holes n'avait jamais reçu un tel résultat auparavant.

Tout d'abord, il ne sut que faire. Il empoigna le téléphone pour appeler Ken Clark, l'enquêteur du bureau du shérif du comté de Sacramento à qui il parlait le plus, mais raccrocha avant d'avoir composé le numéro. Sacramento se trouvait à une heure de route du bureau de Holes, à Martinez. Il attrapa ses clés de voiture.

Il allait se rendre à l'endroit où, trente-six ans avant, tout avait commencé.

Michelle n'a jamais eu l'occasion d'écrire la chute – le genre de chute qui aurait pu pousser à bout n'importe qui ayant travaillé si longtemps sur cette affaire. Il se trouve qu'un certain Russ Oase, agent des services secrets à la retraite et enquêteur amateur, avait anonymement téléchargé des marqueurs de l'EAR dans la même base de données.

Donc, la correspondance que Paul Holes pensait avoir n'était en fait que le résultat de l'action de deux types ayant téléchargé le profil ADN du même tueur et obtenu une correspondance en miroir.

Michelle pensait que l'ADN était le fil conducteur qui représentait le meilleur moyen d'échapper au labyrinthe de l'affaire du Golden State Killer. La Californie était un des États parmi les neuf seulement autorisant les tests d'ADN familial dans la base de données. Si le frère du GSK se faisait arrêter pour un crime demain, on aurait une touche. Mais cette base de données ne contient que des noms d'individus ayant été condamnés pour un crime.

Michelle crut qu'elle avait peut-être trouvé le tueur quand elle avait confronté son profil ADN avec une base de données Y-SCR disponible sur Ancestry.com.

En jetant un rapide coup d'œil en haut de la page, cela semble prometteur. Le nom tout en haut (nous les avons délibérément masqués) montre de nombreuses correspondances, comme on le voit au nombre de cases cochées. Le nom est très peu courant (seulement une poignée aux États-Unis et en Angleterre). Près du nom, MRCA signifie Most Recent Common Ancestor, soit Ancêtre Commun le Plus Récent, et le chiffre correspond au nombre de générations sur lesquelles on doit remonter dans son arbre généalogique pour obtenir un ancêtre commun avec une probabilité de cinquante pour cent. On estime que l'ACPR entre l'homme et Michelle (dont l'ADN remplaçait celui du tueur) aurait vécu onze générations plus tôt (avec une probabilité de cinquante pour cent).

Correspondances

Les résultats de votre test sont prêts. Découvrez les correspondances obtenues.

Votre cercle familial est peut-être sur le point de s'agrandir ! La liste ci-dessous est classée en fonction des résultats des tests ADN. Les premiers noms de la liste sont ceux avec qui vous partagez les ancêtres communs les plus récents (APCR). Vous pouvez contacter les personnes de cette liste via notre messagerie sécurisée. Votre adresse restera confidentielle.

[Télécharger la liste des correspondances]

	APCR																																											
Michelle McNamara		15	15	11	14	12	13	29	23	9	13	13	12	11	-	12	12	-	-	13	25	19	30	-	11	11	16	17	9	9	11	-	-	15	16	17	17	-	-	19	23	-	-	11
Andrew Timothy Pladgeman	11								11					14									12																					
Maurice Andrew Fletcher	28								11					14				24					13	24	15	16																		
Robert Kirk Franklin	29						24	11					15	17	12				31	31			10	12	11	24					10							15	23					
Ben Parsons	30	14												14	17	12			28	31			11	11	24	16		18		10					15	23							
Richard Allen Cummings	30	14					24	11					14									12	25															13					
Dennis Lavern Shaeffer	30	14				14	30			11				14									12	24	15	16																		
Earl William Shaeffer	30	14				14	30			11				14									12	24	15	16																		
Theodore Clay Sprouse	30	14	13						11					14				24					12	23																				
Chad Allen Quick	30		15				24	10						14									12	24	14	16																		

Après avoir partagé sa trouvaille avec Paul Holes et d'autres experts, Michelle avait découvert que ce n'était pas aussi significatif qu'elle l'avait tout d'abord cru. Il aurait fallu étudier les trois cent trente années de vie de famille de ce type et même là, on n'avait que cinquante pour cent de chances de lui mettre la main dessus.

Trouver la personne exacte grâce à ces résultats est exclu avec ce test.

Une des experts que Michelle avait consultés s'appelait Colleen Fitzpatrick, une généalogiste judiciaire qui aide les gens à retrouver leurs parents biologiques – et qui avait joué un rôle déterminant dans la résolution de certains crimes majeurs, dont ceux de l'infâme Tueur du Canal, à Phoenix. Fitzpatrick avait écrit le

livre sur la généalogie médico-légale – littéralement[1] –
et passé de nombreuses heures, dont certaines fort tard
dans la nuit, au téléphone avec Michelle, à discuter
des différents moyens de trouver un chemin généalogique permettant d'identifier le Golden State Killer.

Après la mort de Michelle, Colleen a expliqué à
Billy que même en n'ayant pas de lignée exploitable
au vu de la comparaison ci-dessus, on a malgré tout
un indice :

« Même quand on obtient des correspondances Y
distantes, mais qui ont toutes le même nom, on peut
en déduire qu'il s'agit certainement du nom de famille
de M. X et qu'il appartient à la même famille élar-
gie que ces correspondances (en ligne directe), si on
remonte sur de nombreuses générations, peut-être.
Mais dans ce cas précis, il existe une variété de noms
et on ne peut donc pas en cibler un en particulier. La
"consonance" des noms peut parfois vous fournir une
sorte d'ethnicité pour votre inconnu. Disons que si sa
liste se compose uniquement de noms irlandais, on
peut avancer qu'il est probablement irlandais. C'est
ce que j'ai fait pour les meurtres du canal. Non seulement je suis parvenue au nom de Miller pour leur
tueur, mais j'ai aussi précisé aux services de police
de Phoenix qu'il s'agissait d'un Miller d'extraction
irlandaise. Quelques semaines plus tard, ils ont arrêté
Bryan Patrick Miller. C'est à partir de là que je me
suis dit que l'EAR possédait un nom allemand mais

---

1. *Généalogie médico-légale,* par Colleen Fitzpatrick, sorti en
2005.

venait d'Angleterre. Dans les tests que j'ai effectués pour Michelle, c'est la "consonance" des noms qui m'est venue. »

Donc, on cherchait un type au nom allemand dont la famille avait un temps vécu en Angleterre. Bien entendu, il avait pu être adopté, auquel cas, aucun pari ne tient.

Tout revient à la taille de la base de données avec laquelle vous tentez de comparer votre échantillon. En 2016, il existait de nombreuses entreprises proposant de dresser votre profil ADN et de l'ajouter à une base de données en rapide expansion. Ces entreprises utilisent l'analyse ADN autosomique. Pour environ 100 dollars et un peu de salive, elles vous livrent votre profil. En plus de savoir si vous risquez ou non d'avoir la maladie d'Alzheimer dans le futur ou les différentes possibilités qui s'offrent à vous en matière de couleur d'yeux, le test est utilisé par des personnes qui ont été adoptées ou élevées par des mères célibataires. Les résultats qui leur reviennent peuvent faire apparaître des cousins au premier degré auparavant inconnus, et de là, leur permettre de retrouver leurs pères biologiques ou d'autres informations sur leur propre identité. Si on n'obtient pas de succès tout de suite, il reste de l'espoir. Les entreprises vous envoient des e-mails lorsque de nouveaux membres de la famille ont téléchargé leur ADN. « Vous avez de nouveaux proches par l'ADN », proclamait un mail que Billy avait récemment reçu de la part de 23andMe, ayant lui-même fait faire un test quelques années auparavant. « Cinquante et une personnes qui partagent leur ADN avec vous ont rejoint les Proches par l'ADN au cours des quatre-vingt-dix derniers jours. » Les tests ne mettent pas seulement en contact les membres masculins d'une lignée. Ils connectent tout le monde.

Plus important, les bases de données sont énormes – 23andMe possède un million cinq cent mille profils et Ancestry, deux millions cinq cent mille.

Pensez seulement au nombre de meurtres, viols et autres crimes violents qu'on pourrait résoudre si la police pouvait entrer l'ADN trouvé sur les scènes de crime dans ces bases de données et être dirigée dans la bonne direction *via* un cousin du coupable découvert dans le système. Malheureusement, aucune entreprise n'accepte de travailler avec la police, arguant de problèmes de respect de la vie privée et de conditions d'utilisation.

L'idée que la réponse à ce mystère soit probablement cachée dans les bases de données de 23andMe et d'Ancestry.com empêchait Michelle de dormir la nuit.

Si on pouvait juste soumettre l'actuel matériel génétique du tueur – et non des marqueurs sélectionnés seulement – à l'une de ces bases de données, il y aurait de grandes chances qu'on mette la main sur un cousin au deuxième ou troisième degré et que cette personne conduise les enquêteurs à l'identité du tueur.

Donc, il se peut très bien que la réponse se trouve derrière cette porte verrouillée. Un verrou fait de problèmes de confidentialité et de fouille et de saisie illégale.

Michelle voulait absolument entrer l'ADN du tueur dans ces bases de données commerciales en rapide expansion. Elle aurait été capable de passer outre leurs conditions d'utilisation pour ce faire. Mais pour entrer son ADN dans ces bases de données, l'entreprise vous expédie un tube dans lequel on doit cracher et qu'on leur renvoie ensuite. Michelle n'avait pas de salive du tueur ni même d'échantillon. Elle possédait seulement le profil sur papier. Mais d'après un ami scientifique de Billy, il y avait moyen de contourner le problème. Néanmoins, quand les opposants parlent de vie privée, de conditions d'utilisation des entreprises et de Quatrième Amendement, ils évoquent la déclaration classique d'Ian Malcom telle que Jeff Goldblum l'interprète dans *Jurassic Park* : « Vous autres, les scientifiques, étiez tellement préoccupés de savoir si vous pouviez ou non, que vous ne vous êtes pas arrêtés pour vous demander si vous deviez. »

Quand Michelle s'est mise à travailler pour l'article du *Los Angeles Magazine* qui a servi de base à ce livre, les dossiers officiels sur l'affaire ont commencé à arriver au compte-gouttes. Elle a soigneusement épluché la documentation et entrepris de bâtir un index des individus, lieux et choses nommées dans les comptes rendus. Son but avait trois objectifs : permettre de localiser facilement les éléments d'enquête dans les comptes rendus, lever l'ambiguïté sur les individus et trouver ceux qui pouvaient présenter un intérêt sur la base de déplacements géographiques ultérieurs, et enfin, découvrir les noms faisant double emploi ou les liens éventuels parmi les victimes.

Les relations que Michelle avait cultivées avec des enquêteurs retraités et actifs avaient évolué vers des échanges d'informations ouverts. Elle assumait un rôle d'enquêtrice honoraire et son énergie et sa perspicacité redonnaient un sang neuf à l'enquête. Elle avait transmis nos découvertes, ainsi que la liste de référence, à certains enquêteurs en activité.

La récolte de données officielles sur l'affaire ne cessait de s'élargir. Le point culminant fut atteint lors d'une acquisition stupéfiante de données matérielles en janvier 2016, quand Michelle et Paul furent emmenés jusqu'à un étroit placard du bureau du shérif du comté d'Orange, qui contenait soixante-cinq cartons d'archivage remplis de dossiers sur l'EAR-ONS. De façon remarquable, on leur permit de les parcourir – sous bonne surveillance – et d'emprunter ce qu'ils voulaient.

C'était le Filon.

Ils sélectionnèrent trente-cinq cartons, ainsi que deux énormes boîtes en plastique pour les rapporter à L.A.

Michelle avait prévu le coup. Plutôt que de partager un voyage d'une journée dans un seul véhicule, ils roulèrent en convoi jusqu'à Santa Ana avec deux SUV. Ils empilèrent les cartons d'archives sur des chariots qu'ils firent rouler jusqu'au quai d'embarquement se trouvant derrière le quartier général de la police du comté d'Orange, où ils les enfournèrent dans les deux véhicules, tandis que le shérif adjoint, ignorant ce qu'ils étaient en train de fabriquer, sortait du bâtiment, sans remarquer, par chance, ce qui se passait. Ils agissaient du plus vite qu'ils en étaient capables physiquement, de peur que les policiers du comté d'Orange ne changent d'avis.

Ils rentrèrent à L.A et les cartons furent installés au deuxième étage de la maison de Michelle. Ce qui avait été la salle de jeux de sa fille allait devenir la Pièce aux Cartons.

Ils ne tardèrent pas à se plonger dans le matériau récolté. Tous les Saints Graals, les documents non divulgués que Michelle n'avait pas encore vus étaient là, ainsi que des montagnes de comptes rendus supplémentaires. Les comptes rendus en question – compilés à partir des données orphelines et des cas particuliers, des éléments uniques qui s'étaient retrouvés au fond du meuble de rangement consacré à l'EAR, en l'absence de place attitrée dans un classeur spécifiquement destiné à l'affaire – faisaient partie des choses qu'ils convoitaient le plus. Michelle et Paul partageaient la conviction que si le nom du coupable devait se trouver quelque part dans ces dossiers, il y avait des chances que ce soit un de ces indices griffonnés dans les marges : suspect oublié, déposition de témoin négligée, véhicule incongru dont on n'avait jamais recherché la trace, ou rôdeur qui, à l'époque, avait fourni ce qui semblait être une explication raisonnable à sa présence dans les environs.

Michelle fit l'acquisition de deux scanners numériques capables de traiter une grande quantité de données et ils commencèrent à numériser les dossiers. Une grande partie de ces informations n'avait pas été vue par des enquêteurs en activité comme Paul Holes, Ken Clark ou Erika Hutchcraft. Numériser ne permettait pas seulement aux documents de devenir facilement accessibles et de rendre le texte consultable, mais cela fournissait aussi à Michelle l'occasion de renvoyer l'ascenseur à ces enquêteurs généreux en leur offrant accès à un service inestimable.

Ce fut l'avancée la plus excitante depuis que l'enquête avait démarré. Il s'agissait d'un tournant majeur, d'un événement qui changeait la donne. D'après Michelle, la probabilité que le nom du coupable se trouve quelque part dans ces cartons avoisinait les quatre-vingts pour cent.

Après la parution de l'article dans le *Los Angeles Magazine*, Michelle écrivit un post sur son blog à propos des lettres qu'elle recevait de la part de détectives en fauteuil ayant lu son article et qui étaient devenus obsédés – même pour quelques heures – par l'idée de résoudre l'énigme.

Durant la semaine écoulée, j'ai reçu des douzaines de réponses de lecteurs à propos de mon article, « Dans les pas d'un tueur ». De nombreux e-mails contenaient des idées au sujet des preuves et des propositions nouvelles sur la meilleure façon d'attraper le Golden State Killer, ce criminel en série insaisissable et violent qui, de 1978 à 1986, s'est attaqué à des victimes du haut en bas de la Californie.

C'est la carte qui a suscité le plus de réflexions, et de nombreux lecteurs ont proposé diverses théories basées sur leur parcours professionnel ou académique. Un de ces lecteurs, un maître d'œuvre avec de l'expérience dans les « résidences bâties autour d'un golf » a eu l'impression que la carte ressemblait à de nombreux lotissements sur lesquels il avait travaillé. Les sentiers dessinés à la main, a-t-il dit, ressemblaient à des chemins pour voiturettes de golf.

Un autre a émis une appréciation effrayante sur les limites de propriété détaillées. Elles indiquent les lignes de clôture, a dit l'informateur, parce que celui qui dessiné la carte montre les barrières qu'il rencontrerait en se déplaçant dans le noir.

Une lectrice a senti qu'il se cachait un indice dans l'entrée de journal « Rage est le mot qui me rappelle ma 6e année d'école ». Le « 6 » de « 6e » ressemblait plus à un « G » d'après elle, avant d'ajouter que l'auteur du mot était clairement revenu en arrière et avait inséré « ma » avant le « 6 », comme s'il avait changé ce qu'il avait initialement eu l'intention d'écrire et qui, selon elle, était probablement le nom de la ville où il avait grandi. Une ville, présumait-elle, dont le nom commence par « G ».

Le « Rage est le mot » détaille la colère de l'auteur envers son instituteur masculin. Plus d'un lecteur a fait remarquer que les hommes étaient relativement inhabituels en primaire dans les années 60, à l'époque où l'auteur devait vraisemblablement s'y trouver.

Un autre lecteur a signalé que Visalia, où le Golden State Killer a peut-être démarré ses crimes de jeunesse, abritait de nombreux pilotes de la base aérienne de Lemoore, toute proche. Le tueur était peut-être un fils de pilote, a-t-il avancé, étant donné que quelques autres scènes de crime sont proches de bases aériennes de l'armée.

Certains de ces indices peuvent peut-être aider à se former une image du tueur. Et d'autres peuvent n'avoir absolument rien à faire avec lui, comme un puzzle qu'on aurait acheté dans un vide-grenier et dont les pièces auraient été mélangées avec celles de vingt autres puzzles.

Michelle était déterminée, jusqu'à la fin, à enquêter sur la moindre pièce pour voir si elle collait.

Un des derniers documents modifiés sur son disque dur – en date du 18 avril 2016, trois jours avant sa mort – s'intitulait « À faire » :

. Demander à Debbi D à propos de lampe de poche ; auraient-ils apporté une lampe de l'autre maison. À sa connaissance, Greg avait-il visité Toltec ?

. (Un des détectives) a dû prendre un congé psychiatrique après O/M (Offerman/Manning), et d'après Ray, pire scène de crime jamais vue (dans un e-mail à Irwin.) Pourquoi pire que Domingo/Sanchez ?

. Pour Erika : comme je ne suis pas entraînée à interpréter les scènes de crime, que crois-tu qu'il soit arrivé à Cruz ?

. Pour Ken Clark : Y a-t-il eu un lien public/presse avec Maggiore au moment de l'homicide ? Est-il vrai que le FBI a fait passer des tests familiaux en espérant obtenir de 200 à 400 correspondances pour des noms et qu'il n'en a eu aucune ?

. Demander à Ken ce qu'il voulait dire exactement en parlant du mari ou du type en costume de clown qui descendait la rue à pied.

Les questions continuent sur des pages et des pages. Sur le blog de Michelle, *True Crime Diary*, on va commencer à essayer d'obtenir les réponses aux questions qu'elle avait laissées en attente. Les échanges sur l'affaire continuent et nous invitons les lecteurs à participer et à suivre les nombreux forums de discussion qui s'animent de nuit comme de jour avec de nouveaux indices et différentes théories sur le tueur. Michelle a toujours dit qu'elle se fichait de qui résoudrait l'affaire, du moment qu'elle soit résolue.

Il n'y a pas de question à se poser sur l'impact qu'a eu Michelle dans cette enquête. Selon les mots de Ken Clark, elle « a attiré l'attention sur un des tueurs en série les moins connus, et pourtant un des plus prolifiques, qui ait jamais sévi aux États-Unis. Si je n'avais pas lu les rapports de police moi-même durant les années que j'ai passées à enquêter sur cette affaire, cette histoire serait presque incroyable. Sa recherche, teintée de professionnalisme, son attention au détail, et son désir sincère d'identifier le suspect lui ont permis de trouver le bon équilibre, respecter la vie privée de ceux qui souffraient, tout en exposant le suspect de façon que quelqu'un puisse le reconnaître ».

« Il n'est pas facile de gagner la confiance d'un si grand nombre d'enquêteurs à travers tant de juridictions, nous a confié Erika Hutchcraft, mais elle s'est débrouillée pour y arriver et on savait que c'était grâce à sa réputation, sa persévérance et le fait qu'elle prenait cette affaire à cœur. »

Paul Holes était d'accord, et il est allé jusqu'à dire qu'il considérait Michelle comme sa partenaire d'enquête. « Nous communiquions constamment. Si je m'emballais pour quelque chose, je lui envoyais le résultat de mes recherches et à son tour, l'excitation la prenait. Elle creusait, trouvait un nom, et me le renvoyait à nouveau afin que j'approfondisse. Cette enquête est le grand huit émotionnel suprême – on atteint des sommets stupéfiants quand on croit avoir trouvé le type et ensuite, on s'écrase au sol lorsque le suspect prometteur est éliminé par l'ADN. Michelle et moi, nous partagions ces hauts et ces bas. J'avais mes bons suspects et elle avait les siens ; on s'envoyait des e-mails non-stop, dans un état d'excitation croissante, jusqu'au moment où on expérimentait l'élimination définitive.

« Michelle a réussi à gagner non seulement ma confiance, mais la confiance de toute la police, et elle a prouvé qu'elle était une enquêtrice-née, ajoutant une valeur supplémentaire avec sa propre perspicacité et sa ténacité. Cette capacité à s'imprégner de l'affaire, à avoir des fulgurances pour lesquelles beaucoup n'ont pas d'aptitude, cette persévérance, et une personnalité attachante et drôle, tout ça dans une même personne, était incroyable. Je sais qu'elle était la seule qui aurait pu accomplir ce qu'elle a accompli dans cette enquête en venant de l'extérieur et en devenant l'une des nôtres au fil du temps. Je crois que ce partenariat privé/public a été vraiment unique dans une enquête criminelle. Michelle était parfaite pour ça.

« J'ai rencontré Michelle pour la dernière fois à Las Vegas où nous avons passé beaucoup de temps ensemble, à discuter de l'affaire. J'étais loin de me douter que ce serait la dernière occasion de la voir en face à face. Son ultime e-mail à mon intention est daté du 4 avril. Comme toujours, elle me faisait savoir qu'elle m'envoyait des dossiers que son assistant et elle avaient découverts et dont elle pensait que je devrais les connaître. Elle terminait son mail par "On se parle bientôt, Michelle".

« J'ai téléchargé ces dossiers après avoir appris sa mort vendredi soir. Elle m'aidait encore. »

Dans un e-mail à son éditeur datant de décembre 2013, Michelle traitait de ce avec quoi tout journaliste écrivant sur des affaires criminelles non résolues doit un jour se colleter, à savoir : comment finit l'histoire ?

Je suis toujours optimiste en ce qui concerne de nouveaux rebondissements dans l'affaire, mais pas aveugle quant au défi qui consiste à écrire sur une énigme actuellement non résolue. J'avais vraiment mon idée là-dessus. Après la parution de mon article dans le magazine, j'ai reçu des tonnes de mails de lecteurs, qui commençaient presque tous par « Vous y avez sans doute pensé, mais si ce n'est pas le cas, que diriez-vous de (insérer une idée d'enquête) » Cela m'a vraiment confortée dans l'idée qu'à l'intérieur de chacun de nous est tapi un Sherlock Holmes persuadé que si l'on a suffisamment d'indices, on peut résoudre un mystère. Si le défi ici, ou la faiblesse que l'on perçoit, est que l'aspect non résolu de l'affaire va laisser les lecteurs sur leur faim, pourquoi ne pas retourner l'argument et l'utiliser comme une force ? Je dispose littéralement de centaines de pages d'observations remontant à cette époque ou plus récentes – géo-profils, analyses de chaussures, jours de la semaine où il attaquait, etc. Une de mes idées était d'intégrer celles-ci au livre, d'offrir au lecteur la possibilité de jouer au détective.

Nous n'arrêterons pas tant que nous n'aurons pas son nom. Nous jouerons nous aussi les détectives.

Paul Haynes et Billy Jensen
Mai 2017

POSTFACE

Toutes les histoires surnaturelles ou de vaisseaux spatiaux ennuyaient Michelle. « Je ne marche pas », disait-elle en riant. Désintégrateurs, baguettes magiques, sabres lumineux, capacités surhumaines, fantômes, voyage dans le temps, animaux doués de parole, superscience, reliques enchantées et malédictions anciennes : « Tout ça sent la tricherie. »

« Est-ce qu'il construit une autre armure ? » avait-elle demandé pendant une projection du premier *Iron Man*. Vingt minutes après le début du film, Tony Stark modifie et améliore son armure grise et massive Mark I et la transforme en superarmure rouge pomme d'amour et or royal. Michelle avait quitté la salle en gloussant pour aller faire du shopping.

Les westerns spaghettis étaient trop longs et trop violents. Les zombies scientifiquement invraisemblables. Quant aux tueurs en série diaboliques aux plans complexes, c'étaient, à l'en croire, l'équivalent de la licorne.

Michelle et moi étions mariés depuis dix ans et ensemble depuis treize. Il n'existait pas un seul point commun en termes de pop-culture entre nous. Oh, attendez – *The Wire*. On aimait tous les deux *The Wire*. Et voilà.

Quand nous nous étions rencontrés, j'étais un chaudron glougloutant et pétillant de fugacité obscure et de données décousues. Films, romans, bandes dessinées, musique.

Et tueurs en série.

Je connaissais le décompte des morts, les modes opératoires, les citations tirées d'interrogatoires. Amasser un savoir sur les tueurs en série est un rite de passage pour les types d'une vingtaine d'années qui veulent paraître sombres et torturés. J'étais précisément le genre de débile qui, à vingt ans, aurait fait n'importe quoi pour paraître sombre et torturé. Et c'est ainsi que j'avais traversé les années quatre-vingt-dix, débitant des détails sans importance sur Henry Lee Lucas, Carl Panzram et Edmund Kemper.

Michelle aussi connaissait ces faits et ces banalités. Mais pour elle, ce n'était qu'un bruit de fond, aussi insignifiant et dénué d'intérêt finalement qu'une coulée de ciment.

Ce qui l'intéressait, ce qui allumait l'étincelle dans son cerveau et couplait neurones et récepteurs, c'étaient les *gens*. Et en particulier, les détectives et les enquêteurs. Des hommes et des femmes qui, armés d'une poignée d'indices (ou plus souvent que l'inverse, *d'une masse d'indices* ne menant nulle part qu'il fallait filtrer et éliminer) arrivaient à fabriquer des pièges pour attraper les monstres.

(Beurk – on aurait dit la dernière réplique d'un film pour décrire ce que faisait Michelle. Désolé. C'est dur pour moi de ne pas donner dans l'hyperbole quand je parle d'elle.)

J'ai été marié à une traqueuse de tueurs pendant dix ans – une traqueuse de tueurs démesurément plus vraie que nature, méthodique, une enquêtrice du type « petites cellules grises » et intelligence. J'ai vu sa fureur justifiée après avoir lu le témoignage d'une survivante ou l'interview de membres de la famille, encore sous le choc de la perte violente d'un être cher. Certains matins, en lui apportant son café, je la découvrais devant son ordinateur, en larmes, frustrée et épuisée à cause d'une autre piste qu'elle avait suivie et qui l'avait menée droit dans le mur. Mais ensuite, elle avalait une gorgée de caféine, s'essuyait les yeux et recommençait à marteler son clavier. Elle ouvrait une nouvelle fenêtre, creusait un nouveau lien, s'attaquait une fois encore à cet abominable meurtrier.

Le livre que vous venez de lire était aussi proche du but que possible. Elle a toujours dit : « Je me fiche d'être celle qui l'arrête. Je veux simplement qu'on lui passe des menottes aux poignets et qu'une porte de cellule se referme en claquant derrière lui. » Et elle le pensait vraiment. Elle était née avec un cœur et un esprit de véritable flic – elle éprouvait un grand besoin de justice, pas de gloire.

Michelle était un écrivain incroyable : elle était honnête – parfois à l'excès – avec ses lecteurs, avec elle-même, et *à propos* d'elle-même. On le voit dans les parties biographiques de *Et je disparaîtrai dans la*

457

nuit. Et on voit aussi à quel point elle se montrait honnête avec ses propres obsessions, sa propre passion dévorante, son engagement dans la traque parfois dangereux – souvent aux dépens de son sommeil ou de sa santé.

Un esprit fait pour l'enquête et la logique. Un cœur fait pour l'empathie et la clairvoyance. Elle combinait ces deux qualités d'une façon que je n'avais jamais rencontrée avant. Sans même essayer, elle m'a fait repenser mon chemin de vie personnel, ma façon d'interagir avec les autres, et les choses qui comptaient pour moi. Elle m'a rendu, et a rendu tous les gens autour d'elle, meilleurs. Elle l'a fait en étant originale, discrètement et sans effort.

Laissez-moi vous donner un exemple particulier et anecdotique et ensuite un autre, plus général et plus universel.

ANECDOTE : En 2011, j'ai travaillé avec Phil Rosenthal sur une sitcom basée sur ma vie. *Louie* passait à l'antenne depuis un an et j'étais accro à la structure novatrice de la sitcom et à sa façon de présenter une histoire personnelle sous des dehors de comédie. En fait, je voulais mon propre Louie. Alors Phil et moi nous étions mis au travail et avions examiné en détail ma vie de tous les jours.

« Que fait ta femme ? » avait demandé Phil durant une session d'écriture, un après-midi.

Je le lui avais expliqué. Je lui avais dit qu'elle avait démarré un blog appelé *True Crime Diary*, et qu'au départ, ç'avait été pour elle un moyen d'écrire sur les

458

nombreuses affaires classées et les affaires en cours qu'elle suivait en ligne. J'avais ajouté qu'elle comptait y intégrer les entrées possiblement suspectes de Myspace. Elle avait compris que les réseaux sociaux sont une mine d'or pour les enquêteurs. La bonne vieille méthode consistant à arracher des informations aux suspects n'était rien, comparée à la manne de réflexions que ces sociopathes narcissiques déversent gratuitement tous les jours sur le dépotoir de leurs comptes Tumblr, Facebook et Twitter. Elle se servait de Google Maps et d'une douzaine d'autres nouvelles plates-formes pour trouver des solutions à des affaires apparemment dans l'impasse. Elle était particulièrement douée pour rapprocher des données sur une obscure affaire remontant à une dizaine d'années d'un crime actuel, sans lien apparent. « Tu vois comment il améliore son mode opératoire ? Une tentative de kidnapping en pleine rue sans accès facile à l'autoroute est devenue un enlèvement sans bavure tout près d'un carrefour en trèfle où il peut reculer et se fondre dans la circulation. Il est plus courageux et il a amélioré ses compétences. C'est la même voiture à chaque fois et il passe inaperçu parce qu'il change d'État, et très souvent, les différents services de police ne partagent pas leurs infos. » (Ce monologue précis, je m'en souviens, eut lieu un soir au lit, ordinateur appuyé contre ses genoux ; l'idée que Michelle se faisait d'une conversation sur l'oreiller.)

Les entrées de son blog suscitèrent l'intérêt d'émissions d'actualités sur le câble, puis de *Dateline* NBC, qui l'embaucha pour interviewer à nouveau des suspects dans une affaire de veuve noire meurtrière chez les mormons. Approchées par une chaîne connue, les personnes intéressées avaient fait de l'obstruction, mais elles furent plus qu'heureuses de jacasser avec une bloggeuse. Elles ne réalisèrent tout simplement pas que la bloggeuse à qui elles parlaient avait inventé une forme mutante et plus expansive d'enquête pour homicide. Elles lui racontèrent tout.

Phil médita là-dessus pendant un moment après que j'avais fini de parler. Puis il dit : « Eh bien, c'est une émission autrement plus intéressante que ce sur quoi on bosse. Et si ta femme dans la série était une organisatrice de soirées ? Pas mal non ? »

Et maintenant, l'exemple plus universel de l'originalité de Michelle. Nous vivons dans une culture du piège-à-clics, du balayage à droite et de la durée d'attention réduite à un spot, des discussions en cent quarante caractères et des vidéos virales de trente secondes. Il est facile d'obtenir l'attention de quelqu'un, mais presque impossible de la conserver.

Michelle traitait d'un sujet qui demande une attention soutenue, souvent peu récompensée, afin d'obtenir une certaine satisfaction ou un aboutissement. Il demande l'attention, non seulement d'un simple lecteur, mais de dizaines de flics, d'explorateurs de données et de journalistes citoyens juste pour déclencher une minuscule avancée.

Michelle avait obtenu et entretenu cette attention grâce à une écriture et un art du récit impeccables et captivants. On comprend le point de vue de tout un chacun à travers son écriture, et aucun de ses sujets n'est un personnage inventé. Ce sont des gens qu'elle a eu l'occasion de connaître, pour qui elle s'est inquiétée, et qu'elle a vraiment pris le temps de voir : la police, les survivants, les proches endeuillés des victimes et, aussi difficile que ce soit pour moi à comprendre, même un moucheron blessé et destructeur comme le Golden State Killer.

J'espère encore qu'il entende cette porte de cellule se refermer derrière lui. Et j'espère qu'elle l'entendra aussi, d'une façon ou d'une autre.

À Noël passé, Alice, notre fille, a ouvert un paquet que le père Noël lui avait laissé. Elle était heureuse en déballant son petit appareil photo numérique et en tâtonnant avec les réglages. Sympa comme cadeau. Bonnes vacances, chérie.

Plus tard dans la matinée, elle a demandé tout à trac :

« Papa, pourquoi le père Noël et toi, vous avez la même écriture ? »

Michelle Eileen McNamara n'est plus. Mais elle a laissé derrière elle une enquêtrice en herbe.

Et un mystère.

Patton Oswalt
Herndon, VA
2 juillet 2017

ÉPILOGUE :
LETTRE À UN VIEIL HOMME

Vous étiez votre manière d'approcher : le bruit sourd contre la palissade. La fraîcheur qui entre par la porte du patio qu'on vient de forcer. L'odeur de l'après-rasage s'infiltrant dans une chambre à 3 heures du matin. Une lame à la base d'un cou. « Ne bouge pas ou je te tue. » Leurs systèmes câblés de détection de menace clignotaient faiblement à travers le sommeil de plomb. Personne n'avait le temps de se redresser. Se réveiller signifiait comprendre qu'ils étaient assiégés. Les lignes de téléphone avaient été coupées. Les balles vidées des pistolets. Les liens préparés et sortis. Vous obligiez à agir en restant à la périphérie, image floutée de masque et étranges inspirations avides. Votre connaissance de leur intimité les faisait paniquer. Vos mains trouvaient sans peine des interrupteurs cachés. Vous connaissiez les noms. Le nombre d'enfants. Les coins de prédilection. Votre art de la planification vous donnait un avantage crucial, parce que quand vos victimes se réveillaient en entendant vos menaces murmurées les dents serrées, aveuglées par la lampe de poche, vous étiez un étranger à leurs yeux, mais elles ne l'étaient jamais pour vous.

Les cœurs battaient à tout rompre. Les bouches étaient sèches. Votre corporalité demeurait insondable. Vous étiez une chaussure à semelle dure sentie au passage. Un pénis enduit de lotion pour bébé et introduit entre deux mains ligotées. « Fais ça bien. » Personne ne voyait votre visage. Personne ne sentait le poids de votre corps. Les yeux bandés, les victimes s'en remettaient à l'odorat et à l'ouïe. Poudre de talc au parfum floral. Soupçon de cannelle. Anneaux tintant sur une tringle à rideaux. Fermeture Éclair d'un sac de marin. Pièces tombant sur le sol. Un gémissement, un sanglot. « Oh, maman. » Vision fugace de tennis bleu roi en cuir brossé.

Des aboiements de chiens s'éteignant peu à peu vers l'ouest.

Vous étiez ce que vous laissiez derrière vous : Une entaille verticale de dix centimètres dans la moustiquaire de la maison-ranch de Montclair, à San Ramon. Une hachette à manche vert sur les barrières. Un morceau de ficelle pendu dans un bouleau. De la mousse sur une bouteille vide de liqueur Schlitz Malt dans le jardin. Des traces de peinture bleue impossible à identifier. L'image 4 provenant du rouleau photos numéro 3 du bureau du shérif du comté de Contra Costa et montrant le coin où ils pensent que vous avez franchi la palissade. La main droite d'une fille devenue violette et restée engourdie pendant des heures. Le contour d'un pied-de-biche dans la poussière.

Huit crânes enfoncés.

Vous étiez un voyeur. Enregistriez patiemment les habitudes et les routines. Le premier soir où un mari passait à l'équipe de nuit, vous attaquiez. On avait retrouvé des empreintes de semelles à chevrons vieilles de quatre à sept jours sous la fenêtre de la salle de bains, sur la scène de crime du pâté de maisons 3800, à Thornwood, Sacramento. Les officiers avaient noté qu'en vous tenant là, vous pouviez regarder dans la chambre de la victime. « Baise-moi comme ton vieux », aviez-vous sifflé, comme si vous saviez de quelle manière ça se passait. Vous avez mis des talons hauts à une des filles, quelque chose qu'elle faisait au lit avec son petit ami. Vous avez volé des photos en bikini prises au Polaroid, comme souvenir. Vous arpentiez les lieux avec votre lampe de poche horripilante, en répétant constamment des phrases saccadées, à la fois metteur en scène et star du film qui se déroulait dans votre tête.

Presque toutes les victimes décrivent la même scène : le moment où elles ont perçu que vous étiez revenu, après un intervalle de pillage distrait dans une autre partie de la maison. Pas de mots. Pas de mouvement. Mais elles savaient que vous étiez là, pouvaient imaginer le regard sans vie émanant des deux trous du passe-montagne. Une des victimes a senti que vous observiez avec attention la cicatrice dans son dos. Après un long moment sans avoir entendu quoi que ce soit, elle vous a cru parti. Elle a poussé un soupir, à l'instant exact où la pointe de la lame venait se poser sur sa peau et commençait à suivre l'extrémité de la cicatrice.

Le fantasme était votre adrénaline. Votre imagination compensait pour une réalité décevante. Vos insuffisances puaient. Une des victimes a tenté la psychologie inversée et murmuré : « Tu es bon. » Vous vous êtes brutalement retiré, ébahi. Votre attitude bravache de dur à cuire sentait le bluff. Il y avait comme un tremblement dans vos murmures aux dents serrées, un bégaiement occasionnel. Une autre victime a décrit à la police la façon dont vous lui aviez brièvement saisi le sein gauche. « Comme si c'était un bouton de porte. »

« Oh, est-ce que ça n'est pas bon ? » avez-vous demandé à une fille tandis que vous la violiez, un couteau sur la gorge, jusqu'à ce qu'elle acquiesce.

Vos fantasmes venaient de loin mais ils ne vous ont jamais fait commettre de faux pas. Chaque enquête sur un criminel violent en liberté est comme une course à pied ; vous êtes toujours resté en tête. Vous étiez perspicace. Vous saviez vous garer juste à la limite du périmètre policier standard, entre deux maisons ou sur un terrain inoccupé, pour éviter les soupçons. Vous découpiez de petits trous dans les vitres, vous serviez d'un outil pour pousser les loquets en bois et ouvriez les fenêtres pendant que vos victimes continuaient à dormir. Vous coupiez l'air conditionné pour pouvoir entendre quelqu'un arriver. Vous laissiez les barrières du côté ouvertes et changiez les meubles du patio de place pour pouvoir vous enfuir sans être gêné. Vous avez échappé à un agent du FBI en voiture sur un vélo dix vitesses. Vous passiez de toit en toit. À Danville, le 6 juillet 1979, un chien policier a réagi si violemment devant un buisson de lierre dans Sycamore Hill Court, que son maître en a déduit que les odeurs remontaient à quelques instants seulement.

Un voisin vous a vu vous échapper d'une scène de crime. Vous êtes sorti de la maison comme vous y étiez entré : sans pantalon.

Hélicoptères. Barrages routiers. Patrouilles citoyennes relevant les numéros d'immatriculation des véhicules. Hypnotiseurs. Médiums. Centaines d'hommes blancs donnant un échantillon d'ADN. Rien.

Vous n'étiez qu'une odeur et des empreintes de semelles. Les chiens policiers et les inspecteurs traquaient les deux. Elles menaient ailleurs. Elles ne menaient nulle part.

Elles menaient à l'obscurité.

Pendant longtemps, vous avez l'avantage. Votre démarche est pleine d'allant. Les enquêtes de police suivent dans votre sillage. Le pire épisode de la vie d'une personne est consigné d'une écriture cursive et sans soin par un officier de police souvent pressé et somnolent. Les fautes d'orthographe abondent. Une texture de poils pubiens est décrite par un gribouillage dans la marge. Les enquêteurs suivent des pistes en se servant de téléphones à cadran manipulés avec lenteur. Si personne ne répond, le téléphone continue simplement à sonner. S'ils veulent regarder un vieux dossier, ils doivent fouiller à la main dans des piles de paperasse. Le téléscripteur cliquetant fait des trous désordonnés dans des bandes de papier. Des suspects plausibles sont éliminés sur la foi d'alibis maternels. Pour finir, le compte rendu de l'agression est rangé dans un dossier, dans un carton, et enfin dans une pièce. On en referme la porte. Le papier commence à jaunir et la mémoire à s'estomper.

C'est vous qui gagnez la course. Vous êtes à l'abri ; vous le sentez. L'image des victimes s'éloigne. Leur rythme ralentit, leur confiance s'épuise. Elles croulent sous les phobies et les souvenirs les rendent farouches. Drogues et divorces les assaillent. Les délais de prescription expirent. On balance les kits de preuves par manque de place. Ce qu'il advient d'eux est enterré, rutilant et immobile, comme une pièce au fond d'une piscine. Les victimes font de leur mieux pour continuer.

Vous aussi.

Mais le jeu a perdu de son intensité. Le script est répétitif et demande à ce qu'on mette la barre plus haut. Vous aviez commencé devant les fenêtres, puis vous étiez entré. La réaction de peur vous excitait. Mais trois ans plus tard, grimaces et suppliques ne vous suffisent plus. Vous cédez à vos pulsions les plus ténébreuses. Toutes vos victimes de meurtres sont canon. Certaines ont des vies amoureuses compliquées. Pour vous, j'en suis sûre, ce sont des « putes ».

Les règles étaient différentes, avant. Vous saviez que vous aviez au minimum un quart d'heure pour fuir le quartier quand vous laissiez vos victimes ligotées et en vie dans leurs maisons. Mais lorsque vous sortez de chez Charlene et Lyman Smith à Ventura, le 13 mars 1980, vous n'éprouvez aucun besoin de vous hâter. On ne retrouvera pas leurs corps avant trois jours.

Bûche. Pied-de-biche. Clé en croix. Vous tuez vos victimes avec des objets trouvés sur place – insolite peut-être, mais il a toujours été dans vos habitudes d'avoir le pied agile et de ne vous encombrer de presque rien, si ce n'est de votre rage.

Et ensuite, après le 4 mai 1986, vous disparaissez. Certains pensent que vous êtes mort. Ou en prison. Pas moi.

Je pense que vous vous êtes éclipsé quand le monde a commencé à changer. C'est vrai, l'âge doit vous avoir ralenti. La testostérone, qui jaillissait à une époque, était à présent réduite à un filet. Mais la vérité, c'est que les souvenirs s'estompent. Le papier s'altère. Mais la technologie s'améliore.

Vous avez arrêté quand, regardant par-dessus votre épaule, vous vous êtes rendu compte que vos adversaires vous rattrapaient.

C'était vous qui gagniez la course. Vous étiez l'observateur détenant le pouvoir et jamais observé. Vous avez connu un premier revers le 10 septembre 1984, dans un labo de l'université de Leicester, lorsque le généticien Alec Jeffreys a mis au point le premier profil ADN. Vous en avez connu un deuxième en 1989, lorsque Tim Berners-Lee a écrit une proposition pour le Web mondial. Des gens qui n'avaient jamais entendu parler de vous ou de vos crimes ont commencé à inventer des algorithmes pouvant aider à vous coincer. En 1998, Larry Page et Sergueï Brin se sont constitués en société, Google. Des cartons contenant les rapports de police vous concernant furent transportés, scannés, numérisés, et partagés. Le monde bourdonnait de connectivité et de vitesse. Smartphones. Technique de reconnaissance optique des caractères. Cartes interactives et personnalisables. ADN familial.

J'ai vu les photos d'empreintes en forme de gaufrier que vous aviez laissées dans la poussière sous la chambre d'une adolescente, le 17 juillet 1976, à Carmichael, vestiges grossiers d'une époque où les voyeurs n'avaient d'autre choix que de se planter en chair et en os devant les fenêtres. Vous excelliez à vous faufiler. Mais les prouesses de vos jours de gloire n'ont plus la moindre valeur. Votre domaine de compétences a peu à peu disparu. Les tables ont tourné. Des fenêtres virtuelles s'ouvrent tout autour de vous. Vous, le maître-voyeur, êtes devenu une cible vieillissante et encombrante dans leur ligne de mire.

Un passe-montagne ne vous aidera pas à présent.

Le téléphone d'une des victimes a sonné vingt-quatre ans après son viol. « Tu veux t'amuser ? » a murmuré l'interlocuteur. Il s'agissait de vous. Elle en était certaine. Vous avez joué la nostalgie, comme une ancienne star de football arthritique qui se repasse un match sur son magnétoscope. « Tu te souviens quand on s'est amusés ? »

Je vous imagine en train de composer son numéro, seul dans une petite pièce sombre, assis au bord de votre lit jumeau, avec comme unique arme restante dans votre arsenal qui puisse raviver un souvenir, la capacité à provoquer la terreur en parlant.

Un jour, bientôt, vous entendrez une voiture se garer le long du trottoir devant chez vous, un moteur se couper. Vous entendrez des bruits de pas remontant votre allée. Comme ils l'ont fait pour Edward Wayne Edwards, vingt-neuf ans après le meurtre de Timothy Hack et Kelly Drew, à Sullivan, Wisconsin. Comme ils l'ont fait pour Kenneth Lee Hicks, trente ans après le meurtre de Lori Billingsley, à Aloha, Oregon.

La sonnette tinte.

Il n'y a aucune barrière ouverte sur le côté. Cela fait bien longtemps que vous ne sautez plus les palissades. Prenez une de vos inspirations nerveuses et avides. Serrez les poings. Avancez timidement vers l'insistante sonnette.

Voilà comment ça se termine pour vous.

« Je te ferai taire pour toujours et je disparaîtrai dans la nuit », aviez-vous lancé à une victime.

Ouvrez la porte. Montrez-nous votre visage.

Entrez dans la lumière.

Michelle McNamara

Table

 Le Livre de Poche s'engage pour
l'environnement en réduisant
l'empreinte carbone de ses livres.
Celle de cet exemplaire est de :
350 g éq. CO$_2$
Rendez-vous sur
www.livredepoche-durable.fr

PAPIER À BASE DE
FIBRES CERTIFIÉES

Composition réalisée par Nord Compo

———————————

Achevé d'imprimer en France par
CPI BRODARD & TAUPIN (72200 La Flèche)
en avril 2019
N° d'impression : 3033652
Dépôt légal 1ʳᵉ publication : mai 2019
LIBRAIRIE GÉNÉRALE FRANÇAISE
21, rue du Montparnasse – 75298 Paris Cedex 06